A terceira grinalda

KOSTAS TAXTSIS

A terceira grinalda

Tradução e prefácio de
Cristiano Z. Amaral

2005

ODYSSEUS

Dados Internacionais de Catalogação na Publicação (CIP)
(Câmara Brasileira do Livro, SP, Brasil)

Taxtsis, Kostas
A terceira Grinalda / Kostas Taxtsis ; tradução e prefácio de Cristiano Z. Amaral. - São Paulo : Odysseus Editora, 2005.

Título original: To trito Stefani.

1. Romance grego 2. Taxtsis, Kostas - Crítica e interpretação I. Amaral, Cristiano Z.. II. Título.

04-8099 CDD-889.3

Índices para catálogo sistemático:

1. Romances : Literatura grega moderna 889.3

Título original: Τό τρίτο στεφάνι
Editor responsável: Stylianos Tsirakis

Tradução e introdução:
Cristiano Z. Amaral

Revisão: Daniel Seraphim
Diagramação: Lucas Dezotti

Projeto gráfico: Odysseus Editora
Ilustração capa: Gabriela Brioschi
Projeto gráfico capa: Vânia Vieira

Odysseus Editora Ltda.
R. dos Macunis, 495 – CEP 05444-001 – São Paulo/SP
Tel./fax: (11) 3816-0835 – email: editora@odysseus.com.br
www.odysseus.com.br

ISBN: 85-88023-64-4

Edição: 1 – Ano: 2005

Sumário

Terceira parte

O romance da mulher-monstro ou da vida como ela é

prefácio de Cristiano Z. Amaral

Já na leitura das primeiras linhas de *A terceira grinalda* suspeitamos de que temos em mãos uma obra de um valor especial, escrita numa linguagem cativante: "Não a agüento mais, simplesmente não a agüento mais!... Que praga é esta, a que me enviaste, Deus meu?"

Ainda não sabemos, porém, que estamos diante de uma fórmula retórica, de uma litania-motivo que perpassa o texto de cabo a rabo. A abertura da narração nos perturba, nos diverte e nos instiga. Vemo-nos logo de início às voltas com um sentimento humaníssimo: o ódio. Esse sentimento parte de um "eu-narrador" em cuja companhia esperamos passar alguns dias, algumas semanas ou, quem sabe, até muito além disso... Nossa curiosidade se acirra ainda mais quando somos informados de que esse ódio se volta contra a filha do próprio "eu-narrador". Que terá feito ela de tão grave? A curiosidade desperta nos impele, nos lança à leitura, à procura das forças motoras de tal desabafo, das forças que movem o próprio texto. No entanto, conforme a leitura vai prosseguindo, percebemos o quão longe estamos de entrever a razão desse ódio tão profundo, porque a vítima contra a qual ele se volta, a filha do eu-narrador, justamente não fez – ou não faz – absolutamente nada! E, a partir daí, nós leitores nos damos conta de que estamos mergulhando num mundo muito mais intricado e simbólico – apesar da aparente simplicidade da linguagem do texto – do que poderíamos ter de início imaginado.

A frase de abertura é sintomática de dois elementos antagônicos que caracterizarão o texto inteiro: a *tensão* e a *distensão*. Com o desabafo inicial, criou-se de imediato uma tensão, que só poderá ser entendida e talvez desfeita se dermos um passo para trás, explorando outros elementos subjacentes ao texto, entendendo o material de que é feito esse ódio. O ponto em que mais claramente se faz notar a presença desses dois elementos é o próprio fluxo da narração. Fatos banais ou de um peso considerável, fatos do microcosmo dos personagens e fatos históricos em que estes estão inseridos são narrados com uma fluidez tão "distensiva" que nos concentramos inteiramente na narração, de maneira que ficamos entregues a seu fluxo ágil e leve. Apenas, entretanto, até esse fluxo ser interrompido bruscamente por comentários do eu-narrador (tensão) – ou talvez devamos chamá-lo doravante de "eu-narradora", ou apenas de "narradora", pois que se trata de uma narradora-personagem feminina –, que se posiciona repentinamente em relação a seu relato. Mas continuamos a leitura, entre divertidos e surpresos, até que nos distendemos novamente, rendidos ao fluxo narrativo, ao sabor dos acontecimentos relatados e entregues ao encadeamento factual que se desdobra diante de nosso olhar entretido.

O foco narrativo

A primeira pergunta que nos fazemos é: a quem se dirige o narrador? A uma pessoa extrínseca ao texto (nós?), a um conhecido da própria narradora (desconhecido para nós)? Ou se trataria apenas de um monólogo interior?

A questão se complica ainda mais quando Nina, a narradora, cede sua voz narrativa a um outro personagem, uma segunda narradora: a dona Hécabe. Outra tensão que parece nos deslocar do eixo narrativo, fazendo com que seguremos o fôlego, esperando que reapareça a nossa já conhecida Nina para retomar sua história do ponto em que a interrompeu.

A narrativa dessa segunda narradora (praticamente a *Rahmenerzählung* dos alemães, ou seja, a narração dentro da narração), a dona Hécabe – que, como ficamos sabendo logo no primeiro capítulo, veio a ser *post-mortem* sogra da própria Nina – é bastante linear, ao passo que a narração da primeira, a da Nina, abunda em inversões, digressões, recuos temporais, anacolutos e menções a personagens que deveriam nos ser conhecidos, mas que não o são. Outra tensão.

Por debaixo do encadeamento das duas narrações, porém – Nina só volta a ser dona exclusiva de sua narração com a morte da dona Hécabe –, no perfeito uso da sintaxe, dos sinais de pontuação, na divisão do livro em três partes, vislumbra-se uma ordem e uma coesão tão rígidas, que o fenômeno nos põe diante de uma questão ainda mais delicada: o que era uma narração espontânea, de desabafo por parte da narradora Nina – fato para o qual contribuem a simplicidade e o "naturalismo" da linguagem – revela ser algo bem diferente, algo de estruturado que nos deixa entrever uma terceira "inteligência" ou consciência por trás das duas narradoras, algo como um terceiro narrador, talvez a realização literária do próprio Taxtsis. Mais uma vez, percebemo-nos emaranhados num dédalo narrativo que, conforme prosseguimos a leitura, muitas vezes incomoda com sua contundência e com tudo o que tem de crítica mordaz à sociedade grega da primeira métade do século XX.

O que parecia à primeira vista ser um desabafo da narradora, um chamado à escuta de sua parte e um apelo ao compadecimento do leitor em relação aos seus dissabores, começa a adquirir novas feições quando se advinha essa terceira mão que manuseia a pena, o que se dá pela percepção de uma unidade extremamente coesa na própria construção do romance.

Duas vozes, uma melodia

As narrações das vozes femininas começam, a partir de certo ponto, a se embaralhar. Frases retóricas ("Que pecados terei cometido?..."), comentários capciosos, exclamações, elementos paralingüísticos como os gestos descritos que acompanham as palavras, juramentos e imprecações, melodrama, tudo o que está presente na narração da primeira, anuncia-se igualmente na da segunda. As palavras de Nina ecoam na voz da dona Hécabe. Ou seria o contrário? E seus sentimentos se exteriorizam de maneiras muito semelhantes. Se uma reage às agressões ou ao que lhe parecem ataques dos "outros", somatizando-as por meio de úlceras (Nina), a outra o faz por suas hemorragias uterinas (dona Hécabe), para citarmos apenas um exemplo. Paralelos irrefutáveis. Repare-se também na semelhança dos discursos a seguir:

> "A Maria, havia dito a mim mesma, é como o náufrago que se afoga... Se eu fizer menção de me aproximar para salvá-la, ela já vem querendo me arrastar consigo para o fundo".
> *(Palavras de Nina em relação à filha.)*

> "A Helene é que nem o bicho da selva. Você vê que o coitado pisou num espinho e está sentindo dor, mas morde assim que você faz menção de ajudá-lo".
> *(Palavras de dona Hécabe em relação à filha.)*

A mitopoese

Começamos a ouvir uma melodia a duas vozes, na qual Taxtsis faz ecoar a voz estereotipada de tantas e tantas mulheres da pequena burguesia grega da época, como que recriando um mito, o mito de uma mulher tão conhecida dos leitores gregos. A mitopoese é, por sinal, elemento constante em *A terceira grinalda*. Um escritor de língua grega, como afirma John Chioles* no seu prefácio à tradução inglesa do romance, não pode se permitir o constrangimento diante de seus leitores de trabalhar cruamente com adaptações de mitos gregos. Está escrevendo na língua que primeiro registrou os mitos, e não tem escolha. Cria ele próprio mitos a partir de mitos. Assim como o fazem suas personagens-narradoras (embora com outros móveis) numa atitude "mitoplástica", insistentemente, durante toda a narração de *A terceira grinalda*.

Quem havia sido Hécabe na mitologia grega? A esposa do rei Príamo de Tróia, mãe de muitos filhos, entre eles Páris, responsável pela destruição de Tróia pelos gregos, por conta do rapto da bela Helena. Hécabe, no entanto, havia tido um sonho, interpretado da seguinte maneira: daria à luz um filho que seria responsável pela ruína de Tróia, ou seja, levava em si o próprio germe da destruição. E essa talvez seja a única chave que ligue um mito já existente à personagem da dona Hécabe no romance de Taxtsis, visto que esta surge como um mito em si próprio, uma figura criada ou recriada que não só simboliza a mulher grega da época narrada, como lhe dá uma dimensão temporal, pois que a dona Hécabe como idéia remeteria a ge-

* Kostas Taxtsis, *The Third Wedding Wreath*, Hermes Publishers Ltd, 1985, 1. ed., tradução para o inglês de J. Chioles.

rações e gerações antes dela, que chegariam à primeira Hécabe, ao mito primeiro.

Dona Hécabe cria ela própria mitos durante a narração, como o faz também a Nina, modelando a narração e o próprio mundo sempre em torno dos *seus* valores. E, se no personagem da mais velha se vem espelhar a mais nova, ligada a ela por laços familiares (ainda que isso só se dê após a sua morte), não é nada difícil imaginar que a Nina também crie um elo, imitando inconscientemente o gesto da sogra: com as demais mulheres gregas, com uma substância, a quintessência de um matriarcado que, nos bastidores, comanda com mão de ferro uma sociedade de homens dita – e aqui fazemos uso de um termo lugar-comum – "machista". Machista porque encontra os elementos para sê-lo justamente no regime velado, anárquico porque tácito, não-escrito, mas enraizado, das próprias mulheres. Não é à toa que os personagens masculinos no romance apareçam sempre nos panos de fundo, apresentados pelo prisma das narradoras mulheres. Em que ponto seu comportamento seria um espelho no qual se reflete a própria Grécia?...

Distorção e teratogênese

E é por isso que o tom confessional do livro vai se revelando como algo muito contrário à confissão. Passamos mais e mais a ter a impressão de que a voz narrativa feminina mais quer é nos convencer de seus motores de ação muitas vezes ilícitos (como veremos), justificando-se não só aos nossos olhos, como diante de si mesma...

Aqui há de se fazer a seguinte observação: se por um lado nos encantamos, sem sabermos por que exato motivo, com os momentos de distensão e com a fluidez do texto, aprendendo a lidar com a "tensão" e as disrupções da narrativa devidas aos comentários das narradoras (fato que, por outro lado, acaba por ter igualmente seu encanto...), chega um momento em que começamos a ter a impressão de estarmos andando na corda bamba. Por que razão?

O encanto inicial do texto é justamente o de apresentar pequenas e deliciosas ocorrências do dia-a-dia das narradoras (tão reconhecíveis em nosso próprio), o que faz com uma riqueza tão grande de detalhes que não paramos para nos indagar por que razão incidentes tão insignificantes do dia-a-dia são apresentados como importantíssimos, ao passo que fatos que marcaram a história grega e européia (como a Causa Macedônica, as Guerras Balcânicas, a Catástrofe da Ásia Menor ou de Esmirna, as Guerras Mundiais, a Ocupação dos alemães e a Guerra Civil) são apenas citados como extensão do mundo das narradoras, na medida em que afetam pessoalmente as suas vidas. O linguajar das narradoras, que se arroja do erudito ao vulgar e grosseiro, e vice-e-versa, contribui em grande parte para a verossimilhança e para a fidelidade de quem narra, em relação ao narrado. Afinal, acompanhando-se uma postura "naturalista" de retratação da realidade por parte do autor, ou melhor, do eu-narrador, nós leitores chegamos muito rapidamente à conclusão de que descobrimos a natureza do texto que temos em mãos: o texto representa a vida como ela é, com sua riqueza de detalhes, significativos ou insignificantes, detalhes de que se constitui a própria vida. Ou, no dizer de Andreas Angelakis, em seu ensaio "O instinto de sobrevivência em *A terceira grinalda*"*, "Taxtsis ... insiste

* "O instinto de sobrevivência em *A terceira grinalda*", de Andreas Angelakis, publicado em *Kostas Taxtsis: um caso social e poético.*

no casual e não no extraordinário, insiste patologicamente no detalhe. Mas a própria vida se constitui de uma série sem fim de detalhes, de palavras indiferentes e de gestos. A vida não se faz de fatos supremos. Digere em si bagatelas, olhares, ódios obscuros, desejos ocultos, sonhos frustrados, desígnios suspeitos, cobiça, paixões e – principalmente – instintos de sobrevivência". E assim é que se dá a fixação nos detalhes por parte das narradoras, como processo de auto-afirmação, de imposição de um matriarcado sempre preocupado com sua hereditariedade biológica, social, psicológica e familiar. E é justamente esse tom que dá a nós leitores, logo de início, a sensação de estarmos lendo o Livro da Vida...

Mas, pouco a pouco, essa sensação se desfaz, e o leitor arguto já percebe o que se esconde por trás do tom confessional da narração, começa a se desentender com as narradoras. O que, talvez, apresente a maior distensão do romance. E entra em cena o terceiro eu-narrador, que espia por entre o vão das cortinas, impondo sutilmente a sua presença na narração. O que ele quer nos dizer?

Vamos perdendo a confiança nas narradoras. Começamos a nos dar conta – pelo fato de o texto não ser uma narração em terceira pessoa, com um narrador onipresente e onisciente – de que ficamos sabendo dos fatos revelados exclusivamente pelo que nos dizem as narradoras. Só dizem o que *querem* dizer. Athina Vouyouka, em seu ensaio "Destreza romanceadora em *A terceira grinalda*"*, lista mais de vinte exemplos em que as narradoras acoimam outros personagens de "monstros". A palavra "monstro" é uma palavra recorrente e até mesmo insistente ao

* Publicado na revista *Diavazo*, fascículo 440, edição de maio de 2003.

longo de toda a narração, invertendo uma denominação que talvez se aplicasse muito mais a elas próprias. A própria Nina, no final do primeiro capítulo, reconhece:

> "... a dona Hécabe era, entre outras coisas, também o diabo". E a dona Hécabe, no capítulo cinco, reitera: "E, hoje em dia, volta e meia eu paro para pensar em como a vida pode mudar uma pessoa, em como aquele cordeirinho que eu era virou o monstro que eu sou hoje".

Comentário que Nina logo se apressa em refutar.

Os outros personagens são mudos. Não têm como se defender das acusações que as narradoras lhes imputam. Não há quase nenhum personagem no livro que tenha escapado às recriminações em maior ou menor grau de acerbidade das narradoras. Os que num primeiro momento merecem algum comentário lisonjeador das narradoras são vítimas das mais acres acusações a partir do momento em que algum de seus atos contrariam a(s) narradora(s). O próprio filho mais velho da dona Hécabe, no momento em que parte para Atenas, aceitando um posto de trabalho na redação de um jornal ateniense, é alvo das mais desveladas preocupações da mãe: "Quem é que vai lavar e passar suas roupas? Com quem vai desabafar? Com quem vai esbugalhar os olhos e começar a berrar para pôr tudo para fora?". No entanto, logo que o filho aceita morar na casa da segunda mulher do ex-marido da dona Hécabe, transforma-se aos olhos da mãe igualmente num "monstro": "E o sem-vergonha e interesseiro aceitava morar com a destruidora do nosso lar, só porque ela engomava as camisas dele!".

Começamos a duvidar da sinceridade das narradoras e a suspeitar que caráteres tão contraditórios só estão nos contando uma meia-verdade. Nina mais uma vez dá mostras disso quando se refere a Helene, filha da dona Hécabe, que encontra pela primeira vez após ter ouvido a narração da amiga, falecida no meio-tempo: "Quando eu a vi na minha frente, senti a mesma coisa que senti quando conheci, mais tarde, a tia dela, a Afrodite. 'Veja só você!', pensei. 'Será possível que essa moça tão simpática possa ser o monstro que a mãe desenhava?'".

Torna-se claro que são as próprias narradoras que tornam ou vêem os outros personagens como "monstros", dando vazão a um ódio enraizado dentro de si mesmas. A própria Nina transforma a filha Maria num monstro, descontando nela o ódio que sentia pelo primeiro marido, desde a mais tenra idade da menina. E Maria, pedra de toque e ensejo da "narração-confessional" de Nina, acaba sendo o motivo que também fecha o romance, nas palavras ressentidas e malvadas da mãe: "Mas – e deixe-me virar a boca para lá – se acontecer alguma coisa com ele e os padres permitirem um quarto casamento, como andei ouvindo por aí, sou capaz de me casar até por uma quarta vez. E digo à Maria: 'Por nada, não. Só para calar essa sua boca!...'". Maria é, por excelência, o eixo em torno do qual se desenvolve o narração, seu início e seu fim. É também o personagem mais calado, mas desprovido de voz, mais "acusado" e mais teratogênico do romance, sem que lhe cedam uma voz para que possa pleitear em defesa própria.

As duas narradoras assumem elas próprias, aos nosso olhos, feições monstruosas: hostilizam seus irmãos e irmãs, contribuem para a ruína psicológica dos maridos quando dos respectivos divórcios (o processo de divórcio que Nina move em relação ao primeiro marido, por conta de sua patente homossexualidade, dá um desfecho trágico ao caso. Fotis, o marido, que sofria de ozena, para não perder a causa no tribunal, força o médico a lhe fechar a fístula, o que acaba por provocar a sua morte), destroem com seu ódio ou com seu amor excessivo os filhos (dona Hécabe, por exemplo, vai afastando todo e qualquer pretendente dos filhos, mudando de idéia em relação ao assunto apenas quando percebe que o pretendente em questão poderá contribuir para a "reabilitação" da família com sua posição e seu dinheiro, o que faz Nina também em relação ao segundo e ao terceiro casamento), desentendem-se com as vizinhas e parentes... Logo elas que, por outro lado, cumulam os filhos e maridos de mimos, preparando-lhes mussacas e beringelas ao forno, despertando-os porque não o conseguem fazer sozinhos, etc...

O elemento tragicômico

O tom da narração embutida na narração, embutida por sua vez numa narração de um nível mais profundo – o que nos aproxima da essência do romance e do próprio autor – jamais, no entanto, resvala para o trágico. Mantém-se sempre no limiar da tragicomédia, como assinalou Athina Vouyouka no ensaio acima citado. E as narradoras-monstro são apresentadas como elementos do "grotesco", de um drama encenado por elas próprias, que muitas vezes fazem rir, quando se tornam patentes as contradições de seus dizeres e e seus caráteres. Mais uma vez temos uma prova disto nas palavras de Nina: "A dona Hécabe adorava dramatizar a sua vida, mas, quanto mais o fazia, mais ela gracejava – sempre às custas dela mesma, e nunca às custas dos outros".

O elemento do grotesco é o canal pelo qual aquele terceiro narrador, o mais sutil, se faz notar. A ironia, o grotesco e o tragicômico têm por objetivo afastar o leitor do texto, ao passo que a tragédia provocaria simpatia e comoção. E aí se entrevê o rasgo crítico do romance.

Dona Hécabe e Nina transitam em movimentos circulares dentro do texto, da mesma maneira que suas vidas são um ciclo: um círculo vicioso. São elas que se fecham na tradição, se enjaulam no tempo: são elas que comandam. No espaço fechado de suas casas, no uso previsível de sua linguagem, estereotipada no modelo do linguajar feminino da pequena burguesia grega, na gestualidade que acompanha suas imprecações e suas dores, na maneira como interagem com os filhos e os maridos. São elas que mantêm vivo o elemento "machista" da sociedade em que se inserem, agindo nos panos de fundo, ao seu modo particular, e movendo as alavancas da crítica e da reprovação de tudo quanto não corresponda à mitopoese criada por elas mesmas. Mitos de valentia, de masculinidade e de vitalidade. O livro abunda em exemplos disso. Homens, e também mulheres (veja-se o desprezo das narradoras em relação às prostitutas, ainda que tentem atenuar suas afirmações, dizendo que algumas são até mais puras que muitas virgens...), que não agem segundo a mitopoese criada pelas narradoras são arrojados com violência à categoria de não-homens (*anandria*, em grego), de fracos e covardes. Veja-se o seguinte exemplo, tirado da boca de Nina: "O filho da dona Hécabe, esse pelo menos era homem. Ele podia ter aprontado as mesmas baixarias do tipo, a exemplo, como infelizmente parece acontecer, de muitos outros jovens por aí, mas nunca perdeu a valentia e a virilidade. Aquele lá traçava tudo o que aparecia pela frente, com ou sem saia, como diz a boca do povo. A dona Hécabe disse que certa vez o pegou até com a prima, a Gogô".

E nasce uma outra mitopoese: a dos monstros. Tenha-se em conta o dizer da própria Nina, ao pegar o irmão em flagrante tendo relações sexuais com o marido: "'Mas será possível, meu Deus, que *todos* os homens sejam esses monstros?', ficava me perguntando a todo minuto, mas era como se eu estivesse falando com as paredes. Se não houvesse o precedente do Argiris, eu não sei como teria me sentido e como teria pensado. Mas tudo aquilo que eu tinha sofrido em silêncio durante tantos anos por conta daquela história deram àquele novo episódio as dimensões de uma catástrofe assustadora e irremediável. E eu ficava dizendo, mordendo o travesseiro para não gritar: 'Mas será possível?! Todos, todinhos mesmo? Tendo um buraquinho está bom para eles ficarem satisfeitos, e dane-se o resto? E o monstro do meu irmão, como foi que ele pôde...!'".

A Grécia

Para o grego, o mito é a expressão de sua própria história. O mito do país, da unidade helênica, atravessa toda a narração. Veja-se: "... respondia que eu era desconfiada e maliciosa como todos os gregos", "os gregos brincando de boneca!...", "os alemães nunca hão de nos fazer mal, são admiradores da Grécia e dos gregos", "nós, gregos, não somos um povo ruim". Nesse mesmo contexto, numa sociedade em que mitos são elementos tão pronunciados, impregnando o inconsciente coletivo tão fortemente que o trangressor é visto como um monstro e a transgressão como um tabu, faz-se um apelo "religioso" – o "religioso" do mito que de religioso já não guarda mais nada – para que o mal seja exorcizado. E, como já vimos, os "monstros" se tornam o bode expiatório da própria sociedade, para que a maioria dos "não-transgressores" não sofra com a ira divina, com a inexorabilidade do destino, da Moira com a qual as narradoras muitas vezes, interrompendo a narração, põem-se a dialogar, acreditando que o comportamento transgressor de um traga toda sorte de desgraças para toda a coletividade. Mais um elemento que liga as narradoras a mitos remotos de que o destino dos homens está à mercê da vontade dos deuses, eximindo-se da responsabilidade pessoal e das conseqüências do uso do livre-arbítrio. Dimitris, Dino, Helene, Maria, Afrodite, Miltíades, tio Markousis, Teodoro, Adônis, entre tantos outros, tornam-se aos olhos das narradoras transgressores, sendo que, muitas vezes, sofreram a influência nociva direta delas próprias, que, em seu discurso, tentam eximir-se disso passando a "culpa" da trangressão adiante. A culpa de Maria ser como é passa a ser da Erasmia, que a estragou com suas lições de catequese. Culpa da Froso a ruína moral do Dimitris, por tê-lo hostilizado na infância. Culpa do tio Markousis por a Nina não ter se realizado nos casamentos, já que ele a impediu de se casar com seu primeiro namorado, o Argiris. Ao passo que ela mesma teve oportunidade de constatar que jamais poderia tornar-se esposa do namorado da juventude, visto que as acusações de ser ele homossexual com as quais ela mesma o confrontou obtiveram um assentimento tácito por parte do próprio rapaz: "... enfiou as mãos nos bolsos, se levantou e foi embora sem dizer uma palavra. E eu fiquei ali que nem boba, debaixo da estátua do Platão, de queixo caído, querendo sumir da face da Terra".

Mas mesmo aí a mitopoese de Nina volta a deformar a realidade. Esquece-se do fato de que o primeiro e tão sensível namorado, aficionado de poesia, é homossexual, detalhe que deixa de lado para acreditar que, se não tivessem intervindo os outros, teria se tornado a felicíssima senhora Lahana! O pai da Nina, no entanto, que poderia ser recriminado pelo que a narradora descreve como "o vício do jogo e das mulheres", em nenhum momento é criticado ou apresentado sob uma luz menos lisonjeadora enquanto não vai de encontro aos seus interesses pessoais, à sua visão de mundo, "de mulher", de afirmação como tal, de auto-conservação, ao passo que sua mãe é sempre vista com maus olhos, pois é cheia de crendices e superstições, como se ela, Nina, como aliás a dona Hécabe, fossem muito diferentes... Está mais uma vez claro que as narradoras, se não reinventam a realidade, recortam-na a seu bel-prazer e escolhem dela os elementos que lhes convém narrar. A narração apresenta assim uma constante de escolha e exclusão.

O tempo circular e o espaço hermético

Estamos lidando com mulheres cheias de crendices, que acreditam em magia negra, simpatias, leitoras de borra de café. Mulheres que amam, sofrem, mas nunca sem uma grande dose de teatralidade. Mulheres que, no uso que fazem de sua língua (o livro está cheio de expressões, em grego, de uma modalidade purista, tanto quanto demótica, além das inúmeras citações em grego do Novo Testamento, tiradas da própria Bíblia), remetem a gerações e gerações que se lhes precederam, carregando em si elementos fixos de uma tradição leiga e mitopoética, trancafiando-se no círculo vicioso do tempo. Repare-se em como Nina se refere a duas mulheres que fogem a esse arquétipo: tia Katingo e Maria mais de uma vez são comparadas a vegetais, por estarem isentas das paixões e histerias que movem a elas próprias. As narradoras conhecem, inconsciente ou conscientemente, a inexorabilidade do ciclo em que se encerram. O tempo passa a ser algo a ser suportado, a vida vivida com muito custo. Em alguns momentos, dizem que a vida é bela, referindo-se aos outros (como no casa de dona Hécabe, que tenta convencer a filha Helene a não abortar – mais por um instinto de sobrevivência que fala alto dentro dela própria?). Em outros, as narradoras já não querem a vida que têm, e procuram durante todo o percurso de suas existências distrações "para a hora passar mais rápido...". Quase no final do texto, Nina constata, com tristeza – e talvez até entreveja o beco sem saída que criou para si – que até as plantas morrem e renascem, fugindo ao ciclo da vida e da morte: "'Ê, árvores desgramadas!', pensei. A falecida tinha razão até nisso: morrem e renascem, morrem e renascem. Só nós morremos para sempre...".

Outro exemplo em que a realidade não corresponde à mitopoese da narradora é a descrição que a Nina faz do seu terceiro marido: "... o que eu menos precisava era de um gigolô na minha vida. Se eu quisesse um, procuraria achar um novo e bonito. Não era o caso de eu me casar com o Teodoro, surdo e careca como ele era". E é justamente esse terceiro casamento que justifica o título do livro: nem mesmo um terceiro casamento parece apresentar possibilidades de realização, amor e felicidade a Nina... Assim como não o faria provavelmente nem um quarto, se tal fosse permitido pelos padres ortodoxos... A grinalda não seria nada mais que o símbolo no círculo vicioso no qual se centrifuga a narradora.

Cabem ainda algumas palavras quanto ao espaço em que se dá a narração. Se o tempo é fechado e circular, o espaço também o é. Tudo se dá no espaço do doméstico, do lar das narradoras. Os eventos que se dão fora desse espaço são apenas extensão do espaço em que as mulheres reinam. Atenas e Salônica são extensões femininas do mundo das narradoras. O livro superabunda em referências e caracterizações às duas cidades, tão cheias de contradições como elas próprias. Salônica primeiro é, no dizer de dona Hécabe, mãe dos pobres. Depois passa a mergulhar na insignificância, quando ela, dona Hécabe, a abandona para retomar a vida em Atenas, cidade tão execrada por ela (velha e emporcalhada Atenas, como afirma Nina no final da narração), a malfeitora que engolira a seu filho Teodoro e passa a ser motivo de orgulho quando se muda para lá. Não haveria aí igualmente um outro paralelo? Se Atenas e Salônica, as maiores cidades gregas, palco de tantos e tantos acontecimentos históricos que mudaram o destino do país, são extensão da narradora-uníssono Nina-Hécabe, não seria esta última representação da própria Grécia, com todas as assimetrias, contradições, contrastes e desconformidades que comporta em si?

Uma Grécia centrada em si, em sua tradição, sem poros para o exterior. Sintomáticas as palavras de Nina ao se referir à família De Jong, antigos vizinhos que se mudaram para o exterior: "Ah, quem me dera ser um passarinho para ir voando vê-los, para jogarmos uma bela partida de pôquer, que me faz tanta falta, e para ver como é o mundo fora da Grécia! Eu fico me perguntando se é tão diferente como dizem ou se tudo é igual por toda a parte".

Do começo ao fim do livro as narradoras são o que há de mais diametralmente oposto ao elemento que tornaria o romance um "Bildungsroman" ou "roman d'apprentissage" (mais uma vez fazendo nossas as palavras de Athina Vouyouka), no qual é perceptível um desenvolvimento dos personagens, que ao cabo do romance já não são o que eram no início.

Mas a "narradora-mãe", a dona Hécabe, tem um momento de verdade. Em seu leito de morte. Entrevê o vazio que se tornara a sua vida. Já nos falara inúmeras vezes sobre momentos em que sentira uma solidão de um peso insuportável. O que não é de se espantar. Um mundo no qual ela própria era a entidade maior, a força motriz de tudo, em seu matriarcado sobrepujante, não era um mundo no qual houvesse espaço para um deus, ou para Deus, o que mais uma vez contrasta com todas as alusões à religião e se conforma à ridicularização de personagens religiosos que recorrem em toda a duração da narração. Crítica aos blasfêmios. Crítica aos judeus (Daviko, Vitória, "os anti-cristos"), crítica à beatice e aos beatos (Erasmia, madre Eutimia, Adônis). Isso remete também a todas as exclamações invocatórias de Deus ("Que Deus o tenha!", "Valha Deus!", "Que Deus nos proteja!") que permeiam o texto. A revelação que dona Hécabe faz a nós e a Nina, no leito de morte, demonstra-o de maneira exemplar: " 'Nina...'. 'Estou ouvindo'. 'Nina, Deus não existe!...'".

Últimas palavras

O círculo vicioso presente no texto, no entanto, imperceptivelmente se desfaz, tem uma válvula de escape na figura de um único personagem: Akis, neto de dona Hécabe. Ele é o único que se projeta para o futuro, escapando ao círculo vicioso do clã dos Longos, nas palavras da própria Nina. E o faz também por não se render à vontade da avó, contradizendo-a muitas vezes e, num gesto supremo de libertação, recusando-se a voltar com ela para Atenas, o que ela esperava obter como derradeiro motivo pelo qual se apegar ainda à vida. E o faz igualmente pela arte. Akis é o único personagem que se dedica a uma atividade criativa: a pintura.

Somos levados a simpatizar com esse personagem que, mesmo tendo sido criado pela avó, vivendo no mundo feminino em que foi inserido (tricotava com destreza malhas para os soldados, na companhia da avó, de Nina e tantas outras mulheres...), soube desenvolver seu senso crítico em relação ao que o rodeava, apresentando-se quase como um resgate para o mundo das narradoras, distanciando-se sem deixar de aproximar-se, criticando mas amando. Isso se torna exemplar no que diz respeito à sua pintura: ainda que Nina expresse abertamente sua aversão pelas obras do rapaz, continua freqüentando-a, desfrutando de sua companhia.

E é com a imagem desse personagem no pano de fundo que nós leitores fechamos o livro. Com um sorriso amargo, cujo amargor, porém, é atenuado por uma compreensão mais vasta do conteúdo e da extensão do romance. E o personagem Akis, se não tem voz participante na narração, é como se falasse na voz do próprio Taxtsis. Aceita as críticas de Nina, complacente, tendo-a na conta de uma velha amiga: "'Até se você não tivesse se casado com o titio', me diz, 'pode ter certeza de que viria do mesmo jeito! Nós dois somos velhos amigos...'". E, com a pintura que intitulou: "Adormecida: minha avó", nos deixa entrever que, apesar dos pesares e de todas as idiossincrasias da avó, a amou e a entendeu. E se ele, que viveu de perto a influência matriarcal da avó e continua vivendo-a na figura de sua velha amiga, aprendeu a conhecê-las e amá-las com tudo o que têm de humano, por que não haveríamos nós de fazer o mesmo?

Além do mais, quem pode negar ter-se deleitado na companhia de duas mulheres tão excêntricas, mas tão reconhecíveis no universal que extravasa, por meio da arte, as fronteiras da própria Grécia?

É por isso que o romance de Taxtsis, com todo o seu conteúdo de crítica social e mordacidade, de afastamento narrador-leitor, é um livro terno, que choca, mexe, mas aponta para uma luz sempre presente no horizonte do mundo social, não só grego, mas mundial e humano.

Primeira parte

capítulo um

Não a agüento mais, simplesmente não a agüento mais!... Que praga é esta, a que me enviaste, Deus meu? Que pecados cometi para que me punisses tão severamente? Até quando terei que me arcar sob esse fardo? Até quando serei obrigada a suportá-la, olhar para a sua cara, ouvir a sua voz, até quando? Será que não há nenhum cristão perdido por aí que a faça mulher e me liberte dessa aberração da natureza que o pai me deixou de herança a título de vingança? Que o diabo os leve, a todos aqueles que me impediram de fazer o aborto!...

Mas por que é que eu ainda lhes fico lançando pragas? Já se foram. Tampouco é culpa deles. A culpa é minha, que lhes dei ouvidos. Em questões desse gênero, deveríamos ouvir apenas a nós mesmos, e a ninguém mais!... Enquanto ela era pequena, ainda me consolava a idéia de que, ao crescer, mudaria. "Há de mudar!", dizia eu. "Há de tomar jeito. No final das contas, cedo ou tarde, chega o dia em que se casa. Outro é quem a carregará nas costas, não eu. Deixe estar!". Leda esperança. Pelo visto, vai ficar solteirona. E como não ficaria solteirona, do jeito que é? Ah! Culpa daquele monstro da Erasmia, que a estragou com as suas lições de catequese. Que homem, lhes pergunto eu, que homem se viraria para olhá-la com desejo, do jeito como ela se veste, do jeito como se comporta, do jeito como fala? Que sujeito de bem a aceitaria como mãe dos seus filhos, com essas suas idéias ridículas, com as suas neuroses, com a pele coberta com esse eczema que ela não pára de coçar, impedindo-o de cicatrizar-se? Infelizmente, ficará para titia, e eu, pobre de mim!, não sei de qual das duas terei mais pena: se de mim mesma ou dela. Porque eu, diga o que disser, e contrariamente ao que possam pensar, continuo sendo a sua mãe, e me compadeço dela.

Mas também me compadeço de mim mesma. Cada vez que ela me atordoa, a minha úlcera me faz ver estrelas. "Já que Deus a fez feia", digo-lhe, "por que não se veste pelo menos um pouco mais vistosamente, quem sabe algum pateta cai na ratoeira?!". Mas, infelizmente, nem nisso puxou a mim. Não digo que eu seja bonita. Mas tenho uma certa graça. Sempre soube me vestir. Na sua idade, eu era espertíssima. Quando passava, os homens se voltavam para mim como os girassóis se voltam para o Sol. Diferente dessa lagartixa! Daria tudo para saber com quem diabo se parece! A mim não puxou, à avó tampouco, ao seu avô nem pensar, ao pai menos ainda. Podia ser um patife, ter aquela sua natureza, mas era um cidadão do mundo. Era belo: talvez mais do que devia...

Não, bonita eu não sou! Mas sei viver. Que outra mulher na minha idade se mantém tão bem como eu? Todas as minhas amigas e colegas do liceu Arsakio envelheceram. Levo um susto quando topo com elas na rua. Já são todas avós!... Não tanto por terem netos – a Ioulia não tem –, mas sim por terem descuidado tanto da aparência. Deixaram-se envelhecer. O corpo não envelhece, se o coração não o fizer antes. Dizem: "Deixe que as meninas se permitam certos luxos! Os jovens é que precisam sair para dançar e se divertir! Já estou velha demais para essas coisas". Mas falam dessa maneira porque têm filhos que merecem qualquer tipo de sacrifício. Não têm uma certa Maria! Não sabem o que significa ter uma filha assim, e é por tal razão que não as levo a mal por me censurarem o fato de eu ter voltado a me casar, em vez de fazer com que *ela* se casasse. Não sabem o quão bem eu pesei os prós e os contras, na época em que me atrevi a dar o grande salto de me casar com o Teodoro. A Maria, havia dito a mim mesma, é como o náufrago que se afoga... Se eu fizer menção de me aproximar para salvá-la, ela já vem querendo me arrastar consigo para o fundo. Que pelo menos *eu* consiga me salvar, deixando-lhe certo tempo para crescer um pouco e amadurecer outro tantinho. "Case a moça", diziam-me todas elas, "e verá como ela se torna irreconhecível!". Eu, casá-la?! Será que é tão inútil a ponto de não conseguir achar sozinha um noivo? Eu, entregar-lhe um noivo de bandeja? Na idade dela eu arrastava dez rapazes ao mesmo tempo. Aonde quer que eu fosse, lá estavam eles dependurados em mim. Aquele para quem eu dissesse "Você!", vinha correndo de gatinhas!... Vocês estarão se perguntando como foi que eu fiz a besteira de escolher justo o Fotis! Bom, isso é outra história. Prefiro nem me lembrar, porque me aflijo ainda mais. Talvez, penso de vez em quando lá com os meus botões, estivesse escrito pelas mãos do bom Deus que eu tivesse de passar pelo que passei, escrito que eu tivesse que dar à luz essa medusa!... Já outras vezes penso que a culpa não é nem de Deus, nem do destino. A culpa é só minha e de mais ninguém! Fui cabeça-dura e bati de pé junto: "Quero me casar com *ele*!", e me casei. Só de teimosia, já que ninguém lá em casa o queria. Nem mesmo o finado papai, sempre tão reservado em seu julgamento. Não estava disposta a deixá-los se intrometerem mais uma vez na minha vida e nos meus assuntos, como já haviam feito no passado. Já me haviam feito mal suficiente com a balbúrdia no caso do Argiris. Eu já não tinha mais 18 anos, ao contrário de antes. Tinha 27. Era dona do meu nariz e estava decidida a fazer o que me desse na veneta. Pronto, fiz o que meu deu na veneta, e me dei mal!...

Mas uma coisa não tem nada a ver com a outra. Todo mundo erra pelo menos uma vez na vida. Mas será que é justo que eu tenha que pagar eternamente por esse erro estúpido? Quantos anos eu ainda viverei? Dez? Vinte? Sabe-se lá! Posso sair hoje de casa e ser atropelada por um carro, do jeito que eles correm por aí como endemoniados. Mas, nem que me reste uma, só uma hora de vida, estou decidida a viver como bem entender eu, e mais ninguém! A dona Galatia não faria outra Nina nem que quisesse. Está a dez palmos do solo. Viver sem os seus resmungos, recompor-me, dedicar-me a questões mais sérias do que ao eterno assunto "Maria" – bom Deus, jamais me caberá tão grande dádiva?

Já vão dois ou três dias que está agastada com o Teodoro. Tem os seus ataques periódicos de cólera. Bate a porta na cara dele. Recusa-se a sentar-se à mesa conosco. E quando nós duas nos encontramos a sós, faz a sua caveira, amaldiçoando não só a ele como a toda a sua progenitura, sem que o pobre coitado lhe tenha dado o menor motivo para tanto. Tem inveja de mim, a maldita: o que mais se poderia supor? "Se o que você quer é um marido", digo-lhe também hoje em dia, "vá ao parque e trate de encontrar um varapau que a queira!... O parque não fica longe. A dois passos de casa. Vá até lá procurar algum marinheiro ou militar para apagar esse seu fogo! Ou quer que *eu* vá procurar para você? Na sua idade, eu não só já tinha feito você como estava às vésperas de me casar pela segunda vez! Está esperando o quê? Vamos!". Digo-lhe ainda: "Vista-se e saia para a rua, que eu juro pelos ossos do meu falecido pai, o ser que eu amei mais do que a tudo nesse mundo, que – seja lá quem quer que você traga para casa, veja bem, *quem quer mesmo* que você traga, me dizendo: 'Este aqui é o meu namorado, o meu noivo, o meu marido' – eu não levanto a menor objeção, não expresso o menor julgamento! E ainda faço dez reverências ao rapaz. Não sou eu que vou me casar com ele, nem dormir com ele. Você é que vai. Basta, claro, que ele não a faça de boba – porque essas virgens de meia-tigela e asquerosas que nem você vivem se deixando fazer de pateta –, dilapidando o seu dote para depois a largar, pois aí eu vou ter, além de você, mais outro bastardo para carregar nas costas! Vista-se, vá para a rua, suma da minha frente! E se não quiser um marido – já que é uma desequilibrada que não sabe nem você mesma o que quer da vida – vá então se trancafiar num convento. Ainda há uma porção deles. Vá ficar com a madre Marian no convento da Keratea. Vá fazer votos como a Erasmia; ela não é o seu protótipo? Ou será que o seu pai a largou comigo, de propósito, deixando-lhe recomendações de que você me azedasse a vida? Vá logo! Vista-se! Acabe fazendo o quiser! Mas, muito cuidado! Estou-lhe avisando pela última vez: não volte a me causar o tumulto que você me causou hoje, muito menos na frente do Teodoro, que eu viro uma segunda Castro e a corto em mil pedacinhos! E nunca mais ouse tirar da parede da sala de estar as fotografias do papai e da dona Hécabe! Mesmo que as molduras sejam feias. Mesmo que esteja fora de moda colocar fotografias na parede. Enquanto eu viver, essa casa é minha! *Eu* sou a patroa aqui dentro, e penduro na parede o que *eu* quiser, está ouvindo? Quando você se casar, com a graça de Deus, e montar a sua própria casa, ou quando eu der com as dez, como diz você, e você herdar o que tenho – o que não vai demorar muito, do jeito que me inferniza –, pode pendurar na parede o que bem entender, até sinetas!... Mas, enquanto eu viver e os meus olhos estiverem bem abertos, quero ficar olhando para as fotografias dos seres que me amaram e que, infelizmente, morreram e me deixaram com uma bruxa inútil como você, que ainda há de me comer viva!", digo-lhe, indo pendurar as fotografias do papai e da dona Hécabe no seu devido lugar.

Quando as viu lá, pôs-se a espumar de raiva: "Tome cuidado, que ainda hão de chamar a sua querida sogra de lavadeira!". Ao que eu rebato: "Lavadeira é você, com essa sua aparência!". Foi assim que começou nossa briga de hoje. "Lavadeira é você!", repito e, de insulto em insulto, não faltou muito para que acabássemos nos pegando. Eu estava estourando de raiva, pois sei que ela insulta a dona Hécabe de propósito, só para me espezinhar. Sabem como é, se o Teodoro ouvi-la qualquer dia chamando a mãe dele de lavadeira, a apanha na hora por um tufo de cabelo e a faz rodopiar pela sala que nem um pião. E quem é que sai mais abalado da história? Quem mais, senão eu e ele? A Maria é que não é. Ela é movida a brigas, não consegue viver sem.

Mas, mesmo que o Teodoro não estivesse aqui, faço questão de ver a fotografia da dona Hécabe no lugar dela, não por ser a minha sogra. Afinal, que nora ama a sogra? Deus sabe que, se ela ainda vivesse, eu não teria de maneira alguma aceitado me casar com o Teodoro. Podia ser a melhor amiga do mundo, mas não dava para sogra. Ninguém melhor do que eu estava em condições de saber disso. Ela já estava incapacitada de manter quaisquer relações que fossem, dado o estado psíquico em que passara os derradeiros anos. Já não era mais a dona Hécabe de antes com as galhofas e a sua fé na vida e nos homens, apesar do aparente otimismo; aquela dona Hécabe para quem você contava os seus pesares e que lhe dava conselhos, como só ela sabia fazer. Ao contrário! Se ela ainda vivesse na época em que o Teodoro voltou do Oriente Médio, nem de longe teria me passado pela cabeça a idéia de me casar com ele e me tornar a sua nora. Teria sido engraçado. Inconcebível. Teríamos fatalmente brigado. E isso sem falar do quanto teriam rido às nossas custas. Eu ainda hoje encontro por aí conhecidas daquela época, e elas me dizem: "Imagine só você, Nina! Quando é que poderia imaginar que um dia você se tornaria nora dela?". Mas elas falam isso com uma ironia que, se eu não ignorasse, teria que sair brigando com todo mundo por aí. Pensando bem, até que, em parte, não deixam de ter razão. Que é engraçado é, as coisas terem tomado o rumo que tomaram. Só não é engraçado o jeito como as pessoas encaram os fatos. Mas dentre essas desmioladas quem é que conhecia a dona Hécabe? Quem é que conhecia o seu coração? Às vezes até eu mesma duvido que a tenha realmente conhecido, apesar de havermos comido juntas o pão que o diabo amassou.

Algumas a achavam divertida. Outras a olhavam meio de lado, como a esnobe da Ioulia, que não sabia como é que eu podia tê-la como amiga. Nunca me disse isso claramente, mas ficava me dando um monte de indiretas. Ela me dizia: "*Você*, Nina, sendo esse amor de pessoa que você é, abrindo assim a sua casa para qualquer um? Eu sempre digo para a nossa Lilika: a Nina tem um coração de ouro". Não conseguia entender como é que eu podia preterir a sua companhia pela companhia da dona Hécabe ou da Karousou.

A Martha a via como uma palhaça e certa vez me disse: "Você é que nem os imperadores, sempre com os anões de circo". Nem mesmo ela conseguia entender, apesar de ficar se fazendo de culta, a razão que fazia com que a dona Hécabe às vezes se comportasse também como palhaça: por modéstia. A dona Hécabe adorava dramatizar a sua vida, mas, quanto mais o fazia, mais ela gracejava – sempre às custas dela mesma, e nunca às custas dos outros.

No que diz respeito à tia Katingo, com os seus pudores afetados e aqueles princípios éticos de fazer rir, nada mais natural que a visse como a personificação do diabo sobre a Terra. E de um lado tinha razão: a dona Hécabe era, entre outras coisas, também o diabo. Mas, ao mesmo tempo, era deus, uma santa, e ninguém sabe disso melhor do que eu, que acompanhei a sua trajetória até o final, que compreendi o seu coração, ao contrário até mesmo dos seus próprios filhos!...

Os seus filhos, não me façam rir! Tendo a filha que eu tenho, estou em condições de saber que, de todas as criaturas que Deus colocou no mundo, talvez não exista uma só que nos compreenda menos do que aquela que saiu do nosso próprio ventre. E se tudo isso não for suficiente para que eu queira ficar olhando para a fotografia dela, digamos então que eu o faça por termos passado juntas dias inesquecíveis. Por eu lhe ter aberto o meu coração, como não tinha feito nem mesmo com minha própria mãe. Também porque, tendo a amarga experiência que teve com a filha e com todos os outros filhos (já que, no final, nem a Polixene se comportou melhor do que a Helene), era a única dentre os meus parentes e amigos que se compadeceu de mim do fundo do coração. A única que entendeu e compartilhou da minha dor e da amargura que eu sentia pela má sorte que me coube: a de gerar uma filha-monstro!...

capítulo dois

Conheci a dona Hécabe em 1937. Esperem, não, não foi em 37; foi no verão de 36, em agosto. Lembro-me porque estávamos perto do dia da Assunção. Dia onomástico da eminentíssima condessa, e eu estava dando uma arrumada na casa: faxina geral, assoalho e tudo o mais. Estávamos eu e a Marieta no terraço, ambas de pé no chão batendo as cortinas de veludo da sala. Era o último trabalho doméstico do dia. Já chega, pensava eu, amanhã é outro dia. "Vamos acabar de bater as cortinas e tomar um banho para nos refrescarmos", dizia à Marieta no momento em que ouvimos o repique da sineta que toca a cada vez que alguém abre o portão. "Vá ver quem é!", digo-lhe. "Dê-me a borda da cortina e vá ver quem é. Espero que não seja nenhum desconhecido, despenteada como estou. Se me vir alguém que não me conhece, me tomará por uma cigana".

Deu-me a borda da cortina e foi, saltitante como uma corça (pobre Marieta!), até a varandinha que dá para o lavadouro. Dali se pode ver toda a extensão do quintal, desde o portão até a entrada principal. Semicerrou os olhos desconfiada, como fazia a cada vez que via um rosto diferente. Que figura, aquela ali! "Algum estranho", pensei com os meus botões. Pelas pregas nos lábios da Marieta, só podia ser algum estranho. Típico. Como um buldogue feroz. Voltou para o terraço e apanhou novamente a borda da cortina para continuarmos a bateção.

Entendi que não tinha intenção de ser a primeira a falar; conhecia a sua índole. "Quem é?", pergunto. "Ninguém...". "Como assim ninguém, se eu ouvi a sineta?". "Já disse, ninguém!". Era nesse tom que ela falava comigo. "A Erasmia", condescendeu em me dizer, "com uma qualquerzinha".

A Erasmia era para a Marieta um "ninguém", assim como Odisseu para o ciclope Polifemo.[1] Bem que eu adivinhei que se tratava de algum estranho, pensei. Mas não tinha a menor idéia de quem pudesse ser. Provavelmente alguma dessas peças raras que a Erasmia conhece através da madre Eutimia, pensei cá comigo, caso contrário a Marieta não a chamaria de "qualquerzinha". Chamava de "quaisquerzinhas" a todas as mulheres, conhecidas ou estranhas, com quem não simpatizasse.

Tinha infelizmente o mau-hábito de chamar de qualquerzinha também à mãe do Adônis. Qualquerzinha para cá, qualquerzinha para lá, e ficou sendo marca registrada também dessa última – era a Qualquerzinha com "q" maiúsculo. Pegamos ambas o hábito de chamá-la assim quando o Adônis não estava em casa, e eu morria de medo de que soltássemos uma dessas na presença dele. Sabia que ele não diria nada, mas que o coitado ficaria perturbado, ficaria, e já lhe bastavam as chateações esporádicas por parte da linguaruda da minha filha. O Boros havia-me dito milhões de vezes: "Nina, cuide para que nada o perturbe, seu coração está a perigo. Tome conta dele direitinho". Entretanto, o que eu fazia de um lado, cumulando-o de cuidados, pacientemente, a minha filha desfazia do outro com sua língua. Quando acontecia de o Adônis ralhar com ela, esta lhe dizia: "Deixe-me em paz! Não o aceito como pai, pois você *não é* o meu pai!...". Isso com doze anos de idade, e o coitado ficava tremendo que nem vara verde.

[1] O ciclope Polifemo, conta-se na mitologia grega, aprisionou Odisseu e seus homens na caverna que habitava e pôs-se a devorá-los. Odisseu, oferecendo-lhe um forte vinho, embebedou-o e conseguiu perfurar seu único olho com ajuda de uma estaca em brasa, fugindo com seus homens da caverna. (N.T.)

A Marieta nós havíamos trazido conosco de Andros certo verão em que fomos passar uma temporada na casa da tia Bolena, uma prima do papai. A Marieta era de Pisomeria. Os habitantes de Pisomeria, podem perguntar a qualquer um em Andros, são conhecidos pela falta de hospitalidade e pela língua venenosa, e em tudo a Marieta fazia jus à reputação dos seus conterrâneos. A mim, me amava com a lealdade de um cão, e ao Adônis ela respeitava, apesar de fazerem juntos a maior folia do mundo. Sabia, no fundo, que ele era o seu patrão, e o temia um tiquinho. Mas aos outros, conhecidos nossos ou estranhos, ela não perdoava um. Não havia ninguém para quem ela não tivesse dado um apelido. À tia Katingo ela chamava de "bispa": "Pois não, dona 'bispa'!". À condessa ela chamava de "bobalhona". Quando o fazia, eu fingia ficar com raiva, para não lhe dar muita corda, mas pensava com os meus botões que ela acertara na mosca o apelido. Foi, é e sempre será uma bobalhona.

No entanto, ela não se bicava mesmo era com a Erasmia. Não a engolia. Dizia que o seu estomâgo se embrulhava todo cada vez que a via. E quando esta última ainda arrastava consigo as suas amiguinhas para se exibir lhes mostrando a nossa casa, era com muito esforço que eu retinha a Marieta para que não a pusesse para fora. Aconteceu várias vezes de dizer para uns e outros que eu estava doente e não podia receber visitas. "Vá nos passar um cafezinho!", dizia-lhe eu. Havia aprendido com a mamãe – que Deus a tenha! – a ser hospitaleira com todo mundo e, com o papai, a não julgar ninguém antes de conhecê-lo um pouquinho. E como se pode chegar a conhecer alguém senão bebendo um café em sua companhia? "Vá nos passar um cafezinho, e traga um pouco da compota de cereja!", dizia-lhe. E ela se dirigia então para a cozinha, ocultava-se de maneira que só eu pudesse vê-la e me fazia caretas como se dissesse: "Não passo e não passo café para esses aí! Está louca? E você acha mesmo que eu ainda vou lhes oferecer um docinho?... ". Às vezes me deixava vexadíssima.

De um lado, por expressar abertamente o que eu preferia guardar para mim, e de outro porque era honesta, trabalhadora e dedicada, e ainda porque nos últimos anos, antes da guerra, com a doença do Adônis e todo o desemprego, chegamos ao cúmulo de ficarmos lhe devendo dez salários consecutivos sem que ela abrisse a boca para dizer o que quer que fosse; fechava ambos os olhos para as suas esquisitices ou, no devido momento, deixava um aberto enquanto o outro dava uma piscadela para as visitas que, por sinal, já sabiam como ela era e não a levavam a mal. Deixe-a crer que também faz parte da família, dizia comigo mesma, e que tem o direito de expressar sua opinião.

"Vem, vamos terminar de bater as cortinas!", digo-lhe. "Já me cansei. Pro inferno com essas festividades e com tudo mais que tem a ver com elas, que qualquer hora vai me dar um faniquito que eu tranco a porta para ninguém mais entrar!.... Que espécie de "qualquerzinha" é?", pergunto-lhe. Sabia que, se eu não lhe perguntasse, não abriria a boca. O que ainda não significava que fosse me responder, pois não é dessas que se intimidam com facilidade. "Já disse, ora bolas! Uma qualquerzinha!...". Não era muito eloqüente. Tinha pego o costume de me chamar de "você". Só chamava de "senhor" ao falecido pai. Se nos ouvisse alguém que não nos conhecesse, ficaria acreditando que ela era a patroa e eu a empregada.

Talvez fosse a primeira vez em que a Marieta se enganava. A dona Hécabe não era nenhuma "qualquerzinha", e não se assemelhava em nada às assombrações que a Erasmia trazia de tempos em tempos para casa, apesar de eu lhe haver terminantemente proibido, repetidas vezes (mas ela não me dava ouvidos, pois era a protegida do Adônis), de me trazer estranhos para dentro de casa. Não! A dona Hécabe não era nenhuma "qualquerzinha". O meu olhar aguçado me disse isso logo de cara, e a minha primeira impressão jamais mudou, mesmo quando descobri ter adivinhado com justeza que ela e a Erasmia, com efeito, tinham sido apresentadas uma a outra pela madre Eutimia. Ah! só Deus sabe o que eu havia passado, e ainda passava, por conta daquela intrujona!...

A madre Eutimia era uma "sóror". Durante a sua juventude, andava de um bairro ao outro vendendo velas, incensos, Santo Lenho e hagiológios. Deve tê-los lido todos e percebido que não seria difícil fazer passar-se por santa. Quando envelheceu e já não conseguia mais andar, alugou um quartinho perto do São Lefteris, fingindo-se de madre e vivendo das doações dos fiéis (trezentos gramas de açúcar daqui, cento e cinqüenta de café dali, e assim ia), que a sua nora – a madre tinha *dois* filhos – vendia, como vim a saber mais tarde. Devia a sua reputação primeiramente ao fato de que já havia quarenta anos que não comia carne e, em segundo lugar, à sua habilidade em predizer o futuro.

Certo dia, decidi me mexer e ir conhecer a dita-cuja, não para que me lesse a sorte. Eu conhecia melhor que ninguém a minha própria sorte – não é à toa que dizem que já se reconhece um bom dia pelo cantar do galo. Fui mesmo para agradar ao Adônis. Que Deus o perdoe!, mas naquela época ele estava de uma beatice só. Quando nos casamos ele era mais ateu que o "lá-de-baixo". Jamais eu havia encontrado alguém tão blasfemador como ele, nessa vida que Deus me deu. Não que o fato de praguejar em si o fizesse ateu. Há uma porção de gente crente despejando por aí cascatas de "cruzes", "meu-cristinho" e "nossa-senhora-nos-acuda" com a maior inocência do mundo, e outros que são ateus sem nunca praguejar, como no caso do coitado do papai. É uma questão de educação, como vocês bem hão de entender. O Adônis não pertencia nem à uma, nem à outra categoria. Praguejava com ardor, emprestando a cada palavra toda a força do seu significado original. Zombava de cada mínima coisa relativa a Deus ou à Igreja. Só de eu acender a candeia – para a remissão dos meus pecados, como dizia ele – já zombava de mim. E ainda tinha o desplante de falar dos *meus* pecados. Eu, coitada, quando acendia uma vela, o fazia em primeiro lugar por respeito à memória de minha falecida mãe. Refleti que não estaria certo, só porque ela havia falecido, interromper um hábito que eu já tinha desde que me dera por gente. E em segundo lugar porque, para ser bem sincera, nunca gostei de dormir no breu total. Mas isso foi antes de ele adoecer.

Quando ficou hemiplégico, com paralisia da perna esquerda, deixou os negócios nas mãos de um primo, que acabou roubando-o até não mais poder, e partimos para veranear em Koroni. Era a primeira vez que ele voltava para o seu vilarejo após tantos anos em Atenas. Fui eu quem o incitou a tomar essa decisão. Poderíamos ter ido para Andros, como fazíamos outrora. Mas eu tinha esperança de que o clima de Koroni lhe fizesse bem. O clima de Andros é um pouco úmido demais. Ao mesmo tempo, achava que lhe seria benéfico do ponto de vista psicológico o fato de recolher-se, passados tantos anos, aos lugares de outrora, tão familiares, onde havia passado a infância e a adolescência. "Levantará o seu estado de espírito", pensava eu, "e lhe dará novas forças". E a realidade nos revelou que eu não estava enganada. Com a pequena diferença de que os acontecimentos não se deram exatamente como eu esperava.

O Boros, sob cujos cuidados ele se encontrava em Atenas, tinha-lhe recomendado dar sempre uma volta pela manhã a fim de exercitar os músculos. Costumava subir até o castelo. Quem nunca foi a Koroni não sabe de verdade o que quer dizer "beleza natural". Quando eu era meninota, fazíamos viagens para tudo quanto é lugar: Egina, Methana, Sounio, Andros... mas a beleza de Koroni eu jamais encontrei em outro lugar. Eu espero, se essa situação sórdida que estamos vivendo mudar, acabando esse irmão-massacra-irmão horrendo, que Deus me permita voltar para lá nem que seja só mais uma vez antes de eu fechar os olhos para sempre. Nós tínhamos há muito tempo um livro da Athina Tarsoulis com ilustrações dos mais diversos lugares do Peloponeso, incluindo Koroni. Mas não me perguntem que fim levou o tal livro; faz anos que o vi pela última vez.

O castelo é veneziano. Ao longo das muralhas em ruínas, havia uma senda que conduzia ao mar lá embaixo, indo dar numa caverna. Nessa mesma caverna, séculos antes, havia sido encontrada uma imagem da Virgem, feita, segundo se contava, pelas mãos do próprio apóstolo Lucas. Consideradavam a imagem tão miraculosa quanto a Virgem de Tinos, e, por ocasião da Festa da Apresentação de Maria no Templo, o lugar atraía gente em romaria de todos os vilarejos das redondezas. Muitos portadores de doenças incuráveis haviam recuperado a saúde. Só fiquei sabendo disso tudo posteriormente. Por um lado porque me agradava a vista do castelo, e por outro porque não queria deixar o Adônis sozinho (temia que o coitado levasse algum tombo e batesse em alguma pedra, espichando ali mesmo), costumava acompanhá-lo. Levava um cestinho com ovos cozidos, queijo, tomate e pão caseiro; ao chegarmos lá em cima, nos sentávamos na relva e fazíamos um lanche, ou então mandava a minha querida filhinha, isto é, quando eu conseguia fazer com que ela desgrudasse da cama – a pobrezinha sofria de sonolência. “Sua desgraçada”, dizia-lhe, “que bicho foi que a mordeu desta vez?”. Mas naquele dia ele não quis que ela o acompanhasse. “Não a acorde”, me diz, “que eu vou sozinho”. Eu o conhecia: era teimoso e um cabeça-dura de marca maior. Quando ele punha algo na cabeça, não havia quem o dissuadisse. Eu, de minha parte, não podia acompanhá-lo mesmo que ele o quisesse. Tinha combinado com a sua prima Artemisia de prepararmos juntas *hilopita*[2] para levarmos conosco a Atenas. Tínhamos intenção de voltar dali a uma dezena de dias. Já estávamos havia mais de três meses em Koroni, e eu começava a ficar com saudades de Atenas. Não tínhamos como estender a nossa estada ainda mais. O próprio Adônis começava a ficar preocupado. Estava com a cabeça nos negócios. Os ares do litoral, em vez de lhe fazerem bem, passaram a prejudicá-lo.

Eu sabia que ele costumava voltar lá pelas onze. “Onze horas!”, digo à Artemisia, ao ouvir o repique dos sinos da igreja. “Você não quer se levantar para pôr um pouco de água para ferver? Já está na hora de ele voltar...”. Mas deram onze e meia, meio-dia, meio-dia e meia, e nem sombra do Adônis. “Dê um pulo na casa dos primos dele”, digo à condessa, “ para ver se ele está por lá, e de lá corra dar uma olhada no boteco! Pode ser que ele tenha ido direto para lá”. Mas a inútil começou a se vestir e enfeitar como se estivesse indo para um baile de

[2] Massa caseira grega, espécie de fios de espaguete cortados em formato de pequenos losangos. (N.T.)

casamento. Em vez de compartilhar da minha preocupação, foi se pendurar na frente do espelho e começou a se pentear com a maior calma do mundo. Se dependesse dela, eu ficaria horas plantada esperando. Quando a vi, virei uma fera. "Sua insensível!", grito. "Sua criatura desprezível! Você ainda vai me custar a vida! Uma pirralha como você ficar uma hora se penteando na frente do espelho só porque lhe pedi um favor?... Espere só eu voltar para acertarmos as contas!". Abandono a preparação das *hilopitas* pela metade, corro até a casa dos primos do Adônis, dali vou até o boteco, até a pracinha; corro de um lado para o outro que nem doida, perguntando nos locais se alguém o havia visto. Ninguém o havia visto. Pronto, escorregou e caiu!, pensei. Escorregou, caiu, e agora o encontrarei morto. Passou-me quase tudo pela cabeça enquanto eu subia até o castelo, com exceção do que realmente havia acontecido.

Estava quase alcançando o cume, com o coração na boca, e eis que o vejo empreendendo a descida, segurando a bengala atrás da nuca para me mostrar de longe que estava conseguindo andar sem apoio. "Você não tem vergonha na cara?!", digo-lhe, quando chegou mais perto, desatando a chorar de nervosa. "Não tem vergonha de me deixar atribulada desse jeito?! Não lhe passou pela cabeça que eu poderia enlouquecer de preocupação?", disse, chorando que nem criança. Apanhou-me pela cintura, e descemos abraçados.

Não nos contou como se operou o "milagre". No entanto, o verdadeiro milagre foi que os jornais de Kalamata e Tripolis pudessem publicar tantos mínimos detalhes como o fizeram. Os locais se acotovelavam em casa para verem com os próprios olhos o escolhido da Virgem. Tocavam-no e o apalpavam para ver se era de verdade. "Ainda vai virar maratonista, seu Adônis!", lembro-me de ter dito um dos locais, dando-lhe em seguida um pontapé no joelho. O quintal da casa da Artemisia se encheu de cegos, coxos e sifilíticos. Era difícil de acreditar que todos aqueles vermes existissem havia tanto tempo no vilarejo, invisíveis, ocultos atrás do asseio das casas recém-caiadas. E, quando se deu a saber que o "seu Adônis" estava distribuindo dinheiro aos pobres, foi a minha vez de bater o pé. Arranquei-o dali quase tendo que usar de violência, e voltamos a Atenas. Mal havia se passado uma semana da nossa volta, a perna voltou a se paralisar, ainda pior que antes!...

"Ah, que azar tive eu nessa vida!", pensei enquanto andava colina acima em direção a São Lefteris. Já não bastava ele ter adoecido após mal termos completado cinco anos de casamento, justamente quando eu achava que ia aproveitar um pouquinho a vida, em vez de bancar a enfermeira? Será que eu precisava ter mais esse aborrecimento àquela altura do campeonato, o de ele acabar pior que uma velha beata e eu, Nina, ter de enveredar por essas ruelas a fim de fazer votos a sabe-se lá que intrujona, pura e simplesmente para calar a boca do meu marido, para ele parar de dizer que a culpa é *minha* de ele ter tido uma recaída e de os negócios não andarem bem? Seja como for, é o meu marido, dizia comigo mesma, e tenho o dever de ter um pouco de paciência com ele.

O que eu não digeria era o papel da Erasmia em toda essa história. A Erasmia era uma antiga aluna da mamãe. Na época em que a mamãe tinha o ateliê de costura na rua Sina, os pais da Erasmia a enviaram de Cefalônia para ficar com uma irmã casada que ela tinha em Atenas, ajudando com o bebê e aproveitando para aprender a costurar. No começo, vinha como aprendiz durante o dia. No entanto, por ser calada e esperta, logo conquistou a simpatia da mamãe. Pouco a pouco, começou a vir também de noite, até o dia em que se instalou em casa de vez como uma espécie de aluna interna. Veio a ser, desde então, a causa dos meus constantes atritos com a falecida mamãe. Envenenou a nossa relação. Não o confessava nem para mim mesma, mas sentia ciúmes. Quanto mais provas de amor a mamãe lhe dava, menos eu conseguia aturá-la. Era anêmica e dissimulada, e me dava nos nervos. Embirrava só de olhar para a cara dela. Eu sabia que ela me odiava, e esse ódio era como veneno. Se eu estivesse rindo por algum motivo e acontecesse de ver aquela cara, o meu sorriso logo congelava nos lábios. O monstro me odiava, pois, enquanto ela estragava a vista costurando contas e lantejoulas, que, segundo a moda da época, se aplicavam aos vestidos, lá estava eu em Kifisia[3] tomando ar fresco, lendo, ou no cinema com as minha amigas. O cinema ainda era mudo naquela época. Saíamos de um filme e entrávamos em outro.

Quando me via de decote cavado, ficava vermelha de ódio. E a ingênua da mamãe, que não tinha a mínima desconfiança dos verdadeiros sentimentos da Erasmia, considerando-a um modelo de moça, costumava lhe dizer: "O que é que você tem, minha filha? Não está se sentindo bem? Dê um pulo até a lojinha para me comprar sete metros de tafetá negro que assim você toma um pouquinho de ar fresco!". A mosca-morta, apesar de toda a sua hipocrisia, havia-lhe inspirado a mais absoluta confiança. Antes de vir aplicar-se ao trabalho, tinha porque tinha que ir acender uma vela na igreja de São Dionísio, fizesse chuva ou fizesse sol. E a mamãe, que tanto queria ir à igreja, não tendo

[3] Bairro no norte de Atenas. (N.T.)

o tempo para tal, a tinha como nosso anjo da guarda. Quem sabe se o bom Deus, graças à Erasmia, não condescenderia em salvar também a nós, os outros pecadores da casa? "Você não estará se sentindo mal, filhinha?...", dizia-lhe. Quanto a mim, me arrastava para o meu quarto e, dando-me uns beliscões, dizia que eu era malvada e egoísta, e que me portava de maneira tirânica com as meninas do ateliê.

Depois a hoje falecida mamãe começou a sofrer de catarata, parando de costurar. Livramo-nos provisoriamente da Erasmia. Foi para Cefalônia. Vendemos a casa da rua Sina e compramos esta aqui. Depois, no mesmo ano, porém, voltou de Cefalônia, alugou um quarto na nossa vizinhança – supostamente por puro acaso – e retomou as visitas. A mamãe lhe pediu que viesse lhe fazer companhia, a fim de que pudesse me espionar. Tinha ficado nesse ínterim completamente cega e necessitava de olhos que pudessem lhe relatar o que acontecia ou deixava de acontecer em casa. A Marieta não fazia sempre todas as suas vontades. "Venha morar conosco!", disse-lhe a mamãe certo dia, mas a Erasmia declinou o convite, fazendo o uso da ocasião para destilar o seu veneno. "A senhora deseja que eu venha", diz à mamãe, "mas pergunte à Nina se o quer também, já que é ela quem dá as ordens agora!". Quem me disse isso foi a Marieta, que presenciou a conversa. Eu, porém, por razões das mais diversas, jamais havia abertamente lhe dado mostras da antipatia que eu nutria por ela. Não por interesse, como diz minha amada filhinha, já que ela nos costurava de graça, mas simplesmente porque não tinha nenhuma razão especial para entrar em atrito com ela. Sou por natureza paciente e não muito expansiva, sobretudo com pessoas de quem não gosto. Costumo ignorá-las mesmo quando me prejudicam.

Uma única vez eu por pouco não lhe dei o troco. Estava com ela entalada na garganta. Naquela época, eu já estava tendo com o Fotis as brigas que acabaram levando à nossa separação. A senhora Erasmia se trancava no quarto da mamãe, e passavam o dia inteiro só no tititi, discutindo as minhas diferenças com o Fotis. Tomavam decisões – em geral a favor do Fotis – e ainda tinham a cara-de-pau de quererem que eu me rendesse a elas, ou então vinham me dizer como eu deveria educar minha filha. Não queriam que ela fosse tão descrente como uma "certazinha". Fizeram com que se tornasse uma delas, e a estragaram. Mas mesmo em tais ocasiões eu contava até dez. Naquela época, além da catarata, a mamãe veio infelizmente a desenvolver também um câncer. O médico não lhe dava mais de um ano de vida, e a Erasmia, devo reconhecer, mostrou-se melhor que uma enfermeira, melhor que uma filha. Estava 24 horas por dia à sua cabeceira. E quando adoeceu também o papai e eu vi com que desvelo, com que desinteresse ela se ocupou dele até o fim, me comovi. Perdoei-lhe todo o seu comportamento de antes. Pensei várias vezes que eu poderia ter sido injusta com ela, e senti remorsos. Pois posso ter todos os defeitos do mundo, como assegura minha filha, mas ingrata eu não sou.

Em poucas palavras, na época em que me casei com o Adônis, a Erasmia era mais do que uma simples agregada da casa, era membro da família. Quando faleceu a mamãe, e depois o papai, decidiu fazer as vezes de babá da condessa. Levava-a junto à igreja, à quermesse, ou ainda para passear no parque. Não foram poucas as vezes em que me revoltei. "Ouça o que tenho a lhe dizer!", falava. "Se você acha que a Maria não tem mãe e por isso decidiu adotá-la, a porta é a serventia da casa! Tire-a daqui e sumam as duas da minha frente! Faça dela uma madre superiora como vocezinha, mas para fora da minha casa! Sumam, desapareçam!".

Mas essas coisas eu só dizia quando ficava brava por um motivo "x ou y", o que acontecia muito raramente. Na maior parte das vezes eu levantava as mãos para os céus para agradecer a Deus de ter posto alguém dentro de casa que a levasse para passear e que, assim, a casa pudesse ter um pouco de sossego. Hoje, está claro, eu me arrependo amargamente. O preço que paguei – e ainda pago – por aquelas poucas horas de tranqüilidade só eu conheço. Eu deveria ter posto a Erasmia para fora logo após a morte da mamãe. Não só não teria estragado a Maria, como, se não fosse por ela, não se haveriam operado – e "desoperado", de volta a Atenas – os milagres de Koroni. Eu, em parte, culpo-a inclusive da morte do Adônis. Se este não tivesse mergulhado de cabeça na religião, teria sido poupado da última e talvez maior decepção de sua vida, a que acabou por matá-lo.

Antes de ficar hemiplégico, caçoava sem piedade de sua beatice. "Por que não se casa?", dizia-lhe. "Está se guardando para Jesus, não é, espertinha?". E respondia ele próprio: "Até já sei o motivo. É porque é bonito e não tem chulé!". E desatava a rir. A Erasmia empalidecia, tremendo que nem vara verde, e até eu ficava com dó. Mas, posteriormente, vim a saber que ela podia muito bem passar sem a minha compaixão. Comprazia-se alternadamente nos papéis de mártir e de profetisa judia. Freqüentemente criava coragem e, com a boca espumando e os olhos soltando faísca, dizia-lhe que ainda chegaria o dia em que Deus o castigaria por sua impiedade e falta de respeito, da mesma maneira como castigara fulano e sicrano, enumerando uma centena de nomes do Antigo Testamento. O Adônis a escutava e se punha a fazer chacota. Mas eu, que aprendera a conhecer a sua psicologia, percebia como ele, no fundo, por menos disposto que estivesse a dar o braço a torcer, ficava impressionado. Não deixava de ser ele também um aldeão cheio de superstições. Nos recônditos da alma, temia a Deus, acreditando nas chamas do inferno (e tinha motivos suficientes para temer que seria lá que sua alma iria parar), e talvez fosse essa a razão pela qual blasfemava tanto. Quando adoeceu, lembrou-se das palavras da Erasmia. Esta não dizia nada, mas nos seus olhos se lia o triunfo. Nem precisava dizer nada. Já havia habilmente vertido o seu veneno. Eu via o Adônis definhar e podia adivinhar o combate que se travava em sua alma e em suas idéias. "A Erasmia tem razão. Pequei, e Deus está me punindo", e assim por diante. Certa noite, entrei no seu quarto e o apanhei ajoelhado diante das imagens dos santos. Fiz que não o vi, saí e fechei a porta. A visão do Adônis ajoelhado diante dos santos me deixara toda perturbada. Confesso que não consigo aturar os padres ortodoxos, mas atéia eu não sou. Creio nessa força desconhecida que governa o mundo. Fiquei comovida!... Não sabia que aquilo que me parecera uma séria e sincera demonstração de arrependimento se degeneraria, não decorrido muito tempo, na farsa ligeira que acabou se tornando, pois que o retorno do Adônis ao seio dessa instituição que chamamos de Igreja de Nosso Senhor viria a dar-se com uma superdose de teatralidade após a nossa volta de Koroni. A Erasmia o recebeu como à ovelha desgarrada, abraçando-o e chorando como um bebê. A partir daquela noite, recusou-se a dormir no nosso quarto, ainda que dormíssemos em camas separadas. Ajeitei a condessa num sofá, na sala de estar, e montei sua cama no quarto dos fundos. "Se quiser", digo-lhe, "ainda pode ir a um monastério. O que é que você ainda está fazendo no seio imundo e pecaminoso da cidade? Vá santificar-se no Monte Atos...".

Mas não quis ir a monastério algum. Preferiu arrastar o monastério para dentro de casa. Acabamos, por intermédio da Erasmia, conhecendo a madre Eutimia, padres ortodoxos defensores do antigo calendário juliano, ex-padres, o padre sicrano do Neo Faliro, o padre beltrano do Brahami, sendo que todos eles despencavam lá em casa, sem me dar muito importância, como se não fosse eu a dona da casa, e sim a Erasmia. Eu sabia que tal situação não se manteria por muito tempo. Ou ele mudava, ou nos separávamos. No meio-tempo eu, pedindo ao meu deus que fizesse o *seu* milagre, desembaraçando-me de todas essas religiosas, continuava mantendo a paciência. A melhor política, refletia, era fazê-lo crer vez ou outra que estávamos no mesmo barco, caso contrário nos afastaríamos inteiramente um do outro. E animada por tal idéia foi que me pus a caminho da casa da madre Eutimia.

O quarto se situava numa vila popular repleta de poças de água suja e crianças ranhentas de pé no chão. Não foi necessário perguntar qual dos quartos era o dela. Mal entrei no pátio interno, um odor de incenso me fechou a garganta. Sempre tive aversão a incenso. Toda vez que a mamãe acendia um, eu ficava com falta de ar, mas, com o passar dos anos, fui me acostumando. Entrei. Uma cama com estrado de ferro num canto, uma mesa no centro, cadeiras em volta, um baú e, sobre o piso, um tapete de trapos. Seria um quarto simples e frugal como qualquer outro do mesmo tipo, se não fosse pelas imagens de santos que cobriam as quatro paredes, de cima a baixo. Cem, duzentas imagens, de todas as cores e formatos: Nossa Senhora das Graças, Nossa Senhora Vigilante, Nossa Senhora Misericordiosa, a Cabeça de João Batista na bandeja, o Lenço Sagrado, a Apresentação, a Anunciação, o Nascimento de Jesus, a Última Ceia, a Crucificação, a Ressurreição, Todos os Santos, juntos e separados, mártires, religiosos e religiosas canonizados, além de um outro tanto de imagens, impressas ou ilustradas à mão, porém de péssima qualidade – ou talvez eu devesse dizer que, no mínimo, não eram bizantinas como as nossas. Dentre todas essas imagens, havia também uma representação do Zodíaco. Que diabos estaria fazendo ali o Zodíaco? Mistério insondável!

A madre Eutimia estava sentada encolhida numa poltrona baixa ao lado da cama. Sozinha de tudo. Trajava um hábito cingido por um cinturão de couro com fivela prateada e uma carapuça com uma cruz em vermelho, e tinha ainda um rosário nas mãos descarnadas. Fiquei perturbada. Por mais cético que se possa ser, seria impossível não sentir um certo temor ante a visão de tantas imagens, e ainda mais ante a visão daquele ser bizarro que se parecia menos com um ser humano vivo que com uma relíquia ou a múmia de algum faraó egípcio...

Nesse dia a Erasmia estava costurando em outra casa e não pôde acompanhar-me, como havíamos combinado de início. Mas me dera conselhos pormenorizados sobre como agir: deveria ajoelhar-me e beijar sua mão, inclinar a cabeça para receber sua benção, e não lhe dirigir a palavra se ela não falasse comigo antes. Estava disposta a participar de toda aquela palhaçada, e o teria feito, se a própria madre não me tivesse refreado. Como se estivesse me esperando (poderia jurar de pés juntos que já tinha sido informada de antemão), assim que me viu, levantou a mão, cravou em mim aqueles seus olhinhos enfiados no fundo das órbitas e me disse com uma voz que se diria vir mais do fundo de um poço seco do que de uma garganta humana:

"Espere!". Retomou o fôlego e continuou: "Espere! Seu nome começa com 'n'... Vejo três grinaldas na sua mão... Dê-me um pouco d'água!...". Sem dizer nada, apanhei uma jarra que estava em cima da mesa, enchi um copo d'água e a ajudei a bebê-lo. "Estou com sono!", disse-me após eu ter limpado o filete de água que havia escorrido pelo seu peito. "Estou com sono...". Virei-lhe as costas para colocar o copo sobre a mesa e, quando me voltei de novo para ela – sem exagero – estava roncando!...

Decidi ir embora. Tirei da bolsa o *halvas*[4] que eu havia trazido para ela – estávamos na época da Quaresma – e o coloquei sobre a mesa. Em seguida, andando na ponta dos pés, saí para o pátio, do pátio para a rua, e respirei o ar puro, impregnado pela fragrância dos lilases selvagens do outro lado da rua. Era como se estivesse retornando do Hades para uma nova vida.

Quando o Adônis me perguntou como tinha sido, respondi: "Bem, ela descobriu que meu nome começava por 'n' e em seguida pegou no sono". Pareceu satisfeito. Sobre a "profecia" – as três grinaldas –, preferi não lhe dizer nada. Não era o tipo de coisa que se pudesse dizer tranqüilamente a um pobre coitado como o Adônis, doente e com um pé já na cova. Tinha uma fé tão cega nos dons proféticos da sua madre Eutimia, que logo pensaria: "Hum, quer dizer que eu vou morrer, e a Nina vai se casar de novo. Daí a terceira grinalda!".[5] Enquanto a infeliz da Nina tentava mantê-lo vivo num vai-e-volta de verdades e mentiras, ele se fixaria na idéia da profecia, indo mais cedo ainda dessa para a melhor. Além do mais, jamais pensei, nem de longe,

[4] Espécie de doce caseiro, preferencialmente consumido em período de jejum religioso (Quaresma ortodoxa), semelhante a um pudim de textura granulosa, feito à base de sêmola. (N.T.)

[5] A coroação dos noivos com uma grinalda dupla faz parte da cerimônia de casamento ortodoxa grega. (N.T.)

que a "profecia" pudesse se realizar. Ainda hoje acho que foi apenas uma simples coincidência, ou uma daquelas profecias do tipo "oráculo de Delfos". Já conhecemos o truque. É ou não é? A Erasmia devia ter-lhe falado sobre mim. Quando uma mulher ainda jovem está casada pela segunda vez, quando o seu marido está hemiplégico e ainda sofrendo do coração, não se precisa ser nenhum Tirésias[6] para advinhar o futuro, precisa? Mas tudo isso me vem só agora à cabeça, passados tantos anos. Naquela época eu ria da idéia absurda de que pudesse voltar a me casar, pois o que mais poderiam significar as três grinaldas? Mas não posso dizer que não tenha de maneira alguma me deixado influenciar por ela. Comecei a temer seriamente que o viesse a perder muito em breve, e redobrei os meus cuidados. Além da perna e do coração, tinha ainda problema de pressão. Quando as doenças começam a atacar um sujeito, o fazem todas de uma só vez, e, infelizmente, apesar da dieta rígida a que o submeti, era tão guloso que bastava eu lhe virar as costas para ele ir abrir a geladeira e comer às escondidas. A pressão, ao invés de descer, subia, e eu estava vendo a hora em que teria um derrame. Via-se obrigado a provocar sangrias: enfiava a tesoura no nariz e enchia meio balde de sangue!... A perna continuava pela metade paralisada, mas, no meio-tempo, já havia se acostumado com a invalidez, não dando mais muita atenção para o fato. Apanhava a bengala e ia capengando para o trabalho, ou para o boteco. Conforme o tempo ia passando, cada vez mais para o boteco e menos para o trabalho; os négocios infelizmente iam capengando como ele. Porque, se os negócios estivessem indo bem, o Adônis

[6] Na mitologia grega, o sábio Tirésias, profeta cego, foi quem vaticinou a tomada de Tróia. (N.T.)

não se deixaria abater tão facilmente. Não era do tipo de pessoa que deixa de fazer o que quer por causa de deficiências físicas. Mas a situção mundial só fazia piorar: guerra na China, guerra na Etiópia, guerra na Espanha!... Todos diziam que logo teríamos guerra também na Europa. Os investimentos em bens imóveis iam diminuindo progressivamente. Para que, diziam, investir na construção? Para lançarem bombas e nos destruírem tudo?... As pessoas deixavam de construir, o primo do Adônis continuava a roubar, a Erasmia o incitava a fazer gastos com santos óleos, noites de vigília e obras de caridade junto a instituições das mais duvidosas; tudo – mas tudo mesmo – à nossa volta parecia estar conspirando para desmantelar a vida que tínhamos começado a construir havia seis, sete anos, animados por tão bons auspícios!... Tão bons que houve momentos em que imaginávamos que aquela vida duraria para sempre e que as nossas excursões para Loutraki, Egina e Poros não teriam mais fim!

Aproximadamente dois meses antes do dia em que fui conhecer a madre Eutimia, realizou-se em casa a tão famosa vigília, à qual trouxeram a dita-cuja, carregada sobre uma cadeira, a fim de que nos falasse "em sete línguas". E, terá sido uns dez dias depois, ou seja, naquela mesma tarde em que eu estava batendo as cortinas com a Marieta na varanda, que a Erasmia trouxe para casa a dona Hécabe, a qual, como os fatos vieram a provar, tinha sido enviada por Deus não só para me livrar da presença da Erasmia, mas ao mesmo tempo para mover as alavancas que, anos depois, fariam com que a "profecia" da madre se tornasse realidade...

Mas quem poderia sequer imaginar isso tudo então? Naquele fim de tarde em que veio pela primeira vez (ou segunda, se contarmos a noite da vigília) à nossa casa, não poderia nem me passar pela cabeça que essa mulher um dia mudaria a minha vida. Simpatizei com ela: era diferente de toda aquela corja que a Erasmia arrastava para dentro de casa na época. Só de birra com a Erasmia, fiz questão de convidar a dona Hécabe para ainda outra visita. E nos tornamos amigas; até mesmo o Cérbero[7] lá de casa, a Marieta, simpatizou com ela e, quando a viu chegar novamente, foi por livre e espontânea vontade passar um cafezinho, sem que eu precisasse lhe dizer nada. Mas daí a imaginar que um dia se tornaria a minha sogra...!

[7] Na mitologia grega, cão monstruoso, com várias cabeças e uma serpente como rabo, que vigiava os portões do Hades. (N.T.)

capítulo três

Não quero parecer presumida, pois eu sei que a modéstia é uma grande virtude, mas – fazer o quê? – o Adônis não era para mim. Após os dissabores que eu tive com o Fotis, porém, ficando sem qualquer meio de subsistência, ao que se acresceu o fato de a mamãe ter parado de costurar por causa da catarata, ficou claro que não seria possível vivermos da pensão mixuruca que o papai recebia da Universidade. Está certo que tínhamos casa própria e não pagávamos aluguel, mas ninguém transforma pedra em comida; nós poderíamos, sim, vender a casa ou hipotecá-la. Mas eu tinha jurado que não tocaria nela, mesmo que estivéssemos nas últimas. A mamãe, com o coração de ouro que tinha, levando os seus parentes nas costas por tantos anos e sendo continuamente esfolada viva por aquela peste do meu irmão, não tinha feito nenhum pé-de-meia, por menor que fosse, para um momento de dificuldade. Não sobrava nada o que economizar. Os únicos bens que tinha eram umas jóias da mãe dela, as quais nós já estávamos devorando. Mas, quando se fica doente, o dinheiro cria asas rapidinho. Foi-se num piscar de olhos, e começamos a pedir emprestado dos parentes: do tio Héracles, do tio Estêvão, e assim por diante.

Pensei em procurar um trabalho, mas *qual* é que eu não sabia. Nessa época, as mulheres, ou pelo menos as da minha posição social, não tinham ainda começado a trabalhar, e eu, à excessão de trabalho de escritório, não sabia fazer mais nada. A menos que eu fosse trabalhar de cozinheira na casa de alguma família rica. Mas – você sabe como é – eu não tinha tempo livre. Além da mamãe e do papai, que precisavam de cuidados de criança e muitos paparicos, o que eu não podia deixar nas mãos da Erasmia (a Marieta nós tínhamos mandado provisoriamente de volta para o vilarejo dela), ainda havia a condessa. Ia lá pelos cinco ou seis anos de idade, essa criatura mal-agradecida que não reconhece até hoje todos os sacrifícios que eu fiz por ela. Era natural que eu pensasse em casamento, o que achava também o resto dos parentes. Nós estávamos lhes devendo uma fortuna, e eu não podia deixar de levar em consideração a opinião deles. E foi assim que eu, apesar de não estar em condições psicológicas de recomeçar a minha vida do zero e cair novamente no conto do vigário de um homem, me vi obrigada a dar o braço a torcer. Não havia outra solução. Deram início à alcovitagem: o primeiro pretendente trabalhava na contabilidade; o segundo era fruteiro – muitíssimo bem-apresentado, sim, mas fruteiro; o último era um velho que tinha três casas, absolutamente nenhuma obrigação familiar, nenhum laço de família, mas que trazia de brinde, sim, uma enfermidade no miocárdio. Mas eu não tinha a intenção de me casar nem com um funcionário público e ter que viver de uma ninharia de salário, nem com um fruteiro, despencando na escala social. Muito menos ainda de bancar a enfermeira. Não precisava me casar para bancar a enfermeria. Pelo menos eu continuaria independente. "Case com ele!", diziam todos. "É velho, não vai viver muito, e vão sobrar as casas...". Mas, se eu estava disposta a me casar por interesse, isso não significava que eu fosse tão descarada a ponto de fazer projetos tão pecaminosos. Eu considerava pecado não perante Deus – que não tem nada que ver com esses assuntos –, mas perante mim mesma.

Decorreram assim dois anos, e nós tínhamos chegado ao cúmulo do desespero econômico. Como o tio Estêvão havia começado a amarrar a cara, eu me via obrigada a fazer empréstimos de amigas: da Kasimate, da Karousou e até mesmo da Erasmia. Cheguei tão baixo que pedi dinheiro emprestado, eu, Nina, à Erasmia!... Tínhamos duas hipotecas pesando sobre a casa, e eu estava desesperada da vida. Dizia: "Deus meu, me leve desse mundo, ponha fim a esse martírio diário e sem razão de ser, que não agüento mais!...".

Foi exatamente então que apareceu o Adônis. Era viúvo e tinha um negócio próprio. O único dever familiar que tinha era para com a mãe. Quem o apresentou foi uma prima distante da mamãe que vivia no bairro dele. O Adônis chegou a ter uma casa própria na Avenida Alexandras, mas, quando faleceu sua esposa (de leucemia), ele escreveu uma carta pedindo que lhe mandassem da aldeia uma moça para cuidar do imóvel. Mal haviam se passado seis meses, a menina engravidou. Mas tudo isso eu não soube na época: fiquei sabendo posteriormente. Quando os pais dela se inteiraram, se aviaram lá do vilarejo trazendo um machado, e foi por pouco que não fizeram picadinho do Adônis – Deus nos proteja dos *maniates*![8] Então o chantagearam, fazendo com que ele passasse a casa para o nome da moça. O Adônis se viu obrigado a ir morar provisoriamente com a Qualquerzinha e, estando acostumado como estava a ter uma mulher tomando conta dele, começou a procurar outra esposa. A titia nos convidou então certa tarde para um café na casa dela, ocasião em que o vi. Quando voltei para casa, capotei na cama e me debulhei em lágrimas. "Não caso e não caso, está fora de cogitação!", disse. "É um caipira de marca maior, e vejam que idade tem! Ele tem calos nas mãos e uma pronúncia de arrepiar os cabelos: nem sabe falar direito!". Mas eu sabia, no fundo,

[8] Referência aos habitantes de Mane, região do sul do Peloponeso, os quais se distinguem pela natureza agreste e costumes rígidos. (N.T.)

que não eram esses os verdadeiros motivos da choradeira. Eu chorava porque tinha entendido que, se quisesse me casar, não poderia ter encontrado homem mais apropriado que o Adônis. Eu tinha a casa, mas estava hipotecada, além de que eu já não estava mais com vinte anos. Isso sem contar que havia ainda o ingrato legado do Fotis, que o bom homem logo se prontificou em adotar, lhe assegurando educação e bem-estar econômico. Nessa época ele ganhava rios de dinheiro. Era um dos melhores e mais conhecidos empreiteiros de construção civil de toda Atenas. Não só desipotecou a casa assim que nos casamos, como deu início a uma série de consertos que deveriam ter sido feitos muitos anos antes, aproveitando também a ocasião para realizar algumas reformas: construiu outra lavanderia no terraço, transformando a antiga, que ficava no quintal, em quarto; demoliu a parede exterior do nosso quarto para aumentá-lo de tamanho; instalou um fogão elétrico, um daqueles primeiríssimos que chegaram na Grécia; e ainda construiu um banheiro (antes nós nos lavavámos numa bacia na lavanderia) com espelhos e ainda pia e banheira de porcelana, sem falar no bidê! Objetos que a condessa encara hoje com a maior naturalidade do mundo, sem jamais deixar de me dizer – e é justamente isso o que mais me ensandece – que matei o pai dela só por ele não ter tido os meios de me construir um banheiro com bidê! Mas eu já me acostumei com sua língua e não a levo mais a sério. Sei que ela tem inveja de mim por eu ter me casado três vezes, e ela corre o risco de ficar para titia. Caso contrário, eu lhe diria por qual motivo expulsei o seu pai, deixando aberta a questão sobre ter sido realmente eu quem o teria matado ou as imundícies que ele próprio fez na vida!...

Pois é, lembro-me como se fosse ontem! Cada vez que ela me atordoa, remôo todos os desgostos que tive nessa vida.

Eu não saberia dizer qual recordação me vem primeiro. Seria a história com o Argiris, seriam as "proezas" do Fotis, tudo quanto eu passei enquanto ainda vivia o Adônis, com suas doenças e depois a carolice, ou tudo o que aconteceu de ainda pior depois que ele morreu? Pois, sem querer fazer como as outras, que dizem por aí ser a mulher mais infeliz do mundo, a verdade é uma só: eu também tive a minha dose de amargura nessa vida. De que adianta ter tido três maridos, de que adianta, me diga você? Bastava um único – o certo – para eu ter uma vida familiar sossegada como tantas mulheres no mundo. Se pelo menos houvesse me casado com o homem que eu amava, o único que realmente amei! Que Deus o abençoe – será que está vivo ou morto? Não tenho a menor idéia. Eu não voltei a vê-lo desde então, apesar de morarmos na mesma cidade, à exceção talvez de uma única vez: durante a Ocupação.[9] Estava lá eu certo dia andando pela Hermou,[10] quando tive a impressão de reconhecer o vulto dele. Julguei ser ele, envelhecido, com um terno escuro. Na mesma hora fiz menção de apertar o passo para conseguir ver o rosto, mas, como se diz nos romances, as minhas pernas não me obedeceram. O meu corpo ficou todo mole. Eu queria e ao mesmo tempo não queria vê-lo, e até que eu tomasse uma decisão ele já tinha dobrado a esquina e enveredado por uma ruela. Que saudades do Argiris, que saudades de Kifisia! Que anos felizes foram aqueles, que anos despreocupados!

Todos os adultos sentem saudades do paraíso da infância. Chamam essa época de paraíso, mesmo que ela tenha sido um

[9] Período, entre 1941-44, em que a Grécia esteve sob a ocupação dos alemães e dos italianos. (N.T.)

[10] A principal rua de lojas famosas, no centro de Atenas. (N.T.)

inferno. Têm saudades dos anos em que a vida ainda era simples e o mundo repleto de magia. Mas eu, além desse paraíso, ainda tinha um outro, palpável, como o que se descreve no Antigo Testamento: com árvores, pássaros, flores – mas também com uma serpente! Quase todos os sábados, principalmente na primavera, vinha o seu Alexis, o cocheiro do tio Markousis, trazer um cesto de frutas da estação – às vezes morangos, às vezes figos ou amoras –, levando-me embora em troca da cesta.

O tio Markousis tinha uma porção de sobrinhas: as filhas da tia Bemba, da tia Negrepondi, e assim ia. Não sobrou mais quase nenhuma. A família foi pouco a pouco ficando sem herdeiros. Mas nessa época nós éramos em grande número. De todas essas sobrinhas, porém, a que ele preferia era eu. "Se você fosse dez aninhos mais velha", ele costumava me dizer, entre gozador e sério, "ou então eu jovem como antes, juro que raptaria você, e pouco me importaria que os padres botassem a boca no trombone!". O tio Markousis, o mais velho dos irmãos da mamãe, tinha ficado solteiro. Ninguém jamais entendeu por quê. Quando nós éramos crianças, volta e meia ouvíamos os adultos fazendo alusão a uma certa viúva. Falavam na linguagem do "p", achando que nós não entenderíamos: "Pe-co-pe-mo pe-es-pe-tá pe-a pe-vi-pe-ú-pe-va?". E trocavam umas piscadelas maliciosas. Supunha-se que estava às voltas com a viúva de um antigo amigo. "Por que o tio Markousis não se casa, mamãe?", perguntei certa vez à falecida. "Não interessa!", respondeu. Nenhuma das irmãs, principalmente a mamãe, o encorajava a se casar. Estavam todas de olho na propriedade de Kifisia.

A propriedade do tio Markousis confinava com a da família Lahana. O velho Lahana era um local, um dos mais antigos camponeses da época em que Kifisia era ainda uma aldeiazinha, mas seu filho era um advogado ilustríssimo e circulava em altas esferas da sociedade. Tinha sido eleito parlamentar e mantinha estreitas relações com a família dos Dragoumis, aos quais o tio Markousis se limitava a dar um bom-dia dos mais secos. O tal Lahana tinha dois descendentes: uma filha na idade do Dino e um filho, dois anos mais velho que eu, o Argiris. Que loucuras nós dois fizemos! A mais inocente delas talvez fosse a mania que nós tínhamos de entrar escondidos nos terrenos vizinhos para roubar frutas. E isso apesar de termos nos terrenos das nossas casas toda e qualquer fruta que pudéssemos desejar. As frutas apodreciam nas fruteiras de casa. Mas nós preferíamos a fruta roubada, o fruto proibido. Éramos doidos por uma aventura. E como eu gostava de uma molecagem! A vida corria pelas minhas veias, ao contrário do que acontece com a dorminhoca da minha filha. Nós montávamos a cavalo e íamos galopando até Hecale – nessa época as pessoas ainda tinham cavalo – ou subíamos ao Kokinaras, nos sentando na grama, perto dos arbustos de tomilho, para observar Atenas do alto.

O Argiris era alto e loiro; não parecia grego. O tio Markousis, que não ia com a cara do velho Lahana, dizia que eles eram gregos do norte, descendentes de albaneses. Às vezes eu tento me lembrar dos traços dele, mas não consigo. Passaram-se tantos anos desde então! Não tenho dele sequer uma fotografia. Todas as que eu tinha mandei de volta. A única coisa de que eu me lembro é do cheiro do seu corpo, impregnado do odor do tomilho. Eu me lembro dele a cada vez que sinto o perfume do tomilho, ou a cada vez que ouço a palavra "tomilho", e parece que estamos de novo deitados sobre a relva, a cabeça dele encostada nos meus joelhos enquanto ele me recitava poemas:

Alicia o sonho da quista ventura!
Porfiando no engodo para o qual nos seduz!...
Mas com barcos e águas repletas de luz
Do mar o azul, a viagens apura!...

Ele recitava como se já fosse velho e tivesse conhecido e perdido a felicidade centenas de vezes. Pobre Argiris! Talvez tenha sido você, com essa dor que sentia, quem me fez sofrer o quanto sofri. Se você soubesse que preço eu paguei e ainda pago por conta sua!... Assim é a vida: não leva em consideração qualquer atenuante que nós possamos ter, assim como tive eu. Afinal, o erro não foi só meu. Digamos que tenha sido também do tio Markousis. Erro pelo qual ele também teve de pagar. Aqui se faz, aqui se paga, minha cara!...

Quando terminei o científico, quis fazer uma faculdade de Direito. Sempre fui a melhor aluna da classe em redação e história. O papai me incentivava. Ele tinha idéias bastante avançadas para a época; acreditava na emancipação feminina. Mas a mamãe, que jamais o entendeu, atribuía as convicções do papai a um sentimento vil de interesse próprio. Ninguém nega que fosse um mulherengo, mas não é lícito dizer que ele acreditasse na emancipação feminina só porque gostava demasiado das mulheres. "Deixe-a fazer um ou dois anos de faculdade, querida, para desenferrujar as idéias!", dizia ele à mamãe. Mas ela entendia que o lugar de uma mulher era em casa, e que o destino dela se resumia no casamento e na função de educadora dos filhos. Imagine só você se a única função de uma mulher fosse, por exemplo, educar alguém como a Maria!...

Mas eu até a entendo. Passou a vida trabalhando como um homem – e até mais que um homem –, chegando à conclusão de que o casamento representa o menor dos trabalhos na vida de uma mulher. Ela não queria que eu tivesse que batalhar eu mesma pela minha subsistência. Achava que, se eu estudasse Direito, perderia minha condição de mulher. "Se você insistir em virar feminista", me dizia com freqüência, quando me apanhava lendo livros de filosofia da biblioteca do papai, "pode ir se despachando da minha casa!". O papai se viu obrigado a ceder e me aconselhou a fazer a mesma coisa. Ele não queria magoá-la. Nessa época, a saúde dela estava começando a declinar. Estava à beira do esgotamento nervoso pelo excesso de trabalho.

O Argiris ambicionava virar médico desde que tinha se dado por gente. Ele gostava de cirurgia. Quando nós éramos crianças, apanhava rãs e camundongos e abria a barriga dos coitados para me mostrar os diversos órgãos: o coração, os rins, o estômago e a cloaca das rãs. A irmã dele, a Nadia, e o Dino não suportavam a visão. Quando viam o camundogo de intestinos para fora, ficavam pálidos e davam no pé. Mas eu ficava impassível, observando com interesse. O Dino, dedo-duro que só ele, logo ia correndo contar para a mamãe, que balançava a cabeça tristemente, dizendo que não entendia como era possível que tivesse saído de sua barriga uma menina tão insensível. Mas o papai, que tinha passado anos a fio na subdireção do museu zoológico da Universidade e embalsamado milhares de animais e pássaros na vida, me dava uma piscadela e dizia: "Deixe estar! Ela não entende nada dessas coisas".

Mas é claro que o Lahana, não tendo outro filho, intencionava fazer do Argiris advogado. Hoje em dia os filhos têm mais liberdade para escolher a profissão que mais lhes agrade, quer dizer, *quando sabem* o que lhes agrada – bem diferente da minha filha. Mas nessa época os pais ainda tinham o direito do veto. O Argiris se inscreveu no curso de Direito. Acabou-se o que era doce. Nós não roubávamos mais frutas de jardins alheios, não corríamos mais que nem doidos, não montávamos mais (o tio Markousis havia vendido os três cavalos para comprar um carro), não andávamos mais de mãos dadas pelas ruas – enfrentando os olhares indiscretos. Uma amiga da mamãe nos viu certa tarde no Zappio e foi correndo dar com a língua nos dentes. A mamãe, que nem sonhava que eu visse o Argiris também no centro de Atenas, armou a maior cena. "De maneira que era então por isso que a senhora estava tão desejosa de virar advogada!", gritava ela, triunfante. "Bem que eu dizia ao seu pai e ele respondia que eu era desconfiada e maliciosa como todos os gregos!". Foi a partir de então que começou a me cercear. O próprio Argiris, por sinal, tinha perdido bastante da liberdade que ele tinha tido até então. As poucas vezes em que eu o via eram entre uma aula e outra – a Faculdade ficava perto de casa. A mamãe não me deixava ir com freqüência a Kifisia. O tio Markousis começou a reclamar: "Você não me ama mais?", dizia. "Está me abandonando?". Parece que ele perguntou à mamãe a razão pela qual não me deixava mais subir até Kifisia, e ela lhe contou os fatos referentes ao idílio. Não sei exatamente como a coisa se deu. O que eu sei é que veio certo dia almoçar em casa (desde o dia em que comprou o carro, nós passamos a vê-lo com mais freqüência do que antes) e que depois do almoço puxou o papai de lado, indo se trancar com ele no gabinete. O meu sexto sentido jamais me deixou na mão. Sei que estavam falando de mim e do Argiris, e o meu coração estava apertadinho no peito. Eu sabia que o tio Markousis não se bicava com os Lahana, mas eu confiava no julgamento acertado do papai. Estava esperando ouvir as objeções de costume, mas jamais teria me passado pela cabeça que fosse me levar para a sala para me dizer, com uma rigidez tão pouco do seu feitio, que eu estava proibida de ver o Argiris dali por diante. Desatei a chorar e ameacei cometer suicídio. Queria era que me dissesse *os motivos*. "Não sou mais nenhuma criança", digo, "e exijo que você me explique a razão". "Não posso", me diz então, "que isso não é assunto de mulher". Eu me descontrolei. "Ah, quer dizer que *essas* é que são as suas idéias tão avançadas?", lhe digo eu. Aí ele se levantou e saiu da sala. "Conversamos outra hora", disse ainda.

Mas ele não precisou me dizer nada. Fiquei sabendo pela mamãe. Ela me contou tudo com uma frieza que eu acabei perdoando unicamente por saber que preço alto ela mesma pagou por conta do seu filho queridinho. Todo o mal que se diz de alguém acaba voltando para quem o disse. "Pare de nos infernizar", me diz. "Se você quer saber mesmo, aí vai!". Eu a olhei estarrecida, como se tivesse sido atingida por um raio. Tinha pensado em tudo, tudo mesmo, menos *naquilo*. Então me debulhei em lágrimas e esperneei, mas, no final, acabei pensando: e se for verdade? Decidi então ir falar com o Argiris (nós costumávamos nos encontrar na frente no prédio da Academia). Mas na hora "h" me deu uma tremedeira que eu não conseguia articular as palavras. Eu lhe contei sem rodeios que o tio Markousis tinha posto alguém de confiança para segui-lo e que tinham descoberto que ele estava se relacionando com um...

Não completei a frase. Percebi como ele enrubesceu e entendi que sabia do que eu estava falando. Fiquei olhando para ele, embasbacada, pedindo a Deus que me desmentisse o fato. Até hoje fico me perguntando o que a acusação tinha de verdade e o que tinha de mentira. Um inocente mostraria indiferença, ou então ficaria com raiva, afirmando que estava sendo vítima de uma calúnia: diria que eu estava louca de acreditar no que me diziam, me puxando para perto de si e me beijando. Seria a única maneira de me calar. Mas o Argiris primeiro ficou vermelho, depois empalideceu, olhou-me no fundo dos olhos – enquanto eu viver, jamais vou esquecer aquele olhar –, enfiou as mãos nos bolsos, se levantou e foi embora sem dizer uma palavra. E eu fiquei ali que nem boba, debaixo da estátua do Platão, de queixo caído, querendo sumir da face da Terra.

Dali em diante não fui mais a Kifisia. Não porque eu não quisesse mais ver o Argiris – muito pelo contrário, eu me esforçava para vê-lo; ele é que me evitava –, mas sim porque não queria mais ver o tio Markousis pela frente. Fiquei com nojo dele. A mamãe reclamava, dizendo que eu estava desprezando uma fortuna, que ele acabaria deixando para as filhas da tia Bemba. Mas eu me mantive firme. Nunca mais voltei a falar com ele. Por sinal, como os fatos acabaram revelando um ano depois, era tudo fogo de palha. O carro que ele dirigia colidiu com outro na estrada para o Sounio. Ele teve hemorragia interna e morreu, e quando se abriu o testamento, viemos a saber, para nossa grande surpresa, que sua propriedade estava hipotecada, que as tão famosas ações de que falava a mamãe tão freqüentemente nada mais eram que ações da inativa Companhia Metalúrgica de Lavros, e ainda que o pouco de dinheiro vivo que havia, além de algumas jóias, foi deixado para a tal viúva. Espero que queime por toda a eternidade no fogo do inferno, o maldito! Se não fosse por ele, hoje eu seria a senhora Lahana, rica e feliz da vida – e ninguém me convence do contrário –, casada com o homem que eu amava. E principalmente – que Deus me perdoe! – não teria dado à luz esse monstrinho de filha!

capítulo quatro

Tempos depois entrou em moda o bairro do Faliro: o Faliro Novo, não o Velho, que era o que é hoje o Novo, tranformado no esgoto de Atenas, fedendo tanto que você tem que tapar o nariz ao passar por ali, além de terem demolido todas aquelas casas antigas lindas, os teatros, os cafés – toda uma época inesquecível da velha Atenas! Foi ali que passamos a juventude. Que gente maravilhosa, que música se tocava!... O cassino, os banhos de mar, a praia, primeiro dividida – os homens de um lado e as mulheres do outro – e depois mista. Os homens vinham até o Faliro não para entrar na água, mas sim para ver as coxas das mulheres.

Nós só descíamos para o Faliro nas noites de sábado. O papai tinha as suas razões de nos levar para lá. Pobrezinho!... Debaixo daquela sua máscara de "o homem mais virtuoso do mundo", escondia duas paixões, que se tornavam ainda mais violentas à medida que os seus princípios morais não deixavam que o coração as satisfizesse como bem entendia: o jogo e as mulheres. E, conforme ia envelhecendo, cada vez mais o jogo e menos as mulheres, ainda que estivesse sempre com o coração balançado. "Pois é!", dizia ao tio Estêvão. "Veja só você, a gente foi perder as colheres logo agora que o mar virou iogurte!...". Mas no que diz respeito a amantes, me parece que tudo era mais um produto da imaginação da mamãe do que realidade, pois ela morria de ciúmes dele. Nunca viemos a saber de nenhuma relação efetiva com fulana ou sicrana. Se por um lado ele tinha lá as suas razões em querer se preservar nesse ponto, por outro não fazia muita questão de esconder que jogava. Ele nos acompanhava até o bar, pedia sorvete e limonada, pagava e depois, pretextando ir ao banheiro, se mandava para o cassino e se perdia lá dentro. Nós sabíamos todos para onde ele ia, mas fazíamos de conta que não tínhamos percebido nada. A mamãe começava a puxar conversa com as conhecidas. Ficavam fofocando sobre o que a tal ou a tal outra estavam vestindo. E chegava então a nossa vez de nos despacharmos dali: o Dino sumia de vista com dois amigos – os mesmos que o levaram para o mau caminho –, indo se encontrar com uns sujeitos estranhos perto das duchas da praia. Só Deus sabe o que eles faziam por lá. Eu pegava a Kasimate e a Karousou pelo braço e ficávamos andando de um lado para o outro, ou então vinham das mesas do lado os filhos de algumas famílias conhecidas pedir permissão para dançarem conosco. Nessa época o tango argentino estava no auge – tocavam "Ramona, você está tão longe de mim", enquanto as luzes dançavam na água e soprava aquela brisa deliciosa do Faliro: a vida era bela!

Foi assim que eu conheci o Fotis, que era subtenente da marinha mercante. As fitinhas condecorativas e todo o cochicho e disse-que-disse em torno da figura dele não só o embelezavam ainda mais aos nossos olhos, como lhe davam também um ar mais viril (a partir do epidódio do Argiris eu passei a olhar todos os homens bonitos com desconfiança). Ele não era tão alto quanto o Argiris. Tinha uma estatura mediana, cabelos pretos e olhos azuis. Não me pergunte com quem diabo foi se parecer a feiosa e largada da minha filha! Começamos a namorar. Veio em casa me pedir em namoro. A coisa se deu exatamente como de costume. Eu estaria mentindo se dissesse que estava apaixonada. Depois do episódio do Argiris, parei de ser tão afetuosa com os homens como era antes. Mas a mamãe não parava de resmungar que eu iria ficar para titia. As minhas amigas eram loucas por ele e me consideravam uma felizarda. E eu não deixava de me sentir lisonjeada que ele tivesse preferido a mim.

É em parte até possível que, apesar de tudo isso, eu tivesse optado por não ficar com ele, se não fosse pelo fato de todo mundo ter demonstrado tanta hostilidade contra o Fotis. Foi aí que eu peguei birra. Já tinham me feito mal o suficiente com toda aquela balbúrdia em torno do Argiris, e eu não estava com o mínimo de vontade de deixar que eles se metessem na minha vida de novo. Eu não era mais aquela garotinha de 18 anos. Tinha acabado de fazer 25. Bati o pé: "Das duas uma: ou o Fotis", disse, "ou mais ninguém!" (a afabilidade não era um dos maiores atributos da mamãe, e ela nunca perdeu uma única ocasião de me jogar na cara o que eu tinha dito, depois de feito o mal). Ele tinha aceitado fazer a viagem que deveria fazer – para a Índia e para o Japão – e se nós estivéssemos ainda gostando um do outro quando ele voltasse, estava decidido que iríamos então nos casar.

E nos casamos. Foi no mês de julho. Na terceira noite depois do casamento, estava fazendo um calor insuportável. Os lençóis e os travesseiros estavam empapados de suor. Quando deu uma da manhã, eu me levantei e fui para a lavanderia jogar uns baldes de água fria no corpo para me refrescar, mas o martírio recomeçou logo em seguida. O problema não era só o calor, mas também essa praga dos pernilongos. Eu me levantei duas vezes para passar o *spray*, mas nada intimidava os desgraçados. Primeiro aquele zunzum irritante, depois eles vinham chegando cada vez mais perto para chupar o meu sangue que nem vampiro! Lá pelas duas da manhã, mais mole por causa do calor e do cansaço do que de sono propriamente dito, eis que eu ouço o Fotis se levantar. "Vou dormir no terraço", me diz.

Resmunguei qualquer coisa e virei para o lado. Mas logo em seguida acordei de novo, um pouco menos abobalhada. "Está aí uma boa idéia.", pensei eu. "Vou dormir do lado de fora. Afinal de contas, também sou filha de Deus". Lá no terraço andavam ficando uns dois ou três colchões. O Dino nunca dormia no quarto dele no verão, sempre no terraço. Mas eu preferia não dormir ali, porque lá pelas seis da matina começava a bater aquele sol horroroso e eu era obrigada a descer de novo para o quarto para continuar dormindo, senão ficava o dia inteiro abrindo a boca de sono. Botei o travesseiro debaixo do braço e peguei um lençol e uma coberta. Estava de pé no chão, por isso fui subindo sem fazer barulho – e foi então que eu peguei os dois numa posição que até hoje me dá ânsia de vômito só de lembrar. Sem dizer uma palavra, desci do mesmo jeito que eu tinha subido, sem fazer nenhum barulho, despenquei na cama e chorei a noite inteira. "Mas será possível, meu Deus, que todos os homens sejam esses monstros?", ficava me perguntando a todo minuto, mas era como se eu estivesse falando com as paredes. Se não houvesse o precedente do Argiris, eu não sei como teria me sentido e como teria pensado. Mas tudo aquilo que eu tinha sofrido em silêncio durante tantos anos por conta daquela história deram àquele novo episódio as dimensões de uma catástrofe assustadora e irremediável. E eu ficava dizendo, mordendo o travesseiro para não gritar: "Mas será possível?! Todos, todinhos mesmo? Tendo um buraquinho está bom para eles ficarem satisfeitos, e dane-se o resto? E o monstro do meu irmão, como foi que ele pôde...".

Quanto mais eu repassava a cena na cabeça, mais doida da vida eu ficava, e cheguei até a pensar em suicídio. A idéia de ter que encarar os dois na manhã seguinte me enlouquecia de desespero. "Essa vida eu não quero para mim!", ficava dizendo. Pensei até em ir na ponta dos pés até o quarto do papai para pegar o Veronal na gaveta da mesinha de cabeceira. Mas estava sem coragem até para me levantar da cama, com meu corpo todo paralisado e minha força de vontade no zero. O que eles faziam me parecia tão monstrouso que eu estava com a impressão de ter tido um pesadelo, sem ter estado em vigília, subido até o terraço e visto o que vi, algo que eu deveria ter visto apenas em sonho. Mas a realidade sempre acabava voltando ainda mais vívida, dando-me no peito facada após facada.

Quando Deus fez o dia raiar, eu parecia mais uma morta-viva. Estava me sentindo como quando você está velando um corpo dentro de casa, como quando morre alguém durante a noite e você, depois de ter chorado o que tinha que chorar por conta da primeira surpresa, acaba cedendo ao cansaço e à fome – por mais que fique tentando resistir, pois você considera egoísmo dormir quando acabou de morrer alguém que você ama (foi o que aconteceu comigo quando faleceu o coitado do papai) – e vai se deitar no sofá, dormindo um sono daqueles que, em vez de descansarem, parecem deixar você ainda mais exausta, e, quando você abre os olhos para a primeira luz do raiar, a primeira coisa que você pensa é no morto, dizendo: "A partir do dia de hoje, ele não vai mais andar por esta sala ao meu redor, falando comigo. Está morto, mortinho da silva!...". E o mundo fica sem cor, e a vida parece insuportável.

Quando o papai viu na manhã seguinte em que estado lastimável eu estava, entendeu que alguma coisa tinha acontecido: me olhou com um ponto de interrogação na cara e, como de hábito, cerrou as sobrancelhas. Esperou que eu puxasse assunto. Era tranquilão, e não do tipo alvoroçoso da mamãe. Fingi não entender, mas quando ele viu a cara do Fotis e do Dino, começou a suspeitar da verdade. Ele podia não conhecer ainda o Fotis, mas sabia muito bem o filho que tinha. O papai foi chamado duas vezes lá na escola. Disseram-lhe que ficasse com os olhos bem abertos em relação ao Dino. Tinha sido pêgo com uns colegas de classe no vestiário. O papai não era bobo, tinha entendido tudo. Eu, claro, neguei. "Já não disse que está tudo em ordem? Por que é que você fica me olhando com essa cara?" Só que eu passei a noite com dor nas costas e não preguei o olho". Dei a entender que eram "coisas de mulher", para ele não se intrometer. Mas quando vi que ele não estava engolindo a desculpa, fingi confessar a suposta verdade, dizendo que havia brigado com o Fotis, que não era nada de mais e que nós logo faríamos as pazes. Mas o papai sabia que eu estava mentindo. Conhecia a própria filha. Começou umas mancomunações misteriosas com a mamãe. Veio de novo para o meu quarto e, fechando a porta, me diz: "Eu exijo que você me diga a verdade!... Será que é o que estou pensando?". E eu, como já era de se esperar, desatei a chorar. Naquele dia estavam para acontecer uns episódios ainda mais terríveis que o ocorrido de noite, episódios que até hoje, cada vez que eu me lembro, me dão uma agulhada no coração, coraçãozinho esse que, como a dona Hécabe costumava dizer, no lugar de quebrar de uma vez para sempre para eu sossegar de vez, fica aí se despedaçando aos poucos.

Data desse dia o começo da ruína do Dino, que foi degringolando cada vez mais rápido até o final infeliz que acabou tendo. Não era nem o primeiro, nem o último desses jovens com tendências anormais. Se na época eu não sabia disso, agora estou sabendo. Pode até ser que ele não fosse se corrigir nunca, mas não teria chegado tão baixo se o papai não o tivesse botado para fora de casa. E quem sabe a mamãe também nem tivesse morrido de câncer.

No que diz respeito ao pai dessa belezura que é a minha filha, no começo ele tentou negar tudo. E ainda teve a coragem de fingir que tinha ficado zangado, se fazendo de ofendido. Depois acabou confessando, mas jogou a culpa no Dino. É esse aí o homem de meia-tigela cuja memória a minha filhinha cultua como se se tratasse de um deus. E eu é que não vou me dignar a descer ao nível dela para lhe contar tudo, tintim por tintim, e dizer de que matéria o papai dela era feito. Prefiro deixar a coitada na ilusão. Não existe pior castigo que esse. Era um descarado. Quando ele percebeu que nenhuma de suas desculpas estava colando, já que nós sabíamos muito bem que quem subiu para o terraço foi ele e que conseqüentemente também foi ele quem acordou o Dino, aí então ele ainda teve a pachorra de dizer que não tinha escolha, que foi obrigado a se aliviar com o meu irmão porque eu era mais fria que gelo e apertada demais, que não tinha como "me fazer mulher" e estava à beira da loucura. Acredite se quiser, foi isso mesmo o que ele disse. O que, claro, era mentira. Ou melhor, infelizmente era mentira. Eu não era nem um pouco fria, mas, mesmo que fosse, o patife tinha que entender que as mulheres inexperientes, principalmente as que chegam a uma certa idade sem ter conhecido homem, sempre são frias no começo, e que dependia dele me ensinar algumas coisas. Mas devagarinho, com jeito. Não me tratando como ele me tratou, como se eu fosse uma prostituta dessas que ele encontrava nos portos da vida, pedindo para eu fazer coisas que um homem que se preza não pede à própria mulher, mesmo anos depois de casado! O papai engrossou. Eu nunca o tinha visto tão bravo na vida. Foi correndo pegar o revólver, mas a mamãe e a Erasmia despencaram em cima dele para impedir que fizesse uma bobagem. O patife foi então obrigado a fazer as trouxas e ir embora. Seu barco zarparia de qualquer jeito dali a uma semana. Lá se foi ele, ficando ausente por onze meses.

Nesse intervalo nasceu a medusa, que há vinte e quatro anos dá seguimento com grande mérito à obra que seu pai iniciou. Aí você deve estar se perguntando: Por que é que não fez um aborto, mulher de Deus? Para que uma criança nessa altura dos acontecimentos? Bom, por um lado a mamãe e a tia Katingo ficavam buzinando na minha orelha que era pecado e que a coitada da criança não tinha culpa nenhuma – a Maria, uma coitada! Não me faça rir! – de que o pai fosse um patife. Diziam também que todas as mulheres que fazem aborto acabam mais cedo ou mais tarde pegando tudo o que é doença. Acabaram me convencendo a ter o bebê. Quando ele voltou de viagem, não teve coragem de vir direto para casa, mesmo sabendo que eu tinha aceitado os cheques que ele havia enviado – eu não tinha escolha, estava precisando –, mas mandou em vez disso uma tia para me sondar. Ela queria que eu deixasse o Fotis ver o bebê. "Qual bebê?", digo para a tia. "Ele não dizia que não conseguia *me fazer mulher*? E agora vem procurando um bebê? Bebê de quem?". Depois de três dias vem a mãe dele. Até que era uma mulher simpática, e condenava o filho mais do que qualquer um de nós. A mulher caiu de joelhos na minha frente e começou a chorar, dizendo: "Deixe o Fotis voltar! De qualquer maneira, você sabe que ele passa a maior parte do tempo fora, viajando". Acabei cedendo no final. Veio para casa carregando milhões de presentes para todo mundo, e nós fingimos que não tinha acontecido nada. Até o papai demonstrou uma certa cortesia, apesar de que não quis muita intimidade com ele. No final das contas, como minha sogra bem tinha dito, passava a maior parte do tempo viajando. Ele me mandava um cheque todos os meses. Quando voltava, trazia tudo o que você possa imaginar de presente. Passava um ou dois meses em casa e depois viajava novamente. Foi assim durante seis anos.

Mas, de uma hora para outra, começou a ter uns ataques estranhíssimos de tontura e enjôo. Nenhum médico, grego ou estrangeiro, soube dizer o que o sujeito tinha. Recomendaram que ele interrompesse as viagens. Fez um pedido de transferência para o escritório da empresa no porto de Pireus, o que conseguiu facilmente. Não era do interesse dele se aposentar tão rápido. Não tinha completado tempo suficiente de serviço para tirar uma boa aposentadoria. Mas os ataques continuavam e, ainda por cima, piores do que antes. Até que um belo dia a coisa estourou, e se descobriu a misteriosa doença: ozena![11] O nariz dele fedia que nem esgoto. Não dava nem para chegar perto; muito menos dormir junto. Começou a usar dez tipos diferentes de perfume; parecia até mulher. Enquanto ainda viajava seguidamente para o estrangeiro, com a saúde em ordem, vá lá, eu até fingia que não via as que ele me aprontava, usando da maior paciência do mundo. Mas agora que passava quase o dia inteiro em casa, e ainda mais com a tal da doença, comecei a perder a paciência. Por maior que seja o coração de uma mulher, por mais consciente que seja do seu dever de esposa, não há condições de agüentar um sujeito assim do seu lado. Seria diferente se eu o amasse; aí, sim, eu teria mais paciência. Mas, depois de tudo o que tinha acontecido, que amor você queria

[11] Forma crônica de rinite, acompanhada de extremo fedor na membrana mucosa do nariz, associada à bactéria Klebsiella penumoniae. (N.T.)

que eu sentisse? Vieram então os resmungos e as brigas, a cada dia piores porque a mamãe e a Erasmia viviam metendo a colher para, diga-se de passagem, tomar partido dele. Nós começamos então a revolver todo o passado e a trocar umas palavras mais azedas. Certo dia ele vem me dizer que a única razão de eu estar com ele durante tantos anos era eu estar de olho no seu dinheiro para poder alimentar o vício de jogo do papai. Perdi as estribeiras. Disse para ele fazer as trouxas e se mandar. Achando que ia me chantagear desse jeito, não só fez as trouxas como botou na mala todos os presentes que tinha me dado desde o dia do nosso noivado – só ele mesmo para ser tão descortês com uma mulher –, pegou um táxi e foi embora. Quando se deu conta de que, apesar de toda a penúria lá de casa, eu não estava disposta a deixá-lo voltar e que eu não arredava pé, aí então ele ameaçou me matar. "Pode lhe dizer que eu não acho que tenha peito para tanto", digo à tia dele. "Para matar alguém é preciso ser homem!". E dei entrada num processo de separação com o meu advogado.

Para pedir o divórcio eu nem precisava ventilar as milhares de sujeiras que ele tinha me aprontado. Só a ozena já era razão mais que suficiente. No meio-tempo eu pedi dinheiro emprestado ao tio Estêvão para dar conta das despesas de casa e das doenças da mamãe. Mas eu nem estava esquentando muito. Sabia que dali a no máximo um ano eu estaria recebendo pensão. Quando ele percebeu que estava cada vez mais perto o dia do julgamento e que não teria a menor chance de ganhar, foi correndo pedir para o médico fechar a fístula, custasse o que custasse. Em uma semana o pus passou para o sangue, ele sofreu uma intoxicação e morreu. E eu, que estava preparada para receber pensão, tive que ir pedindo mais e mais dinheiro emprestado – para dar de comer para a filha dele! Meu Deus, que dois anos terríveis foram aqueles, até eu me casar com o Adônis! Só eu sei! É claro que, logo que me casei, as coisas mudaram de figura. Paguei o que estava devendo para os tios Héracles e Estêvão, paguei as duas hipotecas sobre a casa, escrevemos pedindo para a Marieta voltar lá da aldeia dela, fizemos os consertos, compramos móveis novos, botamos a condessa numa escola particular, e o coitado do Adônis ainda lhe comprou um piano de 35 mil dracmas, porque ela não parava de reclamar que todas as colegas da escola tinham piano em casa, menos ela. Isso sem contar o dinheiro que o coitado gastou com as doenças do papai e da mamãe. Foi por isso que acabei me casando com o Adônis, mesmo sendo vinte anos mais velho que eu. E não para ter com quem dormir, como me ousou dizer a nojenta e abusada da minha filha, quando eu disse que tinha me sacrificado pelo bem da família. Para dormir com o Adônis, era só o que me faltava! Que Deus segure a minha língua para não dizer uma barbaridade, ou, para usar as palavras da Bíblia: "Ponde, Senhor, uma guarda em minha boca!".[12]

[12] Salmo 140/141, versículo 3. (N.T.)

capítulo cinco

Em 34 nós perdemos a mamãe. Ela foi se apagando aos pouquinhos, não tanto por conta do câncer, mas sim pelo desgosto quanto à ruína do Dino. O Dino é que era o câncer do qual ela sofreu. Morreu depois de umas dores tão atrozes que eu prefiro nem me lembrar. Às vezes tenho a sensação desagradável de que vou acabar morrendo da mesma doença. E, no mesmo ano, mal passado um mês de eu ter vestido luto por causa da mamãe, lá se vai o papai atrás dela. Não resistiu à perda. Mesmo sem demonstrar, amava a mamãe. E ainda que ele vivesse, por assim dizer, correndo atrás de um rabo-de-saia, continuava a adorando.

Os homens são seres estranhos; diferentes de nós, as mulheres. Quando as mulheres amam um homem, se entregam de corpo e alma e o veneram como a um deus; nem lhes passa pela cabeça dormir com outro homem fora do casamento. Mas com os homens é outra história. Podem amar uma mulher, adorar essa mulher, mas ficam ao mesmo tempo correndo atrás de dez outras. São de uma curiosidade só. Cada mínimo detalhe excita a fantasia deles. Essa é que é a verdade, apesar de que eu, sendo mulher, não consigo me pôr na pele deles. Entendo assim racionalmente, mas, no fundo do coração, me parece uma monstruosidade! Coitado do papai!... Tinha um coração de ouro. Ele não só era culto como muita gente por aí. Era gente, humano, da mesma maneira que a dona Hécabe também era. Tudo o que aprendi nessa vida devo aos dois.

Logo depois nós perdemos o tio Héracles, em seguida a tia Panayota e, para terminar, o Dino. Desses três ou quatro anos eu só me lembro de doenças, velórios e sermões de enterro.

Apesar de tudo, esses anos – até adoecer o Adônis e começar uma nova fase de martírios – talvez ainda tenham acabado sendo dos melhores de minha vida: os mais folgados, livres daquele sufoco constante de outras épocas, que me apertava a garganta mesmo quando não tinha razão de ser. Não passava um final de semana durante o verão sem que fizéssemos um passeio para um lugar diferente. E que folia nós fáziamos no inverno! Bastava um nadinha para o povo começar a fazer festa! Às vezes eu encontro por aí algum conhecido daquela época, desses que se deram bem na vida e já perderam a conta de quanto têm na conta bancária, e eles ainda hoje me dizem: "Você se lembra, menina, dos leitões e dos perus que a gente comia na sua casa?".

Não era mais a Erasmia quem fazia as minhas saias: eu tinha encontrado uma modista de primeira linha, que trabalhava num dos melhores ateliês da rua Hermou. Além de duas estolas de pele de raposa, o coitadinho do Adônis ainda me comprou um genuíno casaco de couro de carneiro, lá da loja do Sistobaris, três tapetes persas – que eu tive que vender nos dias negros da Ocupação por algumas latas de azeite – e, como se não bastasse a Marieta, ainda me pôs em casa uma moça para cuidar do assoalho e lavar a roupa, sem falar na cabeleireira, que não deixava de vir pelo menos uma vez por semana, ou quando havia alguma festa, para me cortar o cabelo e fazer as unhas. Mas a dona Hécabe não chegou a me ver nessa fase: ela me conheceu já na época das vacas magras. A doença do Adônis cortou as nossas asinhas. Não só não tinha mais tanto trabalho como antes – o que, claro, não era culpa do Adônis, mas sim da situação internacional e do medo da guerra, que começou a tomar conta do mundo inteiro –, se vendo constrangido por causa da doença a ir dependendo cada vez mais do primo salafrário, como, justamente nessa mesma época em que nós não tínhamos outra escolha a não ser fazer economia para não começar a devorar o nosso capital, o dito-cujo decide dar uma de Tolstói: guiado pela Erasmia, começa a gastar rios de dinheiro com umas obras de caridade quase sempre inúteis, com óleos santos e noites de vigília. Fui obrigada a reduzir meus gastos pessoais ao mínimo do mínimo para conseguir me equilibrar na corda bamba. Felizmente o bom Deus veio em meu socorro. Não sei se o Adônis finalmente se deu conta do engano por conta própria, decidindo botar a Erasmia para fora de casa com toda a corja, ou se foi a influência benéfica da dona Hécabe, que passou a vir em casa com cada vez mais freqüência desde então, mas o fato é que eu tive de repente a agradável sensação de que nossa vida estava mudando para melhor; isso a partir da famosa vigília na qual a madre Eutimia entrou em transe e começou a discursar em sete línguas, todas mortas: assírio, babilônico, aramaico e daí vai. No dia em que ela veio em casa com a Erasmia, quando eu batia as cortinas de tarde no terraço, ela veio foi me agradecer pela hospitalidade. Achei engraçado. Não só não havia sido eu quem a tinha convidado, como nem me dera conta de sua presença no meio daquela multidão de estranhos que baixou em casa naquela noite para a vigília. Mas o interessante é que nós nem chegamos a falar da vigília. A conversa tomou outro rumo: começamos a falar sobre bruxaria e leitoras de borra de café. Estava na cara que a Erasmia nunca tinha ouvido falar sobre feiticeiras e coisas afins, e ficou toda abalada. "Eu não sabia que você acreditava nessas besteiras", disse uma hora, com aquela secura típica. "Isso de borra de café e cartas é tudo coisa do diabo". A dona Hécabe ficou por um momento confusa, mas logo recobrou a presença de espírito e disse: "Com diabo ou sem diabo, minha filha, essas desgraças que elas predizem muitas vezes acabam acontecendo mesmo... E, no que diz respeito à bruxaria, até a nossa Igreja acredita nisso, do contrário não proferiria tantos esconjuros contra os feitiços!...". Foi um milagre eu ter me controlado para não arrebentar de rir. Pensei então: "Bendita você, criatura de Deus (porque eu ainda nem sabia o nome dela). Até que enfim apareceu alguém à sua altura, Erasmia, para pôr você no chinelo!".

Naquela hora o relógio começou a dar as sete badaladas. A dona Hécabe se levantou de um salto. "Vixe!", gritou (esse mesmo "Vixe!" que eu ainda escutaria tantas e tantas vezes desde então). "Vixe! Já são sete horas! O meu filho vai me esfolar viva! Fico aqui falando de magia na maior tranqüilidade do mundo, sendo que era para eu estar em casa às seis para acordá-lo! Hoje ele tem plantão noturno lá no jornal. Pegou o péssimo hábito de não conseguir acordar sozinho nem que os canhões do Licabeto[13] disparem do lado dele! Eu tenho que lhe dar umas boas cotoveladas, puxar o cobertor e até implorar de joelhos para ele me fazer o favor de se levantar...". Ah, quer dizer então que o rapaz era bem mal-acostumado! É por isso que ele reclama hoje em dia quando eu não faço as vontadezinhas dele. "Pode ir parando de fazer graça", eu lhe digo, quando começa a querer ficar zurrando que nem uma mula, "que eu não sou a sua mamãezinha querida para ficar com medo de você como se você fosse uma miniatura de deus! Pode ir aprendendo que comigo é diferente!".

Hoje em dia, passados quinze anos, eu ainda fico revolvendo as lembranças daquela tarde e chego à conclusão de que

[13] Colina no centro de Atenas, ponto mais alto da cidade, sobre o qual foi erigida a capela de São Jorge e onde se encontra hoje também um café com vista panorâmica sobre a cidade. (N.T.)

a vida é mesmo muito estranha e de que nós não passamos de marionetes do destino. Como é que ia imaginar que, convidando-a para voltar outro dia, pela simples e única razão de querer provocar a Erasmia, eu estava, como está em moda dizer, "abrindo um novo capítulo da minha vida"? Depois então eu lhe digo: "Agora que você conhece o caminho da roça, não precisa mais fazer cerimônia para aparecer. Venha quando quiser para a gente tomar um cafezinho!". "Como é mesmo que você disse que era o nome dela?", pergunto à Erasmia. "Hécabe", responde curta e grossa. "Finalmente", digo-lhe então, "você me traz para casa uma pessoa decente!". Mas a Erasmia já tinha começado a ter lá as suas dúvidas a respeito e preferiu ficar quieta.

Então foi como se as janelas de nossas vidas tivessem sido abertas para entrar luz. No começo as visitas da dona Hécabe eram mais esparsas, mas logo fomos pegando intimidade. Aí ela passou a me narrar a história de sua vida, confiando-me tudo o que a angustiava. Sua casa ficava duas ruelas abaixo da nossa. Ela costumava dar rapidinho conta de todas as obrigações do dia e vinha ficar conosco em casa. E, sendo bem diferente dessas mulheres que adoram passar o dia de braços cruzados sem fazer nada, como a imprestável da minha filha, vinha logo me dizendo: "Cansei de ficar sentada parada, Nina querida, você não tem nada aí precisando de costura?". A dona Hécabe era modista como a falecida mamãe. Acho que até melhor que a mamãe. Ela tinha um olho tão aguçado que observava você de cima a baixo, fazia todas as medidas sem precisar de fita métrica, pegava as tesouras e começava a cortar. Ela quase nunca usava figurino, mas, quando usava, nunca copiava os diferentes modelos com muita fidelidade. Ia pegando uma idéia daqui, outra dali: de um modelo ela tirava a manga, do outro o colarinho, e assim por diante, fazendo ela mesma as combinações. Pegava então de uma gaveta uma sainha que eu havia decidido doar, porque achava que não tinha mais jeito, e a dona Hécabe, cortando daqui e remendando dali, acabava deixando a saia melhor do que uma nova; ou então ela remendava alguma meia do Adônis, que, claro, já a viu de cara com bons olhos. Sempre que ele chegava em casa e a encontrava lá, era como se seu rosto se iluminasse. "Peguei você!", ele lhe dizia. "Agora você não me escapa! Vamos jogar uma partida de uíste?". Estava revivendo antigos hábitos. Pegava o baralho, o abria em forma de sanfona, que nem esses jogadores de quermesse, e lá mergulhavam os dois de cabeça no jogo. E, claro, como de cada dez vezes ele ganhava nove, acabou adorando a rival! E não conseguia parar de rir quando a dona Hécabe começava a fazer aquela cara de vítima que só ela sabia fazer. Mas, quando o relógio dava a hora, ela dava um pulo e deixava a partida pela metade mesmo, dizendo: "Vixe! Já é uma hora! Daqui a pouco chegam o meu filho do serviço mais o pimpolho da escola, e não vão achar nada para comer (a Polixene almoçava no trabalho). Vou voando para casa preparar uma macarronada qualquer, dessas que forram bem o estômago...". Mas certa vez o Adônis a puxou pelo ombro e fez com que se sentasse. "Para onde é que a senhora acha que está indo? Daqui não sai! Quer se mandar só porque está perdendo, né? Marieta, *mia fia*!", gritou, chamando-a. "*Às ordi, sinhô*!", veio dizer a Marieta. Eles brincavam de falar caipira. "Ô *fia*, você me faz o favor de levar um prato de comida lá para a casa da dona Hécabe para o filho dela?", disse-lhe e, virando-se para a dona Hécabe: "Dê a chave da casa para ela. E você, Marieta, faça o favor de grudar o bilhete que vou escrever na porta, para o garoto vir aqui para casa assim que ele chegar da escola!". Aí então ele se sentou e escreveu, de próprio punho, o tal bilhete. "Vocês estão achando o que, vocês dois?", reclamou a dona Hécabe, "Que eu virei agregada da casa? Vocês sabem que meu filho me mata se chegar em casa de novo e não me encontrar lá". Mas ela voltou no dia seguinte, vivinha da silva, e me disse: "Você não vai acreditar! Meu filho lambeu os beiços com o seu mussaca! Virou e me perguntou 'Mas quem é essa Nina misteriosa, mãezinha, que sabe fazer essas maravilhas?'". E eu: "Diga para ele vir aqui almoçar com a gente qualquer hora dessas, assim fica conhecendo o Adônis". Mas ela fez uma cara de criança amedrontada: "Você só pode estar brincando! Você não conhece o meu filho. Não julgue por mim, que acabei virando essa pessoa simples que vocês conhecem e que não está nem aí para as formalidades. Ele ainda vive no meio em que ele cresceu. Se ficasse sabendo que costuro as meias do Adônis, não me deixaria voltar nunca mais...".

Eu ficava tentando imaginar o filho dela pelas descrições que me fazia. Mas não consegui formar uma imagem nem mais nem menos nítida do que de qualquer outra pessoa da qual você ouve falar sem conhecer pessoalmente. Imaginei que ele fosse alto e magro. É claro que nem me passou pela cabeça que ele pudesse ser careca. Eu não gostava de homem careca. Sempre achei um pouco repugnante.

Pouco a pouco, fui conhecendo a história dela. Eu não acho que haja no mundo muitas mulheres que conheçam tão a fundo a história da família do marido como eu. Quando me casei com o Teodoro, tinha a impressão de estar casando com o herói de um romance que havia lido e relido anos antes. Seu avô era um arqueólogo pragmático. "O que quer dizer ser arqueólogo pragmático?", perguntei à dona Hécabe. "Quer dizer o seguinte: ele batia a bengala no chão e dizia: 'Podem escavar aqui'. Então eles escavavam no lugar indicado e encontravam esqueletos humanos e talhas cheias de moedas de prata...".

A se julgar pela fotografia, era um rapagão. Mas a mãe dela, a dona Pigi, apesar de não ser horrorosa, não era nenhuma beldade. "Você bem que poderia ter puxado ao seu avô, hein, seu beiçudo?", digo de vez em quando ao Teodoro, só para implicar. "Mas você fez questão de puxar foi à feiosa da sua avó!...". A dona Hécabe diz porque diz que foi o quadril largo da mãe dela que atraiu o pai. E completa: "Sabe como é, dizem que as mulheres de quadril largo acabam tendo vários filhos...".

Ele era como o falecido avô. Os dois queriam um montão de filhos para contribuírem para o aumento populacional na Grécia, de modo que pudéssemos enfrentar os turcos e realizar a *Megali Idea*.[14] Mas essa era só uma das razões. A outra é que queriam ter o grande prazer de poder dar aos filhos nomes de gregos da Antigüidade. Achavam que, desse jeito, poderiam fazer uma ponte entre a Grécia antiga e a atual, superando o abismo entre as duas. Achavam que toda a diferença estava nos nomes. Vá saber. Mas as esperanças do pai dela se frustraram. Embora a barriga da dona Pigi estivesse sempre pejada, ela não conseguia segurar os bebês com muita facilidade; era como essas árvores que dão um monte de frutos, mas todos podres. Ou ela abortava ou o nenê nascia morto. Os que sobreviveram

[14] A "Grande Idéia": ideologia que surgiu em meados do século XIX e perdurou até o terceiro decênio do século XX, cuja aspiração era libertar todos os gregos que estivessem sob jugo estrangeiro, especialmente turco, reabilitando o Helenismo e criando um Estado Helênico cuja capital seria Constantinopla. (N.T.)

ao parto – com exceção da Afrodite – acabaram se dando mal na vida. O Licurgo foi atropelado por uma carroça. O cavalo se assustou e passou por cima dele, o Temístocles pisou num prego enferrujado e teve tétano, a Ismene se suicidou, o Aquiles morreu de tuberculose.

O Aquiles era o xodó da casa. A mãe o amava por ele ser todo doentinho, e o pai porque, de todos os filhos homens, só ele era bom nas ciências humanas. Seu maior desejo era que um dos filhos estudasse arqueologia. Pelo que a dona Hécabe dizia, o Aquiles era sonâmbulo. Mas era diferente da maior parte dos sonâmbulos. "Ele não subia de noite no telhado, Nina querida. Só levantava a cabeça do travesseiro, no escuro, e fazia as lições, resolvendo todos os problemas de aritmética. Aí então ele acordava de manhã e achava tudo feito!". ("Você não podia ser também sonâmbula, sua besta quadrada", digo à minha filha, "para eu não ter que gastar o que gasto com aula particular?") "Bom, o papai carregava para dentro de casa tudo o que era escultura e vaso quebrado, que ele armazenava lá na varanda. Minha mãe reclamava e dizia: 'Você fica enchendo a casa de trastes'. E o papai, que Deus o perdoe, sabe o que ele respondia? 'Não dá para parar de reclamar, mulher de Deus? Se os homens fossem como as mulheres, e todas as mulheres como você, a gente ainda estaria vivendo nas cavernas. Quando o nosso Aquiles crescer e virar arqueólogo, conserta isso aí, deixando tudo como era antes...'. Mas ele não viveu. Morreu no intervalo de dois meses – de uma galopante. E a mamãe, que tinha jurado que se acontecesse algo com o Aquiles e ele morresse iria pelo mesmo caminho num período de quarenta dias, cumpriu a promessa: passaram-se quarenta dias e lá se foi a coitada atrás dele!...". "E os vasos, que fim levaram?". "Que vasos?". "Ora bolas, os vasos que o seu pai trazia para casa e guardava na varanda!". "Ah, os vasos!... Pois é!... Veja que horror: jamais voltei a pensar neles! Sabe-se lá! A podre da Afrodite deve ter vendido junto com os terrenos...".

Toda vez que ela ia pagar o aluguel, chegava em casa de mau humor. "Lá se vão mais mil dracmas. E até você contar até três, já é de novo dia primeiro. Que inferno! Já cansei dessa vida! Não estava na hora de eu ter um ou dois quartos só meus em vez de ficar pagando aluguel para esses filhos-da-mãe? Tudo culpa da nojenta da Afrodite. Mas pode escrever o que estou dizendo: um dia o castigo dela chega, e aposto que através da menina-dos-olhos dela, aquela vadiazinha da Evanthia... O meu pai, que Deus o tenha, era dono de não sei quantos acres de terra lá pelo bairro de Ambelokipi. Você certamente deve estar lembrada", isso foi uma indireta sobre a minha idade, "de que naquela época o bairro de Abelokipi não passava de um monte de terrenos baldios que o Estado vendia a preço de banana. O meu pai era um homem esperto. Ele previa que um dia Atenas iria crescer e que os terrenos se valorizariam. Assim, sempre que tinha algum dinheiro, ia lá e comprava um lote. Mas aí, quando o Aquiles morreu e logo depois a mamãe, e o nosso lar se desfez, o coitado ficou à mercê da Afrodite – eu, naquela época, já era casada e estava morando em Salônica –, e a desgraçada conseguiu que o papai passasse todos os lotes para o nome dela. Um belo dia ela o botou numa carruagem e lá se foram para um cartório. O pobre homem deixou, ainda em vida, tudo o que tinha de legado a ela. Foi quando eu e o Miltíades decidimos mover uma ação para que os bens fossem divididos em três partes iguais. Mas o Miltíades deu para trás na última hora. Ninguém me tira da cabeça que recebeu a dele, por parte da

Afrodite; não acho outra explicação. A gente nadava em dinheiro naquela época. Quem podia imaginar que o nosso poder aquisitivo diminuiria tão drasticamente e que aqueles malditos lotes se valorizariam tanto? Depois, com a Catástrofe de Esmirna[15] e a vinda em massa dos refugiados, Venizelo[16] deu início à grande expropriação de terras para a construção de abrigos. E agora o Metaxás[17] ainda constrói prédios para esse bando de gregos-turcos que chegaram aqui com uma mão na frente e outra atrás e acabaram conseguindo os melhores empregos! E lá se vão pelo ralo os tais lotes! A Afrodite jura por tudo o que é sagrado que não recebeu nenhuma indenização. Mas eu não acredito nisso, nem que ela continue negando numa câmara de tortura. Tenho certeza de que ela não só recebeu indenização, como ainda conseguiu vender os lotes antes mesmo da expropriação!...".

Suas relações com o irmão, o Miltíades, não eram das melhores, apesar de ele morar com ela. O Miltíades era oficial efetivo reformado do exército. Tinha lutado nas batalhas de Sarandaporo, Bizani e Sarangio[18], entre outras. A maior parte das

[15] Por esse termo se designa o fim trágico das insurreições empreendidas pelas populações gregas da Ásia Menor contra os turcos – as campanhas militares se deram no período entre 1919 e 1922 –, esmagadas pelas tropas de Kemal Ataturk, que queimaram cidades gregas da Ásia Menor, chacinando civis gregos e provocando grande deslocamento de sobreviventes para a Grécia. A cidade de Esmirna foi palco de uma das maiores chacinas humanas nesse contexto. (N.T.)

[16] Eleutherio Venizelo (1864-1936): grande personagem político grego, cretense, foi primeiro-ministro sete vezes no período entre 1910 e 1933. Conhecido principalmente pelas anexações territorias e pelas reformas sociais e institucionais que executou. (N.T.)

[17] Ioannis Metaxás (1871-1941): primeiro-ministro e ditador (1939-1941), grande personalidade política e militar, conhecido pelo famoso "Não" que proferiu em 28 de outubro de 1940, em nome de toda a população grega, como resposta ao comunicado da Itália de que iria invadir a Grécia com suas tropas. (N.T.)

[18] Batalhas que se deram durante as guerras dos Balcãs, que ocorreram em duas etapas. Na primeira (1912-1913), búlgaros, gregos, sérvios e montenegrenses lutaram contra os turcos. Na segunda (1913), gregos e sérvios disputaram a conquista de territórios tomados à Turquia com os búlgaros, que tinham pretensões territoriais inaceitáveis aos olhos dos primeiros. Nessa segunda fase se ingeriram também a Turquia e a Romênia. Vitoriosos das guerras dos Bálcãs saíram a Grécia, que duplicou sua extensão territorial, Montenegro e a Sérvia. (N.T.)

distinções militares que recebeu foram por conta de bravura em combate. Era o herói da família. Sobre a cômoda, ela deixava à vista dois obus que ele tinha trazido como lembrança da guerra dos Bálcãs. Mas, na época em que conheci a dona Hécabe, os obus do Miltíades já tinham deixado de simbolizar para a família as guerras sacras em nome da etnia grega. Eles faziam era com que ela se lembrasse das proezas do Teodoro quando criança! Quando ele era pequeno e fazia alguma arte, ela o trancava no quarto com a famosa cômoda dos obus. Certo dia, o trancou lá dentro e acabou se esquecendo. Ele ficou com vontade de fazer xixi e começou a berrar, mas, como ninguém ouvia, acabou urinando dentro dos obus. Com essa cara de sério e carrancudo que ele tem hoje, é difícil imaginar o Teodoro criança, muito menos como um moleque endiabrado. É quase impossível você imaginar algumas pessoas como crianças, do mesmo jeito que, inversamente, você olha para algumas crianças e já vê de cara como elas vão ser quando crescerem.

O Miltíades era a favor do Venizelo. Sempre que ele começava a falar de suas convicções políticas, a dona Hécabe instintivamente abaixava o tom de voz. Não que ainda houvesse qualquer perigo. Quem é que se preocupava em 37 e 38 com o fato de alguém ser a favor ou contra o Venizelo? Sabe como é, teve uma época em que ser a favor do Venizelo era a mesma coisa que hoje em dia ser comunista. Teve um momento, na época após o rei Konstantino ter voltado do exílio, que o papai correu o sério risco de perder sua posição na Universidade.[19]

[19] Trata-se aqui de duas oposições políticas: a primeira, entre Venizelo e o rei Konstantino, quanto à posição que a Grécia deveria tomar em relação à Entente e às Forças Centrais, durante a 1ª Guerra Mundial. O rei era a favor da neutralidade e o primeiro-ministro a favor do apoio à Entente. Com a vitória dos países da Entente, o rei foi obrigado a se exilar, mas retornou do exílio alguns anos depois. A segunda oposição foi a que se deu

Ele também era pró Venizelo. Mesmo não sendo fanático como os outros – não era muito chegado em política –, votava no Venizelo por saber que ele não se esquecia de todo dos pobres. Ele, no fundo, não era do tipo de pessoa que se encaixa num programa político. "Ouça o que estou lhe dizendo", ele dizia, "os dois partidos acabam prejudicando a Grécia na mesma medida. O importante é ser humano, e isso só se consegue fazer sozinho. Qualquer que seja o regime político, pode ver que sempre há humanos e bestas...". E, quando o Kondili[20] fez votar o plebiscito em relação à volta do rei Yorgos ao trono, o Miltíades foi afastado do exército sob a alegação de ser um elemento agitador e insurrecto. Foi a época em que a dona Hécabe veio para Atenas. Como encontrou o irmão desiludido da vida e sem um tostão – a aposentadoria não dava, para se ter uma idéia, nem para ele comprar o cigarrinho dele – sugeriu que ele fosse morar na casa deles, para pelo menos não precisar pagar aluguel. Mas logo começaram as reclamações e as brigas. Ela dizia para ele tratar de arrumar um emprego como todos os colegas, mas o Miltíades não lhe dava ouvidos. Achava que as coisas logo mudariam de figura e que poderia voltar para o exército. Enquanto isso, ficava à toa pelos botecos e cafés da vida, jogando gamão e xingando por entre os dentes o Metaxás e o 4 de Agosto.[21] Cada vez que ele passava pelo saguão e via a fotografia do Metaxás, fazia questão de cuspir no chão com

entre, de um lado, Venizelo e seus partidários (os Liberais) e, de outro, o general Metaxás (em seguida também primeiro-ministro), o qual apoiava a monarquia, durante os anos que precederam ao golpe militar (janeiro de 1941) desse último. (N.T.)

[20] Yorgos Kondili (1878-1936): personagem político e militar primeiramente anti-monarquista. Primeiro-ministro em 1926, acabou apoiando Metaxás e executou um plebiscito que, ao que tudo indica, foi manipulado, em relação à volta do rei Yorgos II do exílio, o que ocorreu em 1935. (N.T.)

[21] Dia em que Metaxás tomou o poder. (N.T.)

ostentação. Esse era outro motivo de briga. Não que ela ligasse muito para o Metaxás: muito pelo contrário. Ela era, da maneira dela, como o papai – que Deus o tenha! O que acontecia era que o Teodoro apoiava fanaticamente o regime de então, e a dona Hécabe morria de medo que o Teodoro surpreendesse o irmão dela numa dessas demonstrações de aversão ao Metaxás e que tio e sobrinho acabassem se pegando. Afinal, como ficaria ela? Tomaria partido de quem?

Mas tudo isso ela ainda perdoava. O que não perdoava, e que acabou sendo a razão da ruptura final entre eles, era a mania que ele tinha de ficar se intrometendo na educação do Akis. A dona Hécabe não deixava o menino ir para a rua brincar com as outras crianças do bairro. Fazia o menino bordar ou então fabricava ela mesma bonecas e punha o coitado para ficar brincando com elas. O Miltíades via aquilo e virava uma fera: era sua consciência nacional que se revoltava. Dizia: "Era só o que faltava: a juventude grega, que deveria estar às voltas com guerras e armas, brincando de boneca! Os gregos brincando de boneca!...". Ele pegava as tais bonecas e... lixo. Seguia-se uma briga homérica. A dona Hécabe vinha então toda exasperada me contar o acontecido.

A se julgar pela fotografia (que agora está pendurada na sala), o marido dela era um pão. Ainda mais que, como o falecido papai, se vestia com o maior esmero: o colarinho bem passado, gravata acinzentada, broche de diamante, e assim ia. Certo dia, logo depois de termos nos conhecido, fui até a casa da dona Hécabe e me lembro que nos pusemos a olhar as fotografias penduradas na parede. "Que pão!", digo então. E ela: "Pois é, quem te viu, quem te vê! Ele era assim mesmo, quando veio me pedir ao papai em casamento. Não existia homem mais faceiro. Ele se vestia sempre melhor do que seus recursos econômicos permitiam. 'Não me importa que o povo diga que o hábito não faz o monge', dizia-me. 'Aqui na Grécia o povo julga pelo que vê'. Em vez de freqüentar a faculdade que o pai – o coitado do reverendo Longos – bancava, o dito-cujo mandou imprimir cartões de visita com o título de *advogado* abaixo do nome, passando o tempo vagabundeando de um lado para o outro e cortejando as donzelas do bairro. "A casa do meu pai ficava mais para cima na rua Agion Asomaton. Se nós passarmos por lá qualquer hora, eu lhe mostro. Na parte da frente tem uma varandinha com duas cariátides. Hoje em dia, quando passo por ali e as vejo, meus olhos ficam rasos de lágrimas. Era onde eu passava os finais de tarde. Regava as flores e depois ficava horas sentada ali bordando. O Iannes morava um pouco mais para baixo e, cada vez que passava, me fazia algum elogio – essas besteiras todas que os rapazes lançam para as meninas até elas estarem no ponto em que eles querem. Mas eu era uma moça séria e tímida. Enrubescia toda e ia correndo para dentro. Foi aí que ele teimou. Deve ter pensado: essa aí não é como as outras. Veio então um belo dia pedir minha mão para o papai. Mas eu continuei sendo reservada com ele até mesmo quando nós noivamos. 'Mamãe', digo certo dia à minha mãe, 'não me ponha para lavar louça quando vier o senhor Longos!'. 'E por que é que você acha que não poria você para lavar louça quando vier o senhor Longos?'. 'Porque se eu arregaçar as mangas, ele vê a pinta que tenho no braço e começa a rir'. 'Você não perde por esperar, minha filha!', diz então minha mãe, que Deus a tenha. 'Você não perde por esperar. Tadinha de você! Se soubesse o que ainda terá que agüentar na vida de casada!'. Você percebe como eu era ingênua naquela época, Nina querida? Hoje em dia, volta e meia eu paro para pensar em como a vida pode mudar uma pessoa, em como aquele cordeirinho que eu era virou o monstro que sou hoje".

"Mas que besteira!", digo-lhe eu. "Você não é nenhum monstro. Você gosta, isso sim, é de se fazer passar por monstro. O que foi que seu marido estudou?". "Direito. Mas não teve paciência suficiente para concluir o curso. Começou fazendo bicos daqui e dali. Comércio. No começo nós morávamos na casa da minha mãe. Depois passamos a morar numa casa só nossa, de frente para o Thisio. Foi nessa mesma casa que nasceram todos os meus filhos, com exceção do Dimitris, que nasceu em Salônica".

"E por que foi que vocês foram para Salônica?".

"Porque o Iannes não gostava de Atenas. Sabe como é, ele era da Macedônia. Não conseguia viver nos ares da Grécia antiga. Lembro-me de que eu estava grávida da mãe do Akis quando, certa vez, ele chega em casa lá pela meia-noite – era janeiro e fazia um frio de rachar –, me acorda e sem maiores explicações diz: 'Prepare uma mala com algumas roupas. Estou de saída com o grupo de Paulo Melas,[22] vamos para a Macedônia. Se os trapaceiros dos búlgaros acham que vão tirar de nós o território da Macedônia, estão muito enganados!'. Naquela época a Turquia tinha se dado mal, e os gregos estavam eriçados com os búlgaros, brigando como herdeiros que vêem chegar o fim do tio rico. 'E eu vou ficar onde, Iannes querido?', pergunto para ele. 'O que faço com as crianças? O que é que vai ser delas se, Deus

[22] Paulo Melas: comandante dos rebeldes gregos, que tinham como meta recuperar a região da Macedônia das mãos dos turcos pouco antes das Guerras dos Bálcãs (1912-1913). Acabou assassinado na região de Kastoria, mas seu heroísmo se tornou legendário na história da Grécia do séc. XX. (N.T.)

nos livre!, acontecer alguma coisa com você?'. 'Não tem por que você ter medo', me diz então. 'Comigo não acontece nada. Eu não sou nenhum cretino para sair por aí para que me matem. Estou indo mais para saber como estão as coisas lá em Salônica. O ganha-pão em Atenas está difícil demais...' Ele me abraçou e me beijou, pronto para ir embora. Mas deve ter pensado melhor naquela hora: me abraçando daquele jeito, estendeu um braço e diminuiu a luz e – você sabe o que os homens acabam sempre querendo... Ele não era exceção. Talvez fosse por isso que eu o amasse tanto. Era o meu deus. Aí então ele foi beijar o Teodoro, que na época era bebê e estava no berço, se levantou e saiu para a calada da noite, no meio daquela neve toda... Três meses depois foi ferido pela baioneta de um invasor rebelde búlgaro. Quando teve alta do hospital, veio a Atenas. Ficou conosco um mês e depois voltou para Salônica. Começou a negociar madeira. Assumiu por empreitada a derrubada de árvores de uns bosques que pertenciam a monastérios. Pensou então em comprar uma barca própria para o transporte da madeira. Estava ganhando rios de dinheiro. Mas, e eu, menina, como é que ficava eu nessa história toda? Dinheiro não tinha sentido para mim. Eu não queria que nós vivêssemos separados. Cada vez que ele vinha a Atenas, eu lhe dizia: 'Leve a gente com você para Salônica, Iannes querido, que não aguento mais essa vida solitária!'. 'Deixe de brincadeira!', me diz da última vez. 'Deixe de brincadeira que as coisas estão feias por lá. Pode ser que estoure logo logo uma guerra'. Era como se ele já soubesse. Não passou um mês, eclodiu a primeira guerra dos Bálcãs. A cada dia que passava eu esperava que ele voltasse ou escrevesse. Mas nem sombra dele, não gostava de escrever. Passaram-se dois, três meses, e eu estava quase enlouquecendo. 'Pronto, perdi meu marido!', pensava com meus botões. Ou ele foi morto, ou alguma mulher de vida fácil acabou fazendo sua cabeça, o que era como ter morrido para mim. E eu, coitada, com quatro filhos para criar, como é que eu ficava? No meio-tempo eu percebi que estava grávida de novo. Para encurtar a história, decidi ir procurá-lo. 'Se você acha, seu canalha', dizia com os meus botões, 'que sou a mesma Hécabe que tinha vergonha de arregaçar as mangas e que você deixa volta e meia com um barrigão, lamento informar que está muitissimamente enganado. Você agora passou das medidas. Vai ver agora quem é a verdadeira Hécabe. Vou lhe mostrar com quantos paus se faz uma canoa!...' Lá vou eu para o palácio e peço audiência com a Sofia. Naquela época ela ainda era a princesa herdeira; recebe-me na hora marcada. Beijo sua mão e digo: 'Alteza, a situação é tal e tal. Quero que me mande para junto de meu marido'. 'Fique quieta no seu canto, pobre de Deus!', me diz. 'Vai se meter com três crianças no foco da desordem?'. É claro que ela não falou bem assim, porque não sabia grego direito. 'Se você não ter dinheiro, eu ajuda você'. 'Dinheiro não é o problema', digo para ela, 'o que falta é meio de transporte'. Eu ouvi dizer que se pode ir com o barco de emergências hospitalares. Fui até a Cruz Vermelha, mas me disseram que depende da Sua Alteza...'. Eles que me aguardassem lá na Torre Branca em Salônica, pois eu estaria lá em dois dias, linda e maravilhosa! Pois é, menina, até eu mesma fiquei pasma com minha coragem. Tudo bem que os turcos nesse ínterim tinham se mandado, mas os ânimos ainda estavam exaltados por lá. Os nossos aliados de até então, os infelizes dos búlgaros, pegaram pesado por não terem sido os primeiros a abocanhar as conquistas da guerra. Cada dia se dava um episódio diferente e não havia cristão que tivesse coragem de sair para a rua sozinho de noite. Todas as manhãs encontravam dois ou três gregos esfaqueados. Assim que desembarcamos, deixei as crianças com uma família que tinha viajado conosco e fui às pressas procurar o consultório de advocacia do Papathanasiou. Eu sabia que ele era o amigo mais chegado do Iannes em Salônica. Depois de correr de um lado para o outro, acabei o encontrando. Entro no consultório e, não é que vejo o dito-cujo refestelado numa poltrona de couro, folgadão como se não tivesse mais o que fazer da vida? Assim que ele me viu, saltou que nem um rojão e desatou a rir. 'Mas você tem fibra mesmo, mulher!', me diz. 'Hahaha! Bem que eu dizia que qualquer hora você apareceria! Hahaha!'. Ele nem conseguia falar de tanto que ria. 'Hristos', diz para o Papathanasiou, 'deixe lhe apresentar minha esposa. Ela é tudo o que a gente precisa para exterminar esses Ivanof da vida!...' Menina, você acredita que ele nem me perguntou como eu tinha me virado por tanto tempo sozinha? Com que eu tinha dado de comer aos meninos? Bem típico dele. Enfim... No meio-tempo ele tinha se ocupado não só do comécio de madeira, como também do abastecimento do exército, e acabou que conseguiu juntar um bom dinheiro. Eu fiz logo de cara com que ele comprasse a casa de um bei[23] com todos os móveis. Os turcos estavam se mandando às pressas, vendendo todos os bens por um pedaço de pão. Foi nessa casa que cresceram os meus filhos, tendo do bom e do melhor. Com regalias que eu jamais teria sonhado em ter quando criança na casa de meu pai... Você bem pode imaginar que nosso bairro ainda estava cheio de turcos. Os ricos tinham ido embora, mas os pobres não tinham para onde ir. Como diz o ditado: se a vida lhe deu limão,

[23] Título dado a altos funcionários do exército ou da administração turca. (N.T.)

aprenda a fazer limonada! Ou seja, os pobres tinham que se contentar em ficar por ali mesmo. Com a Catástrofe de Esmirna, eles também foram obrigados e entrar na onda de deslocamento migratório. Você tinha que ver que choradeira! Eles vinham nos abraçar e beijar. Logo quem: toda a turcalhada que tinha dominado e escravizado a Grécia por tantos séculos! Enfim, o que passou, passou. E você sabe o que é o pior em toda essa história? Os turcos que conheci eram todos gente de bem. Não passava um mendigo para quem eles não dessem esmola. As turcas – que Deus as tenha! – vinham me chamar de tarde para tomar um café e para me lerem a sorte, nas cartas. Foi delas que eu aprendi a ler cartas. Sempre me saía um dez de espadas. 'Que estranho', me dizia a Nairendim. Ela ficava sentada com as pernas cruzadas e fumava que nem uma chaminé. 'Estranho, não vejo você com o seu marido. É uma outra que se deita na cama dele...'. E eu ria. Minha auto-estima e vaidade não tinham limite. Eu era totalmente segura de mim mesma, e foi justamente esse o meu erro. Andava de nariz arrebitado e dizia que não dava a mínima. Se ele quisesse ter cem mulheres, que tivesse. Ele voltaria sempre era para mim, e para os filhos. Eu me achava a rainha da casa, e acabei não dando importância ao sinal de alerta que me deu Santa Anastácia...".

"Como foi essa história de Santa Anastácia dar sinal de alerta?", perguntei.

"Trate de ir parando de rir! Quando eu lhe contar, você vai entender... Certa vez o dito-cujo nos mandou para um veraneio em Valta. Levei os meninos comigo, com exceção da infeliz da Helene, que tinha ficado de recuperação e precisou ficar em Salônica para ter umas aulas extras. Não que ela se importasse muito! Ela estava era toda animadinha que ia ficar por lá bancando a dona de casa e mimando o papai. Ela não se bicava comigo, porque eu limitava sua liberdade. Mas ao pai ela adorava. Como naquela época ainda não existia ônibus, a gente tinha que andar metade do caminho de carroça – ou de caíque, mas a nossa Polixene ficava enjoada no mar – e depois seguir com mulas. O Iannes não podia prescindir de nossa caleche. Pegamos um cabriolé. No caminho a gente passou por uma igrejinha solitária, como aquela da música:

Em cima da montanha, desprotegida
Vislumbro uma igreja, uma ermida...

'Que igrejinha é aquela ali?', pergunto para o cocheiro. 'É a igreja de Santa Anastácia, a protetora dos intoxicados'. 'E o que é aquela cepa pendurada para fora?'. 'É o sino', respondeu. Achei o negócio tão engraçado que não me contive: desatei a rir num riso histérico. 'Sino? Até parece!', digo para ele. 'Não acharam nada melhor do que uma cepa para fazer as vezes de sino?'. Quase fiz xixi nas calças de tanto que ria!... Com grande esforço nós conseguimos chegar à aldeia, de onde pegaríamos as mulas. Já tinha anoitecido. Os meninos estavam mortos de cansaço, com todas aquelas horas de sacolejo no cabriolé. Aí eu pensei que o melhor seria que a gente comesse logo para eu pôr as crianças para dormir. Foi então que veio de repente o arreeiro me dizer: 'Tratem de se aprontar! Estamos de saída!'. 'Você não está falando sério!', respondo eu. 'Nós não acertamos agorinha mesmo que seguiríamos amanhã de manhã? Que bicho mordeu você? Daqui eu não saio!'. Mas, como naquela época os campos estavam infestados de bandidos que assolavam o interior, os arreeiros costumavam organizar caravanas por questões de segurança, e os outros viajantes tinham decidido seguir caminho imediatamente, porque de noite era mais fresquinho. Se nós ficássemos para trás, teríamos que esperar de dois a três dias até que houvesse gente suficiente para se organizar outra caravana. Xingando tanto as viagens como os arreeiros, montei a minha mula. O Teodoro, que já era um menino crescido, tinha uma mula só para ele. Os menores, o Dimitris e a Polixene, nós pusemos sobre uma mula só. 'Segurem firme, crianças!', digo para eles. 'A mula é um animal paciente, mas quando fica brava não pensa duas vezes antes de derrubar alguém ravina abaixo'. Apesar de o arreeiro afirmar o contrário, eu estava com a pior das intuições quando a gente se pôs a caminho. Olhava ao redor e via aquele breu todo, ouvia o coaxar dos sapos no brejo e os bichos urrando no meio da brenha, e ficava toda arrepiada. Estava arrependida de não ter dado ouvidos a minha voz interior e ficado na aldeia. Não seria o fim do mundo se chegássemos com dois dias de atraso em Valta. Já tínhamos dado o sinal na casa, e ela estava garantida. Ao passo que, agora, chegaríamos no meio da noite e acordaríamos os donos da casa. Os coitados não tinham culpa de nada. Eu estava perdida pensando no assunto, quando o Dimitris vira para mim e me diz: 'Mamãe, a Polixene está doente!'. Eu chamo o arreeiro, ele faz as mulas pararem, apeio da minha e pego a menina pelo braço: ela estava ardendo em febre! 'Quanto falta para chegarmos?', pergunto para o arreeiro. 'Pode até ser que duas horas ainda'. Subo na mula com a menina no colo. Com uma mão me segurava na sela e com a outra eu a apertava contra o peito. 'Tenha um pouquinho de paciência, meu amor!', dizia para ela. 'Não fique gemendo que você me parte o coração! Logo logo a gente chega...'. Mas, quando chegamos, a menina já tinha entrado em estado de coma.

Acordamos a dona da casa, que nos mostrou os quartos, pus os meninos num quarto, a Polixene no outro, e mandei o menino mais velho da casa ir correndo chamar um médico. Sentei-me à cabeceira e comecei a fazer compressas com vinagre, mas a febre não queria baixar. Ela ficava gemendo e tremendo tanto, que nem um peixe, que me cortava até a respiração. Tanto que achei que de um momento para outro ela fosse dessa para a melhor. 'Cadê o médico?', perguntava para a dona da casa. 'Está chegando', respondia ela. 'Já já está chegando'. Mas, em vez do médico, eis que volta o menino, dizendo: 'O médico está na aldeia tal, e só volta amanhã à noite'. 'E agora?', desato a berrar, batendo as palmas das mãos uma contra a outra. 'E agora? O que vai ser da minha menininha?'. 'Não fique assim, minha senhora!', me dizia a dona da casa. 'Não há de ser nada. Ela só se cansou da viagem, vai passar sozinho!'. 'Sei', pensava eu, 'só por que a senhora quer! Esses caipiras! Não sabem nada de doença. Para eles os homens e as vacas são todos a mesma coisa'. 'Como é que posso não ficar assim, mulher de Deus? Como, com essa dengue andando por aí e eu correndo o risco de perder minha menininha em menos de um dia?'. Mandei a mulher ir dormir. O desespero que senti naquela noite eu não desejo a nenhuma mãe no mundo. Sentada à cabeceira, eu não parava de falar com ela, enlouquecida: 'O que é que você tem, meu amorzinho? Quem foi que lhe jogou mal olhado e quer que você vá para longe da mamãe?'. Em seguida, pus-me a andar de um lado para o outro, que nem leoa na jaula. Eu não sabia nem que horas eram. A chama da lamparina já começava a bruxulear, quase no fim. Eu estava na dúvida se deveria ou não acordar novamente a dona da casa. Foi então que me dei conta da vela acesa na frente do altar com a imagem santa. Sinto meus joelhos falharem de repente. Caio no chão e, soluçando, começo a dizer (não me pergunte como fui lembrar naquela hora da igrejinha solitária): 'Minha Santa Anastácia dos Intoxicados! Perdoe-me por ter caçoado do seu sino. Faça com que minha Polixene melhore, que eu acendo uma vela do tamanho dela!...' E não foi que ela ouviu minha prece? Que grande graça a sua, minha Santa Anastácia! A menina deixou os lençóis ensopados de tanto suar e, de quase morta que estava, não é que começa a se mexer? Abre os olhos e me diz: 'Mamãe... água...' Quase desmaiei de tanta emoção. Em vez de lhe dar logo a água, caí de joelhos e dei graças aos céus... Mas, se estou lhe contando essa história toda, é para lhe dizer que foi a mesma Santa Anastácia que salvou a minha Xeni de morte certa quem voltou a me avisar que logo perderia meu marido. Quando nós voltamos para Salônica, fui comprar uma imagem pela graça da santa. Deixei a imagem no santuário da Purificação por quarenta dias e, quando fui buscá-la de novo, a dei para um monge, que volta e meia passava lá em casa vendendo velas e incenso, para que ele a enviasse para Katounia[24] e ela fosse banhada em prata. 'Peça a eles', digo ao monge, 'que gravem na parte de baixo o seguinte: Ex-voto de Hécabe Longos'. Mas, quando ele me trouxe a imagem de volta, percebi que eles tinham esquecido o 'Longos'. 'Cadê o meu nome de casada?', pergunto para ele, que procura de um lado, olha do outro, e começa a fazer o sinal da cruz. "Meu Nosso Senhor Jesus Cristo...'. 'Deixe Nosso Senhor para lá, que ele está muito bem no lugar onde está e não tem nada a ver com isso', digo para ele. Para resumir, ele jurou que,

[24] Região na península de Halkidiki, península essa que consitui um Estado monástico com administração própria. (N.T.)

quando recebeu a imagem, o 'Longos' estava no lugar certo, o que tinha visto com os próprios olhos 'que a terra há de comer'. Disse ainda que era como se Santa Anastácia tivesse apagado o sobrenome porque queria me dizer algo, etcétera e tal'.

"E você acreditou nisso, dona Hécabe de Deus?"

"Claro que não! Eu era naquela época mais descrente que São Tomé, igual a você. O fulano esquece de mandar botar o nome e joga a culpa na Santa. São todos um bando de espertalhões. Mas quando eu logo depois perdi o meu marido, voltei a me lembrar do acontecido e chorei amargamente, que nem Petros após o galo cantar três vezes. É por isso que, desde então, não me atrevo mais a dar opinião sobre esses assuntos. A melhor política, Nina querida, é acreditar sem questionar. Se você quer saber, acho que você tem toda razão em xingar a tal madre de salafrária. Mas então eu lhe pergunto: e se ela não for salafrária? Aí você me diz: 'Dane-se. Pura coincidência'. Mas o acontecido foi, na minha opinião, um genuíno milagre. Era como se ela estivesse me dizendo: 'Você então acha que é a única mulher no mundo? Você está prosa demais e se acha invulnerável. Se soubesse o que está por vir, infeliz! Dentro em breve você vai se chamar só Hécabe mesmo, sem nome de casada'. E foi então que eu caí sobre o travesseiro, me debulhando em lágrimas amargas. Ficava dizendo: 'Minha Santa Anastácia, a senhora que previu a catástrofe, não podia fazer nada para impedir que as coisas terminassem assim?'. Mas o que é que a pobre da santa podia fazer? Nem mesmo o próprio Deus. Como eu tinha sido avisada, a questão estava em minhas mãos. Eu é que devia ter aberto os olhos e tomado medidas. Mas eu, orgulhosa que sou, me fiz de boba...".

capítulo seis

Muitas vezes, de tardinha, quando tínhamos visita em casa e se começava a falar de casamentos mal-sucedidos e de divórcios, a dona Hécabe se inflamava toda e se punha a discursar. Era a favor da compreensão ou, pelo menos, da tolerância mútua entre os cônjuges. Tinha uma convicção inabalável na lei: "Aqueles que Deus uniu nenhum homem separa". E acrescentava: "Entre marido e mulher não há espaço para passar nem um fio de cabelo. E, se eu digo isso, é por experiência própria, pois me dei muito mal no meu casamento...".

"A própria prima fez a cabeça do marido dela!", intervinha eu, pondo lenha na fogueira. "Conte tudo, dona Hécabe querida, que assim o tempo passa mais rápido! Você sabe que eu não me canso de ouvir você contar essa história".

"Pode ser que *você* não se canse, mas eu já me cansei de me ouvir a mim mesma. Volta e meia eu ouço a minha própria voz e me dá até vontade de vomitar... Aquela porca fez com que ele perdesse a cabeça. Foi feitiço. Teve uma noite que fomos os três ao cinema... Hoje eu como o pão que o diabo amassou, mas não pense você que foi sempre assim, não! Naquela época eu tinha uma casa de três andares, duas empregadas e um cabriolé só meu. Meu marido era comerciante. Conhecidíssimo no mercado de Salônica. Onde quer que ficassem sabendo que eu era a senhora Longos, logo iam me fazendo reverência. Nós nos relacionávamos com a nata da sociedade. Certa vez ele até fez campanha para ser deputado. Sabe como é, todos os homens têm essa mania de política. Mas quem ganhou as eleições foi o Venizelo. Meu marido era monarquista até os ossos e seria capaz de dar a vida pelo Konstantino. Foi naquela época que começou a cisão Konstantino-Venizelo. Nossa casa parecia centro de comitê político. Todos os monarquistas se reuniam na sala lá de casa, e era uma deliberação de conselho atrás da outra. E dá-lhe comida! Alimentávamos os camponeses para conseguir mais votos. Naquela época só votavam em você se você lhes molhasse a mão. Eu acompanhava tudo e ficava enojada dessa politicagem toda. Eu, na minha cabecinha feminina, estava prevendo que aquela história toda não daria em nada de bom. Eu também gostava do rei, mas era da opinião de que ele não deveria se meter em política. 'Veja lá onde você está se metendo, Iannes querido!', dizia para ele. 'Deixe o rei de lado, infeliz, e apoie o Venizelo, se quiser continuar ganhando o seu pão! Grande coisa o que esses reis fizeram por nós! Se você – que Deus nos livre e guarde! – perder um dia tudo o que tem, acha que o Konstantino vai tomar as suas dores?'. Mas os homens têm uma cabeça de jerico. Que nem criança. Sacrificam tudo por um ideal. Ele abandonava os negócios e ia fazer discurso em Halkidiki. Prometia tudo e ainda mais aos camponeses. No final, acabou se dando mal. Deus castiga. O sujeito tem dinheiro, goza de respeito, tem uma família que o adora. Será que isso não basta? Não, tinha ainda que virar deputado! É como se Deus dissesse: 'Agora sim é que eu pego você de jeito e lhe dou uma boa surra para você aprender a se colocar no seu lugar!...' Ficou todo perturbado. Quis morrer, de tanto ódio que sentiu. Achava que era invencível. Para esquecer um pouco das preocupações, me pegou um belo dia e fomos passar um mês em Viena. Eu queria que você estivesse lá comigo para ver como é que a gente deveria viver! Que palácios, que teatros, que cafeterias! Eu me lembro hoje como se fosse um sonho. Mas isso só para dar uma idéia a você de como nós estávamos bem de vida. Foi então que me veio uma idéia. Cada vez que me lembro, quero morrer de raiva de mim mesma. 'Bem feito, sua imbecil!', penso. Mas o que aconteceu foi que nessa época me vieram umas idéias. Raciocinei o seguinte: 'Hécabe, você se deu bem na vida. Casou com um homem direito. É o seu dever ajudar os parentes menos afortunados..." Minha irmã Afrodite já era casada; o Miltíades, oficial do exército. Não precisavam mais de mim. A única pessoa da família que eu poderia ajudar era uma prima, esse monstro humano que acabei de mencionar. Ela já estava chegando na casa dos trinta e ainda era solteira, porque não tinha dote nenhum. 'Você trate de fazer o bem, Hécabe', dizia com meus botões, 'que Deus paga em dobro. A Terra é redonda e dá voltas. Vai que um dia é você quem se encontra em dificuldade e acaba precisando dela!'. Eu a convidei então para passar um tempinho lá em casa. Sabe como é: viver numa esfera mais alta da sociedade e quem sabe acordar um pouco para a vida. Imaginei que talvez houvesse algum bom pretendente entre os amigos de meu marido. Se precisasse, a gente poderia lhe dar algum dote. Eu tinha conversado com o Iannes e ele estava de acordo. Mas ela não dependia de mim para achar noivo. Achou sozinha. Não me pergunte como e quando foi que eles começaram a se relacionar. Não tenho a menor idéia. Só sei de uma coisa: se até então nós éramos o casal mais feliz e harmonioso do mundo, de repente começamos a brigar por ninharias. Ele não era mais o Iannes que eu conhecia. A magia daquela Circe[25] de segunda tinha mudado a índole dele. Naquela noite, como eu estava contando, em que a gente voltou do teatro, vou eu na frente

[25] Circe: feiticeira que, na mitologia grega e segundo se descreve na Odisséia, transformou os companheiros de Odisseu em porcos. (N.T.)

para abrir a porta e tropeço num negócio preto. Entramos, eu pego a lamparina da consola e saio para ver o que era. Sabe o que foi que vi? Uma galinha mais preta que a noite, com um monte de linhas e alfinetes enfiados! Ninguém me tira da cabeça que isso foi trabalho da Froso – ela se chamava Froso. Daquela noite em diante, parecia que a bruxa estava sempre solta. A Froso tinha vindo para passar dois meses. Acabou ficando seis. Sua mãe precisou ficar doente para que ela se decidisse a ir embora. A menos que isso também fosse parte do plano que eles tinham arquitetado de antemão. A partir de então, o Iannes não saía mais de Atenas. 'Menina do céu, que diabo está acontecendo?', pensei comigo mesma. 'Será que agora a coisa é de vez, confirmando as previsões das turcas?'. Mas eu não pensei por um momento sequer na Froso. Para você ver que ingênua e crédula que eu era. Foi por isso que me dei mal. Nessa vida a gente não pode botar confiança nem mesmo no próprio irmão. As coisas estavam nesse pé quando, para completar a desgraça, eu adoeci seriamente. O médico que me examinou diagnosticou tumor no útero e quis que eu fosse imediatamente para a sala de cirurgia. Eu bem que podia ser operada em Salônica, mas o Iannes insistiu para que eu fosse a Atenas. Estava nos seus planos. Nem sequer deixou que eu me despedisse de minhas amigas: botou-me no trem, levou-me para Atenas e me internou no Evangelismos. Quando a enfermeira saiu do quarto e deixou a gente a sós, ele me vira e diz: 'Hebe', ele me chamava de Hebe, 'você não acha que seria uma boa idéia eu levar a Froso comigo para Salônica, para cuidar das crianças enquanto você estiver internada?'. E eu respondo: 'Por que não? Excelente idéia! Eu devia ter pensado nisso eu mesma. Mas, Iannes querido, veja se arranja para ela algum bom partido. Meu Deus, você tem tantos amigos! Ela pode não ser bonita e, cá para nós, até espanta um pouco os homens com aquela frieza toda, como você já deve ter percebido, mas tem lá os seus dons. Trate de ver se consegue algum noivo para ela, mesmo que seja para a gente não ouvir nenhum *obrigado* depois...' Enquanto estive no hospital, aquele Judas da minha tia, mãe da Froso, vinha três vezes por semana me visitar, e ainda tinha a pachorra de me trazer flores. Quando finalmente terminaram as sessões de diatermia e eu passei a convalescer, escrevi pedindo para ele vir me buscar. Logo que recebeu a carta, se enfiou num trem expresso e foi da estação direto para o hospital. Quando olhei para ele, meu coração se apertou todo. Não era o mesmo Iannes que eu conhecia. Tinha carne por debaixo do angu... 'Por que é que você está assim?'. 'Não é nada', ele responde. 'Só estou cansado da viagem. As cabines estavam todas cheias, e eu tive que dormir a noite inteira sentado no banco'. 'Graças a Deus', digo para ele, 'porque já estava pensando um monte de coisa ruim...'. Aí ele se levanta da cadeira e vai até a janela. Faz de conta que está olhando para fora... Nós estávamos no inverno, fevereiro, e ventava forte. A ponta do cipreste que chegava até a janela do quarto balançava de um lado para o outro que nem marionete. Eu sentia uma melancolia inexplicável, um peso enorme no peito. Apesar de ele afirmar o contrário, algo continuava me dizendo que alguma coisa estava errada... Mas, claro, eu não tinha nada de palpável. Eu estava quase tocando a campainha para a enfermeira vir me ajudar a fazer as malas, quando ele, fingindo indiferença, vira e me diz: 'Ah, esqueci de lhe dizer. Eu escrevi para a minha mãe contando que você tinha sido operada, e ela a está esperando no vilarejo para passar lá umas duas semaninhas, até ficar completamente boa e ganhar peso'. Aí eu digo: 'Como é que é? Eu aqui, contando os dias igual uma condenada para rever vocês, e vem agora você querer que eu vá em pleno inverno para o vilarejo? Para que foi que Deus fez o verão?'. Ele responde: 'Eu não disse que você é obrigada a ir'. Ele sabia como fazer para me enrolar. Sabia que se insistisse muito eu começaria a desconfiar... Aí então ele diz: 'Eu sou da opinião que só lhe fará bem. Se você for, eu levo as crianças para que elas vejam também o vovô e a vovó. Não faz mal que eles percam algumas aulas. Você sabe que minha mãe vem reclamando que você não vai mais passar uns dias com ela. Fica achando que você agora se considera superior e não se digna mais a ir visitá-la'. 'Isso é outra história', digo para ele. 'Você sabe muito bem que ela está sendo injusta. No ano passado eu o azucrinei para que deixasse a gente ir para Litohoro, mas você insistiu que fôssemos para Valta. Se em vez disso tivéssemos ido para Litohoro, pode ser que a Xeni não tivesse ficado doente...'. Mas eu percebi que não tinha como dizer 'não'. Decidi engolir o sapo. Disse então para a enfermeira: 'Irmã, será que você poderia preparar minha mala?'. De repente eu tive a sensação de estar à beira do abismo...

Meu sogro me esperava na estação. O vilarejo ficava a uma hora, andando de mula. Tinha nevado de tardinha e havia uma camada de um palmo de neve sobre o caminho. Seja por fraqueza, seja pela mudança brusca de clima, ou ainda de preocupação, o fato é que eu batia os dentes, tremia que nem peixe. O Iannes desceu a mala, beijou a mão do pai. 'E você, bênção de Deus, não vem passar também uns dois ou três dias com seus pais?', diz o pai dele. Pobrezinho do reverendo Longos! Era um santo homem. Nessa hora apitou o trem. Sem responder, ele saltou para dentro do vagão, gritando para mim: 'Como nós combinamos!'. Ele tinha me dito que não era para eu me mexer do vilarejo até ele vir me buscar. Digo então para meu sogro: 'Ele vai voltar, trazendo as crianças'. Mas, quando completou um mês sem que ele desse sinal de vida, eu estava no auge da agonia. Em vez de ganhar peso, só fazia perder. Apesar de todos os mimos da coitada da minha sogra, a casa me parecia mais escura que nunca. 'Sogrinha, o que a senhora me aconselha a fazer?'. 'Eu lhe aconselho a tomar uma atitude e ir sozinha para Salônica'. 'E se ele ficar bravo comigo?'. 'Azar o dele'. Coitada da esposa do reverendo Longos! Toda vez que preparo *koliva*[26], seu nome é o primeiríssimo que ponho na lista... Já escurecia quando cheguei. Pego um cabriolé, vou para casa, desço do veículo e, quando vou pagar o cocheiro, olho de relance para a porta de casa e congelo: estava fechada por fora com cadeado! Olho para cima e vejo as persianas todas fechadíssimas, como se a casa estivesse abandonada. 'Espere!', digo para o cocheiro. Vou então bater à porta de uma vizinha. Depois de ser informada dos feitos do desgraçado e me recobrar do choque, subo novamente no cabriolé e digo para o cocheiro: 'Rápido para a casa do procurador! Rua Evzonon, 13...' Era um conhecido meu, monarquista também, que tinha comido lá em casa pelo menos umas dez vezes. Eu tinha bastante intimidade com ele. O pobre do Armenopoulos – era assim que ele se chamava – me recebe no salão. Caio de joelhos diante dele e digo: 'Pelo amor do bom Deus! Perdi meu marido. Por favor, me ajude a recuperar meu marido!...'. E, no que ele vai me pegar pelo braço para me fazer levantar, vê uma poça de sangue sobre o meu xale. Chama pela mulher e pela sogra, mandam vir a ambulância e me levam para

[26] Doce preparado com trigo cozido com açúcar, uva-passa e romã, servido por ocasião do chamado Mnimosino, serviço religioso em memória dos mortos. (N.T.)

o hospital... Foi por intermédio de uma amiga minha, a Domna – que Deus a tenha! –, que fiquei sabendo do acontecido: logo que ele me internou no hospital e voltou para Salônica, começou a espalhar o boato de que eu o tinha abandonado. Contratou corretor e tudo o mais e vendeu a casa, comprando outra num outro bairro. Ele dizia que queria cortar todos os laços com o passado. Despediu a empregada, trancou meu filho mais velho num internato, o Tsotili, e a minha meninona no Internato Americano. Ao mesmo tempo que ficava se fazendo passar por coitadinho abandonado, vertendo lágrimas de crocodilo, jogou-me nas costas um processo de divórcio, alegando abandono do lar conjugal e permanência em lugar incerto e desconhecido! Você sentiu a gravidade da situação, não sentiu? Ele podia não ter terminado o curso de Direito, mas conhecia todos os golpes baixos dos causídicos, de cor e salteado. Então começa a me enviar intimações – adivinhe para onde! Para a casa de uma vidente de borra de café, a dona Thalia. Antigamente eu ia lá com a Domna para ela ler a nossa sorte – sabe como é: só para passar o tempo. Já que a mulher, como era de se esperar, se recusava em aceitar as intimações, o desgraçado do oficial de justiça, muito bem pago por sinal – e depois eles ainda se dizem 'homens' – começou a afixar as intimações na porta, ou, para usar o palavreado deles, a colar editais de citação, indo embora em seguida com a maior tranqüilidade do mundo. Quando ele atingiu o número de intimações que se devem fazer segundo a lei, foi se apresentar em juizo com duas testemunhas falsas que depuseram contra mim, dizendo as maiores barbaridades que você possa imaginar. Fui julgada por contumácia, com o veredicto dado em favor dele, e, não esperando um dia sequer, foi ele se casar com a Froso, que nesse ínterim esperava um bastardinho dele. A Domna tinha feito o possível e o impossível para me achar e se inteirar do que estava acontecendo. Era outra que acreditava que eu tinha abandonado meu marido. Se eu tivesse escrito para ela, nós teríamos sido todos poupados de um monte de desgraças. Mas eu vou lhe contar por que razão eu não escrevi – se você prometer não rir de mim: é que não sabia muito bem ortografia e fiquei com vergonha de escrever. Quando saí do hospital, fui de novo ver o procurador, no seu escritório, e lhe digo assim: 'Seu Armenopoulos! Sabendo agora como foi que a história toda se deu, nem por todo o ouro do mundo eu aceitaria o Iannes de volta. O que quero, sim, é ficar com as crianças. Ele não tem o mínimo direito de me privar de meus filhos'. O Armenopoulos me olha com tristeza e diz: 'Senhora Longos, não vou ocultar da senhora o meu pessimismo. Ele já foi indiciado *ex officio* por adultério e perjúrio, mas o sujeito em questão, como a senhora sabe melhor que ninguém, tem um vultuoso pecúlio, aliado a poderosos conhecidos políticos. Tem condições de protelar o caso de dois a três anos'. 'E os meus filhos?'. 'Os filhos? Ora bem, os filhos...'. Começa então a deslocar o mata-borrão de um lado para o outro da mesa. Tirava de um lugar e punha no outro. 'As crianças... bem, o que dizer? Até que o processo seja devidamente julgado, sendo comprovada a culpa dele, quem tem a tutela das crianças é o Iannes. Conforme reza a Lei...' Esses homens! 'Que se danem vocês com as suas leis, seus monstros!', pensei eu. Mas o que disse foi: 'E o que é que você me aconselha a fazer enquanto isso?'. 'Aconselho a senhora a procurar um advogado que tome a questão a peito...'. Fui então procurar o Papathanasiou, e não podia ter achado ninguém mais adequado. Eu sabia que eles tinham brigado por questões políticas e se tornado inimigos irreconciliáveis. Assim que me viu, pegou-me pelas duas mãos e disse: 'Fiquei sabendo! Fiquei sabendo de tudo! Essa questão é inaudita nos nossos anais. Daqui por diante, eu ponho-me à sua disposição, e não aceito a menor remuneração...' Incitada por ele, fui procurar todos os amigos do desgraçado, sem distinção, para minarmos juntos as resistências dele, fazendo uma guerra de nervos, e para me servirem de testemunha. Mas ninguém quis se meter no assunto. O que eles faziam era me botar uma nota na mão, como se eu fosse uma mendiga, para depois me despacharem com milhões de promessas e um monte de belas palavras. Alguns ainda tiveram o desplante de quererem intimidades comigo! Eu me cansei de tanta bofetada que dei. No meio de tanto homem, não tinha um só que fosse decente o suficiente para ficar com a consciência pesada e se revoltar diante de uma injustiça tão patente! Quando se tem poder, as pessoas infelizmente esquecem com muita facilidade as desonestidades. Muitos daqueles que em outras épocas freqüentavam a nossa casa e ainda admiravam minha arte culinária, agora iam para a casa da Froso, que eles tratavam de senhora Longos, sem a menor vergonha na cara, desconsiderando o fato de que eu tinha dividido com ele bons e maus momentos, que tinha sido a mãe desvelada dos seus filhos, como se não estivessem nem aí para quem dormia agora na cama dele. Os homens são assim mesmo. As previsões do Armenopoulos estavam começando a se confirmar. O processo ia de protelação em protelação. Naquela época os tribunais em Salônica ainda eram como na época do domínio turco. Os juízes julgavam não de acordo com a lei, mas de acordo com quanto dinheiro se tinha no bolso. Aí você me pergunta: o que ele esperava conseguir, esticando assim o processo? Em primeiro lugar, que eu me cansasse e tirasse o time de campo. Ele sabia muito bem que eu não tinha dinheiro. Para sobreviver, eu ia de casa em casa, costurando por uma ninharia de diária. Quando era pequena, tinha ido para uma escola, pois – sabe como é – é sempre bom aprender a fazer alguma coisa, porque nunca se sabe o dia de amanhã e para que ela pode vir a servir. Em segundo lugar, ele deve ter pensado que, conforme as crianças fossem ficando mais velhas, ficaria mais e mais difícil para mim dar seguimento ao processo. Ele me mandava meu filho mais velho, o Teodoro, que no meio-tempo tinha saído do Tsotili e estava se preparando para prestar vestibular para Direito, e o rapaz vinha me dizer: 'Mamãezinha, o que passou, passou. Para que manter viva a lembrança de uma história tão desagradável? O povo já está esquecido do escândalo. Para que ficar alimentando boato? A Helene e a Polixene já são moças. Daqui a pouco estão na idade de casar'. E assim ia. Eu sabia que, vendo a questão por um prisma racional, ele estava com razão. Fazendo mal ao Iannes, eu acabaria prejudicando era às crianças. Mas, por melhor mãe que eu fosse, continuava sendo mulher. E como mulher, por mais que tentasse, era absolutamente impossível esquecer a questão. Sabe como é, nós vivíamos na mesma cidade. Se ele pegasse a tal e os bastardinhos e se picassem para Atenas, me deixando educar os meus filhos como eu bem entendesse, é até possível que esquecesse. O tempo e a distância são um ótimo remédio, mas ir embora de Salônica, como se fosse eu a culpada, uma marginal da sociedade, estava além das minhas forças. A conseqüência disso é que, vivendo nós na mesma cidade, as velhas feridas nunca cicatrizavam. Passava pela casa deles e ouvia de fora vozes de pessoas que eu não conhecia, via luzes e gente dançando – quase ficava louca. Às vezes acontecia de eu encontrar na rua o casal feliz. Assim que via os dois se aproximarem de longe, dava meia-volta e me despachava correndo. Morria de medo que qualquer hora a gente trombasse de frente. Eu não confiava muito em mim mesma. Sabia que era capaz de me atirar em cima da sujeita e lhe arrancar os olhos com as unhas. Já chegava de escândalo, para o bem dos meus filhos. Mas sempre acontecia alguma coisa que me lembrava do passado, da traição, da destruição do meu lar. Vinha então o Dimitris, o caçula, e me dizia: 'Mamãezinha, a tia Froso bateu de novo em mim!'. Só me restava desejar que Deus lhe desse o castigo que merecia, a maldita! Batia no menino porque ele vinha me ver. Achavam que eu ficava pondo o menino contra eles. Isso fez com que o coitado se visse forçado a fugir da escola para vir me ver escondido. Eu o pegava no colo, o abraçava, beijava e dizia: 'Tenha um pouquinho de paciência, meu amorzinho. Qualquer hora chega o dia em que eles vão se arrepender!'. Eu acreditava na justiça do Senhor. Então mandava o menino de volta para a escola, dizendo-lhe: 'Quando você voltar de tarde para casa, vá pedir desculpas para a tia Froso, e diga também a ela que você não vai voltar a fazer isso, porque, fugindo da escola, você só faz mal para mim e para você mesmo'. E foi assim que se passaram dois anos. O único espinho na felicidade conjugal deles era minha filha Helene. Não que ela estivesse do meu lado, muito pelo contrário! Já desde menininha nunca me aturou. E ainda hoje continua não me aturando: jogava toda a culpa em cima de mim. Porque ela amava o pai – Deus me perdoe essa minha boca! – que nem se fosse amante dele! Mas ficou furiosa, porque, mal se viu livre de mim, ganhou de presente outro osso duro de roer: a Froso. E, hostil como ela sempre foi, acabou infernizando a vida da outra. Chegou a descer a mão nela duas vezes. E xingava aos montes. Decidiram se livrar dela. E devem ter pensado que a melhor maneira para isso era fazerem com que ela se casasse. Aí me vem um belo dia a Tavlaridena, que nos alugava a casa – que Deus a tenha! – e me diz: 'Você ficou sabendo da última?'. 'Que última?'. 'Estão casando a Helene'. 'Que Helene?'. 'A sua filha'. Aí eu digo: 'Grande coisa! Já estava na hora. Aquela lá sempre foi assanhada por homem. Já com treze anos ficava sentada na janela dando bola para os soldados'. 'E você não vai me perguntar com quem eles estão casando a menina?'. 'Com quem?'. 'Com o Bábi!'. 'Eu não conheço nenhum Bábi'. 'Cruz credo, mulher, o Bábi! O zambeta que vai para baixo da janela chamar a mãe de puta!'. 'Viiixe! Não me diga uma coisa dessas!'. Eu levo as mãos à cabeça. 'Não acredito que vão casar minha menininha com esse fumante de haxixe!'. Pode ser que ela não me amasse, mas mãe é mãe. Quando os filhos correm perigo, uma mãe não pára para pensar: 'Esse gosta de mim, aquele outro não'. Deixo então o orgulho e a dignidade de lado e vou ficar de tocaia na frente da casa deles. Quando vejo o dito-cujo saindo de casa todo elegante, com aqueles ares de jovem dândi, como sempre, cruzo as mãos e digo, implorando: 'Iannes, eu lhe perdôo tudo o que você me fez. Se você quiser, a gente vai nesse exato momento para o tribunal e eu retiro a queixa' (quantas e quantas vezes desde então ele não deve ter amaldiçoado o momento em que não fez uso da ocasião!). E digo ainda: 'Juro que desapareço da face da terra, sumo para você nunca mais ouvir falar de mim. Mas, pelo amor de Deus, não empurre a nossa Helene para a beira do precipício! O sujeito que vocês escolheram pode até ser de boa família, mas ele próprio é um beberrão de marca maior. É o alvo de troça do bairro inteiro. A Helene não completou ainda nem dezesseis anos. Deixe a menina primeiro terminar o colégio... Iannes! Você está me ouvindo?'. Ele tinha ficado parado, olhando para o vazio. 'Estou ouvindo, sim', me diz. 'Você me dá sua palavra de que vai interromper essa negociação de casamento?'. 'Dou'. Que a alma dele nunca descanse em paz! E acabou mesmo pagando todas as maldades, uma por uma. Não muito tempo depois, as degraças começaram a assolar sua vida que nem as sete pragas do faraó. Deus pode perdoar aos pecadores, mas dá a cada um o que merece. Deixa você cometer todas as desonestidades que quiser, e você acha que Ele não está vendo. Mas, de repente, lhe dá um safanão tão bem dado que você acaba pagando todos os pecados de uma só vez. O Venizelo vai para Salônica, organiza o governo paralelo e traz com ele os ingleses e os franceses. E não é que prendem o sujeito sob a acusação de que ele abastecia os submarinos alemães? Se é verdade ou mentira, não sei. Aí ele passa por julgamento no tribunal do Exército e é sentenciado a vinte anos de cadeia. Por pouco que não foi ainda fuzilado. Para completar, confiscam-lhe os dois caíques. Quando a guerra terminou, recebeu anistia, como todos os condenados políticos, e, iniciado que só ele nos mistérios do comércio, logo começou a enriquecer de novo. E ainda foi indenizado pelos caíques, que no meio-tempo tinham afundado. Hipotecou a casa para fazer capital. E daí vai. Mas, antes de poder gozar do que tinha conseguido, vai e leva outra bofetada da Providência. Veio finalmente à tona o caso do adultério! Eu não saberia dizer se o inspetor descobriu sozinho o dossiê ou se foi o Papathanasiou quem deu um empurrãozinho. O fato foi que recebi uma intimação para me apresentar no gabinete de investigação. E eu, que tinha dado o processo por arquivado! No dia do julgamento, sem me perguntar nada, o Papathanasiou carregou consigo todos os inimigos do desgramado. Gente que nem eu conhecia. Veio a dona Thalia contar das intimações, e leram o depoimento da mãe dele, a senhora Longenas, no qual ela afirmava que o próprio filho tinha me mandado passar um tempo com ela, na época em que ele deu entrada no processo, me acusando de abandono do lar conjugal e de permanência em lugar desconhecido. Para encurtar a história, foram condenados os dois: ele a seis meses de prisão e ela a dois, com direito a prorrogação, porque estava grávida de novo. O que foi duro para ele enfrentar não foi a prisão, porque, com algum suborno, conseguiu ser libertado. O duro foi agüentar a humilhação. Com que cara ele iria agora enfrentar os amigos e clientes? Sem perder tempo, o Papathanasiou deu então entrada – dessa vez a pedido meu – a um pedido de pensão alimentícia e tutela dos filhos menores de idade, ou seja, do Dimitris e da Polixene. O Teodoro já estava para fazer 21 e a Helene estava havia um tempão casada e agora esperava um filho. Dois dias antes do julgamento, eu o encontrei sem querer na rua. Estava tão abatido que quase não o reconheci. Seu pescoço dançava no colarinho de tanto que tinha emagrecido, além de que era a primeira vez que eu o via com a barba por fazer. Levei um susto e estaquei. Então disse: 'É você mesmo, Iannes?'. Fiquei tão chocada que comecei a tremer. De repente senti remorso. A idéia de que eu era em parte a responsável por ter terminado daquele jeito o único homem que amei na vida era uma agulhada no coração. Pensei em ir correndo até o Papathanasiou para revogarem o processo. Digo para ele: 'Como foi que você foi acabar assim, Iannes? Cadê aquela sua vitalidade, aquela sua coragem? Você, o braço direito do Paulo Melas! Como foi que essa vagabunda foi deixar você assim, nesse estado...?'. Aí então ele sorriu, todo amargurado, com um ar de ironia.

'Como é que é? Ela?'. Quando percebi que ele ainda defendia a talzinha, virei uma fera só. Então ele disse: 'Deixe para lá. Seja como quiser. Mas bem que você poderia ter pensado nas crianças...'. Aí eu respondo: 'Como é que você ainda tem a coragem de evocar o nome das crianças? Por acaso você teve o mínimo de consideração pelas crianças quando desfez o nosso lar? Você sabia que, enquanto você estava na prisão, a sua cônjuge querida botava o nosso Dimitris para fora de casa e que ele dormia em carretas por aí, se envolvendo com sujeitos da pior espécie, correndo o risco de acabar muito mal? Sabia que a nossa Helene está às portas da separação? Onde foi parar a palavra que você me deu de que iria interromper as negociações de casamento? É essa aí a sua valentia? Com essa crista toda, cuidado para não lhe botarem olho gordo e você acabar perdendo o seu brio!...'. Sem dizer uma única palavra, deu meia-volta e saiu correndo que nem perseguido. Como eu fiquei sabendo na seqüência pela boca da Polixene, o que ele fez, chegando em casa, foi pedir para esquentarem água para tomar um banho. No que botou o pé para dentro da bacia, caiu duro. Eu nem fui ao enterro. Não porque não quisesse. Por mais que ele me tivesse feito, ainda o amava. Se não o amasse, eu o teria mandado para aquele lugar e voltado para Atenas. Mas veio minha filha mais velha me implorar, primeiro com pedidos e depois com ameaças, para eu não aparecer no enterro, porque os sogros dela iriam rir de ver duas viúvas. Não me deixaram nem ir beijar o corpo no velório. Ai, Nina querida, não me faça lembrar, que fico toda alterada e depois tenho de noite os piores pesadelos do mundo...".

capítulo sete

Quando ela contava a história da separação da Helene, sempre se punha do lado do genro. Não só porque acreditasse firmemente na indissolubilidade do casamento – "principalmente quando se têm crianças no meio" (além de que foi a Helene quem desfez o casamento) –, mas também porque a maneira como ela deixou o marido apresentava muitas semelhanças com a maneira como o marido dela a tinha abandonado.

"E eu lá tenho como justificar o ato dela, menina do céu?", dizia. "Como é que posso defender a vagabunda, que pôs o marido para fora de casa como quem tira um fio de cabelo da massa de bolo, do mesmo jeito que o pai dela fez comigo? Não digo que o danado não tivesse lá os seus milhões de defeitos. Além de beber, era vinte anos mais velho que ela. Não era o homem que eu tinha sonhado para minha filha e, como você bem sabe, logo que fiquei sabendo do arranjo de casamento, pus a boca no trombone. Mas já que ela acabou se casando e tendo filho com ele, você concorda que era para ela ter se comportado de outra maneira? O Bábi podia ter os seus tantos defeitos, mas não era nenhum monstro insensível. Amava a Helene que nem louco. Dependia só dela mudar nele o que quisesse, transformando o sujeito num novo homem. Mas minha filhinha querida, em vez de ajudar o marido a parar de beber, transformou a vida dele num inferno, o que fez com que ele bebesse ainda mais, só para esquecer. Ele chegava do trabalho e encontrava a casa vazia, com o menino todo mijado. Cansado como estava, ainda ia tentar distrair o filho. Quando a madame voltava do passeio, ele perguntava: 'Para onde você foi, Heleninha querida?', e ela respondia: 'Não interessa! Agora você quer que eu lhe dê satisfação da minha vida?...' Ou então ele voltava para casa e encontrava o menino debulhado em lágrimas. 'O que é que tem o nosso Apostolos para chorar desse jeito?'. 'Dei uma surra nele', diz ela. 'E por que você fez isso?'. 'Porque me deu na veneta!...'. Na hora ele não dizia nada. Era bastante covarde, mas os sapos que engolia iam se acumulando. Chegava sábado à noite, ele bebia uma atrás da outra, pegava a mulher e batia nela até dizer chega. A casa deles ficava um pouco depois da Torre Branca. Não era grande. Dois quartos, uma cozinha e uma lavanderia no quintal. Mas tinha a vantagem de ficar perto do trabalho dele. No andar de cima morava um viúvo com dois filhos. Ele se chamava Hadzis. Foi nessa mesma casa que ela deu à luz o primeiro filho, que morreu com dez dias de vida. Com o maior esforço do mundo a gente ainda conseguiu fazer o padre ir até lá para o menino não morrer sem ser batizado. O Hadzis se ofereceu para ser padrinho. Aí então eles começaram a se freqüentar. No ano seguinte ela ficou grávida de novo. Foi no ano em que eu tinha dado entrada com o segundo processo contra o pai dela para conseguir pensão. Naquela tarde em que vi o Iannes pela última vez, eu estava justamente voltando da casa dela. Tinha ido ver como ela estava e, quando cheguei lá, encontrei a Helene toda debulhada em lágrimas. 'Por que é que você está chorando?'. 'Briguei com o Bábi, o filho da mãe!' – e assim ia: o imbecil isso e aquilo outro – 'Ele ainda vai se haver comigo!'. 'O que foi que lhe fez?'. 'E você ainda me pergunta o que ele fez? Ele me faz passar o maior ridículo diante dos vizinhos, o desgraçado! Ele me deixou grávida de novo! Vai pagar caro por mais essa! Pode contar que amanhã mesmo vou fazer aborto!...'. Era a primeira vez que ela me falava de gravidez. Antes não tinha contado. Nunca me confiava os seus segredos. 'Ouça bem o que vou lhe dizer, minha filha! Você já é bem grandinha para fazer o que quiser, e eu não tenho a menor intenção de meter a colher no seu casamento. Mas você vai me permitir lhe dar um conselho, não como mãe, mas como mulher mais velha e experiente: não tire a criança. Tenha certeza de que com um filho as coisas mudam da água para o vinho e de que o seu marido vai virar um doce. Você não só terá alguma coisa a que se dedicar, como tenho certeza de que o Bábi vai sair dessa vida de bar e bebedeira. As crianças são uma bênção de Deus'. Ela diz então: 'Veja só! Que proveito foi que nós trouxemos para você?'. Era a primeira vez que ouvia a minha filha falar assim com certa comiseração, ainda que indiretamente, das minhas atribulações nessa vida. Digo: 'Se eu não tivesse pensado que tinha obrigação de viver para os meus filhos quando fiquei sabendo do que o seu pai tinha me aprontado, pode crer que teria tomado veneno como fez minha irmã Ismene e ido desta para melhor. E o que é que eu teria alcançado, diga lá você? A gente pode dizer o que for quando está aflita, mas a verdade é que é uma delícia viver...'. Ficou quieta. E para a Helene ficar quieta, era porque reconhecia que eu tinha razão. Foi tirar duas saias do baú, que ela me deu para alargar. E foi como eu disse. Assim que o Akis nasceu, o Bábi jurou que jamais botaria de novo o pé num bar. As brigas cessaram como num passe de mágica e as coisas andavam às mil maravilhas, e eu tinha dado graças ao Todo Poderoso de Ele ter ouvido as minhas preces, quando certo dia o infeliz volta para casa numa hora em que ela não o estava esperando e pega a dita-cuja em flagrante com o Hadzis! Qualquer outro homem no lugar dele teria lhe descido a mão e mandando a desgraçada para o coisa feia! Mas o Bábi, seja porque amava a mulher seja porque pensou no filho, deu meia-volta e saiu correndo da própria casa como se fosse um ladrão! Foi para o bar e se chumbou de bebida... Certo dia – naquela época eu estava na casa do Daviko – eis que a porta se abre e entra a Helene que nem um furacão, com o menino no colo. Atira o coitadinho na cama como se fosse um pacote qualquer e me diz: 'Maldita seja você! Por que é que tinha que me mandar segurar o nenê? O que você estava querendo não era uma criança? Muito bem, aí está, para você fazer com ele o que bem entender! Não quero para mim nenhum bastardo do Bábi!'. Aí eu digo: 'O que é que o pobre do nenê lhe fez, sua cretina, para você atirar o coitado assim? Que bela mãe você me saiu! E por que é que você está espumando assim que nem ensandecida?'. 'Estou me separando!', diz. 'E depois desapareço de circulação para não ver e nem ser vista por mais ninguém. Vou virar puta, só para me vingar de vocês todos! E se o bebum do seu genro aparecer me procurando, pode dizer que não sou mais filha sua!'. Digo eu: 'Para se vingar *de nós*? Você vai é se dar muito mal!...'. Ela se levanta, bate a porta na minha cara e vai embora. O Akis, no meio-tempo, esganiçava que nem um porco no abatedouro, como se tivesse entendido o que acontecia à sua volta e estivesse chorando o amargo destino, dizendo: 'Meu Deus do céu, que mundo é esse em que vim parar? Buááááá!...'. Peguei o menino no colo e o fiquei embalando, brincando com o *komboloi*[27] diante de seus olhos. Mas nada de ele querer parar. Até que eu perdi a paciência. Ponho o menino na cama e lhe dou umas duas palmadas no bumbum, dizendo: 'Quieto!'. E assim que ele quis recomeçar, dei outras duas. Aí ele abre os olhos e

[27] Espécie de rosário, muitas vezes de metal, que os gregos fazem saltar entre os dedos como objeto de distração ou para acalmar os nervos. (N.T.)

me dá uma boa observada, como se estivesse pensando: 'Vixe! Essa daí não está para brincadeira. É melhor eu calar a boca antes de levar mais uma...'. A partir de então não chorou mais. Ficava sentado na cama com uma boneca, falando sozinho, rindo sozinho. Não havia na vizinhança inteira menino mais tranqüilo. A Vitória, filha mais nova do Daviko, o senhorio, era apaixonada por ele. Levava o menino de tarde para cima, o colocava no batente da janela de sua casa, que dava para o cruzamento do Diagonio, e ficavam os dois que nem bobos olhando para os carros e para os bondes que passavam. Cada vez que passava um carro, ela dizia: 'Olha o boooonde!', mas o *gentleman* fechava a cara, não era nenhum bobo, e gritava: 'Caaaarrrruuu! Caaaarrr-ruuu!'. E, quando a Vitória insistia, ele ficava ressentido, batia as palmas das mãos desesperado e apertava os lábios, pronto para começar a chorar. Então ela o pegava no colo e fazia cafuné, pedindo desculpas. Eu costumava dizer para ela: 'Vitória, você não quer pedir para o Daviko levar o Akis para a sinagoga e fazer com que ele se ajoelhe no milho quando não obedecer a vovó?'. E ela respondia: 'Na-na-ni-na-não! O Akis é uma criança muito boazinha! Ai, como eu adoro esse menino!...' Sei. Mais ainda ela adorava era o tio do menino, o Dimitris!..."

O falecido papai também era mulherengo na juventude – se é que se pode fiar no que dizia a mamãe –, mas graças a Deus jamais chegou aos extremos do pai do Teodoro. No fundo ele nunca deixou de amar a sua Galatia querida. O que acontecia é que ele sabia como a mulher era ciumenta, e adorava dar corda. Ele lhe dizia: "Ô, mulher de Deus! O que é que você fica sentada costurando o dia inteiro? Ainda não enjoou? As mulheres deveriam era andar nuas em pêlo pelas ruas para nós pararmos de ficar cogitando sobre o que elas guardam tão bem guardado e nos darem sossego desse feitiço delas, e nós podermos nos preocupar com algo de mais sério!". Mas a falecida mamãe o levava a mal. Nunca conseguiu entender suas piadas. Ela era uma cabeça de ovo como a minha prezada filha. Logo via malícia em tudo. Respondia: "É claro que você quer que elas estejam peladas, para ficar mais fácil de você praticar as suas indecências!...".

Mas, ainda em se considerando que ele tivesse "namoradas" na juventude, isso foi antes do meu tempo. O único defeito que ele tinha, se é que isso pode ser visto como defeito, era que gostava de vez em quando de jogar. Mas até isso ele só fazia de tédio, de desespero, igual a mim no período negro da Ocupação. "Pois é", dizia a mamãe, "conseguimos nos salvar das mulheres, e o danado me vem agora com as damas!"[28] Mas ela não se deixava afligir demais: ainda preferia ver o papai jogando a vê-lo correndo atrás de rabo-de-saia.

Pobre papai! Jamais existiu um homem melhor do que ele no mundo. O único erro que fez na vida foi ter expulso o Dino de casa. Sou obrigada a reconhecer. O que eu não reconheço é que tenha sido só ele o culpado pelo Dino ter se dado tão mal. O estrago do Dino já tinha se dado muito antes, e a única culpada era a mamãe, com o amor quase patológico que tinha por ele. Do mesmo jeito que aconteceu no caso do Dimitris, que terminou como terminou por causa talvez também do pai dele, da Froso, do destino ou de sei eu lá mais o que, mas principalmente por causa da dona Hécabe. Quando eu a ouvia falar com tanto entusiasmo da beleza dele, muitas vezes

[28] Subentende-se aqui o jogo de damas. (N.T.)

me lembrava da atitude da mamãe em relação ao Dino, e me dava um negócio por dentro.

"Pois é, Nina querida! Você precisava ver que menino lindo quando eu o vestia de marinheiro! Parecia um príncipe saído de um conto de fadas! O povo não parava de comentar sua beleza. Isso sem falar no quanto ele era inteligente! Um dia vem o diretor da escola me dizer: 'Senhora Longos, já faz trinta anos que dou aula e já passaram milhares de crianças pelas minhas mãos. Mas a inteligência aguçada desse menino eu raramente encontrei'. Diz ainda: 'Só que há de se ter muito cuidado. Ele é extremamente sensível e está atravessando a idade crítica...' Culpa daquela Froso! Aquela cobra venenosa ainda vai se arrastar pelo chão como cobra que é. Deixava o menino sem comer. Expulsava o coitado de casa e ele acabava se envolvendo com gente da pior espécie. Tudo bem que, quando o pai foi solto da prisão, ele saiu da rua. O pai comprou então para ele o primeiro terno com calças compridas e enchia o peito de orgulho do filho. Mas, quando morreu, tudo desabou que nem um castelo de cartas. Quando a Froso e eu dividimos os móveis e o que tinha sobrado de dinheiro, a cadela pegou os filhos e se mandou para Atenas. Eu acabei alugando um apartamento de subsolo na casa de um judeu, o pai da Vitória, e recolhi meus filhos para debaixo das asas, que nem faz a galinha com os pintinhos. Claro que não a Helene, que já era casada e que, por sinal, nunca reconheceu minha tutela, mas os outros três sim. E assim foi que, aos trancos e barrancos, nós recomeçamos uma vida nova, como fazem por aí tantos outros pobres desse mundo. O Teodoro largou o Direito e começou a trabalhar num escritório, passando depois a redator para a coluna de esportes de um jornal. A Polixene deixou de lado o sonho de virar professora e passou a aprender a costurar corpetes e sutiãs. Mas o Dimitris, apesar das súplicas e da minha choradeira toda, não tinha a menor intenção de terminar o ginásio – e olhe que só estava faltando um ano – para encontrar depois um emprego mais tranqüilo e decente, como tinha feito o irmão. Apareceu uma oportunidade de ele aprender um ofício. O marido de uma conhecida o pegou como aprendiz em sua oficina de litografia. E, como o moleque era espertíssimo com essas coisas, acabou se tornando no intervalo de dois ou três meses um profissional de primeira linha. Mas ele não se deu por satisfeito. Considerava humilhante virar zincógrafo. Certo dia atirou o uniforme na fuça do chefe e desapareceu. Ficamos sabendo depois que ele tinha ido para o Monte Atos. Você sabe que é proibido às mulheres sequer botar o pé no Monte Atos – do mesmo jeito que a fêmea de qualquer bicho. Mas sabe como é, não é menina? Homem é homem. Eles podem fazer quantos votos quiserem para se afastar das coisas terrenas: '... o espírito na verdade está pronto, mas a carne é fraca'.[29] Quando ele voltou de lá, ainda teve a sem-vergonhice de me trazer uma nota de cem. 'Tire isso daqui, seu mau-caráter!', grito para ele. 'Como é que você tem coragem de me dar esse dinheiro gerado no pecado? E você pode me dizer qual é a diferença entre o homem que... você sabe muito bem do que estou falando... faz, enfim, com um padre, por dinheiro, e a mulher que se vende para o primeiro que aparece, hein, seu tratante? Fora daqui! Suma da minha frente!...' Ele tinha um hábito bem dele: sorria sempre que se sentia culpado. Já conhecia a peça de outros carnavais. Em vez de ficar vermelho e murchar, ele se levantou com um sorriso na cara e foi embora, demorando um mês inteiro para

[29] Mateus, 26, 41. (N.T.)

dar sinal de vida. Quando voltou, tentei pôr panos quentes. Digo: 'Dimitris, querido, o que você fez está feito. Sei que não é culpa sua. A culpa é da Froso, do seu pai ou desse destino infeliz. Mas isso não é razão para você dar continuidade aos erros dos mais velhos. Está na hora de ver as coisas com mais seriedade e pensar no seu futuro. Logo logo você está fazendo 18 anos. Mire-se no exemplo do seu irmão, meu filho...' Mas eu logo mordi a língua. Percebi a gafe. Todas as vezes que eu tomava o irmão como exemplo, ele virava uma fera. Aí ele vira e me diz: 'Vai começar de novo o sermão?'. 'Longe disso!', respondo. 'Quem sou eu para lhe passar sermão? Só estou dizendo isso porque o seu Mihalis já me perguntou umas dez vezes quando é que você volta para a oficina'. 'Não volto!'. 'E será que eu poderia saber a razão?'. 'Tenho vergonha...' Nessa hora eu comecei a cuspir fogo: 'Você tem vergonha de trabalhar, como fazem por aí tantos rapazes que não tiveram o privilégio de nascer ricos, mas não tem vergonha de vender o corpo para os monges?' Ficou mais vermelho que um pimentão. Bateu a porta na minha cara e dessa vez ficou dois meses sem aparecer. Eis que, certa tarde, ele dá as caras de repente e, sem preâmbulos, como se eu fosse filha de banqueiro, vai me dizendo: 'Quero que me dê cem dracmas!'. E eu grito: 'Cem dracmas? Você pode me dizer onde quer que eu ache cem dracmas? Dinheiro não cresce em árvore, sabia?'. 'Então me dê cinqüenta que seja, que assim que começar a trabalhar eu devolvo! Juro de pés juntos: prometeram-me que vão me contratar como crupiê num cassino. Assim que eu juntar uma grana...'. 'Meu Nosso Senhor! Mas que vocabulário é esse agora? Por acaso você já ouviu alguém da família usar essa linguagem? E pode me dizer de onde acha que vou tirar ainda que só cinqüenta dracmas? Já passou por essa sua cabecinha de vento que eu e a Polixene possamos estar passando por dificuldades?' (o Teodoro estava nessa época no exército). Digo ainda: 'Acho que você está querendo que eu vá me vender para lhe dar mesada!...' Quando ele foi embora, eu estava tão abalada que era capaz de ter um chilique se continuasse em casa por mais cinco minutos que fossem. Eu me vesti e saí. Ele devia estar observando os meus movimentos, porque, no que saí, ele voltou para a casa, arrebentou a fechadura, entrou e me pegou uma colcha vermelha toda felpuda. Quando cheguei em casa à noite e vi a fechadura arrebentada e a cama nua, comecei a chorar e a espernear. Quando ele voltou, comecei a xingar e ameacei ainda dar queixa na polícia se ele não trouxesse a colcha de volta. Quando penso hoje, me arrependo de não ter feito isso mesmo. Pode ser que eu tivesse conseguido impedir que ele continuasse rolando ladeira abaixo. Mas e você lá consegue ir dar queixa do próprio filho? Outro sapo que eu engoli. O que deu que, a partir de então, a gente não tinha mais coragem de deixar a casa sem alguém dentro. Ele era bem capaz de aparecer qualquer hora para levar embora até a cama onde a gente dormia. Como se não bastasse, ainda foi se envolver com a filha do senhorio, a Vitória. O Teodoro jamais teve sucesso com as mulheres, mas o Dimitris era o Don Juan de Salônica. O Daviko virou uma fera quando ficou sabendo do romance com a filha dele. Sob o menor dos pretextos, ele me criava confusão para me obrigar a sair da casa. Foi me acusar de incentivar a relação dos dois para abocanhar a casa inteira depois. Aí então eu disse para ele: 'Com que direito você me diz isso, seu mão-de-vaca, logo você, rebento dessa raça que crucificou o Cristo! Nem que você tivesse dez, está ouvindo, dez casas eu deixaria que meu filho se casasse com uma anticristo!..."

A falecida mamãe, sempre que ouvia qualquer blasfêmia dos lábios de alguém, logo batia na madeira e ia dizendo: "Cruz-credo! Que Deus não esteja nessa hora ouvindo uma barbaridade dessas!". O papai, que adorava implicar para deixá-la nervosa, logo perguntava: "Você pode me dizer *o quê* você entende por barbaridade? Quero saber, pode?". "Barbaridade de bárbaro!", respondia toda séria a mamãe, que tinha a mentalidade e as superstições das mulheres do povo mais simples. Parece que Deus estava, sim, ouvindo a dona Hécabe na hora em que ela proferiu a tal barbaridade. Não só ouviu, como não se esqueceu depois. Está bem, eu sei, se o falecido papai estivesse vivo me ouvindo agora, estaria dizendo com pesar que eu me esqueci de suas palavras: que tudo tudo nesse mundo tem a sua explicação lógica e que não existem forças misteriosas, nem horas certas ou erradas para se dizer uma barbaridade. A verdade é que, apesar de a minha filha viver me dizendo que sou igualzinha ao meu pai, eu percebo que, quanto mais o tempo passa e eu vou envelhecendo, mais começo a me parecer também com a mamãe.

"... No que diz respeito à minha filha, veja só você, ela tinha conhecido nada mais nada menos que um comerciante de azeite de Kalamata, e os dois logo foram juntos para Corfu numa viagem de recreio. Quando ela finalmente voltou para Salônica, veio para casa e passou dois meses com a gente. Certo dia encontrou por acaso o Bábi do lado de fora do mercado do Mediano, e a besta quadrada foi cair de joelhos aos pés dela, implorando para ela voltar: 'Pelo amor de Deus, volte para casa! Chega de me torturar assim...', o que ela vem me contar, rindo, com a maior satisfação do mundo. Primeiro ela se fez de rogada.

Mas aí ele contou para ela que tinha sido votado um decreto em relação aos funcionários municipais veteranos que quisessem por livre e espontânea vontade se retirar da municipalidade e que, se ele quisesse se aposentar, receberia, além da aposentadoria, um subsídio do Estado de umas 40 mil dracmas. A interesseira aceitou então de cara voltar para ele. Mal se passaram três meses, ela engravidou de novo. Só que dessa vez ela estava decidida a não guardar a criança e começou a tomar remédio. Eu, com a péssima experiência que tive em relação ao primeiro filho, não tive coragem de intervir. 'Deixe a teimosa fazer o que bem entender e se dar mal sozinha', pensei comigo mesma. Não estava com a menor vontade de que ela jogasse de novo a culpa sobre mim. Mas ela ficou que nem um zumbi de tanto remédio. O ginecologista que ela foi consultar disse então: 'Se você fizer aborto, eu não garanto pela sua vida'. Querendo ou não, teve que segurar o bebê. Quando os sogros ficaram sabendo que o Bábi estava querendo se aposentar da municipalidade, caíram em cima dele para dissuadir o filho de fazer a besteira. Mal e mal, era um emprego fixo. Os colegas de trabalho conheciam os defeitos dele, mas as virtudes também. O chefe gostava dele. Com a vida desregrada que ele levava, não conseguiria achar outro trabalho. Na municipalidade, pelo menos, ele sabia que botaria o punho negro sobre as mangas, se sentaria à mesa de trabalho e ficaria carimbando e assinando papéis, e o salário, por mal ou bem, acabaria entrando no final do mês. Mas, sabe como é: ele tinha prometido à bendita da minha filha que pediria demissão para comprar com o subsídio uma casa nova, apesar de que, quando chegou a hora 'h' de dar o grande salto, ele ainda tenha hesitado. Mas a Helene bateu o pé, e se fez a vontade dela. Com uma parte do dinheiro compraram uma casa no Koule-Kafe, no caminho que vai para o Eptapirgio. Bairro pobre, claro, além de que a casa era cheia de imperfeições: faltavam os caixilhos das portas, janelas e toda a instalação hidráulica, mas tinha sido posta à venda por uma aldeã por um preço de banana. Depois que ela perdeu o marido, que é quem tinha construído a casa, quis vendê-la correndo para voltar para o vilarejo. Com o que sobrou do dinheiro, o Bábi alugou um café dentro de uma galeria e começou a circular pelos escritórios das imediações com uma bandeja, servindo café e doce turco – você vê que ele desceu bem na hierarquia social! Eles esperavam reformar a casa em que estavam vivendo com o lucro do café. Mas o Bábi não era o tipo de pessoa que nasceu para ser dono de estabelecimento. Quando o sujeito passa a vida inteira atrás de uma mesa com uma caneta tinteiro na mão, nem que Deus queira consegue virar dono de estabelecimento. Fora a desgraça de ele ainda beber. No meio das garrafas de conhaque e cachaça ele era que nem o lobo posto para cuidar do rebanho. Isso sem falar que era generoso e de um coração que só ele. Os companheiros iam lá fazer uma visitinha, e o coitado servia rodadas e mais rodadas de uzo sem aceitar um tostão que fosse. Fica então a Helene sabendo pelo compadre que o marido estava fazendo negociações para vender a casa. Começa a soltar faísca. Pega os filhos no colo e se despacha para a casa dos sogros, desatando a chorar e dizendo: 'Se vocês não têm dó de mim, pelo menos tenham dos seus netos, que carregam o nome de vocês!...' Os coitados ficaram todos alarmados. Não tanto de dó das crianças e dela. Ela já tinha brigado umas duzentas vezes com a sogra, e eles não queriam vê-la mais nem pintada. Mas sim porque pensaram que, se o Bábi vendesse a casa, acabaria sobrando para eles. Devem ter se dito: 'Até quando vamos ter que carregar o Bábi nas costas e pagar o aluguel e as despesas dele nos bares da vida?'. Fazem então às pressas uma reunião de família e decidem fazer o sujeito por bem ou por mal colocar a casa no nome da minha filha. Eles sabiam que estavam com ele nas mãos. Ele tinha o vício do álcool, e eles podiam a qualquer hora procurar um advogado do Estado para o declarar incapaz de administrar os próprios bens. Foi o que fizeram. Num belo dia lá vão eles para o cartório assinar os papéis, e no dia seguinte o infeliz volta para casa e a encontra totalmente vazia!...

Na tarde daquele mesmo dia, estava eu sentada remendando as meias do Teodoro no quarto, que era bem espaçoso, além de ser o cômodo mais claro da casa – nesse meio-tempo nós tínhamos saído da casa do Daviko. O Teodoro estava de partida para Atenas no dia seguinte. Tinham lhe prometido um emprego de redator esportivo num jornal, e eu estava ajeitando a roupa dele. Remendando como estava, amargurada por ir embora o meu filhinho sem que soubesse quando o veria de novo, ouço de repente alguém bater à porta de uma maneira muito estranha. Abro a porta e vejo o Akis. Devia andar lá pelos quatro anos. 'Quem foi que trouxe você aqui, benzinho?'. Quieto. A mãe o tinha instruído para ficar calado e, quando ela lhe dizia: 'Não quero que você diga um piu', o coitadinho preferia morrer a abrir a boca. Digo então: 'Venha para dentro, meu amor!'. 'Ela enlouqueceu.', pensei com meus botões. 'Deve ter ido correndo para algum lugar e deixou o coitado na porta de casa, ou então foi para algum lugar onde não se permite a presença de crianças...' Infelizmente, mesmo depois de ela ter voltado com o marido, continuava vendo o comerciante de azeite. Nem por um momento sequer me ocorreu o que realmente estava se passando. Eu achava que, assim que ele passasse a casa para o nome dela, a relação entre os dois ficaria melhor que nunca. Além de que os dois, voltando do cartório de noitinha, passaram em casa e estavam todos 'meu benzinho para cá, meu amorzinho para lá'. O Bábi quis levá-la ao cinema, mas ela fingiu estar com dor de cabeça e tanto fez que voltaram para casa. Já estava com tudo preparado. Tinha tomado uma decisão. Presentear o marido com uma noite agradável (porque seria a última), só para ficar de lembrança... 'Ela é doida varrida', pensei eu. Trouxe o menino até a porta de casa e o deixou ali. Ele não tinha como vir andando sozinho de tão longe. Sentei o menino sobre uma almofada do meu lado, dei-lhe um quebra-nozes e um prato com nozes, que ele começou a abrir e comer, de vez em quando se lembrando de mim e me dando uma também. Continuei remendando as meias até começar a escurecer. Então me levantei e fui colocar a comida no fogo, já que estava na hora de voltarem os meninos, quando eis que ouço a voz do Bábi lá de fora, da rua. Ele estava caindo de bêbado. 'Saia daí de dentro, sua puta! Saia daí, sua vadia! É melhor você abrir. Se não abrir, eu faço o maior estrago!'. Dito e feito: começa então a atirar pedra nas vidraças da varanda. O meu coração foi parar na garganta. Vou correndo abrir a porta, e lá está ele com um olhar de lunático e uma pedra na mão. Digo então: 'Por acaso eu lhe fiz alguma coisa para você me chamar de puta, seu bêbado imprestável? Está achando que sou a sua mãe? O que é que está acontecendo?'. 'Maldita! Eu quero que você me devolva minha mulher! Heleninha querida! Cadê o meu docinho?'. 'Pode ir parando de gritar, seu desgraçado!", digo para ele. 'Que barraco você está me armando na frente dos vizinhos! Que vergonha! Agora vou ter que mudar de novo de casa! Se você perdeu sua Helene de Tróia e acha que ela está aqui, faça o favor de entrar e vir ver você mesmo! Pode vir procurar!'. Disse-lhe ainda que o menino estava lá dentro. Ele entrou cambaleando e começou a procurar debaixo das camas e atrás das portas. Quando percebeu que eu estava falando a verdade, se sentou na beira de uma cama e começou a chorar aos soluços. Era a primeira vez que eu via um homem chorar daquele jeito. E quando ele quis parar de chorar, viu o filho, sentado ainda na almofada com o quebra-nozes na mão, olhando para ele como se estivesse entendendo do que se tratava, e recomeçou: 'Akis do meu coração, filhinho do meu coração: a Helene abandonou a gente, fechou a nossa casa...'.

Dali a alguns dias o Teodoro foi para Atenas. Chorei durante todo o trajeto de volta no ônibus, voltando da estação. 'Vá com Deus, meu filho!', ficava dizendo em silêncio. 'Ah, meu Deus, por que foi que quis que as coisas fossem assim e que eu tivesse que viver longe dos meus filhos? Um se exila. Sabe-se lá que dificuldades vai encontrar numa cidade como Atenas![30] Quem é que vai lavar e passar suas roupas? Com quem vai desabafar? Com quem vai esbugalhar os olhos e começar a berrar para pôr tudo para fora? O outro, ao contrário, vive na mesma cidade que nós. Mas de que adianta, se só aparece quando lhe dá na telha? Vá saber por onde anda, na cama de quem fica desperdiçando a juventude e a beleza!', dizia eu, e a minha amargura naqueles dias era indescritível. Eu abria as cartas, e não parava de me sair aquele maldito dez de espadas. Ficava pensando:'Minha Nossa Senhora, o que vai ser de mim? Que más notícias vão me dar agora?'. A primeira coisa que me vinha à cabeça era a Helene: 'Vá saber onde ela anda dormindo, carregando a coitadinha da

[30] A personagem, de acordo com o pensar da época e com o seu sentimento de mãe, sentia a ida do filho para Atenas como um exílio em terra estrangeira! (N.T.)

criança! Que maldição é essa que veio se abater sobre nossa família, Deus do céu? Que pecado é que a gente está tendo que pagar?'. Mas o dez de espadas não tinha a ver com a Helene. Eis que me aparece certa noite o Jasão, um amigo do bendito do meu filho, e me diz, mastigando bem as palavras: 'Dona Longos, eu não quero que a senhora fique abalada, mas aconteceu uma coisa com o Dimitris...' Eu quase tive um ataque do coração até que ele contasse do que se tratava. Quase virei uma morta-viva. Imaginei o pior que pode imaginar uma mãe numa situação dessas: vi meu filho morto, todo despedaçado. 'Pelo amor de Deus, Jasão', digo, 'fale logo!'. E ele responde: 'A senhora não precisa ficar assim, não é nada, um mal-entendido. Ele está desde ontem na delegacia...'. 'O quê? Na delegacia? Meu menino na delegacia?', e começo a bater uma mão na outra. Joguei correndo o casaco sobre os ombros e saí atabalhoada com o Jasão para a delegacia. Entro no gabinete do oficial de serviço e digo: 'Eu lhe imploro, pelo amor de Deus! Se você tem uma mãe que ama, me diga que vocês prenderam por engano o meu filho em vez de um outro. Pois é, eu sei que ele é meio indisciplinado! Se envolveu com gente da pior espécie e anda jogando. A culpa ao culpado. Mas não é possível que ele tenha feito algo de tão ruim que vocês tenham tido que prendê-lo'. E ele me diz: 'Como é que você se chama?' – veja bem, ainda me chamou de 'você'. 'Como é que você se chama?'. 'Longos'. 'Muito bem, senhora Longos, estou vendo que você é uma mulher certa e decente, e entendo sua preocupação, mas nós não o prendemos por engano, não', e trocou um olhar com outro oficial que estava no gabinete. 'Não há dúvidas de que seu filho é o culpado de um roubo abominável, e o pior de tudo é que ainda se recusa a revelar o nome dos cúmplices', e troca outro olhar com o colega. 'Pois é, essa é a mentalidade dos jovens de hoje em dia: acham uma covardia revelar o nome de certos outros canalhas para que eles sejam punidos pela Justiça conforme merecem, mas não acham covardia roubar!...' Apesar de eu saber a quantidade de dinheiro que a 'justiça' desses monstros arrecadava e não estar com a menor vontade de ouvir o sermão do sem-vergonha, que devia andar lá pelos 25 anos, tive que ter paciência e ouvir. Quando ele terminou, eu disse: 'O senhor queira ter a bondade de me dizer, senhor delegado', eu o chamei de delegado apenas para lisonjear o rapaz, porque ele era só subentendente, 'o que foi exatamente que aconteceu. Quem sabe eu possa lhes ajudar na condição de mãe? Talvez ele acabe confessando para mim o que está escondendo dos senhores. Mas têm que me prometer que vão fazer o que puder para atenuar a pena do meu filho'. Então ele me resumiu a história do roubo e me mandou para a cela com um chefe de esquadrão, o Kalapothakis, que a partir de então virou amigo da família. Gritaram então: 'Longos! Longos!', até que ele apareceu por detrás das grades. Assim que me viu, ficou todo branco. Quis tentar sorrir, mas o sorriso congelou em seus lábios. Quase que eu desmaio. 'Dimitris!', digo, mas fiquei com falta de ar. Essa era a primeira vez que eu o via atrás das grades. História vai, história vem, acabou que ele me revelou os nomes dos cúmplices...

Quando se definiu o dia do julgamento e nós ficamos sabendo quem ia ser o juiz, me lembrei do Armenopoulos e fui novamente me jogar aos seus pés, apesar de que fazia anos que não o via e a gente ter perdido a intimidade. 'Senhor procurador', digo, sem coragem de chamá-lo de 'você' como nos velhos tempos, 'senhor procurador, o senhor, que conhece a verdadeira causa da destruição do meu lar, que conhece a razão de o meu filho ter escolhido o caminho resvaladiço que escolheu, queira fazer o que lhe permitir a sua jurisdição para que ele não seja condenado e para que não suje a sua ficha na polícia!'. E o coitado do Armenopoulos se sentou e escreveu na minha presença uma carta destinada ao juiz, carta esta que nosso advogado acabou conseguindo passar com jeitinho para o tal juiz logo antes de começar o julgamento. E assim nós tentamos salvar a situação: de um lado, o Kalapothakis declarou que, enquanto esteve preso, o réu tinha dado mostras de arrependimento e apresentado excelente conduta. Do outro, o juiz mostrou uma inclinação e uma parcialidade quase escandalosas em favor do réu. Mas todos os nossos esforços foram em vão. Ele estava com remorsos, arrependido de ter me revelado o nome dos cúmplices. Não virou para me olhar nem uma vez sequer durante todo o julgamento. Fez de tudo para dar a pior impressão possível ao tribunal. Parecia até estar pedindo para ir para a cadeia. Quando o pobre do juiz lhe perguntou, mais como pai do que como juiz, quem deles tinha organizado o roubo, ele ergueu a cabeça que nem cavalo tinhoso e gritou: 'Eu!'. O resultado foi que todos foram condenados a três meses, e o meu filho a quatro...

Fiquei doente de tão abalada e de tanta preocupação: me atacou o útero. O médico me prescreveu mais sessões de diatermia. Só Deus sabe o que eu sofria toda a vez que subia a ladeira a caminho da prisão de Eptapirigio. No começo ele se recusava a me ver. Eles lhe diziam que a mãe dele estava lá, e ele respondia que era para eles me mandarem não voltar nunca mais. Mas, quando passou a não agüentar mais os maus-tratos da prisão, até pediu para me ver. E se passaram mais dois meses. Certo dia, já estava escurecendo, voltei para casa e ia me deitar para me recuperar um pouco, quando a porta se abre de repente e entra a Helene, com um sorriso descaradíssimo, vestindo ainda por cima um chapéu horroroso. 'Sua mau-caráter!', grito eu. 'Onde é que você esteve durante tanto tempo? Que coisa abominável você foi aprontar para o seu marido? Como é que você vai se virar agora sozinha, sem um marido para lhe proteger?'. 'E eu lá preciso de proteção de homem?', diz ela. 'Pode ser que você não precise, mas já parou para pensar que seus filhos possam precisar? Como é que os coitadinhos vão viver sem pai?'. 'Como qualquer outro órfão no mundo!'. 'Você não teme a Deus nem um pouquinho, minha filha? Você acha que Deus vai deixar um crime desses impune? O que o seu pai fez não lhe serviu de exemplo?'. 'Faça o favor de deixar meu pai onde está e não ponha o santo nome dele nessa sua boca ímpia!'. 'Como é que é? Olhe só quem fala: logo você, que saiu à imagem do pai! Você fez que fez, e o infeliz botou no seu nome a casa, fruto de tantos anos de trabalho, para você o abandonar no dia seguinte, fazendo ainda a crueldade de deixar para ele um colchão velho no chão só para ridicularizar o coitado! E você está rindo por que, safada, por acaso tem alguma graça?'. E digo ainda: 'Mas você não perde por esperar: Quem faz a cama, nela se deita. Podia ao menos ter vindo me dar apoio moral, com tanta desgraça que caiu sobre minha cabeça. Você não parou um minuto para pensar no que vai ser do seu irmão?'. 'Você queria que eu fizesse o que? Que fosse dar para o juiz para ele libertar o Dimitris?'. 'Meu Nosso Senhor! Vejam só o linguajar da menina! Vejam que sem-vergonhice! E você fez o que com o bebê?'. 'Fui até o fino café do bebum do seu genro e o deixei lá, e esse seu outro neto aqui é outro que vou deixar lá, se você não o quiser para dama de companhia. Ele não queria filho? Pois é, que faça agora bom proveito! Quero liberdade para viver minha vida!'. Aí eu grito para ela: 'Liberdade! O que você entende por liberdade, sua sem-vergonha? E essa liberdade que você quer, pode me dizer para onde é que ela vai levar você? Por acaso já foi ver a Sofitsa para ela lhe contar as últimas da filha dela? Você está sabendo que a Rena acabou num bordel?'. Ela virou uma fera. Não gostava de ouvir a verdade. 'Trate você de cuidar do vagabundo do seu filho e pare de se preocupar comigo'. Aí eu respondo: 'O vagabundo do meu filho, para a sua informação, é homem e tem um pinto entre as pernas, e faça o que fizer, nenhum filho-da-mãe tem coragem de vir tomar satisfação. Com mulher é diferente'. 'Diferente e bem melhor!'. Nesse ponto eu digo: 'Eu espero, minha filha, que você não se arrependa da besteira que está fazendo, porque, diga você o que disser, eu continuo sendo a sua mãe e vou me magoar se você acabar mal...' Ela se levanta e vai embora. Mal haviam passado dez minutos contados no relógio, me despenca em casa o Bábi com o nenê no colo. 'E-e-e-ela-a-a vo-voltou', me diz – quando ele estava sóbrio e ficava nervoso costumava gaguejar horrores –, 'vo-voltou e de-e-e-eixou o meni-ni-no numa ca-cadeira. O que-que-que eu fa-fa-faço ago-go-go-ra, so-o-o-grinha? Pa-pa-para onde e-e-e-eu vou?...'. De repente, Nina amada, eu me dei conta de que o infeliz tinha envelhecido pelo menos uns dez anos. Digo então: 'Deixe a criança aí!'. O que mais é que eu, coitada, podia fazer? Não queria acusar ninguém. A culpa era do cruel destino. E lá vou eu de novo, pela enésima vez, cuidar de criança. Mas não por muito tempo. Passado um mês, eis que aparece novamente a minha filha, com outro chapéu ridículo na cabeça, e me diz: 'Vim pegar as crianças'. 'E o que é que você vai fazer com elas?'. 'Eu estou indo jogá-las do cadafalso da Torre Branca, para que elas se afoguem. Satisfeita?...'."

capítulo oito

Em seguida eles se mudaram mais uma vez. Trocavam de casa como quem troca de roupa. Os diversos episódios sempre se davam numa casa diferente, da mesma maneira que, no teatro, há um cenário diferente para cada ato. Com isso tudo, é um verdadeiro milagre que o Teodoro tenha conseguido se transformar num homem tão estável na vida.

"Bom, o meu filho mais velho estava em Atenas. O Dimitris servia na Aeronáutica. A casa de Kamara, que eu já citei antes, só era grande o suficiente para duas mulheres magérrimas. Nós tivemos que dar uma boa segurada nas depesas, até ter certeza de que o Teodoro tinha encontrado trabalho e poderia dar uma desafogada na nossa situação econômica. Então nós encontramos uma casa mais barata numa paralela da rua Egnatia: dois quartos e cozinha, sem janela dando para a rua, com um quintal nos fundos cercado de casas altas. No verão a casa ficava bem fresquinha, e eu adorava tirar uma soneca à tarde. Mas aí chegou o inverno. Quando começou a época de chuva e de neve, contradizendo o que o proprietário tinha garantido, a água começou a se infiltrar nas paredes, e nos dias de névoa você não via um palmo diante do nariz. O dinheiro que a gente havia economizado com o aluguel estava indo todo para a calefação. No primeiro andar morava um dentista – devia andar lá pelos seus quarenta anos – com uma empregada idosa que lavava e cozinhava para ele. No segundo andar morava o proprietário com a mulher e o filho pequeno. Ele me parecia um bom homem, amável sem falar muito, mas ela era uma bruxa de marca maior. Já da primeira vez que a gente se olhou, eu soube que não nos daríamos muito bem, e eu não estava errada. Nem tínhamos completado um mês na casa e começaram os atritos. A Sofitsa, uma amiga minha – que Deus a tenha! – nos deu uma cachorrinha de presente, a qual chamávamos Branca-de-neve. Seu pêlo era branco como neve. Vou lhe dizer uma coisa, menina, jamais na minha vida eu conheci um cão mais esperto que aquele lá. Só faltava falar. Meu filho Dimitris sempre adorou cachorro. Cada vez que tinha folga, vinha mais para brincar com a Branca-de-neve do que para ver a gente. Ensinou-lhe um monte de truques: jogava o chinelo no quintal, e ela vinha correndo trazer o chinelo de volta. Então lhe dizia: 'De pé!', e ela se erguia sobre as patas de trás, e não se sentava de jeito nenhum até ele dizer 'Sentada!'. Era melhor que cachorro de circo. Mas a bruxa da mulher do proprietário não suportava cachorro. Começou a implicar: um dia era porque a cachorra estava com carrapato, no outro porque estava com verme fecal. Gritava para o filho, fazendo questão de que eu ouvisse também: 'Vasilis, meu amor, suba já e saia de perto da vira-lata para não pegar verme de neve!...'. Depois ela vinha reclamar que a cachorra ia urinar no jardim e que os girassóis murchavam. Chegou um dia em que eu disse: 'Ah, é assim agora? Que baboseira é essa de girassol, prezada dona Margarites? Por acaso chega nessa cova aí algum raio de sol para crescer girassol?'. 'Essa é para a senhora não ir achando que é a única espertinha por aqui que sabe ser engraçada e fazer trocadilho', pensei comigo mesma. No final ela veio me ameaçar: se eu não pusesse a cachorra para fora, daria carne envenenada para ela. Quando contei isso para o Dimitris, ele virou e me disse: 'Se ela fizer o que está dizendo, deixe comigo que mostro para ela com quantos paus se fazem uma canoa!'. Aí eu respondi: 'Guarde essa sua valentia toda para você, rapagão, que não estou querendo mais confusão ainda! Você não acha que já sujou bastante sua ficha na polícia? Pode deixar comigo, que dou um jeito nela quando chegar a hora certa!'. E a hora certa não demorou a chegar. Certo dia ela saiu pela escada dos fundos e veio me dizer umas tantas e quantas: 'Nós não temos mais como sossegar com essa vira-lata nojenta aqui!...', e por aí foi. Primeiro me fingi de surda, mas quando percebi que ela queria de tudo quanto era jeito que eu respondesse, saio para o quintal, levanto o roupão que eu estava vestindo – e olha que não estava nem de calcinha por baixo – e solto para ela o maior traque, prrr! Não sei onde é que fui arranjar aquele pum, menina do céu, porque não estava nem com gases. E ainda digo: 'Aqui tendes a vossa resposta, ilustríssima senhora Margarites, em alto e bom som, e em vosso linguajar!'. Em seguida eu entro em casa, batendo a porta na fuça dela...".

"Jura que a senhora fez isso, dona Hécabe?! Levantou o roupão?"

"Ué, e por que não? Estava com ela entalada na garganta. Tem gente que só entende a linguagem gestual! Daquele dia em diante ela não teve mais coragem de me armar confusão. Ficava roxa toda vez que me encontrava entrando ou saindo de casa. Deve ter pensado: 'Eu, hein! Essa aí com o traseiro dela! Eu é que não me meto!'. Mas se estou lhe contando tudo isso é só para lhe dar uma idéia do ponto periclitante a que chegaram nossas relações com os proprietários. Até que chega certo dia a minha estimada filha e, na cara dura, me diz: 'Vim ficar c'ocêis!'. Era assim mesmo que ela falava. Olhe, de todos os meus filhos só ela é que foi pegar esse sotaque horroroso de Salônica. Sem falar no vocabulário dela: tinha que ter outro nome para tudo, desde 'irmã' até 'toalha de rosto'. Hum, vem e me diz: 'Vim ficar c'ocêis!', sem perguntar se eu queria ou não a presença dela em casa. Eu sabia que estaria dando para a mulher do proprietário uma razão mais que suficiente para ela sair implicando comigo. Aélm disso, nós não tínhamos espaço hábil para mais uma pessoa em casa. Como eu já lhe disse, a casa era pequena. Foi com muito esforço que a gente conseguiu enfiar nossos móveis ali dentro. Mas e eu lá consegui lhe dizer 'não'? Ela sempre reclamava que a gente não a considerava membro da família. Com a Helene ninguém conseguia se entender. Ela primeiro se ofende, depois começa a ter chilique, sem falar que sempre acha que todo mundo não pára de olhar para ela com desconfiança, jogando olho gordo. Digo então: 'Está bem, minha filha, onde tem gente boa sempre cabe mais um'. Sobre a mulher do senhorio e sobre as brigas eu preferi não dizer nada. Do jeito que ela era, podia achar que eu estava dizendo aquilo de propósito. Mas a mulher não disse uma palavra sequer, e a própria Helene estava de uma fineza só! Mas claro que isso não durou muito. Logo nós começamos a brigar por ninharia. Ela me fez uma cena só porque peguei certa vez o Akis no colo e cantei para ele uma canção que a falecida mamãe costumava me cantar:

Com meu filho, eu sou feliz
Vou ser sogra, ele me diz
C'oa minha filha, só azar
Sem nem dote p'ra lhe dar...

Ela ficava toda agastada por eu não fazer carinho na filha dela. Que Deus me perdoe, mas nunca vi uma criança mais feia em toda a minha vida. A cabeça dela parecia uma cabaça. 'E eu por acaso não tenho direito de fazer carinho em quem eu quiser?', dizia eu. 'Alguém está proibindo você de pegar a sua própria filha para fazer carinho?'. Aah! Aí ela começa a cuspir fogo. E vem me dizer que eu era mais chegada aos meninos e que ainda me daria muito mal por causa disso, porque era assim, tendo mimado e dado tanta atenção para o Dimitris, que ele tinha dado no que deu, ao passo que com ela era diferente: disse que, quando ela era pequena, eu batia nela sem motivo, só de ciúmes. Sem motivo? Se qualquer hora eu sentar e lhe contar suas façanhas quando era pequena, você vai ficar de cabelo em pé. E continuou insistindo: 'Você tinha ciúmes de mim!'. Eu, Hécabe, com ciúmes da Helene? Não me façam rir!. 'Você era louca e histérica, e foi por isso que o papai abandonou você para ficar com a Froso!'. E, de bate-boca em bate-boca, a gente armou um barraco tão grande que dava para ouvir na vizinhança toda. E, se até então nem o proprietário nem a mulher dele tinham aberto a boca para dizer o que fosse, quando se passaram dois meses da vinda da Helene para casa, me pega ele no pulo e me diz, com muita educação: 'Senhora Longos, a senhora sabe que até agora eu nunca me imiscuí nas diferenças da senhora com minha mulher. Eu sei que ela está sempre com os nervos à flor da pele. Aliás, tenho como princípio nunca me intrometer em briga de mulheres. Mas essa questão de a senhora receber mais gente em casa, senhora Longos, a senhora entende... Talvez fosse melhor não exagerarmos...' Eu perdi a compostura. Não sabia o que dizer. Eles é que tinham sorte de serem só três em casa. Digo então: 'Senhor Margarites, logo logo a casa dela fica pronta. Só falta o estuque. Só mais um pouquinho de paciência, eu lhe peço. Como o senhor sabe, ela perdeu o marido e ficou com as duas crianças órfãs'. O que mais é que eu podia dizer para amolecer o homem? E disse ainda: 'Eu tenho, como mãe, o dever de ajudá-la...' Com a Helene eu nem toquei no assunto da discussão com o senhorio. Só comentei a questão com a Polixene, que me disse: 'Vocês podem tratar de arregaçar as mangas e procurar outra casa, ou você está achando que eu é quem vou me ocupar disso?'. Coitada da Polixene!... Sempre foi o homem da casa. Vinha me dar na mão o que ganhava trabalhando. E como se isso tudo já não bastasse, eu ainda vou e descubro que a Helene tinha começado a namorar com o dentista do primeiro andar! E com aquela sem-vergonhice de sempre, ainda vem me dizer: 'Não foi você que me disse para eu me envolver com algum homem endireitado na vida para tomar conta de mim e as crianças não ficarem sem pai? Por que é que vem agora ficar toda nervosinha?'. Deu para perceber que ela ainda tinha a pachorra de zombar de mim, não é, amiga? Aí então eu digo: 'Você acha que está enganando a quem, sua falsa? Por acaso os homens estão em falta aí pelas ruas? Você tinha porque tinha que se envolver com um homem que mora praticamente dentro da nossa casa, para depois vir a proprietária e eu ter que ouvir o que quero e o que não quero? Mas é claro que tive que engolir mais essa. 'Vamos esperar para ver que coelho vai sair desse mato', pensei com meus botões. Não era de todo impossível que ela fizesse a cabeça do sujeito e acabasse salvando a família inteira. Certo dia, já era de tarde, lá pelas cinco, cinco e meia, me chega em casa a Sofitsa toda apressada e diz: 'Eu não vou ficar muito tempo. Estou tendo o maior problema com a Rena. Outra hora lhe conto. Eu só vim dar um pulinho para saber como você está, sua desaparecida! Você ficou sabendo da última do seu ex-proprietário, o Daviko?'. 'O que foi que aconteceu?'. Aí ela vira e me diz: 'Ô, mulher, parece que você não lê jornal!', e eu respondo: 'Enquanto o Teodoro morava com a gente, ele trazia o *Fos*, agora que está fora a gente não compra mais. Sabe como é, não é, menina? É sempre mais uma despesa. O que foi que aconteceu com o Daviko?'. 'Botou fogo na casa para pôr a mão no dinheiro do seguro'. 'Não brinque!'. 'Sim, senhora! O andar de cima virou carvão'. 'Não me diga uma coisa dessas, Sofitsa de Deus! Mas será possível uma coisa dessas?'. 'Ai, mulher, que ingênua que você é às vezes!'. E daí vai: 'Até parece que você não conhece esses mãos-de-vaca! Você pode esperar tudo desse povo que crucificou o Nosso Senhor Jesus Cristo... No andar de cima estava morando uma família de cristãos, e não só eles estavam devendo sete aluguéis, como também o Daviko queria o apartamento para a Alengra, sua filha mais velha. Ela estava para se casar com um judeu comerciante de tecidos, e eles nem tinham onde morar. Ele já havia tentado três despejos, mas não deu em nada. A família tinha lá os seus conhecidos na gendarmaria, e para ele se livrar deles inventou esse expediente do incêndio. Ele esperou uma noite em que todo mundo estava dormindo, passou pelo saguão para a cozinha deles, pôs fogo, saiu de casa pela porta principal, foi para o café do outro lado da rua, pediu um uzo e começou a bater papo com os fregueses para garantir um álibi. Pelo menos foi o que o advogado da companhia de seguros disse durante o julgamento. Logo em seguida começou a sair fogo por entre as telhas do teto. Aí então o Daviko sai para a rua e começa a bater as mãos contra o peito. 'O casa minha fogo! O casa minha fogo!...' Os moradores do apartamento em chamas tinham se levantado no meio-tempo e começaram desesperados a jogar as coisas lá do alto. As filhas do Daviko saíram de camisola para fora de casa, mas depois elas se lembraram da avó – elas chamavam a avó de 'Nona' –, que não conseguia mais andar sozinha, e começaram a se esgoelar como boas judias que são. A vizinhança inteira pulou da cama. Quando chegaram os bombeiros, o andar superior já estava queimando que nem fogo de artifício. É um milagre que as chamas não tenham passado para o andar de baixo! O Daviko foi no dia seguinte se apresentar na companhia de seguros para dar entrada nos papéis para receber o dinheiro, mas a companhia tinha mandado peritos para o lugar do incêndio, e eles chegaram à conclusão de que tinha sido incêndio criminoso, indo depor contra ele. Mas não é que o avarento mau-caráter foi inocentado por unanimidade de pareceres? Recebeu o ressarcimento e, com o dinheiro, não só ajeitou o apartamento que tinha pêgo fogo, como instalou nele a filha, a Alengra, com o marido, outro mão-de-vaca da raça. Além disso, ele ainda comprou para ela um terreno mais afastado, perto do bairro Harilaos'. Quando a Sofitsa foi embora, eu me virei para a Helene e disse: 'Levante daí, minha filha, para a gente ir ver a casa, e aproveitar para tomar um pouco de ar! A gente vai mofar de tanto que fica aqui dentro'. Depois que começou a namorar o dentista, quase não saía mais. Pegamos as crianças pela mão e descemos para a área da Diagonio. Naquela mesma tarde o coisa-ruim quis que o Dimitris tivesse folga – naquela época ele estava servindo em Sedes. Foi para casa, deu com a porta trancada, que ele abriu com o velho método dele, usando um alfinete, entrou, comeu – eu havia deixado na panela um guisado de beringela –, passou o uniforme do exército e foi embora. Quando começou a escurecer, eu fiz sinal para a Helene de que estava na hora de ir embora. A Vitória estava toda cheia de cerimônias com a gente. Ela continuava perdidamente apaixonada pelo meu filho. Primeiro ela nos mostrou a casa, depois foi fazer um cafezinho, mas eu não queria que a gente ficasse mais tempo. Eu não estava com a menor vontade de que chegasse o Daviko e nos encontrasse com a filha, achando que a gente estava de olho na bendita casa dele e por isso tentava fazer a cabeça da filha. Era julho e, como fazia um calor desgraçado, eu ainda sugeri que passássemos mais uma horinha no parque, com o que a Helene logo concordou. No caminho, passamos pela farmácia onde trabalhava a Polixene para lhe dizer onde nós estaríamos, de maneira que pudéssemos voltar juntas para casa. A sorte quis que do lado da gente viesse se sentar uma conhecida da época em que eu ainda estava com o infeliz do meu marido. Puxamos conversa e ficamos nos lembrando dos velhos tempos. As crianças nós pusemos para brincar. Digo então para o Akis: 'Dê a mão para a sua irmãzinha e vão brincar com as outras crianças ali em volta do laguinho! Mas muito cuidado! Logo que a gente chamar, vocês voltam correndo na mesma hora, viu?'. 'Essas crianças são de quem?'. 'Da minha filha'. 'Benza Deus! Que crianças mais encantadoras!', diz ela para a Helene, que ficou toda vaidosa. Era a primeira vez que eu via a minha filha se orgulhar dos filhos como qualquer outra mãe nesse mundo e, para grande surpresa minha (pois ela em geral não se bicava com as minhas amigas), ainda ficou toda falante e simpática. Que final de tarde mais agradável! Estava soprando uma brisa do mar, e chegava até nós música de um café... Naquele época não paravam de tocar aquela canção, a 'Rezendá':

Minha doce Rezendá, me diga por que,
Nos anos passados e esquecidos...

Conversa vai, conversa vem, os minutos foram se escoando agradavelmente, até que chega a Polixene, que vai logo comprar um sorvete para cada um. Depois nós pegamos as crianças e voltamos andando para casa, na maior harmonia do mundo. Foi tão gostoso! Ah, Nina, se você soubesse como eu estava radiante! Não tenho como lhe descrever a felicidade daquela noite. Estava toda impressionada com o comportamento da Helene. 'Que bicho foi que a mordeu', pensei, 'para se dignar a ir comigo para a casa do Daviko e depois ainda ir passear no parque?'. E ainda por cima tão sociável! Que milagre tinha sido aquele? Eu logo procurei madeira para bater e espantar o bicho-ruim. 'Ah, meu Deus! Reconheço que pequei nessa vida, mesmo que por idiotice minha, e que fui castigada com justeza, mas agora já chega! Já sofri o bastante: me dê uma velhice tranqüila! Faça com que eu viva em harmonia e felicidade com os meus meninos, sem todas essas maldades que querem nos fazer por aí! E eu não tenho tanta coisa, meu Deus, para dividir com minha Helene? Por que brigar? Ela é outra pobre coitada como eu. A culpa deve ter sido dessa víbora da Froso e do pai dela, que a casaram com o Bábi. Mas o que se fez, está feito. Faça, meu Deus, com que ela consiga enrolar o tal do dentista para que eles se casem e ela não tenha de desperdiçar a beleza e a juventude! Se não tiver pena dela, meu Deus, tenha pena pelo menos dos filhos, esses coitadinhos que não têm por que pagar pelos erros dos mais velhos!...'.

Quando chegamos em casa, fui na frente abrir a porta, porque era eu quem tinha a chave, e, no que eu vou pôr a chave na fechadura, a porta se abre sozinha! Entramos correndo. Por pouco que não infartei antes de achar um fósforo para acender a lamparina. A Helene pega a lamparina da minha mão, vai correndo até a cômoda dela, abre a gaveta onde ela guardava os objetos de ouro e começa a bater as palmas das mãos contra as bochechas. 'O meu colar!', grita, e eu respondo: 'Helene querida, não fique assim, procure direito! Ah, meu Deus traidor, você não quer mesmo que eu tenha um pouco de sossego! Para o diabo o Daviko e o parque! Por que é que eu tinha que sair, mulher imbecil?'. E digo ainda para a Polixene: 'E o que fazemos agora? Que atitude tomamos?'. Esse colar tinha sido o presente de casamento dos sogros dela. O sogro era um dos melhores ourives de Salônica. O colar era todo em ouro, com um rubi incrustado no meio do tamanho de uma avelã e um monte de diamantezinhos em volta. Ela estava justamente pensando, naqueles dias mesmo, em levar o colar para uma loja de cambista para o avaliarem. Se lhe oferecessem um bom preço, ela o venderia para cobrir as despesas que estava tendo com o carpinteiro para terminar a casa. É claro que nós logo desconfiamos do Dimitris. A Helene só fazia desmaiar, e eu me compadeci dela do fundo do coração. Até que decidi me mexer e ir procurar o Dimitris em todos os cafés que eu sabia que ele freqüentava. Entrava em cada um, perguntando aos proprietários e aos fregueses se alguém o tinha visto. Ninguém tinha. Eu já estava quase voltando para casa com uma mão na frente e outra atrás, quando me ocorreu a Arapo. A Arapo era uma vagabunda que já o recolhia em casa na época em que ele andava lá pelos seus dezessete anos, em troca de alguns servicinhos. No meio-tempo ela tinha subido na vida: agora era madame, tendo outras que faziam o trabalho para ela. A casa ficava atrás do Corpo de Bombeiros. Ela morava no andar de cima, e tinha uma entrada separada. Tudo isso quem tinha me contado havia sido meu próprio filho, que costumava chegar em casa e, com a cara-de-pau de sempre, se gabar das próprias façanhas. Pego o bonde, desço no Chafariz, pergunto onde é a casa da Arapo e lá vou eu bater à sua porta. A entrada era, com efeito, separada, mas a escada era daquelas de ferro, aberta, e dali dava para ver todo o movimento lá embaixo no pátio. Eu via o entra-e-sai dos marinheiros e dos soldados e me deu vontade de vomitar. Juro que não conseguia entender como é que eles podiam fazer fila para se deitar com a mesma mulher com quem o outro havia se deitado cinco minutos antes. Nessas horas eu queria não ter dado à luz o meu filho. Até em bordel eu tinha ido parar por causa dele!... Por fim veio me abrir a porta uma velha. Estava estampado na cara dela que tipo de trabalho ela tinha feito na juventude. E peço: 'Diga para a sua patroa que quero vê-la. Sou a mãe do Dimitris...'. Mas antes mesmo de dar tempo de ela entrar, eis que me aparece a própria Arapo. Não tenho a menor idéia da razão de a chamarem Arapo.[31] Ela era toda amarelada, flácida, enfeitada e maquiada como um palhaço de circo. Vestia um robe vermelho-cor-de-inferno. Penso com meus botões: 'Valha-me Deus! Como é que meu filho consegue dormir com uma assombração dessas?'. 'Não precisa se alarmar, que não vim cobrar nada dele, nem armar nenhuma cena. Se você gosta de jovenzinhos e está com meu filho, isso não é da minha conta, mas eu lhe imploro em nome do deus em que você crê, se é que acredita em algum, para me dizer se meu filho está aí dentro. Preciso falar com ele. Aconteceu algo com a irmã dele'. Ela pareceu se tranqüilizar e me mediu dos pés à cabeça. Diz então: 'Queira aguardar'. Ela some para dentro, ouço um sussurrar, e eis que aparece então o meu filho, vestindo um pijama tão comprido (vá lá você saber de qual dos amantes dela

[31] O nome remete ao substantivo masculino "Arapis", que costuma designar pessoas de pele mais escura (cf. "árabe"). (N.T.)

era!) que ele tinha tido que dobrar as mangas. Logo que me viu, apareceu na cara dele aquele costumeiro sorrisinho de culpa, mas eu não o deixei nem abrir a boca: 'Seu cachorro! Por que é que fui pôr você no mundo! Trate de ir me devolvendo o colar da sua irmã, se não eu vou neste exato momento entregar você para a polícia!'. Responde: 'Que colar, mamãezinha?'. Ou ele era realmente inocente, ou então fazia-se passar por. 'E você ainda tem a coragem de se fingir de bobo? Você não foi para casa e abriu a porta?. 'Abri com um alfinete', diz, 'passei o uniforme, comi uma beringela, dei de comer para a Branca-de-neve e fui embora. Não tenho a menor idéia de que colar a senhora está falando. Eu nem sabia que a Helene tinha um colar'. 'Você jura pela alma do seu pai?'. 'Juro por tudo o que há de mais sagrado e pela sua alma!'. 'Deixe a minha alma de lado!', digo-lhe. 'Se você estivesse preocupado um pouquinho que fosse com a minha alma, trataria de virar gente. Jure pela alma do seu pai!' 'A senhora é muito engraçada mesmo! Sabe que não acredito em juramentos, mas já que insiste: juro...'. Aí intervém a Arapo: 'Se ele está dizendo que não pegou, não pegou'. 'E você por acaso acha que não conheço meu filho? Acha que não sei quando ele está falando verdade ou mentira?'. 'Estão certas de que procuraram bem? Eu mesma perdi no ano passado um bracelete de ouro e achei que quem havia pêgo tinha sido a Virtuosa' (a Virtuosa, repare bem você, era a velha que me abriu a porta!). 'Pequei em vão: fui a um médium e ele me disse para procurar bem em casa que eu encontraria. Voltei e procurei melhor, e acabei o encontrando no cesto de roupa suja...'. Eu não lhe respondi nada. Olhei-a meio de lado. Não estava com a menor intenção de puxar assunto com ela e pensei lá comigo: 'Eu posso até ter chegado à soleira da sua porta, sua velha mau-caráter, mas não vá você achando que somos iguais!'. Sabe como é, Nina querida, eu não costumo culpar nenhuma mulher de ter lá os seus amigos. Sei que muitas dessas prostitutas são no fundo muito mais puras que muita virgem por aí, mas aquela ali eu não conseguia engolir. Só de pensar que ela dormia com o meu filho, me revirava o estômago. 'Vista-se', digo para ele, 'e venha comigo jurar de pé junto diante da sua irmã que não foi você! Não tenho coragem de voltar sozinha'. 'Vá com ela, Mimi!', diz a Arapo, como se eu precisasse do consentimento dela, fechando a cara em seguida. Sabe como é: a gente tinha estragado a sua noitada. Ele entrou, se vestiu, e nós pegamos o bonde da rua de cima para voltar para casa. As crianças dormiam. A Polixene tinha ido se deitar, mas não estava dormindo. A Helene estava sentada no sofá com um lencinho na mão. Parecia que velava um cadáver. Mas pareceu voltar à vida logo que viu o irmão. Saltou que nem um estilingue e se precipitou para cima dele. O Dimitris a pegou pelo braço, que ele começou a torcer, dizendo: 'Não venha bancar a valentona para cima de mim que eu lhe arrebento a cara!'. E eu: 'Pelo amor do bom Deus, deixe sua irmã em paz! Será que você não entende que ela perdeu o objeto dela e está toda abalada?'. E para a Helene: 'Helene, meu amor, o seu irmão veio jurar pela alma do pai que nem sabia da existência do colar. Procure de novo, meu bem, vá saber se o Satanás não o escondeu bem escondido só para nos criar confusão? A Arapo estava contando que perdeu um bracelete de ouro e que fez e aconteceu para achá-lo, até que foi procurar um médium...' Se naquele momento os olhos dela lançassem veneno, eu teria caído morta ali mesmo. 'Médium, é?', começa a gritar. 'Vou lhe mostrar eu o médium!...' Sai de casa que nem um furacão, batendo a porta na nossa cara. Psicológica e fisicamente esgotada, despenco no sofá. 'Seu cafajeste!', digo para meu filho. 'Desde o dia em que pus você no mundo, não tive um único dia de paz. A imagem do São Dimitris deve ter lascado no momento em que você abriu os olhos para o mundo. Parece que o seu destino é espalhar tragédia por onde anda. Xô daqui!... Suma da minha frente! Volte para aquela prostituta que lhe suga o sangue! Não apareça mais na minha frente! Você não tem vergonha, dormindo com uma mulher mais velha que a sua mãe!...'. Ele se levanta e vai embora. Mal devia ter virado a esquina quando me volta a Helene, trazendo dois agentes da polícia à paisana.

O dia seguinte era um domingo. A Polixene estava de folga e tinha ficado em casa para me consolar, porque, por mais que eu tentasse, não conseguia me esquecer do acontecido. 'Não fique assim! A senhora conhece a filha que tem. Ela é tão esquizofrênica quanto a senhora. No fundo são as duas farinha do mesmo saco, e é por isso que entram tanto em atrito'. A Polixene era a mais sangue-frio e contida das crianças. Ela sempre tratava de ficar neutra nas minhas brigas com a Helene. 'Do que é que você está falando, menina do céu?', digo para ela. 'Por acaso é culpa minha que nós entramos em atrito? Por acaso fui eu quem pegou o colar? E é também culpa minha que o cafajeste tenha arrebentado a porta e tenha entrado ladrão? A gente não estava tão bem durante todo o final de tarde? E mesmo se nós supormos que tenha sido ele quem pegou o colar – que Deus lhe corte os dois braços pela raiz! – tinha necessidade de a cadela me arrastar para casa os dois rapazes da polícia para me interrogar como se eu estivesse no alvo da polícia?'. 'A senhora está exagerando'. Ela sempre me dizia que eu estava exagerando, e eu não parava de dizer: 'Ah, meu Deus! Por que é que fui botar a Helene dentro de casa? O que é que eu faço agora? Que atitude tomar?'. 'A senhora fique quieta no seu canto e pare de ficar se preocupando e se exaltando'. 'E se ele for pego novamente pela polícia e descobrirem que foi realmente ele o ladrão? E se ele acabar de novo na cadeia?'. 'Bem feito para ele!'. Ela não era mãe, e não conseguiria jamais entender minha dor. Talvez algum dia ela se lembre de mim, quando tiver filhos. Passamos então à mesa para almoçar. Eu comia e chorava ao mesmo tempo. Até que eu tentava evitar, mas os meus olhos se enchiam de lágrimas. A Polixene me diz então: 'Eu não sei de que matéria a senhora é feita: só sei que quando alguém está realmente preocupado, perde todo o apetite, e o da senhora parece mais presente que nunca. Vamos parando a choradeira e recobrando o ânimo!'. Aí então eu comecei a cuspir fogo. Ela me acusou a vida inteira de fazer teatro, e continuava me acusando. Como é que eu podia fazê-la entender que quanto mais eu fico angustiada, mais me dá vontade de comer? Isso em mim é normal, mas, enfim, ela não quis entender. Por pouco que não brigo com ela também. A Helene tinha ido com as crianças comer numa taverna e, quando voltaram, foi só as crianças irem para fora brincar no quintal até dar a hora de eles tirarem a sonequinha da tarde, que ela me despenca sobre o colchão que estava no chão – a gente não tinha montado uma cama para ela por economia de espaço – e se põe a fumar que nem uma chaminé. Acendia um cigarro no outro. O meu coração ficava todo espremidinho no peito de vê-la daquele jeito, mas não tinha coragem de fazer nenhum comentário a respeito. A Helene é que nem o bicho da selva. Você vê que o coitado pisou num espinho e está sentindo dor, mas morde assim que você faz menção de ajudá-lo. De repente a Branca-de-neve começa a latir. Latia de alegria, como todos os cachorros quando brincam com criança. Fui então até o quintal para chamar os meninos. Desde que a mulher do senhorio havia parado de reclamar, eu fazia de tudo para não provocá-la. E digo para os meninos: 'Crianças, para dentro, que o povo quer descansar um tiquinho!'. Mas a Helene, que estava procurando desculpa para descarregar a raiva em cima de alguém, se levanta de um salto só, sai para o quintal e começa a chutar e a xingar os meninos: 'Xô, seus bastardinhos do Bábi! Entrem e não soltem um piu, se não eu faço picadinho de vocês! Se não fosse por vocês, eu jamais teria descido tão baixo a ponto de ter que pedir a ajuda dela!'. Ela estava falando de mim. Aí eu digo: 'Que culpa que têm as crianças, sua megera? São uns anjinhos inocentes! Se você quer bater em alguém para saciar os seus instintos sanguinários e desopilar, então bata em mim, sua desgramada, mau-caráter! Você não perde por esperar, sua pilantra, ainda há de chegar o dia, e olhe que não vai demorar muito, em que você vai se arrepender amargamente do seu comportamento em relação a mim e às crianças, mas aí vai ser tarde demais'. Aí ela me responde: 'Vou me arrepender, é? Vou me arrepender, diz você? Se o que você quer é que eu bata de verdade, então olhe só: vamos ver se a sua profecia vai se realizar!'. Pega então os meninos, que tinham ido se sentar quietinhos no colchão, e se põe a chutar e dar socos. 'Sua assassina miserável!', grito eu. 'Deixe em paz os coitadinhos, já tão castigados pela vida! Que espécie de mãe é você? Minha Nossa Senhora, veja o que ela está fazendo! Sua megera! Que você ainda apanhe muito de Deus, se é que Ele existe!'. E ela responde: 'Existe sim!', dando-me um empurrão que me faz cair de costas no sofá. 'E é justamente por existir que Ele ainda vai me dar a graça de ver você morrendo que nem cachorro! E saiba você que não vou lhe dar o prazer de me ver pedindo esmola na rua e me arrastando na sarjeta, que é o que você tanto quer só para cantar vitória! Não vou deixar você me arruinar como fez com o meu pai. Eu não só vou viver muito, como ainda vou prosperar na vida para calar essa sua boca!...' Entra então no quarto e bate a porta na minha cara. Digo então: 'Se é isso que você quer, é isso o que terá! Mas com tudo o que isso acarreta! Ainda mais agora que você vai virar a senhora esposa do dentista! Ha-ha-ha!'. A Polixene me diz então: 'Mamãe, acalme-se! Você só faz piorar a situação'. 'Você não está vendo que preciso botar para fora? Quando é você quem fica angustiada, vai e se tranca no seu quarto, e faz jejum. Já comigo é diferente! Eu preciso comer e falar. Por acaso você quer agora mudar o meu jeito de ser? Não é melhor a gente dizer o que tem para dizer, para descarregar, em vez de guardar tudo dentro do peito?'. 'Mas a senhora não entende que está piorando ainda mais as coisas assim?'. 'Não, não entendo', respondo. 'Não tem nada pior que o silêncio quando alguém entra em atrito com um ente querido. Se fosse uma estranha qualquer, eu não diria nada. No máximo, eu poderia levantar o roupão, como fiz com a mulher do senhorio. Mas se trata da minha filha. Não dá para ouvir essas monstruosidades e ficar quieta. Então você não a ouviu dizer que fui eu quem arruinei o pai de vocês?'. 'Você mesma!', grita a outra lá de dentro. 'Foi você e mais ninguém a causa da desgraça de todos nós! Foi você quem estragou o vagabundo do seu filho. Foi você quem o ficou pondo contra a Froso para que ele a desobedecesse, até que ela foi obrigada a colocá-lo para fora de casa, e pode crer que é por ele que virá o castigo de Deus, justamente por você o amar tanto! Primeiro você vai ver o Dimitris apodrecer na cadeia, para em seguida bater você com as botas!'. E eu: 'Não acredito no que estou ouvindo! Meu Deus, perdoe essa pobre coitada! Ela endoideceu, não diz mais coisa com coisa. Não lhe dê ouvidos!'. E ela responde: 'Endoideci coisíssima nenhuma: Sei muito bem do que eu estou falando! Pergunte para a sua outra filha qual é opinião dela! Não vá achando você que ela concorda, só porque é educada e prefere ficar de boca fechada! Vamos, pergunte!'. Eu então para a Polixene: 'Quer dizer que foi por minha causa que o seu pai abandonou vocês?'. A Polixene ficou quieta. 'Por sua causa, e de mais ninguém!', grita a Helene de novo. 'Por causa dos seus ciúmes e das suas histerias. Como se o coitado fosse o único homem no mundo que tivesse os seus casos! Não venha me dizer que você teve menos amantes! Não pense que a gente não sabe! A cidade inteira sabe!'. 'Como é que é? Eu, amantes? Diga o nome de um!'. 'O Papathanasiou!'. 'Que Papathanasiou?'. 'O advogado, quem mais? Não se faça agora de boba!'. 'Eu, de caso com o Papathanasiou? Essa é boa demais!'. 'Então por que é que ele aceitou o caso sem cobrar nada?'. 'Porque ele odiava o pai de vocês, por conta das diferenças políticas entre eles, como você muito bem sabe, e porque queria se vingar dele através de mim. E ainda que se suponha que ele fosse o meu amante, eu só comecei a vê-lo depois que o seu pai já tinha me abandonado. Eu estava sozinha e desprotegida e, mesmo que tivesse pecado, não só com o Papathanasiou, mas com centenas de outros, deixe isso para Deus julgar. Será que você poderia me dar o nome de um único homem que eu via enquanto ainda estava com o seu pai?'. Ficou quieta. Digo então: 'Enfim, vamos deixar essa besteira de lado. De que adianta a gente remoer o passado? Quanto mais você remexer o esterco, mais ele vai feder. Queira me fazer o favor de abrir essa porta para nós termos uma conversa de mãe para filha e chegarmos a uma conclusão quanto ao que se fazer agora. Juro que não vou ficar com rancor de você ter trazido para casa os agentes. Você pode me dizer o que for, mas eu continuo amando você, porque sou sua mãe'. 'Não tenho mãe!', grita lá de dentro. 'Não tenho ninguém. O meu próprio irmão me rouba, em vez de me ajudar. Só houve uma pessoa nesse mundo que me amou, e você o matou!'. 'Que amou você, é?', digo. 'Então por que foi que ele fez você se casar com o beberrão do Bábi? Agora sim eu peguei você, não foi? Responda, por que foi que ele fez você se casar com o Bábi?...' E a porta se abre então num rompante e sai de dentro do quarto uma Helene mais bicho que gente. Ela arremete contra mim com as unhas, me derruba de costas sobre o sofá e começa a me dar pancadas. A Polixene, que tinha ido para o toalete, sai correndo logo que começa a ouvir a confusão. 'Helene, você está batendo na mamãe?', e tenta me desvencilhar das patas dela, mas leva ela também um soco da Helene, que lhe diz: 'É bom você se mandar, senão vai ter a sua dose também! Eu jurei que lhe daria uma boa surra!', e continua o trabalho interrompido. Os meninos ficavam gemendo como se fossem eles que estivessem levando a surra, mas, quanto mais eles choravam, mais selvagem ela ficava. Eu não ofereci a menor resisitência, e ainda dizia: 'Isso, bata mesmo, minha filha, é o preço pelo leite com que a amamentei...' 'Você quer dizer veneno!', grita ela. 'Isso, continue batendo, minha filha, não precisa ficar com medo, porque não sou nenhuma Helene para ir dar queixa na polícia!'. E as lágrimas escorriam copiosamente dos meus olhos, não por causa da surra, mas por causa da dor que eu sentia por dentro. Mas nada intimidava a Helene. Quando seus braços se cansaram, saiu correndo para o quarto e trancou a porta por dentro. Despenteada, com os lábios sangrando e os olhos inchados, eu me sentei no chão e fiquei olhando para a Polixene como se não a reconhecesse. Tinha a impressão de ter bebido garrafas e mais garrafas de vinho. E a pobrezinha vai chorando para a cozinha esquentar água para me fazer compressa. Assim que me recobro um pouco e recupero a voz, digo: 'Vamos embora daqui! Já que não conseguimos colocá-la para fora, vamos nós embora'. Fomos descendo a ladeira devagar até chegar ao Diagonio, sem trocar uma palavra. Instintivamente nos dirigimos para a casa da Sofitsa. Assim que ela abriu a porta e me viu daquele jeito, ficou toda apavorada. Diz: 'O que foi que aconteceu? Como é que você foi ficar assim?'. 'Não foi nada de especial, minha amiga, eu escorreguei e bati a cara na maçaneta da porta. Faça a gentileza de passar um cafezinho sem açúcar para eu me recobrar um pouquinho?'. Ela não engoliu: afinal, não era nenhuma tonta. Mas não disse nada. Foi passar o café, trouxe um pratinho com doce de laranja amarga e nós ficamos uma boa meia hora ouvindo os pesares dela com a filha, a Rena. Já fazia um ano que eles tentavam limpar sua ficha na polícia, mas sem sucesso. Em vez de eu me reanimar um pouquinho, parecia que meu coração ficava ainda mais espremidinho no peito. Sua casa estava toda bagunçada, porque ela teve visita à tarde e eles jogaram carta; isso também contribuiu para eu me sentir pior. De repente, começo a ficar com falta de ar. Juro para você que, se eu tivesse ficado um minuto a mais lá dentro, teria sufocado mesmo. Digo para a Polixene: 'Vamos indo? Adeus, Sofitsa querida, obrigada pelo café. Qualquer hora dessas, na semana que vem, eu passo aqui de novo para lhe costurar aquele seu casaco, e aí a gente conversa mais...' E lá fomos nós ladeira abaixo. Eram cinco horas e fazia um calor de rachar. As ruas e a calçada estavam tão secas que os veículos que passavam levantavam a maior poeira. As lojas, todas fechadas. Os homens jogando gamão nos botecos. Num deles por acaso estava a maravilha do meu filho. Ele sai de dentro e vem correndo falar com a gente. Eu digo para a Polixene: 'Aperte o passo! Faça de conta que não viu!'. Mas ele consegue nos alcançar. Quando vê o meu estado, fecha a cara. Não precisava ser nenhum gênio para adivinhar o que tinha acontecido. Sem dizer uma palavra, ele sai correndo para casa. Quase infartei ali mesmo. Digo para a Polixene: 'E agora? Ele vai para casa acabar com a raça dela, e aí estão os dois perdidos. Você, que ainda é jovem e se agüenta melhor nas pernas, vá correndo para casa e veja se chega antes dele!'. Ela na frente, e eu mais para trás, chegamos enfim em casa. Mas, na hora em que a gente vira a esquina, ofegante, vemos uma Helene quase demente se precipitando para fora de casa, descalça, com o roupão todo rasgado, em direção à ladeira que dava na delegacia. Atrás dela ia o Dimitris, impassível, ajeitando o cinto nas calças. Aí então eu grito para ele: 'Seu cafajeste! Você quer matar sua irmã, seu assassino, que saiu da minha barriga tanto como você? Desapareça da minha frente para sempre! Você ainda vai ter o seu troco, na mesma moeda!...' Entro em casa e, no que vou me sentar no sofá, o mundo começa a girar à minha volta que nem pião. Entorto o pescoço para o lado e desmaio..."

capítulo nove

No dia seguinte a Helene fez a trouxa, pegou as crianças e se mudou, estando a casa acabada ou não. Alguns dias depois se mudou a dona Hécabe também. Depois de todos os escândalos e dos episódios com os policiais, não tinha mais coragem de olhar a mulher do senhorio nos olhos. Uma vez na casa nova, adoeceu de novo a Polixene, ficando entre a vida e a morte. O médico a tinha proibido de nadar no mar, pois ela sofria de bronquite crônica.

"Mas você sabe como são as crianças, não sabe, Nina querida? Quando põem uma idéia na cabeça... Um belo dia ela fugiu de casa e foi com as amigas lá para o Karabournaki. Alugaram uma barca para fazer mergulho e, no que ela ia mergulhar, escorregou e caiu de peito no ferro da proa. Eles a trouxeram para casa já meio morta. Aí eu mandei vir o médico, e ele me disse: 'Hemorragia interna, tragam gelo imediatamente!'. Era só gelo, injeção, gelo, injeção, mas conseguimos salvar a madame das garras da morte. Mas pobre não pode nem adoecer. Assim que ela parou de trabalhar, cortaram o salário dela. Eu comecei a costurar aqui e acolá, como fazia na época em que meu marido tinha me abandonado. Já não sabia mais se era costureira ou enfermeira. Você sabe que sou meio nervosa de natureza. Não tenho muita paciência para me sentar à frente da máquina de costura e costurar horas a fio, como faz a Afrodite. Para o Teodoro eu nem tive coragem de escrever. Sabia que ele tinha começado a trabalhar no jornal Acropólis, mas o salário era uma ninharia. Ele não tinha como se sustentar e ainda mandar dinheiro para a gente. Aí eu vendi uma peliça, a última das relíquias da época em que eu ainda estava com o meu marido, e que a gente logo devorou; vendi uma máquina de costurar manual, que a gente também devorou. Só Deus sabe o que teria sido da gente se não tivesse aparecido o Prassinomatis. Certa tarde estava eu lá na cozinha fritando sardela, quando batem à porta. Vou, abro a porta e vejo um senhor idoso, de cabelo grisalho e olhos esverdeados.[32] 'Boa tarde!'. 'Boa tarde, o que o senhor deseja?'. 'Aqui é a casa da senhorita Longos?'. 'Sim, é. O senhor o que deseja?'. 'Queria ver a senhorita em questão'. 'A senhorita em questão', digo, 'está de cama, doente. O que tiver de lhe dizer, pode dizer a mim, que sou a mãe'. Mas você sabe como é, amiga, o que ele tinha para dizer não podia dizer a mim. Fiz com que ele entrasse no quarto dela, mas o meu sangue fervia por dentro. Meu sexto sentido nunca me enganou. Eu sabia que havia alguma coisa de suspeito na história, e eu estava certa. Ele se inclina e, veja bem você, dá um beijo na bochecha da menina, como se já a conhecesse de longa data. A Polixene ficou mais vermelha que um pimentão. 'Que ótimo', pensei com meus botões, 'era só o que faltava! Quer dizer então que ela tem amizades desse gênero, escondida de mim, e eu nunca me dei conta antes?'. Mas é claro que eu não disse nada na frente dele. No final das contas, ela já não era mais nenhuma adolescente de doze anos de idade. Naquele ano ela tinha feito os seus 23. Não tive coragem de armar uma cena logo de cara e de pedir explicações. Fui aflita para a cozinha com medo de que as minhas sardelas tivessem queimado no fogo. Quando finalmente foi embora o misterioso visitante, peguei a Polixene por um tufo de cabelo e disse: 'Será que agora a senhorita poderia me dizer que novidades são

[32] O nome "Prassinomatis" significa literalmente "aquele que tem olhos verdes". (N.T.)

essas? De que malta é o sujeito? De onde é que você o conhece, para ele ainda por cima se dar à liberdade de beijar a senhorita na minha frente?'. E ela: 'É um tabelião de Kavala. Eu o fiquei conhecendo num dia em que ele apareceu na farmácia para comprar uma tintura para hérnia'. 'E quer dizer que só porque é um tabelião de Kavala e sofre de hérnia tem o direito de sair por aí beijando moçoilas? Por acaso você acha que vai me enrolar, sua safada?'. 'Você quer fazer o favor de me deixar em paz? Já sou maior de idade e não preciso dar satisfação a ninguém do que faço e de quem eu vejo!'. Tira então do regaço uma nota novinha em folha de quinhentas dracmas, que ela joga na minha cara, dizendo: 'Pare de fazer drama e vá pagar a conta da mercearia!'. 'Meu Deus do céu!', digo eu, esfregando as mãos na cara. 'Quer dizer que a gente chegou até esse ponto? Se é para você tomar o caminho da sua irmã, minha filha, não sei por que ainda fico aqui lhe esfregando o peito com ungüento! É melhor eu enterrar você mais cedo, para acabar de vez com essa história', e começou a briga. Desatou a chorar, teve um ataque de tosse e ficou com dificuldade para respirar, e eu custei a fazer com que ela voltasse ao normal. 'Fazer o quê?', pensei comigo mesma. 'É melhor eu fechar os olhos por enquanto para ver até onde vai essa história'. O que mais eu poderia fazer? Qualquer atitude que eu tomasse naquela hora só faria piorar as coisas. Como diz o ditado: 'Se você cospe para o alto, ofende a Deus. Se cospe para baixo, suja a barba'. O Prassinomatis podia ser velho, mas a Polixene não era nem a primeira nem a última moça que namorava um homem bem mais velho. Se ela realmente estava com idéias de casamento, como me dizia, então também não era o fim do mundo. Mas, a partir de então, cuidei de não deixar os dois nem por um segundo que fosse sozinhos. Eu tinha me tornado um cérbero de marca maior, apesar de que eles também não poderiam fazer grande coisa. Ela estava doente, o corpo fedia todo por causa do álcool de eucalipto que eu lhe esfregava continuamente, e ele já não era mais nenhum mocinho de vinte anos. Ele só fazia ficar sentado ao pé da cama, que nem gato preguiçoso, e os dois conversavam horas a fio. Foi assim durante quase três meses. A Polixene já estava quase completamente sarada e, dali a um mês, poderia voltar para o trabalho. Certa noite eu sonhei com a Helene. Ela ainda era bem pequena, como na época em que a gente morava na casa do bei, mas a casa não era bem a mesma. Você sabe como é, quando a gente dorme, pula de um lugar para o outro e acaba confundindo presente com passado. A casa em que eu estava como que ficava na encosta de uma colina cheia de ciprestes, como num cemitério, e eu estava sozinha porque a empregada estava de folga. Então eu desci até a despensa para buscar óleo de cozinha, e em vez de me encontrar na despensa me vejo num quarto vazio que parecia – valha-me Deus! – com um ossuário, cheio de armários: não um ou dois, mas centenas de armários. Começo a abri-los: abro um, abro dois, abro três, mas cada vez apareciam mais armários. De repente eu abro um, aparentemente o último, e encontro a Helene lá dentro, de pé, com os braços cruzados que nem morta. Grito então: 'Meu Deus, me acuda! Socorro! Socorro! A nossa Helene morreu!'. Eu começo então a gemer e a me arrancar os cabelos. Mas, em vez de cabelo, o que tinha nas mãos eram algas, e depois cobras. E, no que eu vou subir para me salvar, vejo a Helene descer as escadas saltitante, com uma fita vermelha nos cabelos. 'Vá plantar batata, sua mau-caráter!', digo para ela. 'Você me assustou! Quando foi que você saiu do armário que eu nem percebi?'. Aí eu dou meia-volta e vejo dentro do armário um padre.[33] Na manhã do dia seguinte, eu digo para a Polixene: 'O padre quer dizer problema por vir. Quer apostar que está acontecendo alguma coisa de ruim com ela? Eu nunca vi a Helene nos meus sonhos em tão péssimo estado'. 'Não tem absolutamente nada de ruim acontecendo com ela!', diz a Polixene, que sempre caçoou de mim por conta da minha crença em sonhos e milagres. 'Você comeu foi grão-de-bico demais ontem à noite'. Mas eu fiquei preocupada e com a pulga atrás da orelha o dia inteiro. 'Polixene, meu amor, não vá ficar brava', digo, 'mas vou lá ver como eles estão. O fato de a Helene ser tão rancorosa e nem se interessar em saber se a gente está viva ou morta não significa que nós sejamos assim também. Vou deixar o orgulho de lado e ir ver como eles estão: não tanto pela Helene, mas pelos coitadinhos dos meninos. Vá lá saber você se eles não estão passando fome, agora que o dentista a largou! Ah, minha filha, como seria bom se eu pudesse pegar o menino para criar, para fazer com que ele vire gente direita para cuidar dela na velhice, mesmo se eu não ganhar nem um obrigado por isso! Seria como uma boa ação, e não me venha você agora reclamar que a gente não tem meios para isso. Onde comem dois, comem três. É ou não é?'. Aí ela levanta os braços, rendida, e me diz: 'Mamãe, eu realmente não sei em que deus a senhora crê. Então a senhora ainda não aprendeu que cada vez, mas cada vez mesmo, que a senhora se mete na vida dela acaba criando confusão? Acho que a senhora está mesmo é com vontade de ver o circo pegar fogo. É movida a desavença!'. 'Sou mesmo!',

[33] Subentende-se, obviamente, um padre ortodoxo. (N.T.)

e pensei comigo mesma: 'Você pode dizer o que for: para mim basta pegar o menino'. 'Será que a senhora não entende que esse tipo de assunto não é brincadeirinha e que exige uma boa reflexão?'. 'Não, não entendo!'. Aí ela me diz: 'Então por que é que a senhora ainda vem pedir a minha opinião? Vá, mas tome muito cuidado, e não pegue em hipótese nenhuma o menino se ela não o ceder de livre e espontânea vontade!'. ' Você está achando que sou o quê? Uma cigana qualquer para botá-lo nas costas e me mandar?...' Então eu me levanto, me visto e, num piscar de olhos, estou no Koule-Kafe. O dia estava nevoso, e a água suja nas ruas tinha congelado. Menina, você precisa ver o frio que faz em Salônica: diferente do inverno em Atenas, que você enfrenta com um mínimo de lenha queimando no braseiro. Em Salônica você não vive se não ouvir um crepitar bem forte da lenha no aquecedor. Com grande sofrimento eu consigo chegar à casa deles. Um dos quartos ainda estava inacabado. Na janela estava pendurado um tapete esfiapado. Na frente da porta principal se via um barril de lata cheio de cal viva. 'Veja só você', pensei eu, 'a desgramada não se dignou ainda nem a botar vidraça nas janelas! Quer dizer que ela leva essa vida degradada e ainda assim está passando dificuldade? Mas é o fim da picada! Se ela ainda não tem condições de exercer nem essa profissão, porque foi abandonar o marido?'. Bato à porta. Nada. Olho por uma das janelas e vejo os meninos na cama, encolhidos um contra o outro, brincando de picar jornal e filtro de cigarro. Assim que o Akis me vê, se levanta e vai para a janela, sobe numa cadeira e me abre o vidro. Eu o beijo e pergunto: 'Cadê a mamãe?'. 'Saiu'. 'A que horas ela volta?'. 'De noite...' Aí ele começa a tremer todo e a tossir. 'Volte para cama, meu bem, antes que pegue uma pneumonia!'. Foi então que pensei: 'Ela não pode ser uma mãe de verdade, para deixar os coitadinhos dentro dessa geladeira, sem nem ao menos um braseiro, se mandando para a rua rodar bolsinha. Os meus netos, vivendo que nem orfãos de romance!...' Era algo que não entrava na minha cabeça. Fiquei parada uns cinco ou dez minutos diante da janela, indecisa. Pensei na recomendação da Polixene de não pegar o menino de jeito algum se a própria Helene não o cedesse para mim. Mas eu não estava com a menor vontade nem de voltar para casa com uma mão na frente e outra atrás nem de congelar com aquela borrasca na rua até ela chegar. A porta estava trancada por fora, e a chave ela tinha levado com ela. Quanto mais eu ouvia o menino tossir, mais absurda achava a recomendação da Polixene. Fui até o quiosque comprar uma barra de chocolate, voltei e esperei mais dez minutos. Digo então para o Akis: 'Meu amor, você quer vir ficar com a vovó?', e pensei: 'Deixe a Polixene gritar e espernear o quanto quiser. Essa daí é outra desmiolada. Vou levar o menino comigo e dane-se todo o resto!', e o menino me responde: 'Quero'. 'Então se mexa daí e se vista!'. Ele foi então se vestir sozinho. Ainda usava o casaquinho que eu tinha costurado para ele dois anos antes, e as mangas estavam chegando nos cotovelos. Como diz o ditado grego: o burrinho cresceu e a sela diminuiu! Dou-lhe o chocolate, dizendo: 'Esse aí você dê para a sua irmã, que a vovó vai comprar outro para você'. Eu ficava com uma dor no peito de pensar que a menina ficaria sozinha, mas o que é que eu podia fazer? Os nossos recursos não bastavam para os dois, e já era uma grande ajuda eu pegar um dos filhos para criar. Pelo menos ela poderia alimentar e vestir melhor a menina. 'Dê um beijinho na sua irmã!', digo para ele. 'E você, filhinha, dê um beijinho no seu irmão!... Agora suba na cadeira para a vovó pegar você!...' Já estava escuro quando chegamos em casa. Fiz o menino se meter logo na cama, enchi o braseiro de lenha, apliquei umas ventosas na pele dele para explusar o sangue ruim, preparei uma sopa bem reforçada de cabeça de carneiro, que ele comeu com gosto, e depois peguei o mandolim e comecei a cantar uma canção de ninar para ele dormir. Naquela época estava na moda o 'Coletinho':

Esse coletinho que vestes, fui eu quem to costurei,
e com tormentos e queixumes, fui eu quem to forrei...

"Eu não sabia que a senhora tocava mandolim", digo-lhe eu. "Esses detalhes a senhora só vai contando aos pouquinhos".

"Pois é, tocava... Eu tinha aprendido a tocar junto com as crianças. Comecei a ter aula também para incentivar o Teodoro. Mas faz anos que não toco. Não tenho nem mais cabeça nem vontade para tais coisas. Isso sem falar que nem mandolim mais eu tenho. A desgraça do meu filho chega em casa numa tarde em que a gente estava fora e pega uma nota de cem da gaveta da Polixene mais o mandolim, me deixando só a palheta, que ainda anda por aí na caixinha com os botões...".

As coisas andavam desse jeito, quando receberam uma carta do Teodoro, na qual ele dizia que tinha conseguido arranjar um segundo emprego com o dobro do salário que recebia no jornal, que não era para elas se preocuparem porque ele estava muito bem e que estava morando com a tia Froso, que o cumulava de caprichos, como se fosse uma escrava. Contava que ela engomava até os colarinhos de suas camisas, e dizia ainda que achava que estava mais que na hora de elas tomarem a decisão de irem também para Atenas e que, até acharem uma moradia melhor, seriam muito bem-vindas na casa da tia Froso, que lhes mandava carinhosas lembranças!

"Pois é, menina do céu: lia, relia e não conseguia crer nos meus olhos. A bruxa que tinha me roubado o marido estava agora querendo roubar meu filho! E o sem-vergonha e interesseiro aceitava morar com a destruidora do nosso lar só porque engomava as suas camisas! Eu virava e revirava a questão na cabeça, sem conseguir assimilar as palavras do Teodoro. Eu lia a carta e chorava, e ela ainda tinha o desplante de me convidar para ficar na casa dela! Eu, Hécabe, sob o mesmo teto que a Froso! Você já ouviu na sua vida um filho fazer uma proposta mais monstruosa à própria mãe? Mas ainda que eu aceitasse ficar com ela – digamos que até esse ponto eu chegasse: eu viria para Atenas fazer o que da vida?

Se o gritalhão do Teodoro, com todas aquelas suas histerias, achava que eu me mudaria para a mesma casa que ele para ficar agüentando desaforo – 'Ah, você salgou demais a comida! Ah, pôs pimenta demais! Ah, não me acordou na hora certa!' –, ele estava era redondamente enganado. Pelo menos em Salônica eu tinha as minhas amigas: a Domna, a Sofitsa, a dona Mariô. Com elas eu podia ir desabafar sempre que quisesse. Em Salônica eu ainda tinha a tia Ângela, uma prima da minha mãe que eu tinha ido desenterrar não sei onde, na época em que ainda estava com o meu marido. Desde que eu enviuvei, passei a ir vê-la com bastante freqüência. Ela morava nos arredores de Santa Trindade, a uma meia hora de barco a motor. A gente costumava ir passar o verão lá, sem pagar alojamento, e ela ainda sempre preparava um banquete daqueles para a gente. Era de Salônica que eu tinha as minhas velhas lembranças. Cada pedra me lembrava de alguma coisa. Era lá que eu tinha conhecido a grande felicidade, mas a grande desventura também. Era lá que eu tinha aberto os meus olhos e visto que grande mentira que é essa vida! Além do que, Salônica é a mãe dos pobres e desafortunados. Só lá você encontra tudo a bom preço: você tinha que ver que sardelas, que camarões e que frutos do mar! Você pode me dizer onde é que eu encontraria tudo isso aqui em Atenas, e que tipo de vida eu levaria? Vir para Atenas para ver a cara da Afrodite e do Miltíades? Esse era outro patife! Quando ele voltou da Ásia Menor, passou alguns dias em Salônica, e aconteceu certa vez de a gente brigar de novo. No meio da briga ele tem a crueldade de virar e me dizer que eu era uma doida varrida e que o Longos bem que tinha tido razão em me abandonar. Isso porque ele era o meu irmão! E vou lhe dizer uma coisa: ele tem é que se dar mais do que satisfeito por eu ter lhe dado um teto sobre a cabeça e o pão que ele comeu, por mais seco que fosse.

'Eu não preciso de mais isso!', digo para a Polixene. Sabia também que ela não iria aceitar largar o Prassinomatis para vir embora para Atenas. Digo: 'Sente-se você aí e escreva uma carta para ele, dizendo que por enquanto o médico proibiu você de se deslocar daqui'. Mas – sabe como é – Deus escreve certo por linhas tortas. Nessa época o Dimitris servia num posto de comando de controle de fronteira. Foi transferido da Aeronáutica para o Exército, porque tinha batido num subtenente da Força Aérea por uma confusão com mulher metida no meio. Até que chega sem avisar certo final de tarde em Salônica e encontra o Prassinomatis sentado folgadão ao pé da cama da Polixene. O olhar dele era bem aguçado. Não precisou de muito para entender do que se tratava. Sem cumprimentá-lo, me leva para a cozinha, me pega pelos ombros e começa a me sacudir, exigindo explicações. 'Que protetor dela que nada, sua malfeitora! Você não percebe que está vendendo a menina? Vendendo!'. 'E você queria que eu fizesse o que, seu vadio?', respondo. 'Que eu deixasse a infeliz morrer? É isso o que você quer? Ver a coitada morta? Por que é que em vez de falar com sua própria mãe desse jeito, seu covarde, e ficar bancando o valente, você não trata finalmente de virar gente e nos ajudar, para eu não ter que ir visitar você por aí nas prisões da vida?'. Ouça só o que ele fez então, Nina do céu: pegou uma travessa do armário de louça e a arremessou contra os azulejos. Aí eu grito: 'Que as suas mãos apodreçam e caiam, maldito! Vire gente, seu larápio de marca maior, e compre você mesmo as suas travessas para quebrar quantas você quiser, gigolô!...' Ele pega então outra travessa (a boa, que eu usava para a macarronada) e joga mais essa contra a parede! Digo então para o menino, porque a Polixene tinha no meio-tempo posto o Prassinomatis para correr e agora estava tremendo que nem vara verde: 'Akis, meu amor, corra para a rua e traga um policial! Diga para ele que tem um assassino na nossa casa!'. Eu tinha entrado em pânico. Imaginei que ele pudesse chegar ao ponto de matar um de nós. Mas quando ele viu que o menino estava mesmo prestes a ir buscar um policial, rebentou em soluços. Começou a chorar que nem mulher. Pegou a mochila que estava no chão, abriu a porta e foi embora sem dizer uma única palavra. Perturbada como eu estava, comecei a descarregar na Polixene. Armamos a maior cena. Já era de alguns dias que eu estava com intenção de dizer para o Prassinomatis: 'Ou você se casa com ela ou não põe mais os pés nessa casa', e a confusão com o Dimitris me chamou mais uma vez à minha obrigação de mãe. Não conseguia me perdoar por ter lhe dito aquelas palavras tão pesadas. Eu só fazia chorar, batendo as mãos contra o peito e dizendo: 'Perdoe-me, meu filho! Sei que a culpa não é sua. É só minha, minha, minha, minha!...' Como se não bastasse isso, ficamos de uma hora para a outra sabendo por uma conhecida nossa de Kavala que o Prassinomatis, que se fazia passar por solteirão, não só era casado como tinha duas filhas mais velhas que a Polixene! Apesar de todo o amor que ela tinha por ele, apesar dos choros e de todo o fel, no final das contas ela acabou reconhecendo que não tinha como eles continuarem a relação. Por outro lado, apesar de toda a ajuda do Prassinomatis, a gente continuava com o aluguel atrasado, e o senhorio já estava reclamando. Só restavam duas opções: ou nós pagávamos o aluguel, ou saíamos para procurar outra coisa. Até que eu digo para a Polixene: 'A não ser que a gente se mude para Atenas'. Pensei com os meus botões: 'Para o inferno não só Salônica como tudo o mais que ela tem de bom! E para o inferno as minhas amigas também! Afinal de contas, de que proveito elas me foram durante todos esses anos? E quer saber do que mais, para o inferno a tia Ângela, os frutos do mar e os camarões! Eu vou é voltar para a minha terra natal, a bela Ática. Como se não houvesse mar lá também, oras bolas!...' Foi então que fizemos as nossas trouxas, levamos tudo para um depósito de bagagens no porto e ficamos na casa da Helene até que zarpasse um navio, e veja só você: sem brigarmos uma única vez!... Chegou então finalmente o dia da partida. O navio Anfitrite iria zarpar às nove da noite. Fomos então nos certificar se tinham colocado nossos móveis num local seguro do porão, achamos um lugar na coberta onde não ventava, perto da fornalha do navio, e nos instalamos ali mesmo sobre os nossos trapinhos. Quando soou o apito para os visitantes descerem, eu me abaixei e beijei a Helene e a menina. A Polixene diz então: 'Finalmente vejo vocês na condição de duas pessoas que se amam!'. 'Não sei, não!', respondo. 'A Helene me amando? Muito me estranharia!". Estava tão comovida que resolvi dar um tom de brincadeira às minhas palavras. A Helene diz então, já procurando briga: 'Eu amo você, sim senhora! *Eu* amo; você é que nunca me suportou! Nenhum de vocês jamais me suportou, e agora me deixam que nem alma penada nesse fim de mundo!'. E me começa a chorar, dizendo para a Polixene: 'E você, sua monstra, muito cuidado!'. Ela sempre chamava a Polixene de "monstra", mas carinhosamente. 'Veja lá onde você vai se meter! Trate de arranjar algum bom partido, mas eu lhe digo que, se for igual ao Bábi, é melhor que fique solteira! E veja se escreve de vez em quando uma carta aqui para a gente...' Então ela se abaixou e beijou o filho, dizendo: 'Seja um bom menino e obedeça à vovó, mas não se esqueça nunca da mamãe, e dê agora um beijinho na sua irmã...' 'Por que é que o menino está chorando desse jeito?', me perguntou um marinheiro que subia as escadas. 'Porque está deixando a mãe e a irmã', digo, 'mas isso logo passa'. As luzes de Salônica iam diminuindo ao longe, cada vez mais, até desaparecerem. A lua ainda não tinha aparecido. Os passageiros da primeira e da segunda classe tinham se recolhido para as cabines. Os que estavam na coberta também já tinham se recostado para dormir. Depois de todo o rebuliço e de toda a algazarra da partida, essa paz pesava no peito que nem chumbo. Olhei para o céu estrelado e de repente me lembrei da minha ida a Salônica no barco hospitalar, vinte anos antes! Com que esperanças e sonhos eu tinha ido para lá! E como eu estava agora voltando!... Que peso eu sentia no peito! Olhei para as estrelas, para os faróis vermelho e verde da ponte do navio, ouvindo o marulhar das ondas na escuridão, e senti então uma solidão tão imensa, que era como se não existisse, não só no navio, mais em todo aquele imenso firmamento, uma única pessoa em cujos joelhos eu pudesse encostar a cabeça e chorar...".

E foi assim que eles vieram para Atenas.

Segunda parte

capítulo um

O que eu não daria para ter acompanhado de perto o encontro dela com a grande rival!... E quando eu ainda penso que a casa da Froso ficava só duas ruelas abaixo da nossa! Isso foi na época em que nós ainda estávamos morando na rua Sina.

"Ela era bonita, dona Hécabe?", eu quis saber. Achava a maior graça na expressão cômica de desgosto que ela assumia, naquele jeito dela de entortar a boca com um misto de ironia e desprezo.

"Hm! Ela tinha um certo porte e uns olhos bonitos, mas, de resto, era feia de doer, além de que não tinha metade dos dentes. Você por favor nem faça com que eu me lembre, que até me sobe uma coisa pela garganta... No trem do porto de Piréus a Atenas, o ilustríssimo do meu filho começou a me dar conselhos e aulas sobre como eu deveria me comportar. Vira e me diz: 'A senhora tome cuidado para não tocar no assunto 'passado' nem de leve e, por favor, mostre que tem dignidade!'. Ah, eu virei uma fera! 'Você acha que vai me ensinar agora como me comportar, seu pimpolho de meia-tijela?', digo. 'Não se esqueça de que fui eu quem botei você no mundo, e não o contrário! E se você acha que é só porque eu ainda mal cheguei que já pode começar a ir impondo condições, fique sabendo que pego o mesmo navio com que vim e volto hoje mesmo para Salônica!...' Chegamos à praça Homônia e pegamos o ônibus. Os móveis vinham num caminhão. Eu pensava lá com os meus botões: 'Minha Nossa Senhora! Como Atenas mudou! Que prédios são esses, que horror de carros e que mundaréu de gente!'. Era de manhã e o povo estava indo trabalhar. Digo então para a Polixene, que olhava em volta, embasbacada: 'Essa é que é Atenas, minha garota! Foi aqui que eu cresci. Não sou nenhuma caipira, diferente de vocês!'. E fui de repente tomada de um bem-estar indescritível. Achava tudo uma maravilha, e me veio uma vontade de sair beijando todo mundo. Logo à frente do ponto de ônibus onde a gente desceu havia um quiosquezinho vendendo flores. Eu olhava para um lado e via as anêmonas, olhava para o outro e via o monte Licabeto com a capela de São Jorge, e os meus olhos ficavam rasos de lágrimas. A casa da Froso tinha duas janelas que davam para a rua. Junto do portão de entrada, havia duas cerâmicas em forma de esfinge e mais uns vasinhos com cactos. A casa, no meio-tempo, foi demolida para construírem ali um desses prédios horrorosos. A Froso mora hoje em dia lá no bairro do Peristeri, mas, naquela época, ela era toda cheia de frescura e dizia que seu lugar era no Kolonaki.[34] Enfim, abrimos o portão e passamos para o pátio. Ela ouviu o barulho e saiu, vestindo o avental de cozinha, despenteada, envelhecida. O resto de seus dentes tinha caído também no meio-tempo. Ficou toda perturbada assim que me viu: primeiro ficou vermelha, depois branca, verde, sem saber o que dizer ou fazer. Mas eu, menina – para você ver –, não me abalei nem um tiquinho. Estava me sentindo tão feliz, mas tão feliz, que seria naquele momento capaz de perdoar até mesmo a Froso. Aí então eu digo: 'Por que é que você fica aí me olhando com essa cara de boba? Venha cá me dar um beijo! Pode ir parando de se dar esses ares de coitadinha, e chega de chorar! Quem deveria chorar aqui sou eu, e não você. O pomo da discórdia era o Iannes: eu comi, você comeu, e fim, sossego!'. E ela responde: 'Pois é, Hécabe, a gente envelheceu. Foram-se os anos...!'. Digo: '*Você* pode ter envelhecido: eu, não. Vamos, você

[34] Considerado um do bairros mais chiques de Atenas, aos pés do monte Licabeto. (N.T.)

se apresse e vá nos passar um cafezinho, que estou com a língua feito sola de sapato'. Foi só quando entrei na sala de estar e dei de cara com a fotografia dele vestindo o uniforme de chefe de armas da Guarda da Macedônia, só então que me abalei. Não tenho a menor idéia de como ela foi me roubar a fotografia, sem eu perceber, quando fizemos a divisão dos móveis. Deu para ver que ela percebeu como aquilo tinha mexido comigo. Diz então: 'Passem para a cozinha!'. Aí se vira para a Polixene e diz: 'Mas que beleza de moça! E esse aqui, meu Deus, não é o filho da Helene? Veja só, bênção de Deus, vou até bater na madeira: já está um menino crescido!... Se vocês tivessem chegado dez minutos antes, teriam encontrado os meninos. Foram para a escola. E o Dimitris, como está? Quando é que ele vem ver a gente?'. E daí vai. Pois é, Nina, fez como se nunca tivesse acontecido nada. Enquanto a gente esteve na casa dela, se desdobrou para fazer todas as nossas vontadezinhas. A mãe dela, aquele monstro inescrupuloso da minha tia, que dava cobertura à filha para ela poder roubar o meu marido, essa trabalhava como governanta numa mansão perto do Palácio e roubava de lá manteiga e óleo às toneladas, que ela depois trazia para casa. Isso sem contar que, até a gente achar uma casa e sair de lá, devoramos todo o galinheiro dela. Comíamos galinha dia sim, dia não. Aconteceu uma única vez de a gente quase se pegar pelos cabelos, por causa das crianças. O filho dela era quase da mesma idade do Akis, um ou dois anos só mais velho: tio e sobrinho brincavam sempre como amigos do peito. Até que um dia o coisa-ruim botou discórdia no meio, e os meninos começaram com essas bravatas de criança – sabe como é: 'Eu tenho uma espada, e você não tem'. 'O meu tambor é maior que o seu'. De repente, o filho da Froso diz para o nosso menino: 'Minha mãe se chama senhora Longos!'. 'Minha avó também se chama senhora Longos!'. Aí o Fanis lhe diz: 'Mentira, ela não se chama Longos, porque o seu avô se separou dela para se casar com a minha mãe, que era mais bonita!'. 'Ha-ha-ha, essa é boa!', responde o nosso menino. 'Ela não era mais bonita. Ela era, sim, uma feiticeira, e fez um encanto para roubar o vovô da vovó!....'. O Fanis vai então chorando chamar a mãe e lhe diz: 'O Akis disse que você é feiticeira!...'. A Froso me pega pelo braço e me diz: 'Você acha certo ficar dizendo essas coisas para o menino?'. E eu: 'Por acaso acha certo ficar você dizendo para os seus bastardinhos que o Iannes quis ficar com você porque era mais bonita? Vá dar uma olhada no espelho para ver essa sua cara de insonsa e me dizer qual das duas é mais bonita!'. Como eu vi que ela ia começar a reclamar, fui logo dizendo: 'Vamos, calada, porque não estou com a menor vontade de ter que ir hoje mesmo atrás do Procurador para lhe mostrar qual das duas é a senhora Longos, e qual das duas, para início de conversa, é *senhora* aqui!...'. Sabe o que é, depois que o Iannes morreu, decidi deixar de lado o processo para a anulação do casamento deles. Oficialmente, ela continuava sendo a única viúva. Aí, sabe, ela ficou toda perturbada e desatou a chorar, pois não tinha mais o que dizer. Por sinal, naqueles dias, a gente tinha finalmente encontrado uma casa na rua Kolokinthous, lá para os lados de onde eu tinha tido antes o meu amado cantinho. Pusemos nossa tralha numa carroça e já estávamos prontos para nos despachar dali, quando eu lembrei da fotografia. Digo então para o dono da carroça: 'Espere um pouco aí!', e saio correndo para dentro da casa, despenduro a fotografia da parede, corro para fora de novo e dou a fotografia para o Akis, que estava sentadinho nas nossas trouxas. A Froso quase desmaiou, mas não teve coragem de dizer nada. Antes de subir na carroça, inclinei-me e dei um beijo nela. Não por hipocrisia. Juro, Nina querida, pela vida do Dimitris, que é o que tenho de mais valioso nessa vida, que não sei o que me deu naquela hora. Estava terrivelmente comovida, com a impressão de que naquele dia terminava um capítulo da minha vida e um outro começava. E eu com tanta preocupação na cabeça, com tanta necessidade da ajuda de Deus, que nem queria começar uma vida nova com rancor no coração. De repente me ocorreu que a Froso não era a mulher que tinha roubado o meu marido e destruído a minha vida, mas sim outra vítima vá saber de que espírito ruim, e fiquei com pena. Mas é claro que eu não demonstrei nada. Achei melhor gracejar. 'Adeus, priminha!', digo-lhe, 'e muito obrigada pela hospitalidade, que, está certo que demorou um pouco, mas você acabou me retribuindo!...' Viro-me para o carroceiro, que estava esperando com a chibata na mão, e digo: 'Podemos ir. Rua Alexandre o Grande!'...".

Uma das razões pelas quais a dona Hécabe decidiu deixar os escrúpulos de lado e vir para Atenas foi a esperança de que o Dimitris se veria, cedo ou tarde, na contingência de seguir os passos deles. Tinha a esperança de que a mudança de ares e de ambiente lhe fizesse bem. Em Salônica, ele acabou por se sentir marginalizado pela sociedade. Os policias de lá, ou os "rapagões", como ele os chamava, o farejavam de longe. Uma vez que o sujeito passou pelas mãos deles, não o deixam mais um minuto sequer em paz. Em Atenas, ele estaria longe dos rapagões e dos amigos, os "camaradas" que o levavam para o mau caminho. Poria uma pedra no passado e se esqueceria de tudo o que tinha acontecido antes, inaugurando um novo capítulo da sua vida.

"Dito e feito, Nina! Assim que ele recebeu baixa do exército, veio para Atenas. O Teodoro encontrou de cara trabalho para ele numa oficina de litografia. Eu mandava o menino todo sábado ir ver o tio, que lhe dava uma nota de cem para ajudar em casa, e quando o menino voltava e me dava o dinheiro na mão, eu lhe dava um beijo e chorava de felicidade por finalmente o Dimitris estar ganhando o dele honestamente. Mas eu, infeliz, que achava que tudo estava correndo na mais perfeita ordem e agradecia a Deus por ele finalmente ter ouvido as minhas preces, só não sabia o que o Lá-de-baixo estava tramando: o ácido que ele inalava na oficina de litografia estava aos poucos lhe arruinando os pulmões. Chega certo dia em casa, pálido e morto de cansaço, e despenca na cama. Vou eu lhe colocar o termômetro, quando ele me diz: 'Traga rápido uma bacia!...' Levo a bacia, que ele enche com uma mistura de sangue escuro com uma substância esverdeada parecendo bile, que ele não parava de cuspir... O Teodoro mexeu os seus pauzinhos e conseguiu por fim interná-lo no hospital de tuberculosos, o 'Sotiria'. Se por um lado a coisa ainda estava no primeiro estágio e ele acabou tendo alta em um ano, por outro – você sabe como é – não tinha mais como voltar para a oficina. Começou então a se arrastar pelos bares da Homônia e acabou se envolvendo com uns maus elementos que lhe ensinaram todas as trapaças que faltava ele aprender, o que deu que ele ficou dez vezes pior do que era em Salônica. Atenas, como você bem há de imaginar, era um campo ainda mais vasto para ele atuar. Como sempre, ele ainda tinha a cara-de-pau de vir me narrar as façanhas: de como conseguiu vender para um senhor mais simples uma aliança de cobre por ouro; de como foi para a casa de um maricona para 'resolver uns probleminhas íntimos' dele, mas que ele chantageou e que acabou lhe dando uma nota de cem, para depois ser deixado a ver navios; de como roubou o pé-de-meia de uma prostituta de baixo do travesseiro dela, e assim por diante.

Eu dizia então para ele: 'Seu mau-caráter! Será que você não tem um mínimo de vergonha na cara? Diga lá, você ainda acredita em alguma coisa nessa vida? Foi assim que eu eduquei você? Foram esses os ideais de vida que eu lhe insuflei? E se você for preso novamente, seu canalha, e apanhar e cuspir sangue de novo? Sabia que você pode morrer numa dessas?'. Sabe o que ele me respondia? 'Pode ficar tranqüila, que eles não me pegam!'. Tinha a impressão de estar ouvindo o pai dele. 'Pode ficar tranqüila que eu sou mais difícil de pegar que o Fantasma da Ópera!'. Mas, como diz o ditado: 'Se a sorte ajuda o ladrão uma, duas vezes, na terceira o abandona'. Pois é, até que, numa loja da rua Hermou, começaram a sumir volta e meia uma ou duas peças de roupa ou tecido. O ladrão nunca precisava mexer nas fechaduras, os empregados da loja eram todos gente de confiança. Mudaram as fechaduras, mas as peças continuavam criando asas. Os policiais ficavam quebrando a cabeça para solucionar o mistério. Até que, por fim, certa noite se escondeu um agente da polícia no interior na loja e pegou o Fantasma da Ópera. Um vendendor de rua que costumava ficar na rua Eolou tinha feito amizade com o dono do estabelecimento e lhe pedia para deixar de noite o mostrador ambulante dele dentro da loja, por segurança. Mas esse mostrador sobre rodas era na verdade uma carrocinha mais oca por dentro que o próprio Cavalo de Tróia, e, na *barriga* dele, se escondia o bendito do meu filho. Ele saía lá de dentro e escolhia com a maior calma do mundo os tecidos que mais lhe agradavam, até que na manhã seguinte o cúmplice viesse buscar a carrocinha para fazê-lo sair pela entrada principal, sob os olhos do próprio dono da loja, sem deixar rastros, incólume. Foi condenado a um ano. Mas ele conseguiu encurtamento da pena e, depois de nove meses, foi solto. O pior foi que, além de todos os inúmeros defeitos que já tinha, foi adquirir dentro da prisão ainda outro: virou comunista. Começou a fazer discursos sobre a justiça e a igualdade sociais e vinha me falar dos capitalistas e do Marx, do Lenin e do Dimitrof, que aprendeu alemão em quarenta dias só para poder falar em defesa própria no tribunal, sem precisar de um advogado. E ainda tinha a pachorra de querer ensinar tudo isso ao Akis, um pinguinho de gente na época, para lhe envenenar a alma. 'A religião é o ópio do povo!', dizia ele. 'Tudo isso que eles lhe ensinam na escola sobre Adão e Eva é história dos judeus para fazer boi dormir. Não foi Deus que fez o mundo: o mundo se formou por si próprio. Você pegue um pouco de lama e a coloque debaixo de um calhau para ver como em poucos dias vão sair dali um monte de minhocas. Foi assim que os homens foram aparecendo pouco a pouco'. Eu ficava toda exasperada e dizia: 'Por acaso você enlouqueceu, meu filho? Pelo menos guarde essas suas idéias para você!', e ele respondia: 'Não! Esse daí parece inteligente. Está na hora de acordar. Não quero que ele se perca como fizemos nós...' E continuava sozinho o sermão: contava que o Cristo tinha sido um faquir. Dizia para o Akis 'Você poderia me dizer onde ele estava desde a época em que ensinava com doze anos de idade no Templo até quando foi batizado por São João Batista? Na Índia. A prova disso (era assim que ele falava): no ano passado veio um indiano para Atenas se apresentar no Teatro 'Kendriko'. Pede então para ser crucificado e enterrado, dizendo que ressucitaria em três dias, como o Cristo... Mas aí esses bodes barbudos desses padres o rechaçaram e o botaram para fora...' Está dando para você entender a situação, minha amiga? Sabe, me vinha um medo terrível lá do fundo do coração de que ele fosse preso e expulso do país, com a situação política como estava na época em que o Metaxás fez sua primeira aparição no cenário político...'.

Tudo isso fez com que eu me lembrasse do meu defunto irmão, o Dino. Nessa época, não fazia ainda nem um ano que ele tinha falecido. Apesar de o meu coração doer cada vez mais conforme os anos vão passando sempre que me lembro dele, preciso confessar que, até o dia de hoje, não consigo conter um sorriso de amargura quando penso que ele também, além de todos os inúmeros defeitos que tinha, ainda era comunista. É claro que nós só ficamos sabendo disso depois da sua morte. Depois que o papai o expulsou de casa, nós o víamos só muito raramente. Ninguém nem imaginava do que ele vivia, por onde dormia. Se tinha ou não convicções políticas ninguém ficou sabendo, pois ele não abria a boca. Não era do tipo de pessoa que solta a língua com facilidade e exterioriza os pensamentos. Nisso, pelo menos, nós éramos iguaisinhos. De vez em quando ele aparecia, quando o papai não estava em casa. Não para ver a gente, mas sim para arrancar algum dinheiro da mamãe – que Deus a tenha! E quando ainda ficou sabendo que eu tinha me casado e que o Adônis nadava em dinheiro, aí sim foi que ele começou a nos visitar com mais freqüência. Apesar de a mamãe já estar naquela época bem doente e eu evitar ao máximo incomodá-la, eu intervim: não tinha a menor intenção de deixar que ela lhe desse o pé-de-meia para ele ir se injetar morfina e se suicidar com um dinheiro que era nosso. Eu sugeri que ele viesse morar conosco. Colocaria o sofazinho na despensa que ficava lá em cima no terraço e que era ainda melhor que os quartos do andar de baixo, porque apanhava sol o dia inteiro. Discuti a questão com o papai e com o Adônis, e todos concordaram.

"Mas sob uma condição:", digo-lhe eu, "você vai deixar a gente botar você numa clínica de desintoxicação. O que mais você fizer na sua vida privada é só da sua conta, basta a gente não ficar sabendo. E pode ter certeza que ninguém aqui vai lhe lançar nenhuma 'indireta'. Mas a questão das drogas é séria demais, porque está minando a sua saúde...".

Não aceitou. Preferiu a vida de vagabundo, e parou completamente de vir nos ver. Certo dia, o tio Estêvão estava passando pela praça Klafthmonos e entrou no banheiro público para urinar. Do outro lado do mictório estava de pé o Dino, com a roupa toda esfarrapada e a barba por fazer, como qualquer outro drogado desse mundo de Deus. Para não deixar o rapaz embaraçado, fingiu que não viu e saiu do banheiro. Mas aí ele pensou na confusão que a mamãe iria criar, se soubesse que ele tinha visto o queridinho dela e que nem fora falar com ele. Então ele estacou ali mesmo e decidiu esperar o Dino sair. Esperou dois, três, cinco minutos, mas nada do Dino. Aí o pobre do tio Estêvão pensou: 'Por onde diabos o rapaz saiu sem que eu percebesse?'. Volta a entrar no banheiro e encontra o Dino no mesmíssimo lugar, olhando para o 'negócio' do rapaz que estava urinando ao lado dele... Do Dino nós só sabíamos isso: que ele era drogado e depravado. Até que, certo dia, em dezembro de 1937, aparece um agente secreto da polícia, à paisana, lá em casa, nos informando que o Dino havia morrido exilado na ilha de Anafi por insuficiência cardíaca. Eu, apesar do abalo todo, puxei o homem de lado para saber dos detalhes. Pergunto: 'Por que exilado?'. Eu, na minha ingenuidade, logo pensei nas drogas. Quando ele me disse que o Dino era comunista, não consegui crer no que estava ouvindo. O Dino, comunista! Isso me parecia tragicômico! Não conseguia imaginar que tipo de comunista ele podia ter sido. Como é que ele conseguia conciliar toda a libertinagem e aquela indolência tão característica dele com o comunismo, que, como se lia em todo lugar, exigia abnegação total e uma disciplina de ferro? O filho da dona Hécabe, esse pelo menos era homem. Ele podia ter aprontado as mesmas baixarias do tipo, a exemplo, como infelizmente parece acontecer, de muitos outros jovens por aí, mas nunca perdeu a valentia e a virilidade. Aquele lá traçava tudo o que aparecia pela frente, com ou sem saia, como diz a boca do povo. A dona Hécabe disse que certa vez o pegou até com a prima, a Gogô.

A Gogô era aquela que tinha cometido suicício, filha da irmã da dona Hécabe. Passou uns tempos com ele, junto ainda com o irmão, o Rico. Esse aí era tipógrafo. Trabalhava de noite. Tinha voltado umas duas vezes no meio da noite e pego a irmã, primeiro com um oficial do exército, e depois com um marinheiro.

"E aí, Nina querida, ele vira e me diz: 'E você me diga o que eu faço da vida: trabalho para nos sustentar ou fico em casa velando pela castidade da Gogô?'. Volta um outro dia lá em casa e me diz: 'Titia, será que a gente podia vir morar com vocês? As nossas despesas quem banca sou eu, claro....'. Sei! Aquele ali não era muito melhor que a irmã. Desbaratava todo o dinheiro com as mulheres da vida lá da rua Sokratous. Era delas que ele gostava, porque se dobravam às vontades dele. O que ele me dava no sábado para ajudar em casa ele pedia de volta, supostamente como empréstimo, no meio da semana seguinte. Minha filha Polixene, que sempre foi a contadora de casa, ficava irritada e me dizia para mandar os primos procurarem outra casa para ficar. Mas eu lá conseguiria mandar embora de casa os filhos da minha própria irmã? Decidi ter paciência. Até o dia em que encontro o meu filho montado em cima da Gogô. E lhe digo: 'Seu cafajeste! Será que já não bastam todos os seus defeitos? Agora você ainda vai virar incestuoso?...".

Na época em que eu conheci a dona Hécabe, o Rico tinha ido se alojar na casa de uma mulher à-toa, e a Gogô já estava casada fazia dois anos. O marido dela era encanador, e eles, sempre que ele estava desempregado, se arrastavam para a casa da tia e ficavam largados lá de manhã até à noite. Quando tiveram filhos, carregavam os filhos junto.

"Pois é, menina de Deus, e eles não trouxeram nem uns míseros cem gramas de azeitonas!", veio a dona Hécabe me contar no dia seguinte. Desde o dia em que ela tinha pego o filho com a Gogô, não queria mais ver a sobrinha nem pintada.

O Teodoro fechava a cara quando via o casal, mas por outras razões. Ele não suportava o Stavros por ele ser socialmente inferior e por não lavar as mãos antes de ir se sentar à mesa. Mas a Polixene gostava deles. Ela se dava bem com a prima porque também tinha a mesma paixão pelo cinema. A prima passava na farmácia e lá iam as duas para a sessão da segunda-feira, em que passavam dois filmes. Isso porque a Polixene não se atrevia a ir sem companhia. E quando elas voltavam de noite para casa, ficavam fazendo umas brincadeiras de mau-gosto que a dona Hécabe me repetiu outro dia, escandalizada.

"'Nós ainda vamos levar a senhora conosco para o Rosicler, mamãezinha, mas eu aconselho a senhora a levar junto a sua sombrinha'. E eu, na maior inocência do mundo, ainda fui perguntar 'E por que é que eu haveria de levar a minha sombrinha?'. Resposta: 'Porque os espectadores da galeria ficam cuspindo'. 'Mas será que vocês não têm um pingo de vergonha na cara de irem se enfiar nesses buracos da vida para verem umas baboseiras que eles projetam num pedaço de tela, em vez de irem para um bom teatro para ver coisas que prestam, ou para qualquer cervejaria por aí para respirarem um pouco de ar puro e verem gente?...' "

Nesse ponto eu lhe disse: "Ah, mas a senhora fala assim porque não sabe que delícia que é! Eu, na idade da Polixene, saía de um cinema e entrava no outro!...". E ela balançava a cabeça, como quem dizia: "Esse mundo está perdido!...".

Nessa época, o Dimitris estava envolvido com uma enfermeira, que ele conheceu quando esteve internado no hospital. Ele arrastava a menina para a casa da dona Hécabe na condição de "noiva", ou então eles ficavam de tocaia para ver quando ela sairia de casa e, assim que ela virava a esquina, entravam pela porta e faziam a maior folia. A dona Hécabe perdoava os seus crimes de bom coração: roubo, comunismo, chantagens, proxenetismo, "incesto" com a Gogô, etcétera e tal. Até aí ainda ia. E também ainda aceitava que ele ficasse se gabando do seu sucesso com as mulheres: bastava ele não se envolver seriamente, porque, aí sim, ela virava uma fera. Quando ela percebeu que o romance com a enfermeira era para valer, e quando eles começaram a falar de casamento, ah!, aí foi que ela ficou fora de si. Proibiu o filho de trazê-la para casa e criava confusão sob o menor pretexto. Uma hora era porque ele tinha trocado os seus talheres com os dos outros, e o Akis poderia acabar pegando o micróbio da tuberculose; outra hora porque ele cantava canções *rembetika*.[35]

[35] Música popular grega surgida no final do séc. XIX, que tem como tema as vivências de uma classe marginalizada da sociedade, canções essas em geral acompanhadas por instrumentos de corda tipicamente gregos, como o bouzouki, o baglamas e a viola grega. (N.T.)

Lembra o que à noite eu lhe vinha dizer?
Meu pobre bouzouki embalava você:
Ah! Nana, naninha, nana nenê...

Canções essas que ele ensinava ao menino. E daí vai! Até o dia em que ela mandou o filho fazer as trouxas e se mandar de casa. A partir daí, ele não aparecia mais, ou muito raramente. Quando aparecia, era para lhe arrancar algum dinheiro – exatamente como o Dino fazia com a falecida mamãe.

Até que eu, de um dia para o outro, perdi a dona Hécabe de vista. Não parava de me perguntar a mim mesma: "Meu Deus, onde é que ela foi parar, para sumir por tantos dias a fio?". O Adônis estava inconsolável de perder a companheira de jogo. Nós então mandamos a Marieta para a casa dela, e ela voltou dizendo que a porta estava trancada e que parecia não haver nem alma penada lá dentro. Passando certa noite por lá, vi finalmente luz do lado de dentro e bati à porta. Veio me abrir a Polixene. "Que bela moça!", pensei eu. Era a primeira vez que eu a via. Quando lhe contei quem eu era, ela me disse educadamente, mas num tom formal e seco: "Por favor, queira ter a gentileza de entrar e se sentar!". Ela era e continua sendo uma pessoa fria. Ainda hoje, mesmo sendo minha cunhada, não tenho com ela a mesma intimidade e a mesma sintonia que eu tinha com a dona Hécabe. Digo então: "Queira me perdoar a amolação. Sei que venho numa hora imprópria, mas faz dias que não vejo a dona Hécabe e fiquei preocupada. Por acaso aconteceu alguma coisa com ela?". Vi as sobrancelhas dela se franzirem. Responde: "Não aconteceu nada, não. Ela só teve que ir a Salônica. Nós recebemos ontem uma carta da minha irmã, em que ela diz que a mamãe chegou e está muito bem...". Ela quis me passar um café, mas eu não aceitei, porque já estava na hora do jantar. Dei boa noite e fui embora.

O mistério do desaparecimento só veio a ser solucionado quatro meses depois, pela própria dona Hécabe, após ela chegar tão subitamente como tinha partido. Aconteceu que, certo dia, a Polixene tinha lhe dado uma nota de cem para que ela fosse fazer as compras da semana – óleo de cozinha, manteiga, etcétera –, quando vem o Dimitris e a acaba convencendo, sem que nem ela entendesse como, a lhe "emprestar" o dinheiro. Quando a Polixene voltou para casa e ficou sabendo do acontecido, armou a maior briga: "Minha Nossa Senhora! Quando é que esse aí vai dar com as dez para a gente sossegar um pouco dessa praga do faraó?", diz à mãe. A dona Hécabe, que não parava ela própria de praguejar contra o filho sem dó nem piedade, virou uma fera ao ouvir outro que não ela fazendo a mesma coisa, e me diz, contando a história inteira depois de voltar: "Agora eu lhe pergunto, Nina querida: mesmo que eu trabalhasse feito uma escrava sem ganhar quase nada: tenho ou não tenho direito de dar o maldito do dinheiro ao meu filho quando bem entender? Foi então que eu pensei cá comigo: 'Seus mal-agradecidos!'. Vou agora é sumir e deixar que vocês lavem e cozinhem sozinhos, para aprenderem a me dar valor. Boto o meu casaco e me despacho para a rua...". "E como foi que a senhora foi para Salônica sem dinheiro?". Aí ela riu que nem criança travessa. "Você se lembra quando lhe falei dum policial chamado Kalapothakis, que eu conheci na época em que prenderam o Dimitris pelo primeiro roubo? Pois é, fiquei sabendo que naquele ínterim ele tinha sido promovido por feito de bravura. Conseguiu prender sei lá eu que procuradíssimo ladrão na Macedônia e era agora

– ouça bem você – subcomandante da seção de transportes. Já fazia um par de dias que eu estava com vontade de ir lá para vê-lo. Vou eu então para a rua Nikodemou e digo para a sentinela: 'Quero ver o subcomandante de vocês! Diga que quem quer falar é a Hécabe, que ele vai saber do que se trata... E aí, minha filha – preste atenção no luxo! – me introduzem num escritório chique de morrer até irem chamar o bendito 'rapagão', como eu o chamava na minha cabeça. E pensei ainda: 'Que alto que ele chegou! Por que é que o meu filho não podia ser assim também, Deus do céu, em vez de se arrastar pelas prisões da vida, à mercê desses monstros?'. Assim que ele entrou e me viu, foi logo dizendo: 'Pois veja só se não é a minha velha conhecida! A senhora está igualzinha; não mudou nadinha mesmo! Quantos anos se passaram desde então?...' Ele gritou então pedindo para nos trazerem um café, e nos sentamos para conversar. Até que ele finalmente me disse: 'Agora você me diga a que eu devo a honra da sua visita. Eu já conheço você de outros carnavais: se não estivesse precisando de algo, não teria vindo me procurar'. 'Eu quero que você me mande para Salônica, e não me pergunte por quê!'. Diz: 'Assim é que se faz! Mais fácil é que não poderia ser! Mando sim, mas escoltada, como se faz com os prisioneiros', e começa a rir com aquele riso franco dele. Digo então: 'Como lhe aprouver! Contanto que eu chegue em Salônica'. Ele aperta um botão, aparece o ajudante-de-ordens, cheio de distintivos prateados, me cumprimenta fazendo uma vênia, porque ele estava sem quepe, e o Kalapothakis lhe diz: 'Diga para o fulano preparar um guia de marcha para escoltar hoje à noite esta senhora até Salônica, e telefone para saber a que horas sai o trem expresso'. Depois ele vem se postar na minha frente – eu tinha nesse ínterim me levantado da poltrona –, coloca a mão sobre o meu ombro, me dirige um olhar divertido, balança a cabeça e diz: 'Você não mudou nada mesmo, nadinha!...' Tira então a minha bolsa de mim, coloca dentro uma nota de cem dracmas, devolve-me a bolsa e diz: 'Adeus, companheira! E viva a grande e indômita senhora Longos! Você é como a nossa Grécia: doida varrida, mas com um coração de ouro. Agora vá dar o seu passeio lá pela Torre Branca e, quando se cansar e quiser voltar, basta dar um grito que a gente manda correndo buscarem você!...' Pois é, no dia seguinte, lá estou eu em Salônica, linda e maravilhosa! A cidade me pareceu tão engraçada, depois de tanto tempo em Atenas! Era como se as ruas e as casas tivessem diminuído de tamanho. Eu não conseguia acreditar que tinha ali, naquela cidade, desperdiçado uma vida toda...".

Nesse ponto ela desatou a chorar. A temporada tão idílica que ela estava passando em Salônica com a filha mais velha – por mais incrível que isso possa parecer – foi bruscamente interrompida pelo seguinte telegrama da Polixene: DIMITRIS PRESO PARTICIPAÇÃO ASSASSINATO VOLTAR URGÊNCIA.

O Dimitris ficou preso durante cinco meses na prisão da avenida Syngrou, aguardando o julgamento, e a dona Hécabe, enquanto isso, estava num estado de esgotamento geral de nervos, e de um pessimismo nigérrimo. Eu nunca a tinha visto assim antes, mas hoje entendo que era um prenúncio, uma prova geral do estado psíquico em que ela entraria pela última vez quando chegasse a época da Ocupação. Parou de me narrar as suas aventuras, como se eu tivesse crescido e ficado grandinha demais para ouvir histórias da carochinha, ou como se fosse ela quem tivesse envelhecido e perdido a memória. Estava toda absorvida pelo presente, com medo demais do futuro para se sentar e ficar falando do passado, continuamente carrancuda, pálida. E se melindrava sob o menor pretexto. Não comigo e com o Adônis, claro, mas, sempre que a Kasimate ou a tia Katingo vinham em casa tomar café – ela não se bicava nem com uma nem com a outra – e diziam alguma coisa com a qual ela não concordava, ou ela se armava contra elas como se fossem as piores inimigas do mundo, ou torcia a boca com sarcasmo, sem dizer um piu que fosse.

E sobrou primeiro para o coitado do irmão dela, o Miltíades. Depois da prisão do Dimitris, abalada emocionalmente como estava, começou a descarregar os nervos brigando com ele três vezes mais do que antes. Certa tarde vem me dizer: "Maldito, maldito, maldito! Vou endurecer o coração e dizer para ele se despachar de casa e não aparecer nunca mais na minha frente!". "O que foi que ele lhe fez agora?". "O que você acha? Está querendo se meter de novo na educação do Akis. Ele ficou sabendo que eu tinha levado o menino para uma sessão de hipnose no seu Niko e só faltou me matar. Era tudo de que eu estava precisando agora: de um tirano em casa me dizendo o que fazer!...".

Nessa época, desesperada por causa de mais uma desgraça na vida dela, se voltou de novo para Deus. Só que, dessa vez, se voltou para um deus um tantinho menos original que o precedente: um deus cujos representantes na Terra não eram monges, religiosos ou santos, mas sim cientistas, ou quase isso. O seu Niko foi padre, se é que isso é verdade, e morava agora com uma costureira viúva cuja profissão era fazer casa para botão, trabalhando para essas grandes alfaiatarias importadas, para sustentá-lo a fim de que ele pudesse se dedicar integralmente aos experimentos de ordem espiritual. Como a madre Eutimia, o seu Niko tinha o dom de Deus de prever o futuro – através da hipnose. Eis que a dona Hécabe começa a vir me falar de mesinhas andantes, espelhos falantes, ectoplasmas, além de médiuns, de aparições e daí vai. E eu, por trás, ria do novo aspecto religioso que tinha assumido a sua crise, mas na frente dela eu não dizia nada. Eu via a agonia dela por tudo o que estava acontecendo e me compadecia do fundo do coração. O seu Niko tentou várias vezes "pô-la para dormir", a fim de que ela fosse falar com deus para perguntar se o Dimitris seria inocentado ou não, mas ela era que nem Santo Antônio: só vendo para crer. Além disso era uma neurótica e pecadora – ela me dizia isso e chorava – e tinha sido impossível ela conseguir adormecer. Eles decidiram então hipnotizar o Akis, que era um "bebê inocente". Eu lhe pergunto então: "E quem foi contar para o seu irmão?". "Eu, burra!", diz então, dando um soquinho na cabeça. Eu contei o caso para o Adônis e rimos os dois. Essa última briga entre eles tinha sido a gota d'água para a paciência do irmão. Não por mandá-lo embora, porque isso ela já tinha feito uma centena de vezes, sem que ele desse a mínima importância, mas porque ele se cansou de vez dela. Fez as trouxas e se despachou, cuspindo pela última vez nas fotografias do Konstantino e do Metaxás. Depois, a dona Hécabe ficou sabendo notícias dele, que ela veio me contar, sorrindo toda enigmática. Quem lhe deu teto foi uma viúva que morava nos arredores de Eleusina, mulher de um ex-companheiro de armas que tinha sido morto na debandada do exército grego durante batalha do rio Sangario. "Pois é, ele era assim mesmo! Sempre quis encontrar uma mulher que o sustentasse. Para você ver, o grande herói do Bizani[36] acabando como

[36] Batalha travada numa região de colinas chamada Bizani, a 15 Km de Ioanina, cujas fortificações permitiram aos gregos assinalar grande vitória contra o avanço turco durante a primeira Guerra dos Bálcãs. (N.T.)

gigolô...". "Mas você também, hein, dona Hécabe! Só porque o rapaz vive junto com uma viúva", digo-lhe eu, "não quer dizer que seja um gigolô!". "Não", rebate ela, reclamando, "você não entendeu direito! Não ache você que o estou censurando. Muito pelo contrário, eu me alegro, e muito, de ele ter encontrado uma mulher para lhe dar abrigo e comida. E ainda espero que eles possam se casar, para o infeliz poder constituir uma família ele também". "Ué, e o que os impede de se casarem?". "Êita, menina! Ou você é boba mesmo, ou está se fazendo de boba. Se a mulher perder a pensão de viuvez, você pode me dizer do que eles vão viver?..." Eu acho que, durante todo esse período, foi a única vez em que a vi rir.

capítulo dois

"Você não vai para lugar nenhum!", me diz o Adônis no dia do julgamento, e eu respondo: "Vou sim senhor! Tenho que dar a ela apoio moral. Fique você sabendo, Adônis, que, se o Dimitris for condenado, ela adoece, só de desgosto". "Enfim, você é quem sabe", diz. "Você é mesmo incorrigível, mulher! (coitado do Adônis, ele nunca me contrariava). Então vá, já que insiste tanto, mas não me volte para casa se sentido mal e deprimida, como quando volta de algum filme triste!". Eu então digo: "Ai, homem! Uma coisa é cinema, outra a vida!". Mas eu sabia que no fundo ele tinha razão. Minha filha pode me chamar de dura, insensível, cínica e não sei mais o que, mas com algumas coisas, pelo menos, eu me impressiono mais facilmente que uma garota de doze anos. O Adônis sabia que era a primeira vez que iria para um tribunal. Eu tinha visto várias cenas de tribunal no cinema, lia sempre com o maior interesse as atas do jornal que descreviam os julgamentos mais sensacionais, mas, apesar daquela fixação que eu tinha tido na juventude de virar advogada, a verdade é que eu nunca tinha posto os pés num tribunal.

O Dimitris estava sendo julgado por participação em assassinato – teria supostamente ajudado um amigo a matar o amante da mulher. Sua situação era bem séria. Se fosse considerado culpado, poderia pegar de cinco a dez anos de xadrez. Mas o que agravava ainda mais a situação era o fato de a vítima ser, por infeliz coicidência do destino, o chefe de esquadra do serviço de investigação criminal. Os colegas da vítima tinham jurado vingança e se voltado não tanto contra o assassino, que não tinha ficha na polícia, mas sobretudo contra o filho da dona Hécabe. Sabe como é, ele já era conhecido, e tinha virado questão de honra para a polícia afastar um elemento tão importuno. Certa noite – pelo menos segundo a versão do Dimitris – , estava ele lá sentado num bar da Homônia jogando cartas, quando entrou pela porta o Gatsos. "E de onde é que você conhece o Gatsos?". "Da praça, senhor juiz. Eu introduzia fregueses no estabelecimento dele. Desde que adoeci, tenho feito uns trabalhos como pracista". "Além de algumas outras mutretas, não é? Engenhoso como um verdadeiro Odisseu!", completou o magistrado, com um sorrisinho venenoso. "Você introduzia os fregueses no estabelecimento dele" – nesse momento, o sorrisinho dele se apagou dos lábios – "ou lhe vendia relógios roubados?". O Kassianopoulos, um velho amigo do Teodoro que foi quem assumiu a defesa do Dimitris – ainda por cima, sem aceitar remuneração –, então se levantou e protestou com veemência. O público se alvoroçou todo. A sala estava repleta de gente; não tanto de curiosos e ociosos, pois o Teodoro tinha falado com os colegas de profissão que trabalhavam nos mais diversos jornais, de maneira que não se anunciou o julgamento publicamente, mas, sim, de parentes e amigos da parte contrária e, sobretudo, de colegas da vítima, dos quais alguns estavam uniformizados e outros à paisana. Cada vez que o Dimitris era interrogado, faziam uma algazarra dos diabos, como se estivessem de combinação. O juiz disse por fim ao magistrado: "Limite-se ao essencial!". Mas o magistrado continuou insitindo: "O caráter do acusado constitui no presente caso um fator de suma importância, senhor juiz!". "Como eu em breve terei a oportunidade de expor aos excelentíssimos senhores jurados, o caráter do acusado..." O Kassianopoulos exclamou então, fora de si: "Não vejo que correlação há entre as transações comerciais dos acusados com o assassinato, senhor juiz!". O magistrado sorriu com sarcasmo e disse: "Verá, e logo...".

Todos nós tínhamos começado a suspeitar a que ele estava aludindo. Não se passou muito tempo, e ele começou a ler diante do tribunal, apesar dos protestos do Kassianopoulos, toda a ficha criminal do Dimitris, todo um extenso catálogo de condenações precedentes, muitas das quais até mesmo a dona Hécabe ficava sabendo pela primeira vez. Quase desmaiou. A Polixene achou então conveniente levá-la para fora, para o pátio. Fez a mãe se sentar numa mureta, onde ficou até o final do julgamento.

"Muito bem, então ele veio e se sentou do seu lado", diz o juiz ao Dimitris. "... 'Olá!', me diz. 'Ora, vejam só quem está aí!'. Ele estava com cara de preocupado. 'Você precisa de alguma coisa?'. 'Preciso sim: falar com você'. E eu digo: 'Então se sente aí, que em dois minutos eu acabo esta partida...' ".

Mesmo se eu não soubesse quem era o filho da dona Hécabe, só pela voz eu conseguiria distingui-lo de cara. De fisionomia ele não se parecia muito com ela: tinha puxado mais ao pai. Também não seria fácil de reconhecer, do jeito que ele estava, com o cabelo rapado à escovinha. Mas sua voz era o eco masculino da voz da mãe: o mesmo tom, a mesma inflexão. Quando ele finalmente terminou a partida, e ficaram os dois a sós, o Gatsos lhe explicou do que se tratava: a mulher o estava traindo, e ele precisava de alguém que fosse pegar os dois em flagrante, para que ele pudesse dar entrada num processo contra ela, alegando adultério. "Quando foi exatamente que ele lhe disse que o amante da mulher era policial?". "Ele não me disse nada, senhor juiz. Eu só fiquei sabendo no dia seguinte, na delegacia". E o magistrado: "Você acha realmente que a corte vai acreditar nisso?". "Se é assim, senhor juiz, é melhor eu me sentar e ficar calado". Nunca respondia diretamente ao magistrado: ele o ignorava, o que o deixava ainda mais encarniçado na acusação. O Kassianopoulos tinha se dado conta disso e ficava tamborilando os dedos nervosamente sobre a mesa. O juiz felizmente parecia ser uma pessoa paciente. Diz: "Continue!". "Bem, para encurtar, senhor juiz, eu lhe digo: 'E o que eu ganho com isso?'. Ele: 'Vinte cinquinhos' ". "E o que quer dizer 'vinte cinquinhos'?". "Cem dracmas, senhor juiz!". "Então você faça o favor de dizer: 'cem dracmas'. Nem todos nós freqüentamos os botecos da Homônia!". "Eu só estou tentando lhe explicar, senhor juiz, como as coisas exatamente se passaram. Por isso é que eu usei o linguajar da rua. Se quiser, posso falar erudito...". O Kassianopoulos então mordeu os lábios. Eu estava sentada à esquerda dele e acompanhava os seus movimentos. "Vinte cinquinhos, senhor juiz! E eu lá era bobo de não aceitar? Desde que eu adoeci...". "Deixe agora a doença de lado e nos fale o que aconteceu!", diz o juiz, encrespando-se. "Nada disso, senhor juiz! Eu não posso deixar a doença de lado. Se não fosse por causa dela, é possível que não me encontrasse agora qui dentro! Se me vêem como criminoso, e não como ser humano, é melhor eu me sentar e ficar calado, nem que me condenem a cem anos de prisão. Só não tentem me fazer acreditar que estão fazendo justiça...".

Os policiais que estavam à paisana começaram a fazer uma algazarra, como se fossem a claque de uma apresentação teatral. O juiz se pôs a tocar a campainha. Quando se fez silêncio, o Dimitris continuou a narração dos fatos. Pegaram um táxi às dez e desceram para Freatida, onde se esconderam na frente da casa do Gatsos, do outro lado da rua, esperando a vítima chegar. "Como foi que o Gatsos ficou sabendo que a vítima visitaria a mulher?". "Ele tinha mentido para ela, senhor juiz, contando que dormiria na casa da irmã dele naquela noite (o que, na seqüência, foi confirmado pelo próprio Gatsos)". "Onde fica a casa da irmã dele?", perguntou o magistrado. O Dimitris estava prestes a responder, mas o Kassianopoulos se levantou de um salto e, novamente fora de si, foi dizendo: "Não vejo a utilidade da questão, senhor juiz!". O magistrado riu mais uma vez com sarcasmo. "Há muitas coisas que o ilustre advogado de defesa parece não ver, mas a defesa pública se reserva o direito de pô-lo a par inclusive desses fatos, no momento propício. Há razões de suma importância para que levantemos tais questões, caso contrário não o faríamos!". "Responda à pergunta!", diz o juiz ao Dimitris, com um ar de enfado. "Qual pergunta, senhor juiz?". "O advogado de acusação lhe pergunta se você sabe onde fica a casa da irmã do Gatsos". "Em Nova Filadélfia". "Ele se deu ao trabalho de lhe contar um detalhe tão irrelevante", pergunta o magistrado, triunfante, "ao passo que não lhe disse que o amante da mulher era policial?". "Qual a relação de uma coisa com a outra? Eu já sabia antes onde ficava a casa da irmã dele, senhor juiz. Um dia eles tinham dado uma festa para a qual eu fui convidado". O juiz lançou um olhar ao magistrado, como quem diz: "Não insista tanto...". "Continue!", diz ao Dimitris.

Ficaram esperando na frente da casa do Gatsos por volta de meia hora. Até que chegou finalmente a vítima e tocou a campainha. Saiu a mulher do Gatsos para lhe abrir o portão e, olhando para os lados para ter certeza de que ninguém os estava vendo, fez o amante entrar. Depois foram eles se postar ali à entrada. "Quanto tempo vocês esperaram ali?". "Vinte minutos". "É verdade que o Gatsos quis entrar de uma vez, mas você o segurou?". "Sim". "Por quê?". "Elementar, senhor juiz. Se a idéia era pegar os dois em flagrante, tínhamos que esperar até que eles...". "Então vocês entraram...".

O Gatsos, que conhecia a casa, foi mostrando o caminho, até chegarem à porta do quarto. O Dimitris se abaixou primeiro para olhar pelo buraco da fechadura. "E o que foi que você viu?". "Se eu contar, senhor juiz, vão dizer novamente que estou fazendo uso de um linguajar chulo". "Não há necessidade de nos fazer uma descrição detalhada", diz o juiz, num tom de troça. "Diga-nos apenas a que ponto eles tinham chegado. No seu linguajar erudito, "estavam executando um ato copular!". "Com efeito", lhe diz o juiz, segurando o riso com muita dificuldade, "você é exímio também no uso do erudito. Agora continue contando o que aconteceu. Pode ser em demótico mesmo".

O Gatsos deu um empurrão violento na porta com batente duplo, escancarando-a. Assim que a mulher o viu, começou a gemer e a gritar "Socorro!", tentando se cobrir ao mesmo tempo com os lençóis. "E a vítima fez o que?". "Foi pegar as calças. Foi aí que ouvi dois disparos e...". Nesse ponto, o magistrado disse: "Mas no interrogatório você contou que a vítima tentou ainda pegar a pistola que estava no bolso das calças". "O que eu disse foi que me *pareceu* que ele quisesse pegar a pistola". "Como é possível que lhe *parecesse* alguma coisa, como você diz, já que não sabia que ele era policial e estava armado?". "Sexto-sentido. Há tanto tempo que freqüento esse meio, que já farejo de longe...". "O que foi que você gritou naquela hora?". "Nada". "Como assim, nada?", perguntou o magistrado. "A mulher do Gatsos disse que você gritou: 'Acabe com esse... com esse... (abriu um envelope que tinha diante de si e leu)... com esse 'mariola'!". "Mentira! A mulher do Gatsos está é tentando atenuar a coisa para o lado do marido, para reparar a própria falta. Vocês ainda vão acabar dizendo que quem matou a vítima fui eu!". "Há várias maneiras de se matar uma pessoa, como, por exemplo, incitando alguém a cometer o crime..." O Kassianopoulos se levantou de novo com um salto e começou a protestar com ainda mais veemência do que antes. Alguém na sala havia gritado "Muito bem!", e o juiz se pôs mais uma vez a tocar a campainha, admoestando o auditório a não proferir opiniões nem a favor nem contra os réus. Caso contrário ele se veria obrigado a esvaziar a sala para continuar o julgamento a portas fechadas. "Eu ouço então os dois disparos e vejo a vítima colocar as mãos sobre a barriga. Digo: 'O que é que você foi fazer, seu mariola?'. Foi *isso* o que gritei, senhor juiz. Eu não disse: 'Acabe com esse mariola'. Eu posso ser a pior pessoa do mundo, mas criminoso eu não sou, nem nunca serei! Não está no meu sangue. Aí então eu grito: 'O que você foi fazer, seu mariola? Meu Jesus Cristo!'. Isso – juro pela alma do meu pai, senhor juiz – porque eu não sabia que ele estava armado. Não sabia que..." Mas suas palavras foram abafadas pelo pandemônio causado pelos colegas da vítima, quando ouviram as blasfêmias proferidas. O Kassianopoulos estava branco que nem cera. Os membros do júri balançavam-se irrequietos nas cadeiras. Até que o juiz disse: "Eu lhe aconselho a evitar daqui em diante expressões que ofendam o sentimento religioso dos presentes. Dez minutos de pausa!..." "Uf!", suspirei eu, aliviada. Já estava na hora. Nós estávamos todos precisando respirar um pouco de ar fresco. A atmosfera na sala estava sufocante.

Do lado de fora, no pátio, foi que eu vi o Teodoro pela primeira vez e que travamos conhecimento. Quem nos apresentou foi a Polixene. A dona Hécabe, naquela hora, não estava com cabeça para essas coisas: tinha perdido totalmente a noção da realidade. Estava com os dedos cruzados apoiando o queixo: a imagem viva do desespero. Eu já a conhecia a fundo. Enquanto o filho se sentava diante do tribunal dos homens, ela se sentava no banco do réu de um outro tribunal, invisível. "Não fique assim, mulher de Deus!", digo-lhe eu. "Você vai acabar desenvolvendo um câncer e vai desta para melhor do mesmo jeito que minha mãe! Afinal de contas, não foi ele quem matou o policial para receber a sanção. Você tinha que estar lá dentro", digo ainda, "para ver que respostas de calar a boca ele deu ao magistrado!". Ela levantou a cabeça, como se me dissesse: "Eu sei que nem você mesma acredita no que está dizendo". Ela não era boba. Podia não estar na sala, mas sabia pormenorizadamente o que estava acontecendo. Ela sabia, como aliás todos nós, que eram justamente essas respostas de calar a boca que estavam pondo tudo a perigo, porque reforçavam a teoria a que o magistrado já tinha aludido de que havia sido ele o "cérebro" do crime. Ela conhecia tanto a justiça dos homens quanto o caráter do filho. Nesse ínterim voltou a Polixene trazendo um doce e um copo d'água. "Coma um docinho!", diz à mãe. A dona Hécabe elevou as mãos ao rosto, melodramática. A Polixene ofereceu então o doce a mim. "Não quero doce. Dê para o menino! Vamos pedir um café". O Teodoro tinha se distanciado por alguns minutos, mas logo reapareceu na companhia do Kassianopoulos. "Como os dois filhos são diferentes!", pensei eu, quando o vi se aproximar. O Dimitris podia ser bonito, mas e daí? "Minos!", diz a dona Hécabe assim que o Kassianopoulos. "Minos, agora está nas suas mãos e nas mãos de Deus!..." O Kassianopoulos abriu os braços em sinal de incapacidade suprema. "Sabe como é, senhora Longos", lhe diz, "estou fazendo o que posso, mas é o próprio que está pondo tudo a perder. Eu o avisei enfaticamente, repetidas vezes, para ser modesto e se fazer de bobo, mas ele quer porque quer mostrar esperteza..." Mas, vendo-a prestes a desmaiar, mudou logo de tom. "Senhora Longos, o que foi que nós combinamos? É *essa* a coragem que nós juramos mostrar?" (estava mais para médico que para advogado). "O máximo que pode acontecer é ele pegar seis meses de xadrez. Ele já não foi antes condenado a – quantos meses mesmo? Sete? Eu mesmo vou acompanhá-lo hoje à noite até em casa...". Deu uma vista-d'olhos ao redor, como que nos pedindo licença para se retirar, desaparecendo em seguida por um dos corredores. O Teodoro então tirou um maço de cigarro do bolso, pegou um cigarro e o levou até os lábios. Nesse momento, deve ter pensado que eu poderia fumar e me ofereceu um cigarro também. O Adônis não me deixava fumar por causa da maldita úlcera que eu tinha já naquela época, mas eu aceitei, e, no que ele foi me acender o cigarro, percebi o olhar dele voltado para mim, como se dissesse: "Quer dizer então que *essa* é a Nina que sabe fazer aquele maravilhoso mussaca?...". Quando chegou a hora de reiniciarem o julgamento, digo à dona Hécabe: "Tem certeza de que não vai entrar nem um pouquinho?". "Não, vão vocês, e me deixem no meu canto. Esqueçam que eu existo...".

Dois ou três dias antes do julgamento, o Kassianopoulos tinha conseguido obter a lista com o nome dos membros do júri, para o acaso de nós conhecermos algum dentre eles. E não é que o bendito acaso quis que constasse na lista o merceeiro da nossa vizinhança? "Vou lá ter com o sujeito!", me diz a dona Hécabe. "Vou implorar de joelhos...". "Faça como quiser", digo, "mas tenho lá as minhas dúvidas de que consiga algo. O Bouhlos não é do tipo de gente que se comove facilmente. Mas não custa nada tentar! No final das contas não é vergonha nenhuma". E ela: "Oras bolas! A gente não deixa toda semana uma fortuna lá na loja dele?...". "Pobre dona Hécabe!", pensei eu, com o coração espremido no peito. "Que ingenuidade você achar que o Bouhlos vai se compadecer só por causa do meio quilo de óleo e de feijão que você compra lá na mercearia dele!".

E eu não estava enganada. Chega de tarde e me diz: "Madito seja! Merceeiro de nada, que acha que virou gente só porque foi escolhido para fazer parte do júri! Em vez de me dizer, ainda que fosse mentira, 'Senhora Longos, vou ver o que posso fazer', o maldito engraxador de terceira começou ainda por cima a me fazer sermão, dizendo que o dever de um membro do júri é 'sagrado' e que ele vai julgar segundo lhe dite a consciência. Fiquei com vontade de tirar a pá da saca de açúcar e dar com ela na cabeça dele, mas me contive. 'Deixe só o julgamento acabar, com a graça de Deus, que você vai ver só, cafajeste! E pode contar que jamais verá um tostão meu!...', pensei lá com os meus botões".

Agora eu o via sentado na primeira fileira e pensava: "Coitadinha de você, dona Hécabe! Será que não aprende? Não vai entender mesmo nunca que monstros são os homens..."

A defesa do Dimitris durou uma hora inteira. Infelizmente, ele não ouviu os conselhos do Kassianopoulos. Em vez de se fazer passar por santinho, como fazia o Gatsos, e dizer: "Fiz uma grande besteira, reconheço; não devia ter ido com ele, mas estava precisando de dinheiro", implorando ao júri para ignorarem o seu passado e o julgarem com indulgência, começou a discorrer como se fosse o próprio advogado. E, justamente por não ser advogado, acabou caindo no ridículo. O juiz olhava para ele sem saber se devia ficar com raiva ou com dó. Cada vez que o ouvia soltar alguma expressão em grego pseudo-erudito, começava a rir à socapa. O Dimitris não só discursava, como fazia as palavras se acompanharem da respectiva gestualidade: abria os braços ao máximo, erguia o dedo ameaçadoramente como se não fosse ele, mas sim os outros os reús, andava de um lado para o outro, do juiz aos membros do júri, dos membros do júri ao juiz e, uma ou duas vezes, chegou até a se virar para o público, como os atores no teatro, narrando a história de sua vida desde que era menino, exatamente como fazia a dona Hécabe. E eu pensei: "Gente do céu! É igualzinho à mãe! Mas a dona Hécabe pelo menos é mulher. Ele, que é homem, devia ser um pouco mais pragmático. O infeliz acha que, narrando a história de sua vida, vai acabar comovendo os jurados – dentre os quais o Bouhlos!". O coitado do Kassianopoulos estalava as juntas dos dedos nervosamente. Ele não tinha como mandar o Dimitris se sentar e ficar quieto diante de todo o tribunal. O que ele fazia então era, sob o menor pretexto, passar raspando por ele, dando um jeito de lhe dar uma cotovelada e murmurando por entre os dentes para ele calar a boca. Mas o Dimitris o ignorava. Até mesmo nós, que estávamos do lado dele e achávamos que fosse realmente inocente, começamos a nos exasperar. Pensávamos: "E não é que o pilantra ainda tem coragem de discursar? Em vez de botar o rabo entre as pernas, ainda tem o desplante de pedir o troco!". O Kassianopoulos passava toda hora ao lado dele, dando-lhe uma cotovelada, mas o Dimitris fingia que não era com ele. Foi depois dizer à mãe que queria se defender sem ajuda de advogado, do mesmo jeito que tinha feito o Dimitrof. Quando ela veio me contar, eu lhe disse: "E você não falou para ele que ainda falta muito para ele chegar ao '*of*'?...". Vendo os jurados olharem para ele, primeiro com surpresa e desconfiança, e depois com animosidade, decidiu então se pegar com eles. Disse que sabia de antemão que o veredicto deles seria o de "culpado" e que considerava inútil rogar-lhes o contrário. Disse que não era possível mostrarem misericórdia para com um deserdado da sorte como ele, em sendo cidadãos que vestiam camisas limpas e estavam sempre de barriga cheia, mas que ele, na verdade, não se importava! Um dia as coisas seriam diferentes! Um dia reinaria a justiça sobre a Terra. Então, mesmo que postumamente, ele seria julgado inocente!... O juiz, ou por ter se dado conta dos movimentos desesperados do Kassianopoulos, ou movido pelo sentimento de filantropia diante da visão daquela nova forma de suicídio, acabou interrompendo-o e lhe disse da maneira mais serena do mundo que já tinha passado a hora, que os membros do júri e os advogados estavam cansados e que, quanto mais rápido ele concluísse, melhor seria, para eles e para o próprio Dimitris. E o que você acha que ele respondeu? Que a Lei lhe dava o direito de fazer a própria apologia da maneira que lhe parecesse mais vantajosa, gritando ainda que estava sendo injustiçado. "Peço justiça, senhores jurados! Peço justiça!...". "Esse aí está é no ponto certo para ficar atrás das grades!", veio nos dizer o Kassianopoulos no intervalo seguinte. "Mas não atrás das grades da cadeia", diz à dona Hécabe. "Eu já vi vários loucos na vida, mas nenhum com essa espécie de esquizofrenia. Eu aconselho que o levem para ver é um psiquiatra...".

Quando a sessão foi retomada, o magistrado se levantou e recomeçou a esmiuçar o caso, fazendo uma recapitulação de todos os detalhes, desde o início. Quando chegou na parte que dizia respeito ao papel do Dimitris, o homem ficou histérico e começou a agir como se fosse inimigo pessoal dele, como se fosse o próprio pai quem tivesse sido assassinado pelo réu. Releu todos os processos penais de sua ficha, para concluir que não havia nada de mais natural que um tal homem alimentasse um ódio inexpugnável pela sociedade. "Ódio por nossas pessoas, senhores jurados; por nossas pessoas, pela legislação e pela ordem pública, mas, sobretudo, pelos orgãos de atuação destas últimas!... Quantas vezes não haverá deplorado, ao exemplo de Calígula, que os agentes policiais não constituam uma só cabeça, a ser extirpada de uma só vez, e muito bem extirpada?... Imaginem os senhores se o réu deixaria passar uma oportunidade ímpar de se vingar de tudo e de todos, na pessoa da desafortunada vítima, ainda mais tendo-se em conta que ele próprio não sofreria sanções. Ou, pelo menos, foi o que o quis crer, meus ilustríssimos senhores jurados... Os senhores ouviram com seus próprios ouvidos... Todos nós o fizemos... Com sua retórica inspirada nos mais abjetos compêndios do genêro, aliada a uma ardorosa eloqüência, confessadamente inauditas em pessoa de tal estirpe, açulou o compreensível desejo de vingança de Gatsos contra o amante da cônjuge, o qual, ainda que, sim, suscetível de ser acoimado de adúltero, não carecia pagar pelo desatino com o preço da própria vida. Em que século vivemos nós? O réu lhe insuflou a idéia de assassínio, ilústríssimos senhores jurados! Não o confessa explicitamente o Gatsos, por um sentimento descabido de companheirismo. Mas nós possuimos razões mais que claras para procedermos a tal dedução, através da evidência dos próprios fatos aqui assinalados. 'Acabe com esse mariola', dissera ao amigo. 'Liquide o sujeito! Eu estou do seu lado e vou testemunhar em seu favor. Há todos os atenuantes. Você vai ser inocentado...'. Pois que, ele pode não respeitá-las, mas conhece as leis, ilustríssimos senhores jurados. Não foi ele próprio quem no-lo confessou abertamente em sua defesa? Não é, com efeito, de uma hilariância chocante que o indivíduo em apreço, o mesmo que infringe as leis humanas e divinas com a mesma leviandade, ainda tenha a audácia de evocar as leis de nossa sociedade, a qual não só despreza como execra?... 'Acabe com ele', lhe diz. 'Liquide o sujeito!...'. Destarte, na pessoa da desafortunada vítima, procurou a vingança não só de seus implacáveis perseguidores, como igualmente de toda uma sociedade, da qual nós – eu e os senhores – representamos os incansáveis guardiões, e tal apenas porque vestimos, fazendo uso de suas palavras, 'camisas limpas'!...". No final, pediu para declararem o Gatsos culpado de crime por premeditação com atenuantes, e ao Dimitris cúmplice e autor do delito.

Então se ergueu o pobre Kassianopoulos, pálido que nem só, e disse, com uma voz que mal se ouvia, que infelizmente já tinha passado da hora e que urgia ser breve, a fim de defender os interesses do seu cliente. Implorou ao júri para não se deixar influenciar pelo quadro tenebroso que o magistrado tinha esboçado, porque este costumava, por uma imposição do ofício, ver todos os réus como monstros. "E ainda vos falou de Calígulas, ilustres senhores jurados!", disse, sorrindo com melancolia. E depois, numa voz que vibrava de comoção: "Senhores jurados. Eu vos faço chegar às mãos um vaso fendido... Tuberculose, desfortúnio, deplorável desconhecimento da realidade... Manuseai-o com cuidado!... Não o despedaceis!... É o que vos rogo, não como advogado de defesa, mas como ser humano que sou. Devolvei-mo no mesmo estado em que vo-lo dou!... Não o estilhaceis!... Pois com que coragem irei eu recolher os pedaços para entregá-los à desventurada mãe?...", e despencou sobre a cadeira, escondendo o rosto nas palmas das mãos. Quando os jurados se retiraram para a deliberação sobre o veredicto e nós saímos novamente para o pátio, a dona Hécabe só fazia desmaiar. Quando logo em seguida se retomou a sessão e vieram os jurados com o veredicto, dizendo que reconheciam a culpa do Dimitris como cúmplice e autor do delito, e quando lhe deram a sentença de três anos de prisão – tantos quantos davam também ao Gatsos –, então foi que ela começou a gemer e a bater as mãos contra o peito, pedindo para que a matássemos. Mas é claro que nós, em vez de a matarmos, a arrastamos para dentro de um táxi e a levamos para casa, nos sentando em seguida no saguão, onde ficamos como se estivéssemos velando um corpo. A luz ali vinha de uma lâmpada de 25 volts, o que contribuía para piorar o estado geral de abatimento. Depois foi embora o Kassianopoulos. Para nós não termos que passar a noite inteira ali, dei um pulinho até em casa e, andando na ponta dos pés, achei os barbitúricos que o Adônis tomava. Voltei para lá e lhe demos à força uma dose dupla. Em meio às lágrimas, ela começou a bocejar, encostou a cabeça numa almofada do sofá e adormeceu que nem bebezinho...

Já começava a clarear quando eu voltei para casa. Tirando a roupa para ir dormir, acabei sem querer acordando o Adônis, que me diz: "Que horas são?". "Vinte para as cinco". "O quê? E você estava fora de casa até agora?". E eu: "Pode ir parando de reclamar! Não precisa acordar todos os vizinhos. Já estou abalada o suficiente. Você vire para o lado de lá e volte a dormir, para eu ver se consigo descansar um tiquinho também. Amanhã eu lhe conto...".

Duas ou três semanas depois chegou a Páscoa. Na Quinta-Feira Santa, pintei alguns ovos, que mandei a Marieta lhe entregar. Eu sabia que, no estado em que ela estava, não teria a menor disposição para ficar pintando ovos de Páscoa. Na manhã de Sexta-Feira da Paixão, ela passou em casa e, como eu estava ocupada fazendo já nem sei mais o que lá fora, no pátio, ela ficou sentada esperando no saguão até eu terminar, jogando paciência e cantarolando cânticos da procissão da Sexta-Feira da Paixão, como esse aqui:

> *... Como mal-feitor foste condenado, juntamente com mal-feitores, ó Cristo, justificando a todos nós ...*

E depois ela ainda cantou aquele mesmo que a falecida mamãe cantava na Sexta-Feira Santa:

> *O céu hoje todo escurece,*
> *A Terra em pranto enegrece.*
> *Capturam o Agnus Dei*
> *Fascínoras homens sem-lei.*

De repente ela interrompeu a canção, e eu ouvi uns barulhos esquisitos, como umas batidas opacas. Fui até a janela e me inclinei para dentro para ver o que podia ser. Eis então que a vejo batendo a cabeça contra a parede. Corro para dentro e a puxo por trás, apertando-a contra o meu peito e gritando à Marieta: "Chame correndo um médico!". Chega então o Boros e lhe aplica uma injeção de sedativos, escrevendo também uma receita de um xarope que ela deveria tomar três vezes ao dia. Passou-se um tempo depois disso, e eu achei que ela tivesse se recuperado, até que chega certa tarde o Akis e me diz: "A vovó está doente". "O que é que ela tem?" "Suas pernas travaram e ela não consegue mais andar. Está pedindo para a senhora emprestar uma das bengalas velhas do seu Adônis".

Mas a prisão acabou fazendo bem ao Dimitris. A disciplina dos horários e o afastamento das tentações do mundo exterior era o que havia de melhor para um homem que estava com os pulmões atacados. Ela me diz então: "Você precisava ver as bochechas dele! Que nem dois pêssegos! Não me lembro de ele ter estado com tão boa saúde desde que era pequeninho". Para passar o tempo, ele ficava construindo mealheiros e moinhos de vento de madeira e palha colorida, ou então lia. Parece que tinha começado a ler com afinco. Certo dia, vem a dona Hécabe me dizer, com um pedacinho de papel na mão: "Você que é uma mulher lida, meu bem, pode me dizer quem diabos são o Max Nordau e o Freud, que ele me pediu para comprar? Será que não são comunistas, e os guardas vão acabar confiscando os livros?". E eu lhe digo: "Ah, dona Hécabe, bendita seja você, que ainda consegue me fazer rir! Não precisa ficar com medo. Esse livro do Nordau sobre as mentiras lícitas é um dos que o falecido papai costumava ler. No que diz respeito ao Freud, se trata de um grande psiquiatra. Mas, credo, mulher, até parece que você nunca ouviu falar da psicanálise e do complexo de Édipo!". Mas, assim que proferi a palavra "psiquiatra", ela não quis continuar ouvindo. Diz, toda aterrorizada: "Meu Deus do céu! Psiquiatra?! E o que diabos ele quer com esses livros?". Demorei para conseguir fazer com que ela se acalmasse. "Pare de ser tão desconfiada, que você não é nenhuma dessas mulheres ignorantes da arraia-miúda!" E lhe digo ainda, botando uma nota de cinqüenta na mão dela: "Compre os livros. Se os confiscarem, confiscaram, paciência!". Apesar de nós naquela época também não andarmos muito bem das pernas, eu tentava ajudar como podia, nem que fosse só pela memória do nosso Dino. Ela foi até a rua Asklipiou e comprou os livros. Mas, antes de levá-los ao

Dimitris, fez a besteira de querer mostrá-los ao Teodoro para ver se eles passavam pela "censura" do filho, o qual, assim que os viu, esbugalhou os olhos e, se esgoelando de fúria, foi e queimou tudo. "Que jornalista que você foi me sair, hein?", lhe digo hoje, só para atazanar. "Foi e queimou o Freud, que qualquer empregada hoje em dia conhece!...". O Teodoro é o melhor homem do mundo. Não tenho, graças a Deus, reclamação nenhuma. Mas, além do trabalho, dos livros de contabilidade e das reportagens desportivas, parece que não sabe de mais nada na vida. Quando ele me vê lendo algum livro mais sério, começa a troçar. Aquele lá, só mesmo quando cai algum romance policial nas mãos dele para ler. Lê de um fôlego só. Mas mesmo esses ele ainda prefere ver mastigadinhos no cinema. Para a dona Hécabe não ir de mãos vazias para a prisão, vou e abro o armário com os livros do falecido papai e lhe dou *A origem das espécies,* de Darwin, e *A besta humana,* de Émile Zola.

No outono de 1939 se casou a Polixene, com um médico. "E onde foi que eles se conheceram?", perguntei, depois de dar os parabéns. "Na farmácia". "Menina, essas farmácias são verdadeiras agências de encontro!", digo brincando. Ela me olhou então como se não estivesse entendendo. "Então você está esquecida que me contou do tabelião que ela conheceu na farmácia?". "Pss!", faz, como se eu tivesse revelado um segredo de Estado. "Pss, que aqui as paredes têm ouvidos! Onde diabos é que você foi se lembrar disso? Até eu tinha me esquecido. Vou parar de lhe contar os meus segredos. Se algum dia nós virarmos inimigas, o que você sabe de mim já é mais que suficiente para me levar para a forca. Ah, Nina, se você soubesse como eu pedi a Deus para aparecer um bom rapaz para se casar com ela! Finalmente

Ele ouviu minhas preces, bendito seja o Seu Nome! Vamos agora torcer para Ele fazer outro milagre e a Helene largar do ensebado do azeiteiro! A vagabunda tinha que se envolver com um homem casado! Se ele ainda fosse bonito, eu diria: "Dane-se!". Mas você precisa de ver, menina! Só de olhar para ele, dá nojo. Eu queria é saber o que foi que ela viu no homem. Diz que ele a leva nas viagens. Você poderia me dizer até quando essas viagens vão durar? As coisas não duram muito tempo. Ouça o que estou dizendo: vai chegar um dia, pode ser que eu já esteja a dez palmos do chão, mas vocês que são novos vão viver para ver, em que ele vai deixar a Helene na rua da amargura, voltando para a mulher e para os filhos, e ela vai ficar sozinha e abandonada no mundo...".

A dona Hécabe, assim como a falecida mamãe, tinha a idéia equivocada de que todos os problemas de uma mulher se resolvem de uma vez só assim que ela se casa. O que ela própria sofreu durante o casamento parece não ter lhe ensinado nada. O casamento era a única coisa que ela sonhava para o Teodoro. Para o Dimitris, não. Esse ela não conseguia nem imaginar casado. Mas o Teodoro ela queria casar às pressas, para tirar esse fardo das costas, e vinha me perguntar: "Por acaso você não conhece nenhuma beldade por aí, Nina querida, para a gente lhe apresentar e eu me livrar dessa agonia? Mas uma que tenha casa. Pode ser o diabo que for: viúva, feia, velha, corcunda. Basta que tenha casa!...". Nessa época, a dona Hécabe estava toda receosa de que ele fosse ficar solteirão, apesar de andar só lá pelos seus trinta e seis, trinta e sete anos. Certo dia em que eu estava na casa dela, perguntei só de curiosidade qual era a idade do Teodoro e, quando ela me respodeu que não tinha certeza se ele era de 1903 ou 1904, eu lhe disse: "Mulher de Deus, então você não sabe quando os seus filhos nasceram?". Então ela fez o neto tirar da parede a imagem do São Fanourios. Atrás da imagem, o marido dela havia escrito com uma caneta-tinteiro e numa caligrafia caprichadíssima a data de nascimento dos filhos – incluindo os dois filhos do segundo casamento. Ao lado do nome do Teodoro estava escrito: 3 de setembro de 1903... Era dois anos mais novo que eu. Dois! E não quatro, como afirma a venenosa da minha filha!

capítulo três

No verão de 1938, os negócios do Adônis parecem ter estacionado de vez, e sua pressão começou a subir, de tanta preocupação. Ele ficava em casa andando de um lado para o outro, que nem leão enjaulado. "Ô, dona Hécabe, abra as cartas aí para mim", pedia-lhe, "para a gente ver como vai acabar toda essa situação! Os negócios vão andar ou não?". A dona Hécabe abria as cartas sobre a mesa, como tinha aprendido das turcas lá de Salônica: três fileiras de nove cartas cada uma, com uma carta virada para baixo sobre "trabalho", "casa" e "cama", e lhe contava o futuro, mas sem jamais dizer a verdade, como nós tínhamos combinado de antemão. Ela desenhava um futuro todo cor-de-rosa, para lhe dar um pouco de ânimo. Mas, assim que ficávamos a sós, ela vinha me dizer: "Cuidado com ele! Saiu de novo aquele maldito dez de espadas".

Ah, e poderia não sair o tal dez de espadas? Não era só a perna e a pressão, o coração também estava em frangalhos. Eu ficava toda angustiada cada vez que ele saía, com medo de que viessem me dizer que tinha caído duro na rua. Certo dia o Boros me pegou no pulo, na hora em que ele estava saindo e eu chegando. Ele me puxa então para fora do *hall* de entrada e me diz: "Nininha!" – era assim que ele me chamava: nós éramos antigos conhecidos, porque as nossas famílias haviam se freqüentado, e tínhamos bastante intimidade, além de que ele já esteve apaixonado por mim em priscas eras. "Quero lhe fazer uma pergunta indiscreta, na condição de médico". "Quantas você quiser", digo. E ele pergunta, rindo: "Quantas vezes por mês...". "Pode parar, que já entendi! Ô, meu amigo, você está zombando de mim? Uma vez a cada três meses, e isso ainda se...". Eu nem toquei no assunto de impotência e tudo o mais. Não queria que o Adônis caísse no ridículo. Mesmo porque eu sabia que essas coisas não passavam de asneiras dos médicos. O problema do Adônis era mais psicológico do que físico: ele estava acostumado a ter dinheiro para dar e vender e, quando percebia que os seus tostões iam se esvaindo sem que entrassem outros no lugar, ia se esvaindo ele próprio. Seus ternos já tinham ido duas vezes para o primo, o Foutiótis, para serem apertados, mas parece que já estavam largos de novo. "Pronto!", diz certa noite na cama, depois de um longo suspiro, logo que viemos a saber que o Hitler tinha invadido a Polônia. "Pronto! O que eu tinha para construir está construído. Daqui para frente as coisas só vão desmoronar". Ele sabia que, enquanto a Europa estivesse em guerra, mesmo se a Grécia ficasse neutra, não havia chances de que os negócios voltassem a melhorar. Vinha me dizer: "Sorte dos novos que vão viver para recontruir as casas em meio às ruínas!". Para não ter que pagar o aluguel do terreno de armazenagem, decidiu vender a madeireira. Com o dinheiro da venda nós nos arranjamos por certo tempo, mas, sabe como é, vivíamos folgados lá em casa e adorávamos dar festa. É difícil mudar o padrão de vida da noite para o dia. Tínhamos empregada e ainda as mensalidades da escola particular da condessa. Eu tinha a ingenuidade de achar que ela aprenderia bons modos se estivesse na companhia de meninas de família. Começamos a pôr a mão no dinheiro que estava no banco e que nós tínhamos como menina-dos-olhos para um momento de dificuldade. Decidi fazer o Adônis vender o piano. De qualquer maneira, nem era usado. A besta quadrada, depois de quatro anos de aula, não aprendeu a tocar nem um tanguinho que fosse. Eu não estava com a menor intenção de deixar um piano de 35 mil dracmas enfeitando a sala de estar. Com esse dinheiro nós poderíamos passar pelo menos uns seis meses, até ficarmos sabendo finalmente a quantas andariam as coisas na Grécia e se haveria guerra ou não. Apesar de a Maria ter ficado meses inteiros sem pôr os dedinhos no teclado, quando viu os carregadores arrastarem o piano para fora fez um escândalo tão grande que minha úlcera começou a me atacar novamente. Disse as maiores barbaridades de mim e do pai adotivo: que eu tinha feito o Adônis vender o piano só porque tinha inveja dela e queria que ela ficasse ignorante para o resto da vida. Eu, logo eu, que tinha feito tantos sacrifícios e me casado com um homem vinte anos mais velho para que não faltasse nada a ela! E, quando veio em julho o boletim escolar e o rojão estourou, culpa minha de novo! "Culpa sua!", veio me dizer. Por eu não ter contratado um professor particular, por não perguntar nunca se ela tinha estudado ou deixado de estudar, por não amá-la, e daí vai. "Seu monstro!", pensava eu, enquanto batia clara de ovo para fazer os aperitivos para a festa no mesmo dia, 15 de agosto, dia da Assunção. "Posso até estar fazendo festa para você, sua pamonha, mas vou continuar ouvindo que sou a mulher mais desalmada do mundo!", pensei. De qualquer maneira, eu já estava mesmo acostumada a nunca ouvir um "obrigado". Ela sempre me dizia que, quando eu preparava algo para a sua festa onomástica, era só para mostrar aos outros minha arte culinária.

Lá pelas onze vieram dar os parabéns duas colegas de classe: as únicas que conseguiam andar junto com ela, e eu fui obrigada a tirar o avental e ir para a sala receber as visitas, porque a Sua Majestade vagabundeou a manhã inteira e ainda não tinha se vestido, apesar de eu ter buzinado em sua orelha por horas. Como se já não bastasse toda a agonia, naquele dia me atacou uma dor estranhíssima no peito. Eu sempre tive e continuo tendo medo – sei lá, sabe como é, pode chamar de premonição – de seguir os passos da falecida mamãe e morrer da mesma doença. Era um dia daqueles em que eu teria preferido me trancar no quarto para não ver ninguém, em vez de ficar fazendo sala. Estava uma pilha de nervos. Sabe, é do meu natural não querer falar e guardar tudo para mim quando estou angustiada. Sorte dos que conseguem gritar, chorar e botar tudo para fora, como era o caso da dona Hécabe. Eu choro e xingo só por dentro, em silêncio, e, às vezes, as veias do meu pescoço até saltam para fora e eu fico toda pálida.

Por volta das sete, a sala de casa estava cheia, com os convidados de sempre. A Marieta passava servindo sorvete na bandeja. A dona Kasimate me puxou de lado, me levando para perto da janela para me contar as aflições que passava com o filho, que tinha se envolvido com uma vadia e agora queria se casar com ela custasse o que custasse. Eu ouvia, mas estava atentando para outra coisa. O rádio da casa da frente estava ligado num volume altíssimo. Já havia comentado centenas de vezes com a Nota, mas ela nem se importava em saber se a gente queria ou não ouvir rádio também. A escolhida do filho da dona Kasimate era uma atriz de teatro de revista de décima categoria, dessas que dançam em cabaré. Meus olhos tinham ido parar num movimento pouco convencional de gente na rua: alguns vizinhos pararam à janela da casa da Nota para ouvir o noticiário da rádio. "Você queira me dar uma licencinha só, amiga", digo para a dona Kasimate e, me levantando, debruço-me sobre a janela e grito para a Nota: "O que é que está acontecendo?". Nessa hora a rádio começou a tocar o hino nacional. "Vocês ficaram sabendo da última?", digo, virando-me para dentro de novo. "Um submarino torpedeeou o destróier Elle em Tinos...". De repente, vejo a tia Katingo desmaiar. Sabia que seu filho, o Takis, era porta-bandeira do Elle, mas tinha me esquecido completamente disso na hora. Ficamos sabendo na seqüência que não tinha acontecido nada com ele: panela ruim não quebra. Na hora do torpedeamento, ele estava passeando na praia para exibir as insígnias do uniforme. Era bem do tipo dele mesmo, exibido e fútil como era. Por isso que nunca consegui me bicar com ele. Enfim, quando a tia Katingo voltou a si e o tio Estêvão e a Irene a levaram para casa, a sala começou a pegar fogo com a discussão política que se seguiu. O seu Kasimate dizia que o submarino deveria ser ou alemão ou italiano, e o Adônis – que Deus o tenha – afirmava que era inglês. Todo mundo começou a opinar, e foi uma confusão só. Mas eu não estava preocupada em saber de que país era o submarino. Só sabia uma única coisa: o torpedeamento não era nenhum bom sinal, não mesmo.

No dia de São Dimitris, às três da tarde, fomos ao casamento da Polixene na igreja de São Lucas. Os pais do noivo, o Alexandro, moravam num sobrado na rua Aharnon. O pai era médico como ele. "Que sorte da Polixene", dizia eu com meus botões, no táxi que havíamos pegado depois do casamento para ir cumprimentar o seu Kasimate, já que era o dia onomástico dele. "Essa aí vai sair do círculo vicioso da família Longos. Por mais que eu amasse a dona Hécabe e me compadecesse do fundo do coração de suas aflições, tinha que admitir que seu irmão, o Miltíades, e a filha Helene tinham uma certa razão em chamá-la de louca e histérica, e que era por conta de seu caráter que ela havia atraído tanto sofrimento, não só para si, como para os filhos. Pode ser que fosse falta de sorte e que a culpa fosse do marido, mas era também um pouco por causa do seu jeito de ser, como eu mesma lhe disse mais tarde, nos dias da Ocupação, quando aconteceu o que aconteceu.

Passando pela Homônia, paramos numa floricultura e compramos para o seu Kasimate um buquê enorme de crisântemos. Eu costumava lhe preparar uma panela inteira de *halvas* no dia onomástico dele, o que tinha virado uma tradição, assim como eles sempre traziam no dia onomástico do Adônis um bolo de chocolate. Mas, nesse ano, eu não estava com a menor disposição para preparar *halvas*. Estava era numa agonia danada, e com um cansaço inexplicável por todo o corpo. Não era só o outono com o céu encoberto, nem a situação mundial, a doença do Adônis ou o comportamento da minha filha. Ao lado disso tudo, veio me aparecer pela primeira vez uma anormalidade no ciclo menstrual, sempre muito regular. Dessa vez eu estava com a menstruação atrasada. Fiquei uma pilha de nervos, tudo me irritava, e se alguém viesse fazer “Buuu!” nas minhas costas, era capaz de ter um chilique. “Que diabos!”, pensava.“Precisava entrar tão cedo na menopausa? Será que envelheci sem perceber, perdendo uma vida inteira só para criar a maldita filha do Fotis?...”.

A dona Kasimate estava com mais convidados em casa do que nos outros anos, e, como não podia deixar de ser, os homens falavam de política. O primo do seu Kasimate, o Leo (que nós chamávamos de “o rei das selvas”), que trabalhava no Ministério de Imprensa e Turismo, assegurava que tinham encontrado pedaços do destróier, e que eram de fabricação italiana, mas o Adônis não quis aceitar essa hipótese de jeito nenhum. Que Deus o perdoe, mas era um cabeça-dura e fanático. Afirmava que os ingleses tinham usado um destróier italiano para fazer a opinião pública se voltar contra os países do Eixo e para nos fazerem entrar na guerra, como haviam feito na Primeira Guerra Mundial. "Se o Hitler quiser a Grécia", dizia, "não precisa fazer com que os italianos venham tomá-la. Vem ele mesmo, sozinho. Os alemães nunca hão de nos fazer mal, são admiradores da Grécia e dos gregos. Fazem as crianças aprenderem na escola Homero e Platão de cor e salteado", e assim ia, até as onze da noite. E eu: "Pare com isso, homem! Será que você não percebe que essa discussão está mexendo com os seus nervos e que vai ter que tomar uma dose dupla de calmante para poder dormir? Quando é que você vai entender que o seu coração está fraquinho fraquinho?". Só havia um ponto pacífico entre todos: cedo ou tarde a nossa pobre mas honesta Grécia entraria na Guerra. Lá se iria também, por causa da maldita posição geográfica que ela ocupa. Sabe como é: nós somos uma ponte entre o Ocidente e o Oriente; não tem como ficarmos neutros.

Mas ninguém entre nós esperava que isso fosse acontecer tão depressa. Quando ouvimos as sirenes naquela manhã de segunda-feira, não conseguíamos crer nos nossos ouvidos. "Acorde!", digo para o Adônis. "Você não está ouvindo o alarme?". "Quer me deixar em paz? Deve ser só algum treinamento", me diz, virando para o outro lado. Sempre que ele tomava os calmantes de noite tinha dificuldade para acordar de manhã. Digo-lhe então: "Não é treinamento. Meu instinto nunca me enganou!". Sempre que estavam para fazer algum treinamento, anunciavam com antecedência na imprensa. "Você está ouvindo tão bem quanto eu", digo, "é alarme, e a Grécia está em guerra!", e salto da cama, vou até a janela da sala e vejo toda a vizinhança em pé. De longe se ouvia o zunido dos aviões. "A Itália nos declarou guerra! Que Deus nos acuda! Acorde a Maria!", digo à

Marieta. A coitada estava toda embaralhada também. "Acorde a Maria e diga que é para ela se vestir imediatamente! Pode ser que tenhamos que ir para o abrigo antiaéreo". "Nós vamos para o abrigo antiaéreo!", grito para a Nota, mas ela estava perdida. Todos nós estávamos perdidos, sem saber o que fazer e para onde ir. Entramos em pânico. Achamos que havia chegado o Dia do Juízo Final. O Adônis estava sentado na beira da cama com uma meia na mão, todo distraído. "Por acaso você está se sentindo mal?", pergunto-lhe. "Quer que lhe dê as gotas?". E, no que eu estava parada no meio do saguão que nem cega em tiroteio, segurando a cabeça com as duas mãos sem saber para que lado ir, chega a Marieta e me diz: "A pamonha não quer acordar. Eu lhe puxei as cobertas e ela me deu um pontapé...", e começa a chorar. A infeliz tinha também três irmãos, dos quais dois já serviam na Marinha e o terceiro havia sido sorteado em 1941 e seria um dos primeiros a serem convocados. Pensei: "Nós temos que mandá-la de volta para Andros. Seu lugar é com a mãe e com o pai: não posso segurá-la aqui, é respondabilidade demais". Fora de mim, vou correndo ao quarto da condessa, pego-a por um tufo de cabelo e lhe digo: "Sua cafajeste! Quer dizer que nem o Dia do Juízo Final é suficiente para tirar você desse seu torpor, é? Você se mexa daí agorinha mesmo, porque hoje vai acabar a moleza!". E, no que vou puxar o cobertor, recebo eu também um pontapé. Dou-lhe então um besliscão daqueles de doer, mais dois tapas com as costas das mãos e lhe digo: "Pronto, para você aprender a não chutar sua mãe! Você está achando que eu sou a dona Hécabe para apanhar calmamente da filha? Nós vamos para o refúgio antiaéreo, mas você pode ficar aí para morrer, que assim já aproveito e me livro dessa praga do Fotis!...".

Mas, assim que saí do quarto dela, cessaram as sirenes. “Monstro!”, pensei. “O mundo foi feito mesmo para insensíveis como essa aí”. Volto para dentro e vejo o Adônis transformado em outro Adônis, como num passe de mágica. Estava parado na janela da sala, conversando com o Koukis, o marido da Nota. “Nós hemos de lhes mostrar com quem eles vieram se haver! Vão virar picadinho! Vão todos se afogar no mar!”, gritava. “Sei”, pensei eu de cá para mim, “não era ele quem antes de ontem mesmo estava dizendo que o Hitler não deixaria o Mussolini atacar a Grécia?”. Mas, claro, fiquei quieta. Agradeci a Deus que ele estivesse encarando os fatos daquela maneira. Eu me acheguei também à janela e ouvi, comovida, as marchas que a rádio tocava. Era a primeira vez que perdoava à Nota por deixar o rádio naquele volume:

Aviador eu serei, pairando no céu.
Sobre a terra, rasgando das nuvens o véu

Os olhos do Adônis estavam rasos de lágrimas. Vira e me diz: “Vou sair para comprar um rádio! Por que é que o o Koukis haveria de ter um, e nós não?...”. Eu estava para lhe dizer: “Você não acha que é um gasto supérfluo e que não é a hora certa para gastar dinheiro com tais coisas?”. Mas me contive, dizendo: “Faça como quiser: é do seu bolso que vai sair mesmo...”. “Ah, mulher!”, me diz. “O que eu não daria para ser jovem de novo!”. Foi por pouco que também não derramei umas lágrimas. Deixei o Adônis ali e fui para a cozinha achar algo para ocupar a mente. Na noite anterior, o Adônis tinha trazido um quilo de castanhas, as primeiras que davam no ano, que eu pus para assar. Mas pensava: “O que nós vivemos, vivemos; o que aproveitamos,

aproveitamos, daqui por diante...". Não conseguia e nem queria imaginar como seria o futuro.

Mal passada uma hora de então, chegou a dona Hécabe, toda serelepe e saltitante. "Ah, dona Hécabe querida, o que será de nós? Para onde vamos?", digo. "Ô, menina!", diz. "É uma guerra como qualquer outra, e vai passar. Não é nem a primeira, nem a última. Não é isso o que me incomoda. O que me incomoda são outras coisas". "Mas você não levou um susto com as sirenes?". "Até parece! Já sabia mesmo que elas iriam tocar e só estava esperando. O Teodoro ficou de plantão à noite no jornal e, na hora em que ele estava pronto para voltar para casa e dormir, receberam lá na redação um telefonema do Ministério com a informação. Mas ele não tinha mais forças para ficar lá. Estava num prego, o coitadinho, por conta do cansaço e da noite em claro. Chegou em casa e nos contou tudo. Depois, se enrolou nas cobertas e me disse: 'Mamãezinha, não me acorde nem que joguem bombas!'. Como ele é surdo de um ouvido, nem ouviu as sirenes". "Você não está entendendo", digo-lhe, pasma com o sangue-frio dela, "eles vão jogar gás asfixiante! E sabia que, depois disso, ainda vêm nos tomar as nossas casas e estuprar as meninas?". "Você está boa da cabeça, filha?", diz. "Acho que deve ter ensandecido de vez. Logo você, uma mulher tão lida! Diziam a mesma coisa na outra guerra, nos aterrorizando a troco de nada. Quanto às meninas", diz, torcendo a boca, "pode ficar tranqüila que não vai acontecer nada com elas. Se não derem bandeira, ninguém vai mexer com elas. Os italianos são gente como a gente. Não são monstros da selva...".

"Não é para menos!", me diz a tia Katingo, que chegou logo depois e para quem eu contei o que a dona Hécabe tinha dito. "Um dos filhos é surdo, o outro está na prisão, o genro é médico e vai acabar achando onde se esconder. Coitados são os nossos filhos!". O Takis tinha sido transferido para um contra-torpedo, o Petros estava servindo nos arredores de Kozane, no foco do fogo. "Coitados dos nossos filhos!", diz, desatando a chorar. Logo em seguida, veio o Akis procurar a avó. "Ela veio, mas já foi embora", digo-lhe. "Bem-vindo, comandante!", lhe diz então o Adônis, assim que o avistou. Ele vestia o uniforme do Movimento Nacional da Juventude.[37] "Vamos só ver quantos italianos você vai liquidar!", diz. "Já lhes deram espingardas?". O rapaz tinha ido de manhã para a escola, mas os alunos foram mandandos de volta para casa. As aulas estavam suspensas até segunda ordem. "A pamonha é que saiu ganhando!", me diz a Marieta. O Akis tinha então voltado para casa, vestido o uniforme e ido para a subdivisão dos quartéis deles. O comandante da subdivisão fez com que eles se alinhassem para ouvir um discurso. "Pobres rapazes!", pensei, quando ele começou a contar, com aquele entusiasmo juvenil, como eles tinham decorado os quartéis com bandeiras de papel e imagens dos heróis de 1921. "Vocês também, o que são obrigados a ver nesse mundo da pá virada em que vieram nascer!...", e disse à Marieta: "Ainda bem que nossa bandeira está hasteada!". Ela estava esquecida no mastro desde que nós a tínhamos hasteado para a festa de São Dimitris. "Pelo menos", digo-lhe, "não precisamos ficar hasteando e descendo bandeira o tempo inteiro; há males que vêm para o bem". De repente, me dei conta de que tinha recobrado o sangue-frio e meu costumeiro bom-humor. "Pois é, rapaz!", pensei com os meus botões. "Vamos ser diferentes do resto? Se até o Adônis levou na brincadeira, pouco me importa!".

[37] E.O.N. [Εθνική Οργάνωση Νεολαίας], "juventude da ditatoria do Metaxás". (N.T.)

Logo depois voltou a dona Hécabe. "Por acaso passou por aqui o espertalhão?", perguntou-me. "Ele está com a chave de casa e eu não tenho como entrar. Para os diabos o Metaxás com a juventude dele!". "Por que é que você não se senta de vez, mulher? Tem que ficar rodando por aí que nem pião? Pare sentada um pouco, que logo ele volta! Vocês hastearam a bandeira?". "Pf!". "Os guardas ainda não vieram chamar a atenção de vocês?". "Chamar a atenção por quê? Eu pintei um lençol velho que transformei em bandeira para a festa de São Dimitris, mas não tenho onde hastear. Sabe como é, a nossa casa fica pela metade abaixo do fio da rua. O senhorio hasteou a dele por cima. Uma já dá e sobra...".

Quando tocou a campainha da frente, achamos que fosse o Akis, mas era a Erasmia. "Olhe só quem está aí!", lhe digo. "Quem é vivo aparece! O que será de nós, Erasmia do céu?", digo ainda, mais para puxar assunto do que por estar interessada em saber a opinião dela. "Você vai para Cefalônia ou vai ficar por aqui?". Ela me olha então por sob aqueles longos cílios curvos dela com o olhar malévolo de sempre e me diz: " Eu pedi várias vezes ao Altíssimo que enviasse lá de cima enxofre e fogo, do mesmo jeito que fez em Sodoma e Gomorra, para desaparecerem da face da terra os pecadores e os ateus, e o Senhor atendeu as minhas preces: '... E lhes mandarei a fome e a morte e a faca de maneira a se eclipsarem da terra que lhes dei... E assim saberão que sou o Senhor...' Eu estava de queixo caído. Não conseguia acreditar no que estava ouvindo. Quando me recobrei da primeira surpresa e me dei conta do significado das palavras dela, ah, aí sim virei uma fera. Quem me conhece, me admira pela minha paciência e tolerância. Não é do meu feitio trocar palavras azedas. Até mesmo a minha filha eu xingo mais em pensamento do que com palavras. Mas, ao ouvir aquele espiríto maligno das trevas, que se finge de boa-samaritana, proferir palavras tão pesadas, numa situação trágica como aquela, ah, me inflamei toda! Vi de repente com uma vividez sem igual toda a intransigência e desumanidade dessas pessoas que, como ela, se fazem passar por imaculadas. Tudo o que tinha engolido dela durante todos aqueles anos explodiu nesse momento, finalmente. Era a primeira vez que eu poria tudo para fora, e gritei, fora de mim: "Saia da minha frente! E você ainda se faz passar por santa! Se o seu deus tiver que nos destruir para provar que existe, então você faça dele bom proveito! Se ser cristão é *isso*, então não quero ser cristã: prefiro virar turca, vou me converter! Sua perversa!". Digo ainda: "Eu aguentei você e o seu fanatismo todos esses anos, mas agora chega! Já basta o que você semeou de discórdia dentro da minha casa! Você me afastou da minha mãe e faltou pouco para me separar do meu marido! Você se mexa daí *neste exato momento*, que a porta é a serventia da casa! *Fora*! Não lhe devo nada! Eu já paguei, e mais do que devia, por tudo o que você me fez!", e desatei a chorar de um choro histérico, sem lágrimas. Quase desmaiei. Fui para o quarto e despenquei na cama. Estava até com falta de ar. O Adônis, que estava tomando banho, tinha saído correndo logo que ouviu a gritaria, mas não quis intervir. Nunca tinha me visto naquele estado. A Erasmia primeiro não soube o que fazer. Não estava esperando uma tempestade daquelas. Mas logo recobrou o autodomínio. Foi até o quarto que ficava no pátio, recolheu um material de costura que tinha deixado lá, fez uma trouxa, que botou debaixo do braço, mas, antes de sair, veio se postar na soleira da porta do meu quarto e começou a dar uma de profeta judeu: "... E eis-me sobre ti, maldição, diz o Senhor, pois que é chegado o dia da vingança...

Exatamente como foram destruídas Sodoma e Gomorra, com os seus habitantes, disse o Senhor Onipotente. E não há de ficar um homem sequer!...". "Ô, Erasmia!", interveio a dona Hécabe, puxando-a pelos ombros para levá-la para a sala. "Você não vê que a mulher está sofrendo? E me diga o seguinte: é cristão você se alegrar com uma desgraça tão grande caindo sobre os seus irmãos? Foi *assim* que falou Jesus Cristo? Eu tenho a impressão de que..." Mas a Erasmia não a deixou terminar. "Não me toque!", grita. "Você é farinha do mesmo saco! Desde o dia em que trouxe você aqui para dentro soube que iria se aliar a ela, sua ingrata! Mas o que mais se poderia esperar de alguém como você?". E a dona Hécabe, se enfurecendo: "Você quer que eu lhe responda o quê? Não acha que passou das medidas? Meça as suas palavras, que eu sou capaz de arrastar você para fora pelos cabelos!..." Mas a Erasmia, sem lhe dar ouvidos, se virou novamente para mim e recomeçou o sermão: "... Pois ali não habitará o filho do homem... Seu pão comerá com dificuldade..." Eu tinha tapado os ouvidos com as palmas das mãos para não ouvir mais nada, mas ela continuava urrando. "Pare com isso, Erasmia! Já chega!", diz então o Adônis, empurrando-a para fora do quarto. E ela foi saindo, mas dizendo, até chegar à porta: "... Sua água beberá com escassez... Do mesmo modo como a terra desapareceu juntamente com tudo sobre ela, pois que os que nela habitavam viviam na impiedade... e a iniqüidade se calcinará em labaredas de fogo... e o povo será carbonizado nas chamas... o homem não se apiedará de seu irmão... Inclinar-se-á para a direita e, quando tiver fome, comerá pela esquerda...", e assim por diante.

Quando eu finalmente ouvi a porta de entrada se fechar, recomecei a chorar, mas agora de remorso. Não gosto de magoar as pessoas. Não perdoava a mim mesma por ter descido ao nível da Erasmia e, ao mesmo tempo, fiquei com medo de me indispor novamente com o meu marido. Mas o Adônis não deu muita importância à briga. Ele estava era com outras coisas na cabeça. Saiu e voltou depois de uma hora, carregando um aparelho de rádio enorme, de oito válvulas. Pôs o rádio na tomada e começou a apertar os botões que nem criança com o brinquedo novo. A rádio Ateniense ainda continuava tocando baladas de guerra. Até que interrompeu a música para transmitir um comunicado, o primeiro do Quartel-General das Forças Armadas, que nós já tínhamos ouvido de manhã pelo rádio da Nota. O Adônis se levanta então e diz à Marieta, naquele linguajar deles: "Ô fia! Ocê pegue a latona de óleo e todas as sacolas que ocê encontrar, pa a gente ir po Bouhlos..." E se voltando para mim: "Quero comprar comida para uns dois meses, para a gente pelo menos ter o que comer. Mas nem pense em tocar nela. Ponha no porão e deixe lá para uma hora de dificuldade". E eu lhe digo num sussurro: "A Marieta tem que voltar para Andros. A gente não tem o direito de segurá-la aqui com esta situação. Telefone do Bouhlos para uma agência para saber quando sai o próximo barco para Korthi...". E fiz sinal com os dedos de que nós estávamos lhe devendo quatro meses de salário. "Fique tranqüila", me diz, "temos tempo de sobra", e lá se foi com a Marieta.

Fiquei sozinha, com a condessa. Desliguei o rádio, que já estava começando a me dar nos nervos, dei de comer ao cachorro e subi até o terraço para tomar um pouco de ar. As folhas do choupo no quintal da casa vizinha tinham começado a cair. Na época em que havíamos mudado para ali, ele ainda era uma arvorezinha seca. Agora, os galhos desfolhados pela metade tinham chegado à altura do nosso terraço. A brisa outonal agitava de leve as bandeiras hasteadas na frente das casas, as nuvens se dissipavam, e o sol estava querendo sair, como se o tempo se sintonizasse com os corações dos homens. Senti uma paz estranha invadir o meu corpo e a minha alma, sem entender nem eu mesma por quê. "Pois é, companheiro", pensei com os meus botões, "a dona Hécabe tem razão: de alguma maneira, nós vamos dar um jeito. O pior que pode acontecer é morrermos, pf!".

Se por um lado o otimismo dela me deu tanta coragem, por outro eis que aparece ela de noite em casa com os olhos vermelhos, como se tivesse chorado horas a fio. "O que foi que aconteceu com você?". "Deram anistia ao Dimitris", me diz, respirando com dificuldade, "e ele veio e almoçou com a gente! Pegou duas mudas de roupa, botou numa mala e foi embora para Salônica para se apresentar na unidade dele!".

"E não era para você estar contente?", lhe digo. E me lembrei das palavras da tia Katingo: "Ele não pode ser convocado, por causa da tuberculose". A dona Hécabe me diz então: "Você não está entendendo. Leu tanto, mas parece que não adiantou nada! Se ele estivesse bem de saúde e fosse convocado pelo exército, eu não só não me incomodaria, como também ficaria contente da vida. O que lhe falta na vida é disciplina. No que diz respeito ao perigo, é uma questão de escolha. O risco é o mesmo para milhares de outros jovens como ele. Mas, com a doença e a cabecinha-de-vento que ele tem, estaria mil vezes melhor na prisão. Pelo menos eu sabia onde ele estava e podia ir lá vê-lo quando eu bem entendesse, despreocupada. Mas agora ele vai para o norte, e eu morro de medo que, assim que for dispensado, alguém venha me dizer que se envolveu de novo em alguma trapaça. Em Salônica ele vai reencontrar os antigos companheiros e começar a freqüentar os mesmos botecos de antes, e aí, já viu: vão ser aquelas noites de farra, e ele vai se envolver com aquelas mulheresinhas que lhe sugavam o sangue. Não agüento mais essa vida que Deus me deu! Que joguem quantas bombas for, que joguem gás asfixiante: eu quero é morrer para sossegar!...". "O que é isso? Vamos parando com essa história. Eu sei que você está falando da boca para fora. Você gosta, e muito, da sua vida. Talvez mais do que qualquer um de nós. Caso contrário, não ficaria tão preocupada quando as coisas dão errado. Hoje o pessimismo tomou conta de você, mas amanhã estará tudo cor-de-rosa novamente...".

"Coitada de você, dona Hécabe!", pensei. "Gosta de que o filho esteja na prisão, da mesma maneira que algumas pessoas põem o pássaro dentro da gaiola sob o pretexto de que ele estará assim protegido dos inimigos. Mas o seu Dimitris não parece ser do gênero de pássaro que se deixa prender numa gaiola, mansinho, sem dizer um "ai". Esse aí está é mais para gavião. Deixe o coitado seguir o destino que ele tem que seguir, assim como todos nós! Que egoístas que nós, mães, conseguimos às vezes ser!". Eram esses os meus pensamentos, quando ela se levantou e partiu. "Será que sou assim também com a minha filha? Será que não estou sendo injusta?". Parei por alguns momentos para pensar em mim e fazer um exame de consciência. Não me agrada fazer justamente o que zombo nos outros. No fundo, só Deus mesmo sabe o quanto eu a amava, e quanto a amo ainda hoje. Os filhos podem dizer o que for, mas mãe é mãe. Como se diz por aí, o sangue não vira água. Eu sempre quis o bem da minha filha. Tinha esperança de que ela, crescendo, tomaria jeito, e que eu, pobre de mim!, também teria alguém que viesse me dar um copo d'água na velhice. Jamais imaginei que chegaria o dia em que ela me veria como o seu pior inimigo!...

capítulo quatro

Não só não chegou o apocalipse final e não morremos no dia seguinte, como, por incrível que pareça, também estávamos vivinhos da silva. Mais que nunca. A guerra, antes de abrir novas feridas, fez com que antigas se cicatrizassem; nos tirou do torpor, fez com que nossa vida tomasse um sentido. Não vivíamos mais a troco de nada, comendo e indo ao banheiro como animais. O perigo despertou em nós sentimentos que, ou não existiam antes, ou existiam e não sabíamos. Fez com que nos aproximássemos mais uns dos outros. Eu nunca havia me sentido tão próxima do Adônis como naqueles dois ou três primeiros meses da guerra. Em todos os anos anteriores, nós até podíamos ter dormido um ao lado do outro, mas cada um vivia no seu próprio mundinho, como se fôssemos desconhecidos e, às vezes, até mesmo inimigos. Eu agora compreendia pela primeira vez como ele me amava e que coração de ouro se escondia debaixo daquelas maneiras toscas de homem do campo. Certa noite, na cama, suspirou e me disse: "O que é que nós vamos fazer, mulher? Como você sabe, nosso dinheiro no banco está criando asas, e tudo o que nos resta é a madeireira". E eu lhe respondi: "Pf! Como se com os outros fosse diferente! Tem gente com muito menos que nós, e nem por isso são mais felizes ou infelizes. A dona Hécabe, por exemplo, não tem nenhuma fortuna: vive, sim, de uma ninharia". Digo ainda: "E você não se esqueça que nós ainda temos a casa. Em último caso a gente a hipoteca e vai vivendo desse dinheiro, até passar a tempestade e os negócios melhorarem. Não acha que vou guardar o dinheiro para dar de dote à inútil da minha filha, para ainda por cima ouvir maldades da boca dela, acha?". Ele então se ergueu do travesseiro e me disse, bravo: "Ouça o que vou lhe dizer! Pode ser que eu não viva mais muito, mas quero que você me dê a sua palavra de que, aconteça o que acontecer, você não vai vender a casa, porque, senão, minha alma não descansa. Quero ter certeza de que não vai lhe faltar nada!..." Aí ele se debulhou em lágrimas, e eu pulei da minha cama para a dele (nós dormíamos cada um numa cama de solteiro, mas tínhamos juntado as duas) e comecei a lhe fazer carinho, não só por fazer, como antes, mas com uma ternura que jamais tinha sentido antes por outra pessoa, além do falecido papai, e disse: "Você me faça o favor de parar de ficar dizendo toda hora que vai morrer! Se me ama, não diga essas bobagens! Será que você não vê que não é culpa sua que os negócios estejam parados? A guerra era para acontecer, e todo mundo já a pressentia. E você, bobinho, ficou se responsabilizando pela situação e acabou ficando doente de preocupação! Por que é que foi achar que os deuses estavam todos contra você?". E digo ainda: "Tome cuidado com a sua saúde! É a única coisa que lhe peço. Você sabe que é a única pessoa que eu tenho nesse mundo. Se alguma coisa lhe acontecer, os meus parentes só vão querer saber de me explorar, e se eu algum dia cair nas mãos da minha filha, o melhor que tenho a fazer é me suicidar..." E era assim que eu lhe dava coragem, e ele não só fortalecia o seu ego, voltando a ser de repente o Adônis ativo e otimista que eu conheci antes de ele adoecer, como ainda melhorou de saúde: a perna dele passou a incomodar bem menos, a pressão voltou quase ao normal, e ele praticamente não reclamava mais do coração. Eu lhe dava o tônico fortificante para o coração mais por hábito do que por necessidade. Começou a comer com apetite; claro que não como antes da doença, mas, pelo menos, ele não ficava mais sem comer. Pensei com os meus botões que tinha sido necessário os italianos nos declararem guerra para ele melhorar. E não só a nossa vida se tornou mais verdadeira e sincera do que antes, como ainda passou a ter mais cor. Cada vez que o quartel-general das Forças Armadas anunciava uma vitória na Albânia, Atenas se vestia de azul, as ruas se enchiam de gente como em tempos de paz após desfiles ou paradas, e metade dos homens vestiam uniforme, sendo que, ao lado dos nossos, estavam também ingleses, neo-zelandeses e os australianos com aqueles chapéus engraçados. A gente andava pelas ruas do centro e tinha a impressão de que, em vez de guerra, era época de carnaval. Como costuma acontecer nessas ocasiões, muita gente tinha mandado as convenções para a cucuia e fazia o que lhe dava na telha, coisas que jamais sonhariam em fazer em tempos de paz. Parecia dizer: "Já que não vamos viver muito mesmo, temos é que nos divertir enquanto ainda podemos!". Naqueles três primeiros meses, novembro, dezembro e janeiro, só fazíamos viver ao ritmo das marchas que tocavam o tempo inteiro na rádio. Se tocassem vinte vezes por dia o Hino Nacional, vinte vezes nós nos arrepiávamos de emoção. Estávamos continuamente "em pé de guerra", e eram tantas e tantas as coisas que eu tinha para fazer! Tudo tinha que passar pelas minhas mãos, porque a gracinha da minha filha nem se mexia para me ajudar. A insensível continuava a ler os romances água-com-açúcar dela – quando não dormia. "Por acaso o mosquito da dengue picou você, sua molenga?", perguntava eu. "Que doença é essa sua, hein? Será que não está na hora de eu levar você para um psiquiatra?". Eu infelizmente estava sem a Marieta para me ajudar como antes. Três dias depois de a guerra ter sido declarada, nós a mandamos para Andros. Juntei todas as saias velhas que eu tinha, algumas roupas de baixo do Adônis (para o pai dela) e todos os artigos domésticos que eu não usava mais ou tinha em dobro, e dei tudo a ela. No final eu ainda deixei os sentimentalismos de lado e acabei lhe dando a antiga máquina de costura manual da falecida mamãe, que eu guardava como recordação. Quis me livrar de todos os trapos. Com o passar dos anos eu tinha acumulado tanto traste em casa que não havia sobrado um armário vazio onde pôr objetos mais úteis. Ao mesmo tempo, ainda sabendo que o Adônis estava todo preocupado com a questão monetária, fiz com que ele lhe desse três salários a mais de bônus, além dos quatro que nós já estávamos lhe devendo. Fiquei sem saber se ela conseguiu comprar algum terreninho, ou se, em vez disso, botou o dinheiro em algum baú, e ele acabou perdendo o valor, como aconteceu com tanta gente. Coitada da Marieta! Passamos uma vida inteira juntas: chegou em casa menina de tudo e, quando foi embora, já era uma mulher madura. Apesar de todas as promessas que tínhamos feito à mãe dela, acabou que não conseguimos lhe achar um bom partido para se casar. A alcovitagem que lhe fizemos com um leiteiro não deu em nada, e eu fiquei com remorsos, pensando: "A coitada se dedicou a nós uma vida inteira, nos deu os seus melhores anos e agora tem que recomeçar do zero, aprendendo como alimentar os porcos e cortar lenha. Será que ela vai agüentar, mal-acostumada como está, dormindo num quarto limpinho, com banheiro, e comendo tão bem como come?". Nos primeiros dias, depois de ela ter ido embora, eu ficava toda atordoada e perdida. Não sabia para que lado ir. Graças a Deus, havia a dona Hécabe para me ajudar. Sem o monstro antropomorfo perguntando de má-vontade: "Por acaso você quer ajuda, mãe?", nos sentamos ela e eu certa manhã e recortamos tiras de papel, que colamos diagonalmente sobre os vidros com cola de farinha, em forma de cruz, para que nós não nos machucássemos com os estilhaços, se porventura caísse ali perto alguma bomba. Eu nunca havia me dado conta da quantidade de vidraças que tínhamos em casa. Era uma colação só. Na mesma tarde, desci até a rua Eolou e comprei quinze metros de brim. A dona Hécabe então se sentou e começou a me costurar cortinas, que nós penduramos em seguida nas janelas para escurecer o ambiente. Cada vez que escapava para o lado de fora uma frincha de luz, vinha um policial bater à porta de casa para nos chamar a atenção. Cortamos também papelão, que colocamos em volta dos lustres da sala de jantar e na lâmpada que ficava no teto do saguão de entrada, que nós deixávamos sempre acesa. Era também ali que costumávamos comer – o que me facilitava a vida, pois ficava perto da cozinha – e nos reunir no inverno. Não era muito espaçoso e, por isso, se esquentava mais fácil. Parecia nessa época uma oficina têxtil. Nós tricotávamos malhas de algodão para os soldados. Terminávamos correndo as tarefas domésticas e nos juntávamos ali: a dona Kasimate, a dona Kondopoulou, a Hamhoumi, a tia Katingo com a Irene, a Nota, a dona Hécabe com o neto, e eu. Ficámos ali costurando e tricotando camisetas de baixo, cachecóis e luvas para os soldados. Os rapazes, coitados!, viviam se resfriando, lutando como estavam lá nas montanhas da Albânia. Nós mais parecíamos máquinas de tricotar. Competíamos para ver quem terminaria mais rápido uma manga, uma parte da frente ou de trás. E, tricotando, ficávamos contando histórias ou cantando que nem tecelãs na frente do tear. O povo tinha inventado um monte de canções sobre os italianos, que, em vez de invadir a Grécia, iam sendo empurrados mais e mais para o mar:

Chove espesso...
Encolhidos na tenda,
nem um passo eles marcham avante.
No comunicado se lê a emenda:
com esse tempo não vão adiante.

De vez em quando eu ainda canto essas canções e os meus olhos ficam rasos de lágrimas. Sinto uma saudade tão grande daquela época!

Jamais na minha vida tricotei com tão bom-humor como então. Houve dias em que eu sentava de manhã para tricotar e, à noite, já tinha terminado um pulôver inteiro. A hora passava tão agradavelmente! Nem sentíamos cansaço. O único porém é que a ociosa da minha filha nem queria saber de pegar na agulha de tricô, além de não me ajudar nem nas tarefas domésticas. Já fazia um mês que ela tricotava um cachecol de nada, e ainda estava lutando para terminá-lo. Errava toda hora; dava dois pontos e deixava escapar três. E o pior é que eu tinha que deixar o meu tricô de lado para consertar o dela, porque senão era a maior briga. Ela me dizia que eu não queria que ela aprendesse, porque eu queria ser melhor em tudo. Até mesmo o neto da dona Hécabe, que era menino, tinha aprendido a tricotar. Ele sabia costurar até elástico, veja só você. E com que facilidade! Até melhor que nós, mulheres. Nós tricotávamos às pressas, sem nos preocupar se estava ficando bonito ou não, ao contrário dele. Quando víamos o garoto pegar aquelas agulhonas nas mãozinhas, como se fosse a tricoteira mais hábil do mundo, era risada por todo lado.

Vez ou outra disparavam as sirenes de alarme, mas, depois das duas ou três primeiras semanas, paramos de ir para os abrigos antiaéreos Nós sabíamos que eles não ousariam bombardear Atenas por conta de todos os monumentos antigos. Se bombardeassem, nós também iríamos para a Itália incinerar a Roma deles. O Adônis, por outro lado, continuava tomando os calmantes e tinha dificuldade para acordar no meio da noite. E, se conseguisse acordar, passava o dia doente. Isso sem contar a minha amada filhinha, que dormia sempre como se tivesse tomado dez comprimidos. Só Deus sabia o que eu sofria para fazer com que ela acordasse e se vestisse. Até que parei para pensar e resolvir mandar tudo para o quinto dos infernos! Podiam jogar quantas bombas quisessem: eu é que não me levantava da minha cama! Só acordava e me erguia sobre o travesseiro, acendia o abajur, cuja luz só iluminava a página do livro que eu estava lendo, e mergulhava na leitura. E, quando não tinha luz, o que acontecia muitas vezes quando davam o alarme, eu me sentava na cama, desperta, e pensava. Ficava me lembrando dos velhos tempos e fazendo planos para o futuro, até que as sirenes parassem. Então eu me deitava de novo e adormecia. A dona Hécabe me disse certo dia: "Muito certa está você!". Ela estava nesses dias uma fera com o Teodoro. "Coitada da mulher que se casar com ele, menina!", disse. "Tenho dó dela do fundo do meu coração (se nós soubéssemos então...)! Nunca vi homem mais cheio de mania. Tudo o que ele engole dos chefes, lá no jornal, vem e desconta na gente..." O Teodoro os obrigava a dormir de roupa e sapatos para estarem prontos para correr para o abrigo em caso de alarme. Mas a dona Hécabe não era dessas que se curvam facilmente a ordens alheias. Ela podia não resistir explicitamente, mas quando as sirenes tocavam, dizia aos filhos: "Vocês peguem o garoto e vão indo! Em dois minutos eu chego também. Quero recolher as roupas do varal para nenhum ladrão roubar". Isso costumava acontecer com certa freqüência nessa época. Ela ficava então em casa, lavando pratos ou esfregando. "Ir para o abrigo a troco de quê, amiga?", vinha ela me dizer. "Eu não hei de morrer desse mal. O que vai me matar é esse desgosto com o Dimitris!...". "Como é que você sabe?", lhe dizia. "Sabendo", respondia cheia de convicção, entristecendo-se...

Como eu estava dizendo outro dia mesmo à dona Rossopoulos, nessa vida nós não devemos dar nada por certo, além de que ninguém pode se dizer feliz até chegar a hora de morrer. Os gregos antigos tinham razão. Justamente aquele com o qual a dona Hécabe não se preocupava o mínimo, ou seja, o genro, por saber que ele estava bem longe da fogueira, e cuja situação a tia Katingo invejava tanto, pois é, justamente esse foi um dos primeiros a serem mortos. Assim que se declarou a guerra, foi mobilizado e enviado como médico subtenente a um hospital militar em Patra. Foi atingido por um projétil durante um ataque aéreo, no momento em que ele transportava um ferido sobre uma maca, às pressas, tendo a carótide cortada num décimo de segundo, que Deus nos livre e guarde!

Depois do funeral, a Polixene voltou a Atenas, fez as trouxas e foi para a casa da mãe. Os pais do falecido marido nem lhe convidaram para ficar com eles. Não quiseram mais vê-la nem mesmo quando ficaram sabendo que ela estava grávida. Eles a tinham tolerado até então por causa do Alexandro, que era o único filho que tinham, para não se indisporem com ele. Mas, depois de ele ter ido dessa para a melhor, começaram a gelar com ela. Vá saber! Pode ser que, inconscientemente, a considerassem culpada pela morte do filho. As pessoas às vezes conseguem ser tão irracionais! E a situação da coitada da moça não só voltou a ser tão ruim, como ainda bem pior e mais precária que antes. Porque, se o marido por um lado lhe deixou algum dinheiro e uma pensãozinha para que ela pelo menos não precisasse batalhar por um emprego, por outro a deixou também com o coração despedaçado – para usar a expressão popular – e um filho na barriga. Mas, ao contrário da mãe, a Polixene era daquelas pessoas estóicas que nunca reclamam em voz alta da própria sorte e nem falam de si, com grande dificuldade de desabafar. Ainda que, nessa época, apesar de ter vindo várias vezes em casa, com a mãe ou sozinha, eu também nunca havia tido tempo hábil para conhecê-la. Quando ela teve um aborto natural no final de fevereiro – se é que foi natural mesmo –, o médico lhe prescreveu mudança de clima. Decidiu então ir ficar com a Helene, que nesse meio-tempo tinha ido se instalar em Kalamata para ficar perto do "amante". Passaram-se então três anos até que eu voltasse a vê-la de novo.

No início de dezembro, sem que jamais sonhássemos que isso pudesse acontecer, eis que aparece um trabalho de empreitada para o Adônis assumir, intermediado por um comandante de batalhão conhecido dele, com quem jogava gamão vez ou outra no boteco. Tratava-se de uma obra de fortificação – onde, ele não dizia nem a mim. É claro que o comandante recebeu a parte dele. Sem propina não se chega na Grécia a lugar nenhum. Esse tipo de encargos costuma seguir a lei de menor oferta, mas, em meio àquele deus-nos-acuda, quem é que ia se preocupar com esses detalhes? E lhe molharam a mão bem generosamente, por sinal, mas valeu a pena: o encargo acabou nos rendendo uma senhora bolada, que o Adônis – que Deus o tenha – teve presença de espírito suficiente de ir transformar em liras na bolsa da valores. Foi o que me salvou nos dias da Ocupação. Caso contrário, teríamos vendido a casa e morrido de fome. Ele me traz um dia as notas todas enroladinhas e me diz: "Esconda isso bem escondido no lugar que você achar melhor, e não o conte nem para mim! Não toque nesse dinheiro a não ser que a gente chegue ao cúmulo de não ter mais nem pão seco para comer!..." Jogou o maço na mesa como se fossem as moedas de prata do Judas. Ele estava com remorsos por ter tirado dinheiro do cofre público num momento tão crítico para a nação. Em vão eu lhe repetia que, se não tivesse sido ele a se encarregar da empreitada, teria sido outro, e dizia ainda: "Você pode ter certeza que outra pessoa não teria nem um centésimo dos seus escrúpulos éticos..." Mas ele não queria me ouvir. Para se redimir, foi se apresentar como doador de sangue voluntário na Cruz Vermelha, e eu, como não podia deixar de ser, o incentivei. Sabia que isso não só o deixaria com a consciência mais tranqüila, como também faria bem para a sua saúde. Ele precisava mesmo de umas sangrias de vez em quando. Começou então a ir uma vez a cada dez dias à rua 3 de Setembro, voltando para casa sempre mais leve e de bom-humor. Eu lhe deixava pronta uma tigelona de iogurte para quando ele voltasse, que ele comia com gosto. Ficava com o sentimento de ter contribuído ele também, com o próprio sangue, para o bem da nação.

Só fomos entrar em atrito quando ele começou a me tirar objetos de valor de dentro de casa para doar à coleta da Frederica para a Campanha da Camisa do Soldado. Tudo ótimo, tudo uma maravilha: eu também era patriota e queria ajudar, e ajudava – as minhas mãos já estavam criando calos de tanto tricotar –, mas não tinha intenção nenhuma de deixar que ele me esvaziasse a casa. "Segundo as nossas possibilidades, já fazemos o suficiente", lhe dizia. "Agora o resto você deixe dar quem tem mais para dar!..." Mas ele não me ouvia, do mesmo jeito que não tinha me ouvido em Koroni e, depois, em Atenas, na época em que caiu nas mãos da Erasmia. Certas vezes passava a Legião da Juventude, que ia andando pelas ruas segurando cobertas abertas para o povo ir jogando o que quisesse ou pudesse dentro: uns davam artigos de lã, outros livros, e outros ainda dinheiro. O que eu possuía de roupa velha, infelizmente, já tinha dado por aí. O resto que tinha sobrado foi junto com a Marieta para o pai. Eu não sabia mais o que dar. Da primeira vez eu dei uma pilha de livros, da segunda um pulôver velho do falecido papai e cinqüenta dracmas. Mas quando, alguns dias depois da segunda vez, passaram ainda uma terceira, comecei a soltar palavrão. "Mas que história que eles também tinham que ter inventado!", pensei, e a má-sorte ainda quis que o Adônis estivesse nesse dia em casa. Eu lhe digo: "Não tenho mais nada para lhes dar! De qualquer maneira, nada dessas coisas vai parar nas mãos dos soldados. Vá saber você que espertinhos não acabam passando a mão!..." Até que eu me lembrei do baú que ficava na lavanderia. Fazia anos que eu não o abria. Subi até o terraço e, entre outras coisas, acabei desenterrando um casaco do papai, que ele usava quando fazia alpinismo. Pensei que podia servir para alguém esquentar os ossos. Mas o finório do meu marido tinha ido nesse ínterim para o quarto, tirado uma dúzia das suas boas camisetas de baixo da cômoda, apanhado o bom terno café do armário e os dois cobertores de pele de camelo da cama, que o Fotis tinha me trazido da Inglaterra, e saído para lhes dar tudo. Quando desci, sem desconfiar de nada, com o casaco de couro nas mãos, e vi a nossa cama pelada, virei estátua. Foi uma briga como poucas antes: eu abri o maior berreiro e fui me trancar no quarto. Ele batia na porta, mas eu não abria. Pensava comigo que estava mais do que na hora de eu cortar essa mania dele de uma vez por todas, porque, senão, a coisa viraria uma bola de neve. Para fazer as pazes comigo, acabou indo até a rua Hermou e me comprou duas cobertas novas, que temos até hoje. Vez ou outra, quando puxo a coberta para me cobrir, tenho a impressão de ver o Adônis vivinho na minha frente...

Quando o nosso exército entrou em Koritsa, o Adônis pegou a mim, a Irene e a condessa, e descemos para ver as festividades na Homônia. Eu nunca tinha visto tamanha multidão na vida. Pensei: "Mas onde é que mora todo esse povo, Deus do céu?". Os megafones tocavam marchas de guerra, e as ruas estavam todas enfeitadas com bandeiras. Os gregos estavam ébrios de entusiasmo e patriotismo, os ingleses e australianos, de cerveja. "Onde é que cabe tanta cerveja, Deus meu? Ninguém tem tanto espaço no estômago!", dizíamos todos. Para você ter uma idéia, os caminhões paravam na frente da taverna do Moriates, e não sobrava uma única garrafa de cerveja. *Retsina* eles não tomavam. Davam um gole para experimentar e faziam cara de nojo, como se fosse óleo de fígado de bacalhau. Os australianos eram os piores de todos. Você não via um único sem uma garrafa na mão. Eram todos altos e robustos, mas seus rostos pareciam de bebê, de tão inocentes. Até na hora de fazer coisa errada tinham tanto cara de cordeirinhos, que era impossível você ficar com raiva. Certo dia, ouço uma algazarra do lado de fora de casa e, quando vou abrir a veneziana da janela da sala para ver o que era, dou com um australiano magricelo e enorme de alto, caindo de bêbado e fazendo xixi na maior paz do mundo no muro de casa. Em plena luz do dia, sem dar a mínima que as pessoas pudessem estar vendo! Ele me olha com a maior inocência, como se o que ele estivesse fazendo fosse a coisa mais natural do mundo, sem interromper sua atividade. Eu então fechei as venezianas o mais rápido que pude. Não me lembro de ter ficado com mais vergonha na vida do que naquele dia. Contei a aventura para a Ioulia, mas ela só fez rir de mim. "Ioulia querida", digo, "foi assim e assado..." Nós nos conhecíamos desde pequenas e, nesses assuntos, não tínhamos papas na língua uma com a outra. "Pois é menina, fiquei boba!", digo. "Eu já conheci dois homens na vida, mas nem sonhava que um... é... pudesse ser tão... tão...". "Já sei", me diz a Ioulia, entendendo de cara o que eu queria dizer e se dobrando em quatro de rir. Então me diz: "A minha experiência foi diferente da sua. Não fique achando que só os australianos é que têm o dito-cujo... assim. Não queira saber o que passei com o Kasimate enquanto éramos ainda recém-casados...".

"Vocês não saiam de perto da gente!", digo à Irene e à minha filha. "Foi uma irresponsabilidade trazer as meninas para o meio de um acotovelamento tão grande de gente", pensava eu. "A tia Katingo me esfola viva se acontece alguma coisa com a Irene". Em seguida começou um empurra-empurra como eu nunca havia visto antes. O povo ia se escoando que nem lava vulcânica em direção ao prédio da prefeitura. Os policiais começaram a ameaçar a multidão, brandindo os cacetetes no ar, mas não conseguiam restabelecer a ordem. Iam sendo levados eles também pelo fluxo de gente. As mulheres gemiam, duas ou três já tinham até desmaiado. Eu estava certa de que não ia sobrar um ponto das minhas meias-calças para contar história. "Vamos embora!", digo ao Adônis, mas ele não me ouviu. Tinha preso na bengala uma bandeira de papel, que ele agora ficava balançando no ar como se fosse um estandarte. Parecia criança. Para dizer a verdade, tenho que admitir que era impossível não se emocionar diante de tanto entusiasmo. A Grécia não tinha visto dias como aqueles desde 1912 ou 1913. E me lembrei do falecido papai: ele sonhava, como tantos outros, com a realização da Grande Idéia. Mas, depois da Catástrofe da Ásia Menor, balançava freqüentemente a cabeça com tristeza, dizendo que os dias gloriosos da Grécia haviam terminado. Como ele estaria feliz agora se ainda vivesse! Ah, e que maravilha se tívessemos vencido na época das insurreições da Ásia Menor! Como a Grécia seria diferente hoje em dia! Nós, gregos, não somos um povo ruim. É claro que temos milhares de defeitos: somos desconfiados e fofoqueiros, e não é do nosso feitio falar bem dos outros nem fazer o bem ao próximo. Mas é por causa dessa pobreza toda. A pobreza faz as pessoas se tornarem mais rabugentas. Ao passo que, se tivéssemos Esmirna e a Trácia Oriental, não precisaríamos importar o trigo que comemos...

De repente, o que eu já suspeitava havia alguns minutos se tornou uma certeza: um sujeito estava definitivamente se aproveitando daquele empurra-empurra para se esfregar em mim! E eu tinha que agüentar calada para não criar um escândalo. Mas isso não lhe bastava: teve ainda a audácia de meter a mão debaixo da minha saia, o sem-vergonha! "Ai!", digo, berrando. "Adônis!", grito então. Mas esse aí estava longe, balançando a bengala com a bandeira. Quando foi se dar conta do que estava acontecendo, o descarado já tinha desaparecido no meio da multidão, sem deixar rastro. "Vamos embora daqui!", digo, mas de uma maneira que não deixava margem para objeções. "Imediatamente! E para o diabo não só Koritsa, mas a Grécia inteira! Os gregos nunca vão aprender a virar gente!..." Quando conseguimos, com muito custo, sair daquele mundaréu de gente, passamos numa doceria da rua Eolou, onde os outros comeram doce e eu bebi uma limonada para me recobrar do acontecido. Mas o meu bom-humor já tinha ido para a cucuia. "Que cretino!", eu pensava. "E ainda parecia tão certo, era tão bem-apessoado! Esses monstros não têm o mínimo de dignidade!".

Mas, excetuando-se o incidente desagradável, aquela tarde foi algo inesquecível para mim. Infelizmente, porém, não estava escrito que nós ainda festejaríamos muitas vitórias como aquela. É verdade que nós, depois disso, ainda conseguimos tomar Himarra e Tepeleni, e até mesmo Klissoura, que nosso general Sôndou dizia, com orgulho, ser inconquistável, mas depois da passagem do ano o furor bélico dos gregos foi se apagando pouco a pouco. Ninguém dizia em voz alta, mas, no íntimo, todos sabíamos que a guerra da Albânia era mais uma daquelas loucuras de heroísmo dos gregos, mas totalmente em vão. Cedo ou tarde nós teríamos que nos entregar. Os ingleses não estavam em condição de nos ajudar; já tinham lá os problemas deles para resolver. Até quando nós conseguiríamos assustar os caras-de-espaguete, com muita fumaça, mas sem fogo? Eles podiam não saber lutar, mas seus suprimentos de guerra eram inesgotáveis. Começaram a guerra de trincheira. Era uma carnificina só, para conseguirmos no máximo tomar um mísero monte de terra qualquer, que eles, por sinal, reconquistavam dias depois. Quem nos contou foi o Petros, quando voltou.

E, nesse período já tão conturbado, ainda foi morrer o Metaxás. Alguns diziam que tinha morrido de amigdalite purulenta, outros de uma infecção renal. O Adônis estava inconsolável. No dia do enterro, nos levou para a alfaiataria do primo, que ficava no centro, na rua Mitropoleous, para vermos do balcão a procissão de enterro. Ao voltarmos para casa, estávamos cabisbaixos e em silêncio, com exceção da minha filha. Só para ser do contra, pelo visto, começou a soltar um enxurrada sem fim de palavras. "Cale a boca, sua criatura insensível!", disse-lhe. Eu estava com a impressão de que nós estávamos voltando era do enterro da Grécia inteira, e não só do Metaxás. Alguns minutos depois de entrarmos em casa – eu tinha acabado de botar a cafeteira na tomada para passar um café, porque minha boca estava com gosto de cabo de guarda-chuva, indo tirar a saia para vestir o meu roupão de ficar em casa – chega a dona Hécabe. Pela cara dela, vi que estava perturbada com alguma coisa.

"Foi-se como os anteriores: vão desaparecendo aos poucos, um a um, dona Hécabe. Se você tivesse vindo com a gente, teria visto a procissão fúnebre do balcão do primo do Adônis". "Faça-me o favor de me deixar em paz com esse Metaxás de vocês", diz, toda exaltada, "que eu não estou com vontade de ficar rogando praga para mais um desses idiotas fazedores de guerra. Já chegam os meus desgostos pessoais! Meu filho Dimitris se envolveu em outra encrenca. Voltou hoje de Salônica, acompanhado da judia...". "Que judia?", pergunto. Eu, que não estava no estado de espírito para ouvir as dores da dona Hécabe, pensei: "Deus meu! De novo problema? Há mais gente nesse mundo com desgostos e aflições além de você, e nem por isso dramatizam tanto. Quando é que vamos ter sossego das suas 'desgraças', dona Hécabe? Será que você não percebe que há coisas bem piores no momento para a gente se preocupar?". Mas, na mesma hora, me ocorreu que ela tinha vindo me procurar para receber um pouco de consolo, e seria desumano da minha parte desapontá-la. "Que judia?", pergunto, fazendo um esforço enorme para mostrar curiosidade e interesse. "E você ainda me pergunta?", diz. "A Vitória, a filha do meu ex-senhorio, o Daviko, que ateou fogo na casa para embolsar o seguro, você não se lembra que eu lhe contei? Começaram a namorar, agora que o cavalheiro estava em Salônica, e decidiram juntar os trapinhos! Eis que despencam lá em casa na hora do almoço, sem nem mesmo mandar antes um telegrama avisando. Eu queria que você estivesse ali para ver a cara que o Teodoro fez quando viu os dois chegarem...".

Mas eu já não estava mais escutando. Pensava em outra coisa. A morte do Metaxás tinha de repente despertado em mim um medo mais intenso ainda em relação à saúde do Adônis. Desde manhã que eu tentava afastar esse pensamento ruim da cabeça, mas em vão. "Que Deus não faça com que eu tenha que beber desse cálice!", pensava, ouvindo a dona Hécabe ao longe, como num sonho, falando sobre um batizado qualquer. Mas que relação poderia haver entre o batizado e o Dimitris com a Vitória, isso é que eu não conseguia entender. Tinha a impressão de estar tendo um pesadelo. E devia estar também com um pouco de febre. Já fazia uns dois ou três dias que uma gripe me rondava, além do que meus nervos estavam à flor da pele. Quando fui encher as xícaras de café, percebi que minhas mãos tremiam. Dei um primeiro gole e saí correndo para cuspir na pia. Coloquei sal em vez de açúcar!...

Foi só no dia seguinte, quando caí na cama para tirar uma sonequinha depois do almoço, que minha cabeça começou a viajar como de costume e eu me lembrei do episódio do dia anterior. Fiquei com um peso na consciência porque, em última análise, refleti, o Metaxás não significava absolutamente nada para mim. Quando um morre, crescem dez no mesmo lugar, ao passo que a dona Hécabe era uma chegada minha. Para mim, mais importante que cem Metaxás juntos! E me lembrei das histórias que ela tinha narrado sobre o Daviko. Coisas que eu ouvi então como se fosse um conto de fadas, histórias que pertenciam havia muito ao passado e que não teriam jamais seguimento, mas que, agora, começavam a ter uma importância por assim dizer retroativa. "O que é que você tem para ficar rindo sozinha?", me pergunta o Adônis, vestindo o pijama para descansar um pouquinho também. "Você poderia me passar o romance que está aí sobre a sua cômoda para eu não ter que me levantar?". Eu estava lendo *Anna Karenina*. "Ah, meu bem! É bem como diz a canção mesmo: do primeiro amor a gente nunca se esquece. Imagine só você que eles voltaram depois de tantos anos!". E, na mesma hora que eu disse isso, voltei a pensar nos meus anos de solteira: no Argiris e em Kifisia. Abri o livro e tentei descobrir em que página eu havia parado a leitura. Eu havia posto um marcador, mas o anjo da minha filha tinha o péssimo hábito de folhear e desmarcar os livros que eu estava lendo. "Pois é", digo ao Adônis, "eu estava rindo, pensando no que a dona Hécabe vai fazer com a nora que ela vai ter de encarar agora...". O Adônis caiu na cama e se enrolou nos cobertores. Estava cansado. Começou a roncar. Eu, sem conseguir me concentrar na história da Anna e do Vronski, refleti que, se a dona Hécabe amasse realmente o filho, teria que baixar o facho. Ai dela se começasse a reclamar como tinha feito com a enfermeira! Quanto mais rápido eles se casassem, melhor. O casamento é a melhor solução para salvar pessoas que não tomam jeito, como era o caso do Dimitris: desperta o sentimento de responsabilbidade, faz com que eles amadureçam, achem um equilíbrio na vida e, às vezes, até mudam a cara do indivíduo. Eu torcia para que isso acontecesse com o Dimitris. Por que haveria de não se casar? Bastava que a judia tivesse miolos na cabeça e que a dona Hécabe ficasse quieta no canto dela. Mas, será que ficaria?...

A expressão enigmática na cara dela era tudo, menos tranqüilizadora, quando veio no dia seguinte e lhe perguntei como andavam as coisas. "Como você queria que estivessem? Devagar, quase parando. Ela recebeu uma carta do forreta do pai, na qual o imbecil lhe ordena que volte imediatamente para casa. Agora me diga você o que eu devo fazer! Como é que me comporto? Tem hora que eu acho que o casamento pode lhe fazer bem. Para sair da rua. Ele entrou neste ano na casa dos trinta: já está mais que na hora de constituir família. Eles parecem dois pombinhos apaixonados. Fico toda constrangida quando eles começam aquela beijação e amassa-amassa na minha frente. É tão estranho! Não consigo imaginar que aquele menino de cabelo encaracolado que eu vestia com roupa de marinheiro tenha crescido tanto a ponto de beijar uma moça desse jeito na minha frente. Não me interessa o que eles façam quando não estou vendo, mas na minha frente, venhamos e convenhamos!... Mas também não é o fim do mundo, amiga. O que acontece é que ninguém vive só de amor, e ele está acostumado a ser livre e solto, nessa vida marginal que sempre levou. Para a oficina de litografia, nem pensar em voltar. Ele trabalhou três meses novamente lá em Salônica e quase teve uma recidiva. Você ficaria horrorizada de ver os lenços dele. Ela, por outro lado, também não sabe fazer nada da vida. Costumava fazer uns trabalhos aí de costura, mas me parece bem pouco disposta a trabalhar. Trouxe algum dinheiro, mas, até quando vai durar? Se conseguir convencer o Kaifás[38] do pai dela a lhe dar um dote, eles poderiam vender a parte dela na casa da rua Tsimiski e comprar uma casa só deles, para não terem que pagar alguel, e com o que sobrar, abrir algum negócio próprio para ganhar o pão sem maiores esforços. Aí eu iria morar com eles para criar os filhos. Mas, e se o velho a deserdar? Se der tudo à Alengra, como está ameaçando fazer?". "E o seu neto", pergunto, "o que você faria com ele?". "O meu neto voltaria para a casa da mãe. Eu já o criei para ela por tempo mais que suficiente. Ela é que fique agora um pouco com ele para ver que doce de menino. Mas esse aí é outro que está me saindo um pirraceiro de marca maior. Não é mais o mesmo Akis de antes. Quanto mais cresce, mais se parece com a mãe. Sabe como é, filho de peixe, peixinho é. Antes de ontem foi me jogar no lixo o amuleto com o Santo Lenho que eu lhe vestia quando era bebê, e na semana passada se mandou de casa acompanhado de uns pestinhas, indo, pelo que ele conta, a pé até o monastério de Kesariani. Quando voltou, me trouxe uma pele de cobra de quase dois metros de comprimento. Disse que achou nas pedras. Ah, já me cansei! Esse é outro que virou uma responsabilidade pesada demais...". "Quando é que você vai estar em casa para eu ir conhecer a futura nora?", pergunto. "Quando você quiser...".

Mas, no dia seguinte, quando fui dar uma passadinha rápida voltando do dentista, a Vitória havia saído. Tinha ido ao Licabeto com o Dimitris. "Agora eles estão com mania de naturalismo!", me diz a dona Hécabe, torcendo os lábios com ironia. "Eles não têm coragem de fazer o que você bem sabe,

[38] Referência (Novo Testamento) ao prelado que tramou a prisão de Jesus e presidiu ao seu julgamento no Sinédrio, considerando-o culpado. (N.T.)

enquanto estou em casa, e, quando percebem que não tenho intenção de sair, fecham a cara. Querem porque querem transformar a minha casa em bordel! Eu lhes deixei bem claro outro dia: ou ela se batiza e eles se casam, ou se mandam os dois da minha casa para não aparecerem nunca mais! E dou o meu filho por morto. Quando vejo como ele olha para ela, como se não houvesse outra mulher no mundo, me dá até vontade de vomitar. O meu Dimitris, rodeado por um enxame de mulheres que nem moscas, preso por um rabo-de-saia como a Vitória! É demais para a minha cabeça...!".

"Sei... Isso está me cheirando a tempestade!", pensei, voltando para casa. E estava certa. A tempestade não demorou a chegar, mas chegou para mim também: por sinal, estava mais para tormenta, e das bravas!, do que para tempestade. Eu não tinha nem tempo nem vontade de me preocupar com assuntos alheios. Meu Deus, o que eu também tive que sofrer nessa minha vida!...

capítulo cinco

Todos nós sabíamos que, cedo ou tarde, o Hitler viria em ajuda dos caras-de-espaguete. "E vocês queriam o que, gente de Deus?", vem nos dizer a dona Hécabe. "O Agathangelos[39] mesmo disse, sei lá eu há quantos e quantos anos, que chegaria um dia em que desceriam na Grécia uns monstros loiros, vindos do norte e montados em pássaros de aço, soltando fogo e piche pela boca...". Eu ria da credulidade dela, mas a verdade é que, com aquele jeito dela de dizer as coisas, expressava o que todos pensávamos. As pessoas, porém, são uns seres bem estranhos. Por mais que estejam preparadas, esperando alguma coisa acontecer, quando chega a hora "h", ficam sempre surpresas. O próprio Adônis ficou todo pálido ao ouvir no rádio que a Alemanha estava nos declarando guerra. "Meu bom Deus", dizia para comigo, "cuide para que o coração dele agüente mais essa!". O que mais me preocupava é que, desde o momento em que ouviu a notícia, não abriu mais a boca para dizer nada. Será que ele estava se sentindo culpado de ter apoiado os alemães ou tinha apenas compreendido que as mentiras haviam acabado e que os triunfos e vitórias que nós tínhamos arrematado na Albânia já eram uma página virada no livro da história? Os italianos nós já havíamos como que amansado. Eram gente como a gente. Mas dos alemães nós já sabíamos havia muito tempo que eram que nem máquinas. E nós por acaso tínhamos como enfrentar máquinas? As canções de guerra que tocavam no rádio naquela manhã mais pareciam marcha fúnebre, no estilo da

[39] Referência ao texto profético atribuído ao clérigo Theoklitos Poliidi, escrito e amplamente difundido no séc. XVIII, no qual se prevêem fatos de suma importância no âmbito de Bizâncio e da Europa em geral. (N.T.)

dança das mulheres do Zalongo.[40] Digo então: "Desligue esse rádio e vá se distrair com os seus amigos no café! Nada de ficar dentro de casa". Depois que ele saiu, peguei o jornal para ler. Na primeira página se lia o seguinte, em grandes letras negras: GRÉCIA RESISTE A FORÇAS INIMIGAS ESMAGADORAMENTE SUPERIORES EM DEFESA DO SOLO PÁTRIO... Tive a impressão de estar lendo a coluna de óbitos do jornal, que atirei para cima da mesa. Quando deu uma e meia, na hora em que estávamos nos levantando da mesa depois de almoçar, chegou a Nota do outro lado da rua, narrando os estragos que os aviões de guerra já tinham causado no Piréus. O primo dela havia descido até lá para ver se tinha acontecido alguma coisa com a loja e só encontrou ruínas em meio à fumaça. "Pare!", digo a ela, fazendo sinal da cozinha e indicando o Adônis com o olhar. "Já é desde hoje de manhã que ele não está bem", lhe digo, acompanhando-a até a porta quando ela quis ir embora. "Se ele estivesse falando sobre o assunto para desabafar, eu não me preocuparia. É esse silêncio o que mais me inquieta. Ah, meu Deus do céu! E essa cachorra que não pára de latir desde cedo?". "Deve estar assustada com as sirenes", diz a Nota. "Sei não! Ela nunca ganiu assim antes. Frida! Venha cá, meu amor! O que é que você tem?". E digo "adeus" à Nota, continuando a falar com a Frida: "Por que é que você está chorando assim, pititica? Venha cá para a mãe lhe dar os seus ossinhos!". Mas a coitada nem se deu ao trabalho de ir cheirar os ossos. Com o rabo entre as pernas, como fazia quando levava alguma bronca, foi se enrolar nas pernas do

[40] A dança do Zalongo: ato heróico (dezembro de 1803) de auto-imolação de sessenta mulheres da região grega de Ípiro, que preferiram jogar-se de um despenhadeiro juntamente com seus filhos a entregar-se aos turcos. O ato se deu em forma ritual de dança e canto. (N.T.)

Adônis. "A Frida está doente", digo-lhe. "Só falta ter comido algo estragado! E você, não vai se deitar?". "Vou, mas não se esqueça de me acordar às quatro. Hoje é dia de eu ir à Cruz Vermelha doar sangue...". "Com todo esse alarme? Enlouqueceu? Não é o fim do mundo você deixar de ir uma única vez. De qualquer maneira, essa guerra já deve estar quase no fim mesmo". Mas, na mesma hora, percebi a minha gafe. Era como se eu lhe dissesse: "Já não precisam mais do seu sangue...". E digo à minha filha: "Antes de você tirar a roupa, dê um pulinho na leitaria e compre um pote de meio quilo de iogurte! Se não tiver do grande, traga dois pequenos!". "Você quer me dar um pouco de sossego?", me diz, com a impertinência costumeira. "Depois eu vou". "Você vai agora! Porque se você despencar nesse seu leito de morte, eu não consigo fazer você se levantar nem com guindaste! Vamos, mexa-se!..." Sem se dignar a responder, despenca na cama e pega um livro para ler. "Seu monstro com forma humana!", lhe digo. "Será que você não tem um mínimo de vergonha nessa sua cara? Nem para a escola você precisa ir e, mesmo assim, se recusa a me dar um mínimo que seja de ajuda em casa? Você quer então que vá eu comprar o iogurte? A saúde do seu pai não lhe interessa mesmo, não é? Por você, ele morria..." Aí ela vira e me diz: "Ele não é o meu pai. O meu pai já morreu". "Cale essa sua boca, monstro! Que ele não ouça você falar assim!", digo por entre os dentes, dando-lhe um bom beslicão. "Quem é então que lhe dá comida e roupa lavada há tantos anos, sua criatura insensível? Por que não vai ficar com a sua avó, para ver quanto tempo ela agüenta você? Madito o dia em que botei você no mundo! Mas seria mesmo de se estranhar que do sêmen do Fotis pudesse nascer alguém decente". Fora de mim, vou correndo vestir o casaco para ir comprar o iogurte e me deparo com o Adônis chorando aos soluços. "Mas pelo amor de Deus!", grito. "O que foi agora? Você também não é o único que apoiava os alemães!", e logo imaginei que ele tivesse escutado a conversa. Quase saí correndo para comer a Maria viva. "Guerra é assim mesmo", lhe digo, "não tem por que você levar a coisa tão a sério!". E ele: "Eu fracassei! Eu fracassei!". Enxuga os olhos, mas eles logo se enchem novamente de lágrimas. "Tudo o que construí nessa vida, tudo o que sonhei e em que acreditei virou cinza! Não quero mais viver assim!...". "Mas , e eu? Você se esqueceu de mim? Não sou nada para você?..." Vou e o beijo, fazendo-lhe cafuné. "Vá se deitar!", digo. "Você verá que as coisas vão se encaminhar..."

Então ele vai se deitar, de roupa e tudo. "Não vai tirar a roupa?". "Não. Você pode me dar uma aspirina? Ou melhor, me dê duas!". "Aqui está! Mas não me peça mais até o final da semana. Você sabe que aspirina é fatal para o seu coração...." Ele balança a cabeça como se dissesse: "Ah, minha filha, e que importância tem isso agora?..." Quando fui para a cozinha botar o copo na pia, senti de repente uma solidão imensa, como se eu fosse a única pessoa que tivesse sobrado na face da Terra, como se fosse o último dia do mundo. Mordi os lábios para não gritar, joguei o casaco sobre os ombros e saí.

Na volta, decidi bater à porta da casa da dona Hécabe. "Entre!", diz, dando uma piscadela. "Venha conhecer a noiva do Dimitris! Vitória, esta aqui é a dona Nina da qual eu falava". "Seja bem-vinda a Atenas!", lhe digo. Seus olhos estavam inchados e vermelhos, e com as mãos ela amassava um lencinho nervosamente. Na mesma posição em que estava encolhida no sofá, virou a cabeça na minha direção e olhou para mim como se não me visse. "Eu não vou ficar, dona Hécabe, porque deixei o Adônis sozinho em casa", lhe digo. "Se você estiver livre mais tarde, dê um pulinho lá em casa para nos ver! O Adônis está de novo num daqueles dias negros. Como se não bastasse o belo presente de ano-novo dos alemães, tivemos confusão lá em casa por causa da minha filha. Eu lhe conto depois ...".

Lá pelas quatro, quando ela chegou, o Adônis se preparava para sair, mas, assim que a viu, tirou de novo o chapéu e foi se sentar. "Ô, dona Hécabe! Abra as cartas para mim para me dizer o meu destino!", lhe diz. E ela: "Se eu soubesse dizer o destino, meu amigo, gostaria era de saber a quantas anda o meu próprio! De qualquer maneira, não tem nada mesmo que a gente possa fazer para mudar toda essa desgraça que acontece com a gente. Se você está preocupado, não queira saber como estou eu. Chegou ontem de Salônica o Daviko, que está agora ameaçando matar os dois. Que eles queimem no fogo do inferno, todos esses Judas Iscariotes que traíram o nosso Cristo por trinta moedas de prata! Ô, meu Deus! Mande alguma doença bem ruim para exterminá-los todos e não sobrar nem um para contar história, para a terra se ver livre desses tratantes! Nunca vi gente mais fanática. É por isso que são perseguidos pelo mundo afora e não têm um Estado próprio... Sim, eu estou vendo que você está um tiquinho angustiado", lhe diz, virando a carta que ela havia colocado de cabeça para baixo sobre o rei de espadas, "mas não há de ser nada. Logo passa, como tudo o mais... Mas, que coisa estranha!... Por acaso você está programando alguma viagem? Vai entrar algum dinheiro. Nossa, as suas cartas hoje estão uma maravilha! Mas, quanto à senhora", diz, virando-se para o meu lado, "pode ir se preparando que vem por aí algum desgosto! Ô, gente do céu, por que é que vocês me fazem abrir as cartas? Porque, depois, sou eu quem fico com remorsos quando sai algo de ruim... Por sinal, o que aconteceu foi o seguinte: me chega em casa o Daviko fungando que nem touro bravo. A Vitória tinha se deitado no sofá, e estávamos conversando. No que eu abro a porta para ver quem é que batia daquele jeito e ele vê a filha lá dentro, me dá um empurrão, entra, e aí começam a disparatar naquele jargão dos mãos-de-vaca da raça deles. Eu não estava entendendo uma só palavra. Então a Vitória se levanta do sofá e se atira aos pés do pai, chorando que nem madalena arrependida, e eu penso com os meus botões: 'Deus do ceú, o que é que está acontecendo aqui dentro?'. Viro então e lhes digo: 'Não daria para vocês falarem língua de gente para que eu possa entender o que está acontecendo dentro da minha própria casa?' ".

"Bom, então é isso! Adeus para vocês!", nos diz o Adônis. "Vou doar sangue. Até mais, dona Hécabe..." e, no que eu o acompanho até a porta, vira e me diz: "Não esqueça de regar as plantas. As gardênias já estão amarelando". Pois é, já venho pedindo para a condessa desde ontem", lhe digo, "mas nem mesmo isso ela é capaz de fazer". Ouço o portão lá fora se fechar devagarinho atrás dele. As dobradiças estavam enferrujadas e rangiam. Desde que a Marieta tinha ido embora, ninguém se dava ao trabalho de pôr óleo nelas. Mas ele logo voltou, entrando até o meio do corredor do saguão e gritando: "Dona Hécabe! Eu me despedi de você?..." Fomos então as duas até a porta da cozinha. Digo: "Sim, você se despediu, das duas! Já se esqueceu?". "Bom, então, até logo! Desta vez é pra valer!". "Até logo, Adônis!", lhe diz a dona Hécabe...

"O que foi que deu nele?", me pergunta, quando finalmente ouvimos a porta se fechar. "Pois é, dona Hécabe! Eu mereço!", lhe digo. "E tinha lá como não me sair coisa ruim nas cartas, nesse martírio que eu estou vivendo? Eu queria que você estivesse aqui para ver como ele empalideceu quando anunciaram no rádio que a Alemanha havia nos declarado guerra. Eu bem que o avisei, mas ele se fazia de surdo. Quero ver agora com que cara vai enfrentar o Kasimate. Ele achava que a nós os alemães poupariam, só porque admiram a Grécia antiga. Mas, mudemos de assunto! Como foi então que terminou a história com o Daviko?". "Como é que você queria que tivesse terminado? Ele deu à filha um prazo de três dias para voltar com ele a Salônica. Disse que ficaria no hotel 'x', esperando por ela. E ela agora está quase se esvaindo de tanto chorar. Está numa encruzilhada. Ama o Dimitris, mas não quer se afastar do pai, o que eu até entendo. Para ser bem sincera, tenho dó dela do fundo do meu coração, mas, e é lá culpa minha? Você poderia me dizer o que foi que eu fiz para me aparecer do nada mais essa encrenca, como se já não bastasse tudo o que já venho sofrendo?".

"Dona Nina! Dona Nina!", ouvimos gritar de repente da rua uma das vizinhas.

"Essa aí quer o que, agora?", digo à dona Hécabe. Eu não tinha muito contato com ela. Eu a evitava, porque era fofoqueria demais. Saí até o portão, xingando em silêncio o dia e a hora em que nós tínhamos nos mudado para esse bairro de fofoqueiras. "O que foi, dona Lola?", pergunto. E ela: "Corra! O seu Adônis desmaiou e caiu". "Ah, meu Deus!", exclamo, descendo a ladeira do jeito que estava, de roupão e tudo. Mas, mal dei dez passos, viram a esquina três vizinhos, carregando o Adônis pelos ombros e pelas pernas, que nós então levamos para casa e pusemos na cama, mandando chamar o Boros. Ele chegou, trancou-se no quarto com o Adônis e, quando saiu, não precisou me dizer mais nada. Dava para ler nos seus olhos: "O Adônis se foi!..." Senti a cabeça rodopiar. “Nina!”, ouvi a dona Hécabe ainda gritar, como se estivesse a quilômetros de distância. “Nina! Não fique assim! Fale comigo para pôr para fora! Grite! Chore!...”.

Terceira parte

capítulo um

No dia em que a Vitória desapareceu, a dona Hécabe ficou desde manhã na nossa casa, costurando dois vestidos que eu havia tingido. Quando o Adônis faleceu, eu me vi sem um único vestido preto. Depois de tantos lutos sucessivos na família, peguei uma aversão tão grande a roupas pretas que, logo que eu saí do último, não quis mais saber de nada de negro – ê, cor agourenta! – no meu guarda-roupa, dando o que eu tinha para uns e para outros. A última peça, um marroquim de excelente qualidade, eu tinha dado à Polixene depois da morte do Alexandro. Preferia acreditar que não precisaria mais dele no futuro. Eu posso ser uma mulher bem prática em muitas questões, mas fico toda desnorteada quando se trata de morte. Cometi o mesmo erro no que diz respeito ao túmulo da família: haviam me mandado boleto atrás de boleto para pagar as taxas – desde a época da morte do papai, que Deus o tenha!, nós não as pagávamos mais –, e eu vivia protelando o pagamento. Eu é que não tocaria no assunto com o Adônis, porque era bem capaz que ela botasse minhoca na cabeça. Na manhã do dia seguinte, telefonamos para o cemitério para pedir que abrissem o túmulo, e aí eles nos informam: "A sua família perdeu o direito de sepultamento aqui". "Mas ouça aqui, meu prezado senhor...", lhe diz o coitado do tio Estêvão. "Infelizmente, não depende de nós, temos aqui uma notificação", etcétera e tal. Teve que ir correndo para ainda conseguir pagar as taxas no fisco, depois do que, também, foi lhes esfregar o comprovante de pagamento na cara. Foi com muito esforço que pudemos enterrar o Adônis no final da tarde do mesmo dia. Deus que nos valha!, mas ele havia tomado tanto remédio na vida que já tinha começado a inflar e cheirar. E que pesadelo foram aquelas horas! Se a dona Hécabe não estivesse ali para me dar forças e consolar, eu era capaz de ter ensandecido. Nem passou pela cabeça da minha adorável filhinha vir me beijar, na condição dela de filha, e me dizer para não me preocupar. Mas até que foi melhor ela não ousar mesmo fazer isso, porque a última coisa que queria era ver a cara dela. Eu não parava de me lembrar da confusão que ela havia criado, e o meu sangue fervia de ódio. "A bruxa conseguiu matar o homem!", pensava. "Só agora que o mal já está feito é que ela vai conseguir sossegar". Assim que me recompus do primeiro choque e recuperei o autocontrole, disse à dona Hécabe: "Pegue essa aí e a leve para a tia Katingo, e peça para o tio Estêvão proceder como ele procedeu com a morte do papai e da mamãe! Ele sabe o que fazer". E, no que ela voltou, lhe disse ainda: "Você não quer agora passar pela venda e me trazer dois pacotinhos de tinta Arti preta? Eu não tenho nada de preto para vestir". Minha cabeça funcionava com uma clareza que eu não reconhecia em mim. E pensei ainda: "Os vizinhos vão me ouvir pedindo tinta Arti e vão sem falta dizer que sou uma insensível e que não amava o meu marido. Mas não quero nem saber do que os outros pensam ou deixam de pensar. O que é que eles podem saber de assuntos que só dizem respeito a mim e ao Adônis? O que eles sabem dos momentos de felicidade e tristeza que vivemos em todos esses anos que passamos juntos? E ainda devem estar se perguntando por que motivo eu não estou me esgoelando de chorar, como se berro e histeria fossem sinal da dor que se possa estar sentindo!...".

Passados quinze dias, comecei a me interrogar pela primeira vez se eles não tinham razão e eu, com efeito, era insensível e não o amava de verdade. O papai costumava dizer que a morte de um ente querido é como uma ferida feita por uma faca afiadíssima: a dor vem depois, quando o sangue da ferida seca. E, como em muitas outras questões, ele novamente tinha razão. Hoje em dia eu sei disso, mas naquela época eu não sabia que quinze dias não são tempo suficiente para secar o sangue de uma ferida desse tipo, e que deveriam se passar ainda anos e anos para eu chorar de verdade a perda do meu marido. Durante todos aqueles dias que se seguiram à morte do Adônis, eu não parava de me pegar pensando nas libras, dizendo que pelo menos essas eu ainda tinha, para depois me horrorizar, dando bronca em mim mesma: "Nina, como é que você, filha do Aravantinos, é capaz de ter pensamentos tão baixos? A terra sobre a cova do homem ainda nem assentou e você já está pensando nas libras!". E não conseguia dormir de noite. Quando eu conseguia pegar no sono, me vinham uns pesadelos horrorosos. Só hoje em dia é que consigo entender em que estado de nervos eu andava nessa época e como era natural e humano eu pensar daquela forma. Tudo tinha acontecido numa velocidade tão vertiginosa, e a situação em que eu estava era tão delicada que hoje eu sei que nenhuma mulher no meu lugar teria se comportado de maneira diferente. A morte do Adônis não foi uma morte como a da mamãe e do papai. Foi um pesadelo que eu estava tendo com olhos abertíssimos.

Ao cair da noite, quando pusemos o corpo na sala para velá-lo, eu, a tia Katingo, o tio Estêvão e a dona Hécabe (os outros tinham ido todos havia um tempinho para o abrigo antiaéreo), eu olhei para ele à luz das velas – na verdade não tínhamos nem outra opção, porque haviam cortado a eletricidade –, ouvindo de longe, mas com clareza, as bombas que explodiam no Piréus, e não soube por quem chorar: se por ele, que tinha se livrado desse mundo cruel, ou se por nós, os vivos, que não sabíamos nem de longe o que seríamos ainda obrigados a ver. Falando com ele mentalmente, eu dizia: "Se de repente cair uma bomba sobre nós, o único com quem não vai acontecer nada é você, Adônis!", e virei o rosto para outro lado. Não queria olhar para ele. Seus traços estavam todos alterados: não era mais o Adônis que eu conhecia.

Às três da manhã, eis que de repente treme a casa inteira, desde os alicerces, como se estivesse acontecendo um terremoto, como se dessa vez o mundo realmente estivesse para acabar. Com ou sem as fitas, o fato é que as vidraças se quebraram. Uma vela se apagou. "Caiu uma bomba na casa vizinha!", pensamos todos. E, como se de acordo prévio, caímos todos de joelhos, esperando a nossa vez chegar. Mas se passaram alguns angustiantes segundos sem que ouvíssemos mais explosões. No dia seguinte, lemos nos jornais qual tinha sido a causa da misteriosa explosão: um Stuka alemão tinha lançado uma bomba incendiária sobre um barco de munição inglês que, em vez de as bestas humanas imediatamente rebocarem para fora do porto, deixaram em chamas perto do cais até pegarem fogo as munições que estavam no porão e o barco inteiro saltar pelos ares, juntamente com metade da costa do Piréus. E era lá possível eu chorar pelo Adônis naquele inferno, sem saber se estaríamos vivos no dia seguinte? É claro que para isso ainda contribuiu a mudança de ambiente.

Logo depois do enterro, fui para a casa da tia Katingo e, quando ela me convidou para ficar com eles pelo tempo que eu quisesse, aceitei a sugestão, agradecida. Não tinha mais como voltar para casa, que me parecia pior que cemitério, tendo como única companhia a minha querida filhinha. Estavam acontecendo também tantas e tão abaladoras coisas todos os dias (os alemães haviam chegado às Termópilas), que eu não tinha nem cabeça nem tempo para pensar nos mortos. Eu sabia que, se prezasse minha vida e a vida desse monstro que carrego nas costas, teria que deixar os sentimentalismos de lado e tentar ser mais prática. "O que foi que aconteceu para a sua futura nora não vir com você?", digo à dona Hécabe, como que tentando quebrar o silêncio que estava me pesando tanto no peito. Eu precisava ouvir o som de alguma voz humana conhecida. "Você não me disse antes de ontem que ela viria nos ajudar?". A dona Hécabe ergue então a cabeça da saia que ela estava alinhavando, cospe dos lábios um pedaço de linha grudado e torce a boca com ironia, imitando os trejeitos da Vitória, e me diz: "Ela estava com dor de-cabe-e-ça e quis ficar so-o-zinha!...". "E o seu filho, como está?". O olhar dela se turva. "Não tenho a menor idéia. Antes ele vinha e me narrava os feitos dele um por um. Agora não me diz mais nada. Desde que voltou de Salônica com ela, não é mais o Dimitris de antes. Essa noite ele voltou às duas da madrugada para casa. Ele está tendo que se desdobrar para dar para o rebento do Daviko o que a belezura está acostumada a ter. Eu tinha a esperança de que o pagão do pai dela fosse se acostumar com a idéia e acabaria dando o braço a torcer, mas receio que os meus sonhos vão continuar sendo só sonhos". "Também não precisa tirar conclusões apressadas", lhe digo eu. "Dê um pouco de tempo ao sujeito, até as coisas se acertarem...".

Após a cena na casa da dona Hécabe, o Daviko foi para o hotel, decidido a esperar pela filha. Mas, quando ficou sabendo sobre a guerra na manhã seguinte, abandonou a Vitória à própria sorte e voltou às carreiras para Salônica, de onde, como era de se esperar, não deu mais sinal de vida. Todos os meios de comunicação, incluindo os correios, estavam parados, ou seja, o assunto tinha ficado em suspenso. A dona Hécabe trouxe a Vitória umas duas vezes aqui em casa, mas todas as minhas tentativas de tirá-la daquele mutismo dela foram em vão. Ficava sentada numa cadeira com os braços cruzados e a cabeça caída para o lado, com cara de mártir decidido a aceitar o martírio estoicamente – mas, como se ficou sabendo na seqüência, por debaixo daquela fachada continuava ardendo, incansável, a chama do judaísmo. Quando eu lhe perguntava alguma coisa, ela respondia com educação, mas nunca abriu a bocona dela para falar primeiro. Toda aquela sua atitude parecia querer dizer: "O que é que eu vim fazer na companhia dessa Nina e da dona Katingo? O meu negócio é o Dimitris, por quem me apaixonei. Essas aí eu não conheço e nem quero conhecer". A dona Hécabe então me diz, como se tivesse lido os meus pensamentos: "Já é de dois ou três dias que a dondoca está com a maior tromba. Ela se acha no direito de exigir que eu deixe os dois sozinhos para pintar e bordar na minha casa". "Você deveria fazer vistas grossas", digo, "afinal de contas ainda são jovens de tudo".

E eu então pensava para comigo: "Ô, mulher de Deus, por que é que você fica se afligindo com essas coisas agora? Para que tanta atribulação e briga se qualquer hora a gente vai mesmo morrer?". Eu sou assim: às vezes também me acontece de ficar aflita desse jeito e perder dias da minha preciosa vida por conta de futilidades, mas pelo menos tenho de repente momentos de lucidez e entendo o quão sábios são os homens que não dão a menor importância a nada. No mesmo dia, eu tinha pensado nisso já umas dez vezes, jurando pelos ossos do meu falecido pai que, a partir de então, ignoraria completamente a minha filha. Ela que ficasse largada no ócio o quanto quisesse, lendo o que quisesse, que no fim seria ela a única prejudicada. Não era eu quem iria consertar o mundo. O mais importante naquele momento tão delicado era sobrevivermos. Eu tinha colocado não só um, mas três corretores para alugar a casa, mas eles ainda não tinham conseguido achar ninguém que se interessasse. Todos queriam uma casa não-mobiliada, mas eu lá tinha onde botar os móveis? Na casa da tia Katingo não cabia nem uma cadeira a mais. O primeiro dos quartos da frente estava alugado à Fräulein Ober; no segundo estavam amontoados todos os móveis da sala de estar e da de jantar. A tia Katingo nos deu provisoriamente o próprio quarto, indo dormir com o tio Estêvão no quarto do Petros. Mas tínhamos a esperança de que o Petros logo voltaria, com a ajuda do bom Deus. Um amigo dele havia voltado e dito que ele estava são e salvo, tendo-o visto nos arredores de Larissa.

Por volta das seis, a dona Hécabe pegou o neto, e voltaram para casa. Eu recolhi os trabalhos de costura concluídos pela metade, preparei uns bolinhos de carne para fritar mais tarde e, ainda me lembro, fomos todos nos sentar no saguão para ouvir o rádio. Estava quase na hora das notícias. De repente bateram à porta. Fui abrir. Era o neto da dona Hécabe. Pergunta: "Por acaso a tia Vitória passou por aqui?". "Por quê? Ela não está em casa?". "Não. O báu dela com as roupas também não está mais lá, e o tio Dimitris está chorando e brigando com a vovó..." Digo então para a tia Katingo, assim que o Akis vai embora: "Desapareceu a futura nora da dona Hécabe. Levou o baú com as coisas dela, e os dois agora estão procurando a tal que nem loucos por aí. Eu bem que disse para a bendita da mulher fazer vistas grossas, mas ela não quis me ouvir. Aquela lá não tem quem convença!". "Pst!", diz a Irene, que estava com a orelha colada no rádio. "Silêncio para a gente ouvir o que estão dizendo!"[41] "... As cruéis circunstâncias que soem dar-se em tempos bélicos – dizia o locutor – nos constrangem no presente momento a nos afastarmos de Atenas, tranferindo a capital do país para Creta. Gregos de todas as partes, não vos desespereis!... Estaremos sempre unidos... Oponde o vosso orgulho helênico à violência do inimigo e estai atentos às suas armadilhas!... Os dias venturosos hão de regressar!... Viva a Nação!...". "Quem foi esse aí?", pergunto à Irene. "O rei..." A tia Katingo enxugou então as lágrimas com a ponta do avental. O tio Estêvão se levantou e saiu para a varanda. Tinham passado para o hino nacional, até o primeiro-ministro Tsouderos começar a ler a sua mensagem. "Mas que diabos!", pensei eu. "Será que nós, gregos, nunca vamos nos livrar de tanta desgraça? Será que vamos ter que chorar por toda a eternidade, carregando esse luto cerrado? Que povo mais infeliz que nós somos! Não se diz que os judeus sofrem o que sofrem por terem crucificado o Cristo? Mas, e nós? A quem foi que nós crucificamos para Deus nos castigar desse jeito, não nos dando um só dia de bonança?...".

Naquele momento a porta se abriu, e a Fräulein Ober saiu para o saguão, pálida e despenteada. Nos dois ou três últimos anos ela estava ficando mais e mais abatida. Antes ela costumava ir passar o Natal na Alemanha com alguns sobrinhos, mas havia perdido toda e qualquer vontade de voltar para lá desde que o Hitler invadiu a Polônia. Seu pai era alemão, mas a mãe era polonesa. Odiava o Hitler mais que todos nós juntos, ainda que

[41] Nas linhas que se seguem, a tradução tenta reproduzir pelo linguajar culto a diferença entre o grego demótico, falado, e a "katharevousa", o grego erudito na época ainda oficial, usado nos meios de comunicação e ensinado e falado nas escolas e universidades. (N.T.)

nos dias negros da Ocupação. Todas as vezes que eu ouvia o meu falecido marido tecendo elogios ao dito-cujo como se ele fosse o novo Messias, lhe dizia: "Por que é que você não vai ter uma conversinha com a Fräulein Ober para ela lhe dizer quem ele realmente é?..." Em outras épocas, ela costumava dar aulas particulares em domicílio. Teve até uma época em que ela veio dar aulas ao modelo de erudição que era a minha filha, até eu ter que interrompê-las. A condessa achava as aulas "pesadas" demais, coitadinha. Mas, a partir de 1939, a saúde da Fräulein não permitia mais que ela andasse tanto por aí. Vinham lá uns dois ou três moleques ter aula no quarto dela, mas desde o dia em que foi declarada a guerra da Albânia, nem esses aí apareceram mais. A tia Katingo e a Irene agiam com a maior frieza em relação a ela. Toda vez que ela se sentia mal e não podia sair de casa para comer, elas lhe levavam um prato de comida no quarto, que lhe atiravam como se fosse a uma cachorra. Na verdade, não era pelo fato de ela ser alemã, mas sim porque já estavam cansadas dela. Fazia sete anos que estava com eles. Mas eu, justamente em vista das circunstâncias, era de opinião que elas deveriam tratá-la com a maior delicadeza do mundo, o que eu lhes disse uma dezena de vezes. Eu via que ela estava sofrendo mais do que nós. Não deve ser nada agradável você passar metade da sua vida num país, amando-o como se fosse o seu próprio, para de um dia para o outro se ver bem no meio do terreno inimigo. Ficou parada por alguns segundos à porta do quarto, hesitante. Disse então algo à Irene (em alemão), mas a Irene, com preguiça de lhe fazer as vontades, respondeu (em grego): "... Tudo bem, depois eu lhe levo...". Eu percebi como ela ficou abalada, com os lábios tremendo de mágoa, e me veio então uma necessidade enorme de lhe dizer alguma coisa, na maior espontaneidade do mundo; de lhe mostrar, nem que indiretamente, que não a considerávamos inimiga. E, no que ela estava se virando para entrar de novo no quarto, lhe digo sorrindo: "Pois é, Fräulein Ober, parece que até eu, na minha idade, vou começar a aprender alemão. Podemos fazer as aulas no seu quarto, e assim nós temos as duas o que fazer para passar o tempo. Você vai ver como, em seis meses, estarei uma fera no alemão!". Ela parou por um momento, mas, quando entendeu por que eu tinha dito aquilo, tentou me abrir um sorriso, agradecida. Entrou então e fechou a porta. Aí, de repente, minha filha, foi uma gritaria só! A Maria virou uma fera e pulou para cima de mim como se fosse me esquartejar. "Você não tem vergonha na cara?", disse, gritando de propósito, para a a coitada da velhinha ouvir. "Não tem vergonha de querer aprender agora a língua do nosso inimigo? Se eles marcharem para Atenas, eu juro que saio para a rua e cuspo na cara do primeiro que me aparecer pela frente. Os monstros vieram parar até dentro da nossa casa!". "Cale essa sua boca, seu animal!", lhe digo eu, cerrando os dentes e tentando controlar os meus nervos. "Cale essa boca, que eu não quero que a coitada ouça essas barbaridades! Maldito o dia em que botei você no mundo! Você queria me fazer o favor de fechar a matraca e ir para o seu quarto, porque senão eu a corto em mil pedacinhos! Estou até aqui com você!...". Mas ela não quis saber de me obedecer, despejando outra torrente de horrores, até que a tia Katingo foi obrigada a intervir. "Ouça aqui, Maria", lhe diz, "quem mora aqui em casa e a razão de estarem conosco só diz respeito a nós. Ainda que seja só por nós sermos hospitaleiros. Se não fosse assim, você também não estaria aqui dentro agora...". E, tremendo de agitação, entrou na cozinha. "Seu monstro!", lhe digo, apanhando-a por um chumaço de cabelo. "A gente mal se instalou aqui e você já semeia discórdia, criando confusão com a minha tia!". Porque não me agradou nada nada a indireta em relação à hospitalidade. Hospitalidade, uma ova! Ela tinha era nos chamado para morar com eles em benefício próprio, para não serem chamados de mal-agradecidos, porque, se não tivesse sido eu, eles teriam morrido de fome na época da Ocupação, isso sim! "Seu monstro! Quer dizer que de repente você decidiu dar uma de patriota? Na hora em que era para ajudar trabalhando, a senhora preferia ficar lendo Delu e Maria Korelli. Dois meses inteiros para tricotar um cachecol!". Eu fiquei tão abalada que não consegui pregar o olho a noite inteira. Eu a ouvia roncar na maior beatitude do mundo, e me dava vontade de esticar os braços para estrangulá-la! Dizia para mim mesma: "Meu Deus do céu! Que mulher feliz eu seria, se não tivesse dado à luz essa praga do Fotis!".

Lá pelas onze da manhã seguinte, me vesti e saí para dar uma volta e saber como andavam as coisas lá com a dona Hécabe, além do que, queria também respirar um pouco de ar fresco. Com exceção de duas ou três vezes em que eu tinha ido até lá em casa para pegar umas duas ou três coisas de que estava precisando, não tinha mais saído para a rua desde o dia da morte do Adônis. Eu estava começando a ficar aborrecida. A tia Katingo nunca foi o tipo de mulher cuja companhia mais me agradou. Não se parecia em absoluto com o falecido papai, e agora estava ainda mais chata, com toda a preocupação em relação aos dois filhos. Ficava sentada na varanda aos suspiros, sem abrir a boca para dizer nada, ao passo que a dona Hécabe era divertida até nos seus dias mais infelizes. Ficava até mesmo mais divertida do que o habitual. "Mas, também, que azar o dela!", pensei. "Em que encrenca foi se meter assim de repente;

ainda mais agora, nessa desgraça de não sabermos mais o que nos reserva o dia de amanhã! Mas, vá saber se não é para o bem! Fosse como fosse, ela também nunca se entenderia com a Vitória". "Deixe-me levar para ela algumas latas de conserva", pensei ainda. Uma meia hora antes disso, nós recebemos a visita de dois ingleses que havíamos conhecido na casa dos De Jong e que tinham vindo se despedir de nós. Foram primeiro ver os De Jong e, depois, a nós. Foi ordenada a retirada das tropas e eles tinham que sair às pressas da Grécia. Os ingleses abriram suas despensas já de manhãzinha, distribuindo ao povo os víveres, para que não caíssem nas mãos dos alemães. Chegaram de caminhão três-quartos, cheio de mantimentos e outras coisas, desde conservas até chapéus-de-sol, sabe?, daqueles que os caçadores de animais selvagens usam lá na África. Mas eles sabiam que nós não éramos o tipo de gente que se acotovelava com a ralé-miúda por umas míseras latas de conservas. Graças a Deus, até então, nada tinha nos faltado! Metade do que tinham separado eles levaram para a casa dos De Jong; a outra metade trouxeram a nós. O Tom estava "todo todo" com a Irene. "Como vai, rapaz?", lhe digo. "*Rau ari iu*". Eu tinha começado a me fazer entender em inglês, ainda que mal e porcamente. Vez ou outra eu dava uma espiada num método de inglês "aprenda-sem-mestre". "Bu-bu-bu-bu!", me responde o Tom. Sua boca parecia uma metralhadora. Fiquei sem entender uma só palavra. "Ô, rapaz. *Not anderstent*!", digo. Aí a tia Katingo diz: "Eles não vão ficar para a gente passar um cafézinho?". Às vezes eu me irritava com a ingenuidade da mulher. "Que café que nada, ô mãe!", diz a Irene. "Você não está vendo que eles estão se despachando que nem perseguidos?". O Tom olhava para ela como se tivesse tentando dizer com o olhar o que não conseguia dizer com palavras. Estava vermelho que nem pimentão de sobreexcitado. "Gud bai, Airin!..." Era assim que ele a chamava. "Que meninos de ouro!", me diz a senhora De Jong, que estava no balcão e me viu na hora que eu saía. "A nossa Berta está perdidamente apaixonada pelo Marvin. Quando ela voltar do trabalho e ficar sabendo que ele esteve aqui para se despedir em sua ausência, vai ficar doente de desgosto. Ontem à noite mesmo eles estavam se jurando amor eterno...". Era bem dela mesmo falar desse jeito. Quem não a conhecesse, acharia que para ela não fazia a mínima diferença as filhas terem um só ou centenas de namorados! Mas, depois que nós viramos amigas e a conheci melhor, devo dizer que foi na casa dela que eu passei os dias mais agradáveis na época da Ocupação – na medida do possível, claro, dadas as circunstâncias. E vi também que não existia no mundo inteiro uma só mulher tão zelosa com o marido e tão desvelada com os filhos. O que a fazia diferente de todas as outras gregas era o fato de não ser maliciosa. Falava de tudo com a maior simplicidade. Ela não era daquelas que acham que a virtude se encontra da cintura para baixo, se fingindo de virtuosas, mas fazendo às ocultas as coisas mais abomináveis que você possa imaginar. O marido era inglês, o que a tinha influenciado também. O Willy era engenheiro chefe na "Power". Estava completando quase trinta anos de Grécia. Hoje em dia eles estão todos vivendo em Londres.

"Era para você ter me trazido veneno, e não *corn-beef*", diz a dona Hécabe, quando eu lhe entrego as conservas. "Fique sabendo que estou pouco a pouco morrendo, minha amiga. Não agüento mais muito. "O que foi que aconteceu?", pergunto. "Vocês acabaram conseguindo encontrar a Vitória?". "Nem me diga alto esse nome! Espero que a vadia morra, e de morte bem dolorosa! Ela que nunca mais me apareça por aqui! Acabou-se! Perdi o meu Dimitris, Nina, perdi o meu filhinho! Se a coisa já estava ruim, agora é que não tem mais emenda mesmo..." Então ela começou a me narrar o que tinha acontecido: quando o Dimitris percebeu que a Vitória havia sumido mesmo, se pôs a chorar e ameçou se suicidar. Nessa mesma hora, chega o Teodoro do jornal. Quando ficou sabendo a razão pela qual todo mundo ainda estava de pé àquela hora, esbugalhou aqueles olhões dele e começou a xingar o irmão: "Quando é que você vai crescer, Deus do céu? Será que você nunca vai virar gente? Se for homem, então vá e se mate mesmo de uma vez!..." O Dimitris então se levantou no meio da noite e partiu. No outro dia de manhã ainda veio buscar as roupas. "Se você tivesse vindo mais cedo", me diz a dona Hécabe, balançando o corpo de trás para frente, desesperada, "ainda o teria encontrado aqui. Ele estava sereno que nem mar em tempo de bonança, sorrindo como se estivesse sonhando os mais belos sonhos...". "Como assim?", pergunto. "Ele acabou a encontrando?". Eu ainda não tinha entendido o significado mais profundo de suas palavras. Quando ela esclareceu, digo, surpreendida: "Mas que besteira, dona Hécabe!". Pobre mulher! Eu não sabia o que dizer para consolá-la. "Pronto, tinha entrado pelo mesmo caminho do Dino!", pensei, imaginando que seria melhor ele ter cortado de vez as veias do que... "Mas, ô mulher, você parece ímã, para atrair desgraça desse jeito!". Eu sabia que não traria proveito nenhum eu lhe dizer a minha opinião, de que tinha sido ela e mais ninguém a culpada de as coisas terem terminado daquele jeito. "Ela só vai ficar mais amargurada se eu disser o que penso", digo para mim mesma. Se aquele sofrimento todo ainda lhe valesse como lição, pode até ser que eu lhe dissesse o que pensava, tintim por tintim, mesmo se fosse para nunca mais ouvir um "bom dia" de sua boca. Mas o falecido papai estava coberto de razão ao dizer que o ser humano é incapaz de relacionar A com B, e é por isso que sofre o que sofre. "Será que comigo é diferente?", pensei. O que eu considerei, sim, meu dever, foi lhe dar algum conselho prático. "Não perca mais tempo!", lhe digo. "Combine com o seu filho mais velho de levarem o Dimitris a um bom neurologista, mesmo que à força, antes que a coisa vire vício e não tenha mais volta!". Eu sabia de casos de conhecidos que, depois de alguma cirurgia difícil, não tinham mais conseguido largar da morfina, mas sabia também que havia uma terapia específica para isso. "Em último caso", lhe digo ainda, "botem o rapaz num hospício..." Sentei então e lhe contei pela primeira vez, com detalhes, a história do falecido Dino. Eu tinha até então evitado me abrir demais, até mesmo com ela. Ao contrário do que acontecia com a dona Hécabe, não me agradava expor os podres da família.

No caminho de volta para casa, passei na despensa dos ingleses. Era um empurra-empurra só de gente tentando entrar para abocanhar o que tinha sobrado. Uns malandros tinham se atirado que nem abutres sobre um *jeep*, que desmontavam peça por peça. Subindo a ladeira para chegar em casa, senti de repente um enorme vazio no peito. Se tivessem me perguntado naquela hora se eu acreditava em alguma coisa nessa vida, teria dito que não!... Cheguei esgotada em casa, como se tivesse andando quilômetros, chutei para longe os sapatos dos pés e fui me deitar. A condessa estava deitada na cama do lado, coçando a cabeça com aquela beatitude típica dos parvos. Depois ainda começou a cantarolar que nem bebê, daquele jeito fanhoso com que ela sabia muito bem me irritar. Lancei um daqueles meus olhares de esguelha na sua direção, sem dizer nada. “A insensível”, pensei, “já se esqueceu do pandemônio que me criou ontem à noite”. Acendi um cigarro. Desde o dia da morte do Adônis, eu estava fumando de novo como antes. “Iiihh!”, me diz. “Lá vem você com essa fumaceira de novo!”. “Daria para calar essa sua boca?”, digo, pronta para lhe dar um bofetão se abrisse novamente a boca. “Não é você quem vai me dizer o que é para eu fazer ou deixar de fazer. Você se despache daqui! Pode ir coçar piolho longe de mim! Mas que mal foi que fiz nessa vida para merecer isso? Será que o bom Deus não vai me livrar nunca da sua presença?...”.

capítulo dois

Uma semana depois de os alemães ocuparem Atenas, finalmente voltou o Petros. Ele andou por vinte dias, nem sempre achando o que comer, coitadinho! "Priminha!", ouço uma voz dizer atrás de mim, na hora em que eu varria o quintal. "Petros!", digo aos berros, para a tia Katingo ouvir lá de dentro, da cozinha. Era capaz de ela ter um troço se ele aparecesse assim do nada na frente dela. Fui abraçá-lo, mas ele logo me afastou. "Não toque em mim", me diz, "que estou infestado daqueles amores de bichinhos!..." Mas a tia Katingo nem quis saber, indo, com pulga ou sem pulga, se atirar nos braços do filho, debulhando-se em lágrimas. Ficou depois uma semana caçando pulga. "Cadê aquela sua banha toda, Petros?", pergunto. O Petros era gordo como o pai. Eu gostava dele justamente por não ser tão convencido como o irmão, o Takis. Tinha um coração de ouro. E por ser bom e humano como era foi que virou comunista e teve de passar pelo que passou. Ele não era um comunista do tipo do Dino e do filho da dona Hécabe. No fundo, ele era mais cristão que qualquer um de nós. "Mas que susto que você nos fez passar, hein, Petros!", lhe digo. "A gente achava que não fosse mais encontrar nem os seus ossos. Faz quantos dias que você não descansa?". Ele devia era estar pensando o tempo inteiro, ao me ver instalada na casa deles: "E essa aí está fazendo o que aqui em casa?". Pergunta então : "E o luto...?". "O Adônis...", lhe diz a tia Katingo. E, me apertando ainda mais o braço pelo qual ele me segurava, pergunta: "E o Takis?". "O Takis", respondo num ar de brincadeira, antes que a tia Katingo começasse a choradeira, "virou historiador". Ele tinha sido destacado para o Ministério e estava agora traduzindo documentos confidenciais para os salsichas dos alemães. "Você tem que ver, Petros, como ele fica sem uniforme!" Eu ainda ia completar: "Como galinha depenada", mas me segurei a tempo. "Parece outra pessoa!", digo. A tia Katingo não tolerava piadas às custas do amado primogênito. Para ela, o afastamento do Takis do exército era sinônimo de morte. Alguns dias antes, passou todos os seus uniformes, guardando-os num baú em meio a amargas lágrimas, como se estivesse enterrando o próprio filho. Só Deus sabia que sacrifícios eles tinham feito por causa daqueles uniformes. Ela mesma tinha sido obrigada a servir de empregada para a Fräulein Ober. A Irene teve que desistir dos planos de estudar Odontologia. O tio Estêvão, sabe como é, ainda fez a besteira de vender o café e se aposentar antes da hora, porque o lorde do almirantado inglês tinha vergonha de que o pai fosse dono de estabelecimento. Ficava reclamando que isso o impediria de fazer carreira. Não que o fato de terem vendido o café tivesse grande importância, porque isso, cedo ou tarde, fatalmente acabaria acontecendo. O Petros podia não ser convencido como o irmão, mas também não era do tipo que conseguia ficar sentado atrás de um balcão contando quantos cafés se bebiam e quantas partidas de bilhar os fregueses jogavam. Ele gostava era de ler. Estudava Letras. Queria se tornar professor. O pior de tudo foi que eles, em vez de fazerem como tinha aconselhado o Adônis, emprestando o dinheiro da venda a juros, ou ainda de seguirem a sugestão da tia Bolena de comprarem um terreno no Batsi, para pelos menos poderem produzir o azeite que consomem, lá foram eles comprar na loja do Varanguis uma sala de estar francesa (não sei o que foi que eles viram de francês nela) e uma sala de jantar inglesa. Não como dote para a Irene, como dizia a tia Katingo se justificando, quando eu lhe disse umas poucas e boas, mas para o Takis poder bancar o rico com os amigos chiques do Kolonaki. Agora, todos esses sacrifícios eram enterrados num baú fedendo a naftalina, e só Deus sabia quando eles sairiam de novo de lá, se é que sairiam.

Foi nesse dia que vi os primeiros alemães. Um pouco antes da morte do Adônis eu havia começado a fazer algumas obturações nos dentes, mas abandonei o tratamento pela metade; no começo porque eu não tinha cabeça nem disposição para coisas desse tipo e, depois, quando os alemães entraram em Atenas, porque não me atrevia a descer para o centro da cidade antes de a situação se definir melhor. Eu estava com medo de ficar toda atarantada quando os visse. Nesse dia, fiquei olhando pela janela do ônibus para as ruas que, não muito tempo antes, inundavam de gente e de vida. Agora estava tudo morto. As pessoas me davam a impressão de estarem como que hipnotizadas, e até o ruído dos carros era diferente, como se tivessem botado surdina nas buzinas e nos motores. Mas, quando vi os primeiros alemães, não me deu vontade de cuspir, como queria fazer a senhora minha filha. A primeira coisa que senti foi algo mais para comiseração do que medo ou ódio. Deveria ainda se passar um bom tempo – nós sofrermos o que sofremos nos dias da Ocupação e eu ver as crianças esqueléticas, em pele e osso, se arrastando pelas ruas que nem uma alcatéia de lobos famintos, os corpos sendo levados nas carroças da prefeitura, os reféns dos alemães e as execuções – para eu entender que monstros se ocultavam atrás daqueles rostos frios e angelicais. Naquela tarde eu fui vencida pela curiosidade. Eu os enxergava mais como visitantes de um outro planeta do que como os invasores que eles eram. O primeiro que vi estava encostado na lateral do carro, comendo uma laranja com a casca! Sua pele estava toda bronzeada por causa do forte sol mediterrâneo, e ele parecia mestiço de loiro com negra. Em volta do pescoço ele usava um lenço vermelho, que se destacava do verde da farda. Duas ou três crianças estavam paradas em volta dele, olhando-o embasbacadas. Para as crianças, ele era um ser que não se parecia com nada que elas conhecessem. Uma delas tentou lhe dizer algo, mas, ao ver que a língua na qual ela tinha aprendido a se comunicar com todo o mundo até então não lhe servia para nada, ficou ali parada olhando para ele com o ar de quem se encontrava de repente diante de um mistério insondável. Percebi essa cena toda com um só olhar de viés que lancei ao passar. Sorri involuntariamente.

Eu havia programado, saindo do dentista, ir à clínica neurológica ver o filho da dona Hécabe. Já fazia um bom tempo que a Vitória tinha reaparecido, após o que a futura sogra e a futura nora verteram juntas lágrimas de perdão. Havia se decidido que o Dimitris, seguindo os meus conselhos, entraria numa clínica para largar das drogas e que, quando saísse de lá, os dois se casariam, com a graça de Deus. Eu sabia que pegaria mal com a dona Hécabe se eu não fosse fazer uma visitar ao filho. Mas, quando consegui sair do dentista, já eram seis horas e eu não estava com a menor intenção de andar sozinha pelas ruas depois de escurecer. Decidi voltar direto para casa.

Como ficou claro depois, fiz bem de ter voltado. No dia seguinte veio a dona Hécabe me anunciar que o Dimitris havia saído da clínica e me convidou para o batizado da Vitória. Quinze dias após o batizado se daria o casamento. Fui sozinha. O Petros estava de cama e a tia Katingo não quis deixar o filho doente sozinho. Mal ele conseguiu se recuperar um pouquinho dos maus-tratos sofridos, pegou um daqueles resfriados filhos-da-mãe. A Irene estava "incomodada". Quando se via nessa situação, nunca ia à igreja, como se isso não fosse obra do próprio Deus como todo o resto! A minha filha não considerava o batizado de uma moça de 25 anos um espetáculo digno de que ela abandonasse o conforto da cama e a leitura dos romaces água-com-açúcar da Delly. É verdade que não puseram a moça nua na pia batismal como todos nós imaginávamos, o que foi motivo de riso. O padre fez três vezes o sinal da cruz, a crismou, cortou-lhe com uma tesoura um tufo de cabelos e leu o Evangelho da Teofânia, depois do que o nome dela passou a ser "Fotiné" – ou seja, "a iluminada". Eu tinha me acostumado com Vitória e quase não conseguia pronunciar o novo nome ao chamá-la. Achava um pouco de mau-gosto. Mas com a dona Hécabe foi diferente: era Fotiné para cá, Fotiné para lá. Quando ela se derretia e ficava mais afetuosa – o que acontecia freqüentemente naquela época –, a chamava carinhosamente de Fofô. Para evitar que os episódios do passado se repetissem, foi sozinha procurar (e encontrou) uma quitinete nas vizinhanças, que assim eles podiam ficar mais independentes, mas de modo que ela pudesse também facilmente dar um pulinho até lá para lavar e passar a roupa deles. Detalhe: a "iluminada" já estava grávida quando foi batizada. A dona Hécabe a cumulava de mimos, não a deixando por assim dizer nem levantar um copo. Elas estavam se dando tão bem que decidiram de comum acordo que não havia por que viverem em casas diferente, um luxo desnecessário. Decidiram economizar o aluguel a mais e viverem sob o mesmo teto. Os "negócios" misteriosos do Dimitris pareciam não estar indo nada bem desde o casamento.

Isso tudo eu fiquei sabendo pelo Akis. A dona Hécabe havia parado de me contar os seus segredos e, quanto mais o tempo ia passando, mais rareavam as suas visitas. Algumas vezes eu até me esquecia da existência dela, como me acontecia com a Kontopoulou e a Kasimate. Isso se deu por várias razões: primeiro, porque ela e a tia Katingo tinham uma antipatia recíproca. "Ir visitar você para quê?", me dizia no começo, quando eu lhe perguntava por que razão tinha se esquecido de mim. "Quando você voltar para a sua casa, juro que visito...". Depois, para vir até em casa, ela tinha que subir a ladeira, e a nevralgia que havia começado a lhe atacar as pernas desde a época do julgamento do Dimitris continuava a incomodá-la. Mas isso era tudo pretexto. Se a dona Hécabe quisesse realmente vir me ver, viria. Ela não era o tipo de gente que pára diante desses e outros obstáculos. A verdade é que as nossas relações tinham mudado radicalmente nesse ínterim. A morte do Adônis, que no princípio nos aproximou mais que nunca, passou depois a nos afastar, e começamos a nos estranhar uma à outra. Ela nunca me disse isso explicitamente, mas, pelo jeito de ela se comportar e por um monte de indiretas que me lançava, deu-me a entender que achava que eu não tinha guardado luto suficiente pela morte do Adônis, que devia ter pranteado bem mais por ele. Logo ela que, em outras épocas, tinha concordado uma centena de vezes comigo que o luto podia ter algum sentido em tempos idos, mas que, atualmente, havia se tranformado numa encenação de mau-gosto, e que não se pranteia pelas pessoas vestindo luto, mas sim dentro do coração. Pois é, e agora ela vinha me censurar por não usar a mantilha de luto! No que diz respeito aos meus verdadeiros sentimentos em relação à morte do Adônis, o que é que ela achava poder saber, se nem eu mesma sabia direito o que estava sentindo? No final das contas, eu também não tinha a menor obrigação de fingir sentir o que eu não sentia.

As pessoas que teriam podido me controlar já havia muito que se tinham ido. E não seria a dona Hécabe quem ficaria dando uma de sogra para cima de mim, me mandando fazer e desfazer! Depois ainda fiquei sabendo que ela ficava incomodada de eu freqüentar os De Jong. Não porque eu jogasse carta com eles, mas só de dor-de-cotovelo. Aconteceu uma ou duas vezes de ela vir até em casa e eu estar na casa da Cleô. Fechou a cara. A Cleô a chamou do terraço com a costumeira singeleza para que ela subisse e viesse ficar conosco, mas a dona Hécabe não quis. Achava a Cleô uma sem-vergonha e uma péssima companhia para mim. Ela, que afirmava que as prostitutas são às vezes mais puras que as santas (se é que podemos partir do pressuposto que a Cleô fosse prostituta!), agora havia se aliado aos seus inimigos naturais, a tia Katingo e a minha filha, dando início a uma verdadeira campanha bélica contra a coitada. E eu, como era de se esperar, não gostei nada disso.

Mas, como eu vim a perceber na seqüência, a principal razão de as nossas relações terem esfriado foi que, enquanto eu fazia de tudo para me esquecer do passado e do Adônis, a dona Hécabe, mesmo sem fazer nenhuma referência ao falecido, me trazia constantemente à memória, só pela sua presença, a figura dele. Quando eu olhava para ela, era como se o estivesse vendo. Eu sempre me lembrava de que as últimas palavras do Adônis tinham sido dirigidas a ela: "Dona Hécabe! Eu me despedi de você?". E, apesar de eu saber que era uma enorme besteira ter ciúmes dos mortos, no fundo do coração eu não conseguia perdoar nem a um nem a outro. Era com um misto de raiva e tristeza que eu refletia, freqüentemente, que tinha passado quase dez anos da minha vida com uma pessoa e que, nesse período, sempre havia existido um terceiro alguém que me roubava um pouquinho do meu marido. Uma terceira pessoa cuja companhia ele ainda preferia à minha. Se isso por um lado não tinha me incomodado tanto na época, quanto mais o tempo ia passando e tentava digerir a idéia, mais indignada eu ficava. Só eu sabia, apesar de não confessar isso nem para mim mesma, que peso foi para mim a morte dele. Foi só quando eu o perdi que entendi que o nosso casamento, ainda que aos trancos e barrancos, significava uma volta passageira aos meus anos de moça em Kifisia, aos bons e velhos anos de desprecupação e irresponsabilidade, em que eu botava a mão no bolso do tio Markousis e pegava tanto dinheiro quanto coubesse na minha mão. O Adônis podia não ser nenhum exímio amante – isso não tem uma importância tão vital para uma mulher – mas era um homem com "h" maiúsculo. Ao lado dele eu me sentia que nem uma menininha nos braços robustos do pai. A desgraça que lhe sobreveio era para mim como que um desagradável chamado à realidade... Eram esses os motivos pelos quais o meu relacionamento com a dona Hécabe deu a esfriada que deu.

Mas o golpe final na nossa amizade foi mesmo a indireta que ela me lançou em relação ao casamento com o Teodoro. Não falou abertamente, mas as palavras que ela proferiu ficaram pairando no ar de maneira tal que não tinha como eu não entender seu significado. Ficou magoada com a maneira como respondi, ou melhor, como não respondi (fingi não entender). Li isso nos olhos dela. Mas quem é que há de me censurar? A idéia de que eu jamais pudesse me casar com o filho dela me parecia cômica e até monstruosa. Não só ele era mais novo que eu – além do fato de que eu não conseguia me imaginar nora da dona Hécabe – como, aqui entre nós, me ocorreu que ele não tinha o que me oferecer. Eu tinha a casa, as libras, a madeireira, e o que eu menos precisava era de um gigolô na minha vida. Se eu quisesse um, procuraria achar um novo e bonito. Não era o caso de eu me casar com o Teodoro, surdo e careca como ele era. E isso sem falar em que, nessa época, nem me passava pela cabeça que eu pudesse voltar a me casar. Era a última coisa que tinha intenção de fazer. Duas vezes já bastavam; eu não estava disposta a cometer essa loucura novamente...

Vez ou outra eu ficava sabendo dela pelo neto. O Akis vinha freqüentemente me ver e reclamava da avó. Tinha chegado numa idade em que era mais que natural que ele começasse a se revoltar contra a tirania dela. Veio me dizer que ela roubava a porção de pão dos outros – um cabo-de-vassoura que nos davam mediante cartões de ração – para dar de comer à Fotiné às escondidas, pois ela – sabe como é –, estava para botar um "ovo vermelho", dando-lhe um segundo Dimitris (nunca lhe passou pela cabeça que a Fotiné pudesse ter uma menina). Reclamava ainda que a avó punha mais azeite no prato da nora, e daí vai. Foi o Akis também que me dava notícias do Dimitris. O tio pegava a esposa e o sobrinho e os levava para salas de cinema onde havia maior aglomeração de gente. Punha os dois sentados no balcão do cinema, descendo ele próprio até a platéia. Quando voltava, apanhava a bolsa da mulher, que não havia parado de chorar em silêncio durante toda a sessão, e a enchia com os objetos saqueados: carteiras, óculos de grau e de sol, correntinhas de ouro, broches, isqueiros e até mesmo o rabo das peles de raposa, que ele cortava com uma gilete. Foi assim que eu fiquei sabendo de diversas coisas que aconteciam na vida da dona Hécabe, apesar do seu silêncio: coisas suficientes para encher um livro inteirinho, como se diz, e suficientes também para "levá-la à forca", usando suas próprias palavras. Havia também coisas que ela não tinha como esconder, como a falsa gravidez da Vitória. Eu ainda me lembro de que, quando ela veio uma tarde daqueles dias deprimentes do inverno de 1942 e me contou as novas, achei a coisa tão cômica que só me faltou desatar a rir na frente dela. Mas, quando eu a vi chorando por uma vida que nem tinha chegado a se concretizar na formação de um embrião, não pude deixar de me comover. Senti vibrar dentro de mim algo da nossa antiga amizade. Nesse dia eu a segurei em casa para jantar conosco e desopilar um pouco. No meio-tempo haviam se passado umas boas horas e, já que os tempos não estavam para peixe, lhe digo: "Durma hoje à noite aqui em casa, que não é o fim do mundo você não voltar uma vez para casa!". A tia Katingo tinha nos dado o quarto da Fräulein Ober depois que esta morreu. Espaço era o que não faltava. Botamos um colchão no chão, e ela dormiu de um sono tranqüilo e profundo: que nem criança que, depois de rodar o dia inteiro pelas ruas, volta extenuada para casa, ainda que nem quisesse saber de admitir isso na manhã seguinte...

capítulo três

Uma das razões pelas quais eu comecei a jogar cartas foi para passar as noites em branco e dormir de dia, às vezes até as quatro o cinco da tarde. Remédio para dormir era que nem bala para mim: um atrás do outro. O sono nessa época era a droga mais inócua que se podia tomar para se evitar ser confrontado com a visão de uma tragédia que, por mais que se fizesse, não se conseguia evitar. Eu bem sabia que, se fosse abrir os armários da cozinha para distribuir comida aos famintos, eu não só não estaria salvando ninguém, como acabaríamos morrendo também nós de fome. Eu ficava doente ao ouvir aquela mesma lenga-lenga todos os dias de gente que vinha pedir comida, dizendo: "Estou com fome, minha boa senhora, meus intestinos estão atrofiados de fome...", e me atacava o estômago de nervosa que ficava, ainda que soubesse que o pedinte poderia até estar comendo melhor que nós. O meu coração se apertava todo quando eu pensava nos milhares e milhares de gregos morrendo de inanição. Não por morrerem, o que mais cedo ou mais tarde fatalmente acontece com todo mundo, mas por morrerem que nem animais, pois a fome é a primeira coisa que nos priva da nossa diginidade humana. E o pior é que nós próprios perdíamos junto com eles a nossa humanidade; nós que, mal-e-mal, ainda tínhamos o comer. Cada vez que eu via um daqueles moribundos que caíam de fome sobre as calçadas todos os dias e era obrigada como todo mundo a passar andando por eles, sentia nojo de mim mesma. Levei um susto ao perceber a que grau de insensibilidade eu tinha chegado, e esse susto eu descarregava então, de desespero, nas cartas. Do mesmo jeito que o bêbado às vezes bebe só para esquecer que é bêbado, algo que a frívola e insensível – talvez eu devesse dizer, felizmente insensível – da minha filha não conseguia e jamais conseguirá entender. Ficava me chamando de "viúva alegre" ou de "jogadora inveterada como o meu pai". Quando eu me lembro, o sangue me sobe à cabeça.

Outra razão para eu começar a jogar era por não ter mais as tarefas domésticas de antes, quando morava na minha própria casa, para me ajudar a passar o tempo. A tia Katingo não me deixava fazer nada. Não para eu não me cansar, mas sim porque queria que tudo fosse feito da maneira dela. Nos livros eu não encontrava mais nem o prazer de antes nem o consolo que me proporcionavam. Eles pareciam secos, falsos e me irritavam sobremaneira. No que diz respeito à minha antiga paixão, o cinema, não tinha mais disposição para sair e ir ver um filme. Primeiro você era esmagada na fila para comprar o bilhete, depois empurrada até estar lá dentro e achar um lugar decente, além de correr o risco de voltar para casa infestada de piolhos. Não era só nojento ficar esmagando piolho por piolho com a unha ou ter que lambuzar os cabelos de parafina, como eu tive que fazer certa vez; o pior era mesmo você acabar pegando um tifo exantemático. Um prédio perto de casa ficou de quarentena por um bom tempo, e nenhum dos moradores podia sair, nem para ir pegar a "ração" do boleto. Eram empregados da Cruz Vermelha quem levavam a comida até lá, deixando-a na porta como se faz com leprosos. E isso sem falar nos meios de transporte, que faziam você amaldiçoar a hora em que tinha decidido sair de casa. Se você não tinha coragem de ir andando, era obrigada a entrar num daqueles veículos movidos a gasogênio – na época em que eles existiam – para voltar depois para casa parecendo trabalhador em mina de carvão.

Minhas relações com os De Jong até então se limitavam a umas palavras formais trocadas dos terraços das respectivas casas, e ainda assim com um sentimento de estar fazendo algo proibido. A tia Katingo ficava com uma tromba até o chão. Não falava mais com a De Jong por ela receber em casa o Fiore, um italiano do prédio da frente, prédio este que tinha sido requisitado pelos italianos. Não conseguia enxergar que há tipos e tipos de italianos. O Fiore era um bom rapaz: detestava o Mussolini e a guerra tanto quanto nós, se não ainda mais. A tia Katingo acusava a Cleô de ter um caso com ele, mas eu, que entrava e saía da casa deles havia tanto tempo e que não sou nem boba nem ingênua, não pude jamais perceber o mínimo traço de algo suspeito. Ela o recebia independentemente de ser inimigo ou não, na condição de rapaz longe de casa e da mãe. Nós o achávamos divertido. Tinha aprendido um pouco de grego e nos falava horas a fio sobre a Itália e sobre a cidade natal, Pádova. Era estudante de Direito, mas estava mais para palhaço de circo do que para advogado. E, parênteses: eles nos trazia de vez em quando café, não essa água suja que a gente toma, mas um café genuíno. Só as cafeteiras saberão o que isso significava para nós. Ela me convida certa tarde para ir tomar um café e eu vou, fingindo-me de cega para a tromba da tia Katingo. Depois, convida-me uma segunda vez. Nesse dia ela estava com outros convidados e jogamos então uma partida de pôquer para passar o tempo, tomando gosto pela coisa. Daí em diante, sempre que reunia gente na casa para uma partida (o que acontecia cada vez com mais freqüência), eu era uma das primeiras a entrar na fila. Em meio aos ases e reis eu me esquecia um pouco da desagradável realidade. Sabia que as noites em claro que eu passava eram que nem veneno para a minha úlcera que, paradoxalmente, continuava a me incomodar, apesar da abstinência forçada de gordura animal, abtinência graças à qual tanta gente tinha recuperado a saúde nos dias da Ocupação. Eu tomava aspirina que nem água e, toda noite, ou quase toda noite, ia me enfiar na casa da Cleô.

Os convidados eram sempre poucos, mas agradáveis e escolhidos a dedo. Eram todos pessoas que agora devoravam estoicamente fortunas que tinham levado uma vida inteira para adquirir, pois não eram o tipo de gente capaz de colaborar com os alemães ou viver do mercado negro: o Doratos era juiz, a Melás, viúva do dono de uma pequena indústria, amigo do Willy, a Karavida tinha terrenos no Peloponeso. Era a mais divertida e alegre do grupo. Eu não conseguia entender onde ela podia achar tão bom-humor numa época em que as pessoas morriam aos cachos em volta de nós. Mas hoje em dia eu vejo que essa capacidade nossa de então de nos esquecermos do mundo exterior e de rir um pouco foi o que acabou nos salvando, caso contrário teríamos enlouquecido. Cada vez que estávamos para nos reunir de novo para uma partida, a Karavida empurrava o marido sobre a cama e lhe arrancava dois ou três pêlos do negócio dele. Para dar sorte, como ela explicava, e nós perguntávamos então ao marido: “E então, Áris, ela lhe deixou algum pêlo para contar história?”. Ele era um bonachão de marca maior. Tinha mania de querer sempre trocar de lugar. Pagava para alguém trocar de lugar com ele. Quando tinha nas mãos uma boa combinação de cartas, seu rosto irradiava satisfação. Dava para ver de longe. Como era de se esperar, toda vez que nós o víamos sorrir para si mesmo, nos mancomunávamos para ele não ganhar.

Foi então que me dei conta pela primeira vez de como as mulheres têm mais sangue-frio que os homens. Certa vez sobramos eu e o Doratos jogando, e eu acabei abocanhando seis libras dele. Nessa época ele estava me cortejando. Também era viúvo, e a Cleô queria nos casar, mas eu logo fui cortando as asinhas e comecei a me comportar friamente com ele. Deu então início a uma verdadeira batalha para me fazer perder, pois seu orgulho masculino estava ferido. Mas eu acompanhava os ataques com a maior calma e frieza do mundo. Pela expressão do meu rosto, ninguém jamais poderia adivinhar que cartas eu tinha na mão. Mas pensava comigo mesma: "Que diabo é que esse homem tem para insistir em ganhar tão desesperadamente?". Dizia ainda em pensamento: "Agora é que você vai se haver comigo, seu bode velho, só para ver com quem está lidando! Ledo engano o seu, se acha que vou me casar com outro da sua escória, pela teceira vez na vida". Imaginava que ele estivesse com um três na mão, ou outra coisa, porque era eu quem tinha os dois belos asses. Estávamos jogando *toumbouxtou*. Apanho por fim a última carta e vejo que é um terceiro ás. "Sua vez!", digo. Estava tremendo por dentro, pois não tinha na mão as cartas necessárias para fazer o que queria. Ele, em vez de me dizer "Passo", diz: "Uma libra!". O que era uma senhora quantia, em se considerando a partida. "Na mesa!", digo. Ele abre as cartas. Três reis. Quase teve um troço!

Que noites agradáveis aquelas! A Cleô, que não era tão fanática por jogo – o jogador inveterado da família era o Willy –, volta e meia se levantava e ia preparar halvas ou algum bolo com cobertura de mel de uvas para nós. Uma parte do dinheiro das apostas era sempre posta de lado como contribuição para a casa dos anfitriões, para essas ou outras finalidades. Às dez horas da noite nós ligávamos o rádio para ouvir as transmissões da BBC. Ficávamos então sabendo das notícias das frentes militares na

África e na Rússia, notícias essas que os alemães manipulavam nos jornais locais. Fazia um tempinho que os rádios tinham sido todos confiscados, mas o Willy não se deixava intimidar, apesar de que ele, tendo a nacionalidade inglesa, houvesse ficado por dois meses em campo de concentração no início da Ocupação, desde então tendo que se apresentar de dois em dois meses na Kommandatur. Tinha escondido o rádio num quartinho do terraço e o trazia toda noite embrulhado num cobertor como se fosse um nenê. Pobre Willy, pobre Cleô! Que saudades eu tenho deles!...

Naquela noite, porém, havíamos decidido não jogar, para deixarmos as cartas esfriarem um pouco, por assim dizer, e dormirmos uma vez decentemente. Mas, apesar de eu ter tomado três Luminal, já passava de uma da matina e os meus olhos não queriam saber de se fechar. O hábito é uma coisa péssima. Era também uma daquelas noites enluaradas de agosto, o que contribuía para que eu não quisesse dormir mesmo; uma noite daquelas em que a vida parece uma maravilha, apesar dos pesares! Do terraço do prédio da frente, onde moravam os italianos, chegava até nós o som daquelas canções deles, tão em moda na época, que pareciam ter a doçura do mel:

"Dormi, dormi bambina, mentre io veglio per te...".

"E é como se eles estivessem cantando para mim!", pensei. "Com a diferença – ai de mim! – que eu já não era nenhuma bambina". A verdade é que eles tinham uma bela voz. Você não se cansava de ficar ouvindo. Eu tinha dito à tia Kantingo: "Em vez de irmos nós à Itália, foi a Itália que veio até nós. Quando é que você teria imaginado, tia, que algum dia teria tantos tenores vindos do país dos tenores na frente de casa lhe fazendo serenatas?..."

Contrariamente, quando eu ouvia os gregos cantarem, me vinha uma sensação algo desagradável. Ninguém dizia que não era para eles deixarem de todo de cantar, mas algumas daquelas canções ligeiras que estavam então na moda eram tão improváveis e realmente tão ligeiras que me davam arrepios de horror.

Você é tão novinha, tão criança,
Nos anos da sua primeira primavera,
Que é difícil amar você,
Com tantos anos nos separando.
Mas ainda chega uma noite, desmiolado...

Desmiolado?! Ponha desmiolado nisso! E todo o meu ser se revoltava à idéia desse velho demente e provavelmente faminto que tinha a pachorra de cantar o seu amor barato por uma menina trinta anos mais nova! Era melhor mesmo que os italianos continuassem cantando, quanto quisessem, sobre o *cuore* e o *amore*. A melhor posição a ser tomada pelos gregos era, se não a do completo silêncio, no mínimo uma que demonstrasse um pouco de dignidade e seriedade. Não preciso nem dizer que minha filha, cujo único divertimento na vida é ser do contra, me chamava de fascista...

De repente o som de tiros quebrou o silêncio. "Devem ser os italianos matando gato!", foi o meu primeiro pensamento. Diziam por aí que os italianos consideravam os gatos machos uma iguaria de primeira. Não me pergunte se é verdade ou mentira. Perguntamos ao Fiore, mas ele só fez sorrir de uma maneira enigmática. "Lá se vão os coitados dos gatinhos!", pensei. "Esses aí também morrendo em favor da pátria e da fé!". Mas, quando ouvi de novo os disparos, dessa vez mais perto, comecei a me preocupar: veio-me à cabeça o rádio do Willy. Pensei: "Só falta o Fiore ter nos traído, criando encrenca para o lado da Cleô! Os italianos não têm palavra. Mas desta vez ela vai aprender a lição. Ninguém está dizendo que não é para o receber em casa. Mas, fascista ou não, é uma loucura alguém se expor dessa maneira!". Nos últimos tempos, estávamos com a idéia fixa de que o Fiore podia ser um agente secreto enviado para nos fazer cair em armadilha. "Devem estar dando uma batida para acharem o rádio!", pensei, ouvindo agora os disparos quase de baixo da nossa janela. Mas eu mal tinha acabado de formular essa idéia quando ouvi o nosso portão se abrir, ao que se seguiram uns passos apressados no quintal e o ranger característico da porta da cozinha, que dava para os fundos. Dou um salto e me levanto, indo às pressas acordar o tio Estêvão e a tia Katingo. Saindo para o saguão, dou de cara com um Petros todo aterrorizado. "Os alemães estão atrás de mim!", me diz. Pasma, levo as mãos ao rosto. Digo então: "Trate de se esconder! Na despensa!..." E penso: "Agora é que vão matar todos nós! Nina, prepare-se para reencontrar o papai!". Na mesma hora ouvimos umas batidas fortes na porta, seguidas de socos e pontapés, como se a quisessem deitar abaixo. Vai então abrir o tio Estêvão, palidíssimo, ao que se precipitam para dentro de casa dois alemães vestindo capacete, com os dedos no gatilho da metralhadora, acompanhados de três gregos do Comando de Segurança,[42] e nos colocam em linha contra a parede, com as mãos atrás da

[42] Τάγμα Ασφαλείας: corpo armado composto de gregos sob o comando dos alemães durante a Ocupação que lutavam contra as organizações de oposição. (N.T.)

cabeça. Revistam a casa inteira, encontram o Petros, colocam-lhe algemas e o levam embora aos chutes. A tia Katingo começa a gemer. Vamos então para a cozinha passar um café. O Willy e a Cleô, que tinham também acordado com a barulheira, vêm nos fazer um pouco de companhia. Mas não dava para passarmos a noite inteira acordados chorando sobre o leite derramado. Digo então à titia: "Vá você dormir, para não estar podre de cansada amanhã. Quando Deus fizer amanhecer, a gente vê o que faz". Eu já não conseguia mais ficar de olhos abertos: os Luminal estavam finalmente começando a fazer efeito!

Na manhã do dia seguinte, o tio Estêvão circulou pela cidade inteira procurando um amigo dele que era unha e carne com os alemães. Quando o achou, foram os dois correndo à Kommandatur e ficaram sabendo o que tinha acontecido: os rapazes tinham sido pegos imprimindo panfletos da E.A.M.,[43] mas o Petros tinha conseguido fugir naquela hora. Estava provisoriamente nos quartéis da Gestapo. Uma semana depois, foi transferido para a prisão de Averof, que ficava perto de casa. Decidi então ir vê-lo. Só muito raramente permitiam visitas, mas o povo ia para o muro traseiro da cadeia e os detentos chamavam uns aos outros para virem falar, ou melhor, gesticular com o visitante, de pé sobre uma escada, por cima das grades. Mas ao Petros eles não conseguiram avisar. Como ficamos sabendo tempos depois, ele tinha sido colocado em isolamento.

Mas, para grande surpresa minha, vi a dona Hécabe e a Vitória na hora em que elas estavam cumprimentando o Dimitris. "Peguei você!", digo à dona Hécabe. Ela vira e me olha,

[43] Sigla em grego para Frente Nacional Libertadora, movimento de oposição criado em 1941. (N.T.)

estupefata. "O que é que você está fazendo aqui?". Explico. "Não importa! Você é mesmo uma diabinha! Ninguém consegue lhe esconder nada!". E sorri para mim. Parecia feliz em me ver. Fazia quase dois meses que nós não nos víamos. "Vamos com a gente lá para casa tomar um daqueles cafés-água-suja que você tanto adora!", me diz. "Tenho umas novidades de arrepiar os cabelos para lhe contar!..." Por um breve momento, apesar de ela ter encolhido pela metade por conta do jejum forçado, apesar de ter envelhecido dez anos em dois, achei ter reconhecido a velha dona Hécabe de sempre. "Você está lembrada", me diz (a caminho de casa), "de que eu sempre lhe dizia que a minha irmã Afrodite acabaria pagando os pecados na figura do que ela mais tinha em apreço na vida? Pois é, pagou..." Nos lábios dela surgiu então um sorriso venenoso. "Há pouco tempo veio a Gogô me contar as novas (por sinal, essa aí é outra com uma boa dose de problemas: o marido partiu para as montanhas com a Resistência, e ela ficou sozinha com os dois meninos): aquela vadia da Evanthia se envolveu com um italiano que, veja como são as coisas, ainda acabou comendo da frutinha dela! Quando a minha irmã achou que iria conseguir fazer os dois casarem para se livrar desse encargo, o rapaz recebeu um comando de transferência para a frente russa. A questão agora é saber se ele volta. Dizem que o frio que faz lá é algo que a mente humana não consegue conceber. E agora fica a menina chorando pelos cantos, definhando a olhos vistos. Antes de ontem eu decidi dar um pulinho até lá. Ela não se atreveu a me esconder nada. Sabia que eu sabia, porque não era boba para não estranhar a minha visita depois de eu não ter aparecido durante tanto tempo. Vira e me diz: 'Sente-se aí, irmãzinha, para eu lhe contar o que aconteceu. Estou com um problemão e blá-blá-blá...' Vou lhe dizer uma coisa, Nina: juro que fiquei com dó dela, mas não digo que não tenha gostado também. Como você vê, confesso o meu pecado. Eu sempre disse que a Evanthia ainda seria a sua sina. Deus não deixaria de puni-la pelo que fez com a gente. E agora ouça só as últimas sobre a madre Eutimia!..." "O que aconteceu com ela?", pergunto. A madre Eutimia me interessava mais que a Afrodite, pois era um pedacinho do meu passado. "Morreu", me diz ela, "apodreceu inteirinha. Não sabiam por que lado pegá-la. Assim que morreu, os piolhos saíram de dentro de sua barriga e a comeram todinha".[44] "Ora bolas, dona Hécabe!", lhe digo. "Você é inteligente demais para acreditar nessas superstições!". "Superstições? Isso é o que você pensa, meu bem!...".

A Vitória não dizia nada; ficava só ouvindo. Eu lhe lancei uns olhares de esguelha, mas seu rosto continuava inexpressivo. Só aquelas pálpebras enormes se abriam e fechavam que nem as asas de um pássaro cansado de voar. Quando estávamos chegando em casa, ela vira e diz: "Sogrinha, estou indo a senhora sabe para onde". Ela chamava a sogra de "a senhora", como faziam todos os filhos (a não ser que estivessem brigando, porque aí eles a chamavam de "você"). "Para onde ela vai?", pergunto à dona Hécabe. "Para o quinto dos infernos", me diz. "Lá de onde não há mais volta!...".

Abriu a porta de casa, entramos, e, como se ela já não agüentasse mais continuar fingindo, desatou a chorar. Morde os lábios e me diz: "Amiga, eu sou a mulher mais infeliz do mundo. Ouça o que estou lhe dizendo: esta situação não tem como continuar assim indefinidamente. O meu filhinho Dimi-

[44] Superstição grega que diz que as pessoas malvadas durante a vida vão acumulando piolhos dentro do peito, que se abre, quando essas pessoas morrem, libertando os piolhos para comer o cadáver. (N.T.)

tris não vai viver por mais muito tempo. Ah, lá se foram as minhas esperanças e os meus sonhos! Fique sabendo (como se ela estivesse ameaçando alguém), fique sabendo que se ele se for, vou atrás dele. Morro como morreu a minha mãe quando perdeu o Aquiles!...". "Coragem!", digo. "Tenha um pouco de coragem até esse horror todo virar passado. A guerra não vai mais durar por muito tempo. Quem conseguir sobreviver até lá verá dias melhores!...". Mas, mesmo nessa tarde, ela ainda tentou me esconder a verdadeira razão pela qual o Dimitris estava na cadeia. Ela me disse que ele bateu num italiano, mas eu fiquei sabendo depois pelo Akis que ele foi pego vendendo drogas para um poeta, que se matou na seqüência – não me lembro mais do nome dele. E, para estar vendendo, devia ele próprio estar tomando drogas de novo, imaginei eu. Mas fingi engolir a versão dela sobre o italiano. Bater naquela época num italiano não só não acarretava sanção nenhuma, como ainda era visto como um ato de heroísmo, mas a dona Hécabe, pelo que entendi, lutava desesperadamente para acreditar numa mentira, por menos plausível que fosse. Não que ela não quisesse que eu ficasse sabendo da verdade, mas porque ela própria tinha medo de encarar a realidade. Falando da boca para fora, sem convicção nenhuma, incapaz de aceitar os fatos: não havia mais nenhuma, nenhuma esperança mesmo. Tudo estava realmente com um final marcado...

Demorou depois disso algo como quatro meses até eu voltar a vê-la, com exceção de um breve momento em que aconteceu de estarmos as duas comprando pinhão na feira, pois nessa época nós queimávamos pinhão para cozinhar. O Teodoro tinha ido nesse mesmo período para o Oriente Médio, e o neto dela para Kalamata, para ficar com a mãe. A coisa tinha chegado a um ponto que eles não conseguiam mais viver sob o mesmo teto. A avó, que antes o adorava, agora descarregava os nervos em cima do coitado. Tinham começado a se pegar de verdade. Certa vez, em que a Polixene veio para Atenas para ficar umas duas semanas e viu em que pé andavam as coisas, decidiu levar o rapaz na volta com ela. A dona Hécabe tinha agora ficado sozinha com a Vitória – o Dimitris estava por enquanto na cadeia. Por causa da tuberculose, foi transferido para a cadeia do Sotiria. Foi então que começamos a nos ver com mais freqüência.

Durante um certo período, nós passamos a reviver muitos daqueles dias do pré-guerra, em que a vida parecia sempre uma lua-de-mel. Ela já não tinha mais o neto com quem brigar para passar o tempo e começou a aparecer mais em casa. Ou ela passava em casa para me pegar, ou eu pela casa dela, e saíamos juntas para ir buscar a porção de comida com o seu boleto, lá na cooperativa da União dos Redatores. Ela não precisava de tudo, e eu acabava pegando a maior parte. O que sobrava eu dava à Cleô. Seria um desperdício jogar comida fora. O povo já não estava mais morrendo de fome pelas ruas como em 1941, mas continuava sendo difícil comprar comida, além de que era caríssima. O mercado negro fervia e os preços aumentavam de um dia para o outro. Eu não me atrevia a gastar mais de uma das libras douradas por vez. Até você gastá-la, o milhão já tinha virado bilhão, ou melhor, o bilhão, milhão. Mas, é claro que eu não a acompanhava só por causa da comida, por ser interesseira, do que me acusava aquela aberração da natureza da minha filha. Está certo que eu ia também por causa da comida, mas a principal razão era que queria lhe fazer companhia. Nessa época nós não jogávamos carta tão freqüentemente como antes. O grupo tinha começado a se dispersar. Além de que me fazia bem sair de vez em quando para tomar um tiquinho de ar. Só quem morou durante quatro anos com a tia Katingo será capaz de me entender. No final das contas, por mais que as nossas relações tivessem esfriado um pouco, eu não tinha deixado de gostar dela. Nós íamos ficar na fila e puxávamos conversa com as mulheres dos outros jornalistas. Era bastante agradável. Ficávamos sabendo de trilhões de fofocas, além das novidades da guerra. Depois da agonia que nós e os De Jong tínhamos passado por causa do Petros, ninguém mais tinha coragem de sintonizar a BBC. Eu via pela primeira vez na vida pessoas que até então eu só conhecia de nome: poetas, literatos etc. Ouvi certa vez um funcionário gritar: "Senhor Várnalis, o senhor vem ou não buscar a sua couve-flor?". Isso me parecia tão engraçado! Nunca li nada do Várnalis. Para ser sincera, nunca gostei muito de poesia, que tinha se transformado para mim num símbolo de todos aqueles que me separaram do Argiris. Mas ao Várnalis eu conhecia de nome. "Veja só você!", pensava comigo. "Os poetas também comem couve-flor!". Está bem, eu sei que é simplista da minha parte. Afinal, eu também não era nenhuma menininha e não havia sido criada num ambiente rústico. O falecido papai tinha relações com um monte de intelectuais. Conhecia até o próprio Palamas pessoalmente: foram colegas de trabalho na faculdade. Por sinal, o Palamas deu-lhe de presente uma antologia poética com uma dedicatória bastante lisonjeadora. Lembrei-me disso no dia daquele incidente com a empregada dele. Eu tinha ido com a dona Hécabe para o depósito-merceeiro da galeria Pappou para comprarmos legumes. O céu estava encoberto e começaram a cair as primeiras gotas de chuvisco. No que a gente ficou debaixo do alpendre, uns espertinhos – o que nunca faltou na Grécia – saíram da fila e foram se postar lá na frente. Os detrás começaram a reclamar e a xingar. "Que Deus nos proteja dos jornalistas quando eles decidem botar a boca no trombone!", pensei eu. Alguns deles eram, com efeito, antipaticíssimos. Um tal de Katakouzinos era o tipo mais asqueroso que eu tinha visto na vida. Até que a algazarra se acalmou de repente, e as vozes se calaram, interrompendo-se as recriminações. Parecia até que aquele barracão que se dizia mercearia tinha se transformado num passe de mágica em igreja. Todos se afastaram, abrindo caminho para uma moça da ralé. "Como vai o senhor Palamas?", lhe diz um dos jornalistas, esperando a resposta como se dela dependesse a salvação ou a catástrode da nação. O Palamas estava então nas últimas. O tal jornalista a deixou então passar, ao exemplo dos outros, como se se tratasse não da empregada – o que vim a saber na seqüência – mas do próprio poeta. Pois é, eu não cresci em nenhum ambiente rústico, mas era, sim, a primeira vez que me defrontava com um mundo de pessoas no qual eu sempre quis ingressar. E nesse mesmo mundo eu descobri, também pela primeira vez, uma nova dona Hécabe, cheia de vida e espirituosa como sempre, mas com um ar totalmente novo, um aspecto de socialmente bem mais alta do que eu imaginava que ela pudesse ser. Os jornalistas a tratavam com respeito e mostravam interesse em saber notícias do Teodoro. Ela própria se comportava naquele meio tão exigente dos intelectuais com a maior naturalidade do mundo. Houve um dia em que nós ficamos esperando sentadas sobre uma mureta na frente da mercearia. Ao lado da dona Hécabe estava sentada uma senhora de dimensões enormes com um chapéuzinho daqueles que estavam então em moda, coberto de violetinhas de mentira. Eu quebrava a cabeça para saber quem ela podia ser. Em algum lugar eu já a tinha visto. E, como se não bastasse o chapéu, ainda era um chapéu com violetas! Nessa época as meias e os chapéus haviam sido abolidos. A dona Hécabe tinha puxado assunto com ela. Contava-lhe uma história qualquer. "Sabe quem era aquela ali?", lhe pergunto, ao sairmos. Eu já tinha me informado com a mulher que estava sentada do meu lado. "Não sei, não quero saber e tenho raiva de quem sabe!", diz a dona Hécabe, sorrindo, toda coquete. Eu sempre admirei a eloqüência da dona Hécabe, mas no dia em que a ouvi falar de igual para igual com a Spanoudis, fazendo com que ela desatasse a rir, comecei a achar que talvez a tivesse subestimado um pouquinho. Enquanto o Adônis ainda vivia – que Deus o tenha! –, eu a recebia em casa, é verdade, mas vou ser bem sincera: apesar de sempre ter gostado muito dela, não conseguia deixar de considerá-la socialmente inferior a mim. Só agora eu via que estava algo errada. Em última análise, o Adônis era o quê? Não passava de um empreiteiro que ficava o dia inteiro chafurdando em cal e cimento. Está certo que nós tínhamos mais dinheiro que a dona Hécabe, mas não é o dinheiro que faz as pessoas. Eu me lembrei de como havia me comportado quando ela me lançou aquela indireta sobre o Teodoro se casar comigo, e senti vergonha. Não que eu seja alguma esnobe da vida, como afirma a inteligência da minha filha, mas, por um lado, eu sabia que, mesmo se o Teodoro estivesse em condições de me proporcionar toda a segurança de que necessita uma mulher para se casar na minha idade, seria inconcebível para mim aceitar virar nora da dona Hécabe e cunhada do Dimitris. Por outro lado, nessa época, mesmo que me oferecessem o príncipe montado no cavalo branco, ainda assim eu diria "não".

Mas no meio-tempo eu tinha começado a rever minhas idéias. E alguém lá podia me censurar? O comportamento lastimável da minha filha, que só fazia piorar dia após dia, me deixava com dúvidas sobre se eu poderia ou não contar com ela para ter uma velhice tranqüila. Pensava: "Se agora, que sou nova e ainda mando, ela já faz de mim gato e sapato, imagine só quando eu envelhecer e ficar à sua mercê! Vai me comer viva!". Ao mesmo tempo, eu tinha começado a sentir uma solidão desgraçada. Por mais desvantajoso que seja o casamento – você também quer o quê? –, ainda é uma grande coisa você poder cair de noite na cama ao lado do seu companheiro e lhe contar os problemas e as preocupações do dia-a-dia. "Que pena!", pensava. "Se ele não tivesse obrigações de família, talvez não houvesse uma solução melhor. Ele pode não ter dinheiro, mas dinheiro tenho eu". Ainda possuía bastantes libras douradas, além da madeireira, que eu podia muito bem vender quando as coisas se acertassem um pouco. E tinha também a casa. Um mês após a entrada dos alemães em Atenas, encontramos inquilino para a casa: um comerciante do mercado negro de Tebas, que aceitou alugar a casa com os móveis. O aluguel entrava todo mês: eu não precisava me casar mais com nenhum velho para bancar a enfermeira. Mas é claro que eu nem abri o bico com a dona Hécabe a esse respeito. Também nunca deixei que ela desconfiasse minimamente de nada. Eu mesma logo logo me esqueci. Repudiei o pensamento como totalmente improvável e irrealizável. Só agora é que me ocorre vez ou outra, quando reflito a respeito, que o nosso casamento não foi nem tão repentino nem tão surpreendente como pareceu então aos meus parentes, e até a mim mesma.

capítulo quatro

Eu me lembro de ter tricotado um casaquinho verde para a Cleô e de estar já havia um bom tempo esperando a dona Hécabe vir me pregar as mangas. Mas fazia mais de duas semanas que ela não aparecia. Decidi então dar um pulinho até sua casa para ver como ela estava. Eu não parava de pensar nela naqueles últimos dias. Sabia que ela, apesar das nevralgias, gozava de uma ótima saúde, mas, não sei nem eu mesma por que, cada vez que pensava nela me vinha a imagem de uma dona Hécabe de cama, nas últimas. O portão estava aberto. Ao descer os degraus, me chegaram ao ouvido sons inconfundíveis de uma briga bem animada. "Deve estar brigando com o Dimitris", pensei. Entrei no saguão. Os sons vinham do quarto dela. Fiquei parada, hesitante. A voz do Dimitris se ouvia com bastante clareza. Ele dizia coisas tais, que pensei na mesma hora que o melhor a fazer era me mandar dali, e bem rápido. Não sou nenhuma burguesinha afetada para me escandalizar com facilidade, mas tudo tem limite. "Não é com você que eu vou foder!", gritava ele... "Vou foder é com a Vitória, para você calar essa sua boca! Ela vai apanhar não uma, mas dez vezes por dia, e a partir de hoje a porta do nosso quarto vai ficar sempre aberta para você bancar a *voyeur*, já que gosta tanto, e babar!...".

"Meu Deus do céu, socorro!", pensei eu. "Quer dizer que eles chegaram a esse ponto?". Eu estava prestes a dar meia-volta e sair na surdina, do mesmo modo como tinha entrado, quando a porta do quarto se abre e se precipita para fora uma dona Hécabe toda despenteada, com o roupão rasgado e os peitos prensados e escurecidos saltando para fora. Foi só nesse momento que me dei realmente conta de como ela tinha envelhecido desde a época em que a conheci, uma cinqüentona rechonchuda e bem-conservada. Virou pedra quando me viu, como se estivesse encarando a própria medusa ou vendo fantasma. Mas, quando conseguiu entender que era eu, a Nina, encostou o corpo sobre o batente da porta como se tivesse escapado das garras de uma corja de milhares de perseguidores, para poder, finalmente, recuperar o fôlego em segurança. "Nina!", me diz. "Nina! Você ouviu o que ele me disse? Você alguma vez na vida achou que eu fosse ouvir uma coisa dessas do próprio filho? E não foi a primeira vez. Eu não contei a você. Tenho vergonha por ele... Ele bateu em mim, Nina... Você é testemunha... O meu filhinho, aquele que eu vestia de marinheiro, o meu Dimitris, batendo em mim! Por causa de uma mulher... Uma vagabunda..." Começa então a chorar aos soluços. Eu a ajudo a ir até a cozinha. "Não fique assim!", digo. "Tente se acalmar um pouco. Vamos lavar esse rosto..." Voltando para o saguão, digo ao Dimitris: "Mas será que você não tem vergonha, homem? Eu jamais esperava isso de você. Se ela viesse me contar e eu não tivesse visto com os meus prórpios olhos, não acreditaria. Acharia que ela estava exagerando. E eu que pensava que você fosse um cavalheiro! Será que não vê em que estado ela está, mais para lá do que para cá?". Ele: "Não precisa ficar com medo, que essa aí não morre tão cedo. Antes de morrer, me mata...". "Sei", digo. "Com que direito você fala assim com ela? Mesmo que tivesse razão, isso lá são modos de um homem lido como você? Afinal de contas, pense no que ela já sofreu por sua conta!". "Ela gosta", me diz, "ela gosta de sofrer. Gosta de ser xingada, não consegue viver sem brigar. É briga o tempo inteiro, a torto e a direito. Ela provoca..." Enquanto estava falando, tentava arrumar as calças do pijama. Estavam abertas na frente, deixando aparecer os testículos. "Estou com ela por aqui, dona Nina!", diz. Esse era outro que estava esquálido pela inanição, mas também por causa das drogas. Tanto que as veias do pescoço pareciam alto-relevo, como se estivessem sobre a pele, e não embaixo. "Ela abre a porta do nosso quarto sem bater! Eu não tenho mais coragem de abraçar a minha mulher! Depois não divide a comida que vai buscar com o boleto! Nós estamos passando fome, dona Nina, fome!..." "Nisso eu não acredito!", digo, apesar de algo dentro de mim me dizer que era verdade. Eu já a conhecia de outros carnavais: sabia que ela era capaz das ações mais nobres, assim como das mais mesquinhas. "Não acredito", lhe digo. "Eu sei que ela ama você mais do que à própria vida..." Balança a cabeça, impaciente. "E por acaso adianta eu ainda tentar lhe explicar? A senhora não conseguiria entender mesmo... Não sabe de tudo...". "Muito pelo contrário", lhe digo, "justamente por saber é que...".

Mas ele não parou para me ouvir. Voltou para o quarto e fechou a porta na minha cara. Eu o ouvi falando em voz baixa com a Vitória. Nesse ínterim voltou a dona Hécabe da cozinha, lavada e refrescada, com forças renovadas. Ela se abaixou para pegar a presilha que tinha caído no chão enquanto se debatia, ao que parece, com a qual ela voltou a prender a trança. Seu rosto ardia como se ela estivesse com febre, mas os movimentos eram vagarosos e indolentes, como se não tivesse acontecendo absolutamente nada. Foi se sentar numa cadeira e ficou alguns segundos sem dizer nada, até que se levantou. Depois, como se tivesse naquele mesmo momento tomado a decisão final, vira e me diz: "Eu não o quero mais dentro de casa, Nina! Não quero mais esse drogado sob o mesmo teto que eu! Não reconheço mais o meu filho nele!..." De dentro do quarto ainda chegava até nós a voz do Dimitris, que falava baixinho com a Vitória.

Os olhos da dona Hécabe faiscavam. Então ela se vira para a porta fechada e repete: "Eu não quero mais você dentro de casa! Se lhe sobrar um mínimo de dignidade, faça-me o favor de fazer as suas trouxas e se mandar imediatamente daqui!...". "Calada!", lhe digo eu. "Mas você também!...". "Que coisa horrível que fui obrigada a passar, meu Deus! Que coisa horrível! Não consigo mais me livrar do canalha..." E, virando novamente para a porta: "Entenda de uma vez por todas: você não existe mais para mim! Morra! Morra que nem cachorro! Como foi que você teve coragem, seu cafajeste, de levantar a mão para a sua mãe, que cuspiu sangue por você durante todos esses anos, que não teve um único dia de paz desde que você nasceu, que brigou com o marido e com os filhos por sua causa?...".

Mas, não tendo resposta do Dimitris, vira para mim e diz: "Eu quero morrer, Nina..." Disse isso com uma naturalidade e com tanta resolução que eu me arrepiei toda. Agora ela não estava em absoluto "encenando", nem falava da boca para fora. Falava exatamente o que estava sentindo. "Respire fundo, dona Hécabe, para recobrar o bom senso", lhe digo. "Seja mais paciente! Não ache que só acontece com você! Todos nós perdemos o juízo e a paciência. Só Deus sabe como eu não enlouqueço. Tenho esperança, como todo mundo, de que ainda veremos dias melhores. Veja só, os italianos já se renderam, e logo serão os alemães a deporem as armas. Eles ainda hão de pagar tintim por tintim o que nos fizeram. Não seria um absurdo você se perder, depois de tantas tempestades, logo agora que o navio está quase atracando no porto? Quando se assinar a paz e os ânimos se acalmarem, você poderá reunir novamente a família e se lembrar disso tudo como um pesadelo. Pense em quantos milhões de pessoas perderam a vida nesses últimos três, quatro anos. Pelo menos – e deixe-me bater na madeira – vocês estão todos vivos!...".

Pregou os olhos insistentemente em cima de mim e começou a tamborilar com os dedos sobre a mesa. Devemos ter ficado uns bons dois minutos sem dizer nada. Digo então: "Você não quer vir dormir comigo hoje à noite? A gente ajeita o colchão no chão, como da outra vez..." Balançou a cabeça negativamente. Fiquei mais um pouquinho lá, mas não sabia muito bem o que dizer numa situação daquelas. Não só eu, como tampouco o bom Deus tinha o que fazer por ela. Então me levantei e peguei da mesa o pacote com o casaquinho da Cleô. "Tem certeza de que não quer vir comigo? Ou não quer então que eu fique hoje à noite aqui com você? Estou com a impressão de que você está com febre". "Não precisa ter medo", me diz, torcendo a cara, "que eu não tenho nada. Quando a minha hora chegar, eu aviso..." Eu estava tão afetada com toda essa cena que na mesma noite eu tive os piores pesadelos da minha vida. Uns sonhos horríveis e até pecaminosos: sonhei com o falecido papai pelado, e com o Adônis – que Deus o tenha! – chorando como na noite do nosso casamento. Sonhei ainda com o Dimitris, ou melhor, com um mendigo que supostamente era o Dimitris, todo piolhento. Até que ele começou a diminuir e a diminuir, virando um carretel do tamanho de uma noz. Aí apareceu a dona Hécabe seminua, coberta de braceletes de ouro, os cabelos soltos sobre os ombros e um pandeiro na mão, como essas mulheres que aparecem pintadas sobre os realejos, e começou a dançar...

Passados alguns dias, ela vem em casa e me diz, quase indiferente, como se se tratasse de uma notíca das mais insignificantes, que a Vitória tinha desaparecido como da primeira vez. Mas, ao contrário de então, por mais que o Dimitris a procurasse, não a conseguiu encontrar. Quando ficou sabendo depois que ela tinha sido vista em Salônica, foi correndo até lá procurar por ela, mas já era tarde demais. Os alemães haviam nesse ínterim juntado todos os judeus e os mandado em massa para a Polônia. Quando ele se deu conta de que dessa vez ele a tinha perdido para sempre, voltou para Atenas e mergulhou de cabeça nas drogas. Não para se esquecer da dor, como da outra vez, mas como quem caísse a pino do último andar de um edifício. Quando ele foi pego de novo por um roubo qualquer e trancafiado outra vez na cadeia do Sotiria, cuspiu sangue por mais três vezes, começou a perder os dentes – Deus que nos valha! – e a se cagar todinho, que nem nenêm. "Outro que se vai!", digo à tia Katingo. "Do mesmo jeito que se foi o Dino. Que judiação! Nem era um rapaz tão ruim..." A tia Katingo se limitou a torcer a boca. Eu sabia qual era a opinião dela. Mas, quem era eu para julgar quem quer que fosse, ou ficar me indagando o porquê das coisas? Eu só dava graças a Deus, fosse ele quem fosse, de ter se apiedado da mamãe e lhe mandado a catarata a tempo, para ela pelo menos não ter que acompanhar o espetáculo de ver o Dino definhar. Por mais que ela ouvisse o que lhe contavam, sabe como é, é sempre difícil fazer uma idéia correta das coisas sem vê-las com os próprios olhos.

Mas, se por um lado a dona Hécabe passou metade da vida numa constante agonia de perder o filho, agora que o fim já acenava de longe ela custava a acreditar que isso pudesse realmente acontecer. Justamente por não existir mais esperança nenhuma, agora ela rezava com mais fé que nunca, pedindo a Deus um milagre. Achava melhor mesmo que as coisas terminassem assim e que a Vitória tivesse saído da vida deles, levando com ela a má influência que exercia sobre a casa. Acreditava que agora poderiam recomeçar a vida do ponto em que a tinham interrompido com a declaração da guerra. Menos mal, segundo ela, que o Dimitris estivesse preso novamente, ainda mais sendo que a cadeia era ao mesmo tempo sanatório. Assim ele ficava longe das drogas, das vagabundas que lhe sugavam o sangue, longe dos alemães e da E.A.M. (até com a E.A.M. ele tinha se envolvido). Quando a guerra acabasse – com a graça de Deus – eles começariam uma vida nova. Era assim que ela raciocinava, e não digo que não lhe desse razão. Não era o que todos nós sonhávamos? Todo mundo dizia que quem vivesse para contar ainda veria uma época de vacas gordas.

Mas, nessa época, primavera de 1944, estava mais preocupada era com a Polixene do que com o Dimitris. Ela me aparece em casa certa tarde com uma carta na mão, que me pede para ler. A Polixene lhe informava que tinha noivado. O noivo era um chefe da Polícia de Segurança Pública. Tanto a Polixene como a Helene faziam os comentários mais elogiosos a respeiro dele. Mas a dona Hécabe não dividia o entusiasmo geral; não sabia que partido tomar, se alegrando ou entristecendo. “É claro que quero vê-la reabilitada na vida, Nina querida, e tenho mais é que ficar contente de ela, sendo viúva (apesar de lhe terem ocultado esse detalhe), ter conseguido achar alguém com quem se casar de novo! Mas você poderia me dizer agora se eu merecia um genro policial! Com que cara eu vou dizer isso ao Dimitris? Ele vai me dizer, e não sem razão: ‘Ô, mãe! Com tanto homem por aí ela tinha que noivar com um dos meus perseguidores?...’” “Não tire conclusões apressadas antes de conhecê-lo”, lhe digo eu. “Eles não são todos os monstros que você pinta!” Mas ela só fez balançar a cabeça em sinal de dúvida. Num dos parágrafos da carta, a Polixene escrevia que não se casaria de maneira alguma se o Sotiris (era assim que ele se chamava) não tratasse antes de conseguir uma transferência para Atenas. Pelo andar da carruagem os alemães ainda ficariam um bom tempinho na Grécia, e ela temia represálias do E.L.A.S.[45] "Vá lá saber se não é um canalha de marca maior, amiga! E isso sem falar no rídiculo que ele as fez passar". "Que ridículo?". "Foi falar com o amante da Helene e fez com que jurasse pelos filhos que a Polixene era virgem... Aquele lá não tinha muito o que perder. Disse que sim. Mas, agora, diga-me se ele é ou não um cabeça-de-ovo e caipira para pensar desse jeito? Disseram para o sujeito que eu estava doente para que ela pudesse vir a Atenas e ficar aqui alguns dias para ser 'costurada'. E eu que fazia piada...".

Com efeito, dali a uma ou duas semanas chegou a Polixene de Kalamata, depois de só Deus sabe que aventuras. É impossível alguém fazer uma idéia do que era a Resistência, ou melhor, hoje até se faz, mas naquela época nós ainda não sabíamos o que o termo realmente significava. Eu sabia que o filho da Kasimate estava nas montanhas da vida. Agora o que ninguém sabia era o que eram essas "montanhas". A Polixene foi pega, pelo que ela conta, logo saindo de Tripoli. Eles a fizeram descer do ônibus junto com todos os outros passageiros, e queriam porque queriam saber o que ela tinha ido fazer em Kalamata e por que seguia agora para Atenas. Foi obrigada a lhes dizer a verdade. Quando saiu da clínica, apareceu com a dona Hécabe em casa e nos sentamos na veranda eu, elas e mais a Cleô, para tomarmos cafezinho e ouvirmos a história toda. Eu a achei um tiquinho magrinha, mas ela parecia contente da vida.

[45] Ε.Λ.Α.Σ. [Εθνικός Λαικός Απελευθερωτικός]: Exército Nacional Popular de Libertação. (N.T.)

Começamos a falar da burrice e da cabeça-de-ovo dos homens, e dos expedientes aos quais as mulheres têm que recorrer para os despistarem. Eu também lhes contei como eu tinha ido ver um ginecologista, logo que me vi obrigada a voltar com o pai da belezura da minha filha, e lhe pedi para me virar o útero do contrário. Sabe como é, por mais que tomemos todas as preacuções e contemos os dias com a tabelinha, às vezes a coisa acaba acontecendo. A última coisa que eu queria era botar no mundo outro rebento do desgramado do Fotis.

Passaram-se dois meses. Certa tarde, decidi ir vê-la e, quando cheguei a sua casa, a encontrei curvada sobre a imagem do São Fanourios. Estava tentando apagar a data de nascimento da Polixene. Ela havia nascido em 1910, e a dona Hécabe tentava alterar o zero para seis. Estava toda animada. "Venha ver o que estou fazendo!", me diz. Mal consegui abafar o riso. "Êta, mulher!", lhe digo. "Como você não tem outra mesmo! Está falsificando as datas atrás da imagem do santo, sua ímpia?". E ela: "Fazer o que, você pode me dizer? Era melhor que ela tivesse lhe dito de cara a verdade. Mas já que mentiu, agora não posso expor a moça. Esses policiais tem costume de investigar a vida dos outros. Não me espantaria nada se ele virasse um dia desses a imagem do santo e ficasse sabendo da verdadeira data de nascimento da Polixene. É claro que, mais cedo ou mais tarde, vai ficar sabendo mesmo. 'Nada de oculto sob o sol'... O importante é ele não ficar sabendo logo depois de casados. Eu não lhe contei? Eles se casaram! Daqui a umas duas semanas eles chegam aqui. Ele conseguiu finalmente transferência para o Gabinete da Polícia de Segurança Pública". "Meus parabéns e todos os meus votos de felicidade!", digo. "Obrigada, obrigada! Mas agora veja você se não acha algum cristão para se casar, mulher de Deus! Se você está achando que sua filha vai cuidar de você na velhice, pode ir tirando o cavalinho da chuva!..." Eu a ajudei a alterar o zero para seis, porque ela já não enxergava bem e tremia das mãos, mas, por mais destreza e capricho que nós aplicássemos na tarefa, até mesmo um vesgo veria a adulteração.

Antes de eu ir embora, deixamos combinado que dali a dois dias eu passaria lá de novo para irmos juntas ver o Dimitris na prisão. Ela ainda não queria lhe dizer nada sobre a preparação do casório. Não queria que ele se afligisse sem razão. Mas, agora que o casamento já era fato consumado, não queria mais postergar. "Pois é, Nina, eu sei muito bem como ele vai receber a notícia!", me diz. "Tremo só de pensar. Mas seja lá como for, pelo menos com você estando junto ele não vai se atrever a fazer nenhuma cena..." Eu realmente queria muito ir junto com ela para vê-lo; não tanto por ele, mas sim pela alma do falecido Dino. Mas o que aconteceu foi que, no dia combinado, eu estava com atrozes dores de estômago. Mandei a Irene à casa dela (já que a condessa se recusou a me fazer até esse microfavor) para avisá-la que não me esperasse, que iríamos outro dia. Mas ela quis ir, mesmo sozinha. O que se passou entre eles ela jamais me contou, mas parece que conseguiram brigar até estando ele atrás das grades. Como "castigo", ficou oito dias sem ir ver o filho. Nessa época, a comida da prisão era ração de fome. Ela costumava lhe levar comida de casa dia sim dia não. Quando finalmente decidiu abolir o "castigo", foi à prisão levando uma vasilha de almôndegas de grão-de-bico, mas lhe disseram que ele já estava morto havia três dias.

capítulo cinco

Era início de março. Lá pelas três ou quatro da tarde, estávamos voltando do cemitério do sanatório. Alguns poucos dias antes, ela encomendou de um marceneiro uma cruz de madeira, que ela própria pintou, fazendo questão de carregá-la sozinha até o Holargos. Apesar de eu suplicar e insistir, não deixou que eu tirasse a cruz de suas mãos. Estava que nem cachorro feroz e faminto de cujos dentes você vai tentar tirar um pedaço de carne. Eu via como ela estava arquejando sob o peso: era de cortar o coração. Em duas semanas, emagreceu mais que durante o próprio período da fome de 1941. Suas costas tinham se curvado, a expressão do rosto tornou-se mais dura e até mesmo os tufos de cabelo, sempre tão sensíveis à menor brisa, agora pareciam um emaranhado de arames finíssimos.

Primeiro fomos à prisão para buscar um guarda que pudesse nos mostrar onde o tinham enterrado. Quando ele foi embora, acendemos uma fogueirinha com uns gravetos e uns pinhões para fazer brasa e podermos queimar o incenso que ela levou consigo. Se falou duas ou três palavras naquela tarde foi muito. Eu esperava ouvir prantos e gemidos, mas aquele silêncio todo estava me deixando assustada.

Eu me afastei para junto dos pés de camomila e tomilho para deixá-la sozinha com o filho, além de que o cheiro de incenso me deixa agoniada desde que me conheço por gente. Era a primeira vez que saía de Atenas desde que a guerra foi declarada. Já estava quase esquecida de que a natureza existia. Respirava toda comovida o perfume do tomilho, olhando para a crista dos montes, "travesseiros sobre os quais apoiava os pés, a exemplo de um imperador de Bizâncio, o Hymetos,[46]" como eu mesma escrevi numa redação na época em que estudava no Arsakio. Meu peito se enchia de ar com um prazer que julgava esquecido. Por um breve momento, achei que tinha voltado 25 anos no tempo, que estava com 18 anos, estendida sobre os pés de tomilho, ao lado do Argiris, ouvindo-o versejar:

Alicia o sonho da quista ventura!
Porfiando no engodo para o qual nos seduz!...

"Ah!", dizia mentalmente, empreendendo devagarinho o caminho de volta para onde estava a dona Hécabe. "Que rápido que se escoaram os anos! Passei uma vida inteira tentando descobrir o significado da felicidade, mas sem sucesso. E agora, mesmo com a guerra terminando, eu fico como? Já tive a minha dose nessa vida. Envelheci criando o ingrato rebento do Fotis..."

Quando cheguei ao lugar onde tinha deixado a dona Hécabe, encontrei-a sentada no chão, com a cabeça caída que nem o Cristo Crucificado, as mãos débeis sobre os joelhos, no mesmo silêncio sem lágrimas de antes. Eu a ajudei a se levantar e retomamos o caminho de volta pelo pinheiral do sanatório. Eu sempre achei os pinheiros as árvores mais bonitas do mundo. Quando eu era pequena, costumava me deitar sob os pinheiros na fazenda do tio Markousis. Adorava rolar sobre a grossa camada de agulhas secas e lustrosas. Passando agora pelo pinheiral, me dei conta de que era uma verdadeira sorte que tivessem sobrado algumas árvores na Ática, após tantas

[46] Montanha na região Ática. (N.T.)

delas terem sido cortadas sem dó nem piedade, durante os três ou quatro anos anteriores.

No caminho, vimos um banquinho. Digo então: "Vamos nos sentar para descansar um pouquinho?". Eu sabia que ela estava extenuada, depois de ter andando tanto, ainda mais carregando a cruz. Então nos sentamos e eu tirei os sapatos para os meus pés se refrescarem um pouco. Respirando fundo, digo: "Ah, que brisa gostosa! Pois é, mulher do ceú, ainda bem que deixaram algumas árvores de pé! Mas, se essa guerra continuar, daqui a dois anos não vai sobrar nem um pinhão para contar história..." E pensei: "Está mais do que na hora de eu a tirar desse silêncio opressivo. Se continuar assim, das duas uma: morre ou enlouquece de vez. É melhor que ela grite, que chore de uma vez por todas". A dona Hécabe, sem chorar? Isso me parecia estranho demais. O que eu jamais teria imaginado é que as minhas palavras desencadeariam a tempestade que desencadearam. De repente, começa a gemer e a berrar. Todas as lágrimas que ela tinha contido durante tantos dias foram então vertidas com um ímpeto tal que parecia que um dique havia se rompido. "Meu filho! Meu menino! Até os pinheiros estão vivos, meu filho, vivos e garbosos! Só você morreu..." Deixei-a chorar. Quando nos levantamos para retomar o caminho, percebi que seu rosto tinha perdido um pouco daquela expressão selvagem de antes. "Ela vai acabar se esquecendo!", pensei. "Querendo ou não, vai acabar se esquecendo. O tempo fecha todas as feridas. Quando morreu o papai – que Deus o tenha! –, achei que jamais me acostumaria com a idéia da perda, mas, passados dois ou três meses, havia momentos em que era como se ele nunca tivesse existido.

capítulo seis

Está claro que as circunstâncias realmente não eram das mais propícias para que a Polixene viesse com o marido para Atenas. "Vai lhe fazer bem ter companhia e poder se ocupar das tarefa domésticas como antes", me dizia a tia Katingo, que pela primeira vez começava a partilhar da dor da dona Hécabe. Mas aí eu lhe digo: "Que nada, tia! Bem se vê que você não a conhece direito. Ela agora não está em estado psicológico nem para viver com gente dentro de casa, quanto menos ainda de ver quem quer que seja, principalmente um par de recém-casados". Eu sabia que ela não tolerava mais nem o gato. Ela me dizia: "Quando eu ouço o gato miando de fome, me dá vontade de lhe torcer o pescoço. Você não sabe de ninguém para quem eu o possa dar?". No final, acabou colocando-o dentro de um saco, que foi deixar à porta de uma casa algumas ruelas abaixo. Dali a alguns dias voltou o diabinho, mas ela não teve coragem de expulsá-lo novamente. Achava que o gato tinha voltado porque a amava e estava com dó, e que o gatinho a entendia mais do que qualquer ser humano – indireta lançada a mim. Ficou um pouco ressentida de eu não ter ido com ela à prisão ver o Dimitris da última vez, quando eles brigaram. Mas eu me fiz de surda e mudei de assunto. Era de cortar o coração: depois de tanta gente que ela sempre teve em casa, acabava sozinha, na companhia de um gato sarnento. Não que ela fosse feliz em meio àquele monte de gente em outras épocas. Sua vida sempre foi um verdadeiro redemoinho. Mas a dona Hécabe não tinha a mesma idéia de felicidade que têm a maior parte das pessoas. Podia até haver momentos em que ela desejasse um pouco de sossego, mas para ela a felicidade era justamente aquele redemoinho constante.

A primeira coisa que ela disse à Polixene, sem ao menos beijá-la ou cumprimentar o genro, foi: "O seu desejo se cumpriu, minha filha: enterrei o Dimitris. Agora você já pode pegar um lenço vermelho e começar a dançar..." A Polixene veio então me contar tudo e pedir conselho sobre como deveria se comportar para aplacar a ira da mãe. Ela realmente estava numa situação delicada. Longe dela ficar contente com a desgraça. A moça estava era com um danado de um remorso. Eu a entendia perfeitamente, porque passei a mesma coisa com o Dino. Seguidas vezes passou-me pela cabeça o pensamento absurdo de que ele tinha morrido só para se vingar de mim. Estando em Kalamata, ela não conseguia acreditar que o Dimitris estivesse realmente morto. Ela se iludia pensando que podia ser mais uma das peças de mau gosto que ele costumava lhes pregar. Mas, chegando em Atenas, deu de cara com a dura realidade e entendeu que as mentiras haviam terminado para sempre, o que a abalou profundamente.

No entanto, por mais que fizesse, era impossível a moça convencer à dona Hécabe de que sentia sinceramente pela morte do irmão. O luto que ela vestiu, apesar de mal ter completado um mês de casada, a dona Hécabe atribuiu ao seu caráter "hipócrita". Não se passava um dia sem que ela comentasse algum epidósio do passado, como aquele da nota de cem dracmas, estando o genro presente ou não. Desatava a chorar e soluçar no meio das refeições, fulminava o Sotiris com o olhar cada vez que ele se esquecia do luto e fazia alguma brincadeira, e daí vai. Até que a Polixene começou, e com razão, a perder a paciência, xingando o irmão morto do mesmo jeito que fazia enquanto ele era vivo. Ela nem acharia tão ruim a atitude da mãe se as duas estivessem sozinhas. Conhecia a mãe que tinha de outros carnavais. O problema era a presença do Sotiris, que não tinha nada a ver com a história e de repente foi parar numa casa ainda com cheiro de morte. Era o seu primeiro casamento e a primeira vez que vinha a Atenas. Imaginou que as coisas se dariam em outras circunstâncias. O coitado não tinha cometido nenhum pecado para de repente não poder mais beijar a mulher ou rir, que fosse, apenas para não ferir os sentimentos da dona Hécabe. Agora era obrigado a guardar o luto por uma pessoa que nunca tinha visto na vida. Um luto que ele de qualquer maneira não considerava à altura do morto em questão, como bem tinha aprendido na profissão que exercia.

No começo, ele ainda se desdobrou bancando o genro atencioso e compreensivo, mas a dona Hécabe não precisava mais nem de atenção nem de compreensão da parte de ninguém, e muito menos de uma pessoa que ela considerava indiretamente responsável pela morte do filho, um dos "rapagões", os monstros que o haviam perseguido inexoravelmente durante toda a vida e que agora conseguiam matá-lo... Era assim que ela pensava, e a situação se agravou ainda mais pelo fato de o Sotiris ser daquele tipo de homem com saúde e vida para dar e vender, que ri e fala alto e que, ao passar pela porta, enche o ambiente com a sua presença. E nem precisava rir ou falar: o fato de estar ali, vivinho, já era razão mais que suficiente para dar nos nervos da dona Hécabe. Ela se ofendia até com o fato de alguém ousar estar respirando, enquanto o seu filhinho estava um metro abaixo do solo.

"Nunca vi um homem mais grosso nessa vida que Deus me deu, Nina!", vinha me dizer. "Como foi que minha filha se dignou a se casar com alguém assim é que não sei. O que foi que ela viu nele? Antes de ontem mesmo ele pegou a cabeça dela entre as duas mãos e deu-lhe um beijo tal que a deixou toda babada – que essa casa desabe sobre a minha cabeça se eu estiver mentindo! Só de lembrar eu fico enjoada. E quando o brutamontes vê que estou com faniquito, põe lenha na fogueira, para me provocar ainda mais. Isso sem contar que a cama deles não pára de ranger a noite inteira. Além de ele ser mais novo e ter mais energia que ela, veja só a estrutura física da Polixene, magricela que nem só! Quando você menos esperar ele acaba com ela! A minha menininha, que eu paparicava tanto, caindo – depois do rapaz brilhante que era o Alexandro – nos braços desse orangotango! Você pode me dizer o que quiser, amiga, mas eu não consigo entender!...". "Mas você também, hein, mulher?", dizia eu. "Precisa ficar esquentando a cachola com essas ninharias? Você agora não vai querer dizer o que eles têm que fazer ou deixar de fazer na cama. Afinal de contas, você sabe muito bem que nenhuma mulher sofre qualquer mal por causa disso...".

Mas as minhas palavras não adiantavam de nada. Como ela mesmo tinha afirmado, eu podia dizer o que quisesse que ela não conseguia entender. Como já era de se esperar, logo começaram os atritos, que acabaram tomando as dimensões de verdadeiras brigas, com direito a toda uma lista dos mais vulgares palavrões das duas partes envolvidas. A pobre da Polixene ficava no meio do tiroteio sem saber o que fazer e de quem tomar partido. Se apoiasse o marido, a mãe ameaçava expor todos os seus podres, como o primeiro casamento, a "costura" e assim por diante. Se então ela tomava partido da mãe, suplicando ao Sotiris para engolir a raiva, a dona Hécabe se ofendia. Preferia mil vezes a briga ao desprezo. Não queria ajuda da filha, não queria que ela tomasse o seu partido, não queria compaixão e não queria mais ver nem a ele, nem a ela, ameaçando expulsá-los de casa. Quando a Polixene veio me contar, digo: "E você quer que lhe fale o que, meu bem? Eu adoro a sua mãe, mas entendo também muito bem o seu lado. Mas, agora, vocês irem procurar um quartinho de nada em algum lugar só para saírem de casa também não resolve o problema de ninguém. Ela vai continuar sozinha e infeliz, tendo o gato como única companhia, apressando o fim inevitável. A melhor solução (o que eu dizia não para dar um pouco de sossego ao Sotiris, porque podia não ser só culpa do homem, mas sua atitude era desumana – não se deve se comportar dessa maneira com uma mulher infeliz e neurastênica; eu o dizia mais para o bem da dona Hécabe), Polixene querida, é você mandá-la passar um tempo com a Helene. Se as coisas estivessem melhores por aqui, juro que a pegaria e me mandaria com ela para Andros para eu também mudar um pouco de ares. Mudar de ambiente vai lhe fazer bem, e mais bem ainda ver o neto. Eu não sei o que ela própria lhe contou, mas sei que ficou toda melindrada que o Akis a tenha abandonado para ir ficar com a mãe...".

A Polixene escreveu uma carta à irmã, que veio imediatamente a Atenas. Eu nem cheguei a vê-la. Na noite em que eu fui lá, tinha saído de casa. A dona Hécabe no começo se recusou a sair de Atenas. "Vá sim!", lhe dizia eu. "Vai lhe fazer bem. Quem me dera poder ir junto com você, para ficar um tempo sem ver a fuça da belezura da minha filha...".

Que ingenuidade a minha achar que uma mudança de ares poderia salvá-la! Para ela, a Terra não passava de uma pequena esfera, igual aqui como acolá, no meio da qual estava enterrado o Dimitris. Fosse ela para onde fosse, estaria sempre andando sobre a sepultura do filho. Entretanto, no final, acabou aceitando ir. Por um lado porque, toda vez que brigava com a Polixene, acabava descobrindo as virtudes da Helene e, por outro, porque tinha a intenção secreta de trazer o neto de volta. Como ficou claro depois, era a sua última tentativa de achar um objetivo, uma razão qualquer que fosse, para continuar viva. Por mais que ela dissesse que queria morrer, o seu instinto de preservação era forte demais para que ela se entregasse com tanta facilidade. Da mesma maneira que alguém que se afoga se agarra em qualquer coisa que encontre pela frente para não morrer, ela se agarrou na idéia de que tinha o sagrado dever de salvar o Akis das garras da mãe, ainda que contra a sua vontade.

Mas os planos de seqüestrar o neto, como ela tinha feito no passado em Salônica, acabaram não dando certo. O que realmente aconteceu eu não sei. Só sei o que me contou a Helene quando voltou a Atenas depois das Dezembrinas.[47] Já fazia quase dois meses que ela tinha ido embora – para mim, ela ainda estava em Kalamata –, quando chega certa tarde a Polixene e me diz: "A mamãe está muito doente e quer ver a senhora". "E quando foi que ela voltou de Kalamata?". "Já faz quase três semanas". "E você não me avisou por que, menina? O que é que ela tem?". "Não sei. Até antes de ontem o médico afirmava que era gripe. Ontem ela entrou em coma e eu mandei vir um especialista do Hippokratio, que diagnosticou uremia. A coisa já está bem avançada..." Os olhos dela ficaram rasos de lágrimas. Entendi que a situação era preocupante. "Meu Deus do céu, menina!", lhe digo. "O que é que você está me dizendo?", e senti os meus joelhos fraquejarem.

[47] Primeiros grandes conflitos armados entre ingleses e forças do governo grego de um lado e guerrilheiros ou *partisans* da E.A.M. do outro, que se deram em dezembro de 1944. (N.T.)

Joguei um manto em cima dos ombros e lá fomos nós. Estávamos no final de setembro e o tempo já tinha dado uma esfriada. O céu estava encoberto, chocando havia um tempinho uma senhora chuva. Logo que entramos no saguão, chegou-me às narinas um fedor de remédios e azedo de vômito. A Polixene tinha acendido uma lamparina velha. Já era de uns três ou quatro dias que estávamos sem eletricidade. As más línguas diziam que havia sido cortada de propósito pelos alemães. Os monstros finalmente estavam se mandando e não queriam que o povo acompanhasse os seus movimentos. Só se podia estar na rua até as sete da noite. A intervalos se ouviam barulhos abafados de tiroteios. Como se ficou sabendo depois, tentavam encobrir sua retirada. Os rebeldes tinham chegado já até Tebas.

A dona Hécabe estava deitada sobre três ou quatro travesseiros para poder respirar com mais facilidade. Era só uma sombra do que tinha sido. Se eu não soubesse que se tratava da dona Hécabe, não a teria reconhecido. De sua boca saía um forte ronco. Peguei a sua mão. Ela solta então um profundo suspiro, abrindo os olhos. "Você quem é?...". "A Nina". "Ah, você conseguiu vir... Eu lhe agradeço por ter vindo...". "Mas o que é isso, dona Hécabe?", lhe digo no tom mais natural que pude, tentando ocultar minha perturbação. "Você já está faz tanto tempo aqui e nem para mandar alguém me chamar!...". Não responde. "Como é que você está se sentindo agora?". "Estou com a vista turva... dor-de-cabeça... mas vai passar..." Faz então um movimento repentino com a mão na direção da Polixene, que estava de pé ao meu lado, como se a estivesse expulsando dali. A Polixene sai então do quarto, nos deixando a sós. "Nina... Eu não quero morrer... Você se lembra de que lhe dizia que queria morrer?... Pois é, agora eu não quero mais... Queria viver para ver o meu filho... Talvez ele seja o único dos meus filhos que me amou um pouquinho... Ele adorava gritar e reclamar, mas nunca deixou de ser gentil comigo... Que Deus o abençoe!... Mas, se eu morrer...". "Calada!", lhe digo. "Ninguém aqui vai morrer. Daqui a alguns dias você estará toda saltitante de novo..." Tenta rir, como quem diz: "Nem mesmo você acredita nisso". E continua: "Se eu morrer, quero que você me prometa que vai lhe contar tudo...". "O que é para eu lhe contar?" "O que eles me fizeram...". "Tem a minha palavra..."

A expressão de seu rosto então se acalmou. Despencou novamente sobre os travesseiros, como se um enorme peso tivesse sido tirado de suas costas, e recomeçou a roncar. Lá fora já estava um breu. Eu me lembrei então que só se podia circular até as sete. Afastei a minha mão com jeitinho da mão dela, o que pareceu perturbá-la, pois ela abriu de novo os olhos, tentando se erguer dos travesseiros. "Não fique se cansando!", lhe digo. "É melhor você ficar deitada...". Faz então uma careta de impaciência e me puxa pelo braço para perto de si como se quisesse me segredar alguma coisa no ouvido. "Nina...". "Estou ouvindo". "Nina, Deus não existe!..." Fica parada por alguns segundos na mesma posição, suspensa, pendurada no meu braço, olhando para mim interrogativamente como se esperasse que eu lhe dissesse que estava errada.

Eu não sabia o que lhe responder, mas, mesmo que soubesse, naquela hora não conseguiria dizer nada. Estava com um nó na garganta me sufocando. Queria lhe falar das coisas em que eu tinha pensado várias vezes naqueles últimos três ou quatro anos em que vivemos face a face com a morte, mas nem saberia por onde começar. De qualquer maneira as palavras agora também não teriam mais sentido, não adiantariam mais de nada. Só a deixariam mais perturbada, e ela partiria desse mundo com o sentimento de que estava errada, ao passo que eu sabia que não estava... O deus a que ela aludia, o deus em que tínhamos aprendido a acreditar desde crianças, o deus da falecida mamãe e da Erasmia, esse deus realmente não existia. O Outro, o Verdadeiro, ela não teria mais tempo de conhecer: já era tarde demais para isso. Fiz com que ela se recostasse sobre os travesseiros e, dessa vez, não ofereceu resistência.

capítulo sete

O Petros ficou um ano e meio na prisão. Esteve três vezes para ser executado. Numa delas, já o tinham levado até o campo de tiro ao alvo nas redondezas de Kesariani, mas das três vezes nós o conseguimos tirar das garras da morte. Isso graças àquele velho amigo do tio Estêvão. Na época em que ele tinha o café, ajudou o amigo, dando-lhe dinheiro para que internasse a mulher no hospital. O tio Estêvão deu sorte de o amigo ser gente boa e não se esquecer da ajuda recebida no passado, ao contrário do que muitas vezes acontece. Mas só Deus sabe quanto dinheiro os infelizes gastaram com a história e quantos momentos de agonia eles (e eu com eles) tiveram de passar!...

Quando nós finalmente conseguimos fazer com que ele saísse da prisão, quis de todo jeito se aliar novamente à Resistência e ir para as montanhas. Mas o Takis abriu um bocão daqueles, a tia Katingo caiu de joelhos diante dele e, comigo buzinando em suas orelhas, conseguimos por fim fazer com que fosse para Andros ficar um tempo com a tia Bolena, para recuperar as forças e sumir do campo de vista dos alemães e esses se esquecerem de sua existência. Os maus-tratos físicos e psicológicos sofridos na prisão minaram sua saúde.

Mas, assim que os alemães se despacharam, voltou imediatamente a Atenas, envolvendo-se novamente, como não podia deixar de ser, com a E.A.M.: reunia os membros da E.P.O.N.[48] e lhes dava orientações. Eu já tinha até sido simpatizante da E.A.M., mas fui percebendo aos poucos, como por sinal todo

[48] E.Π.Ο.Ν. [Ενιαία Πανελλαδική Οργάνωση Νέων]: Organização Pan-Helênica Unida de Jovens: movimento de resistência aliado à E.A.M. (N.T.)

o mundo, que lobos se escondiam debaixo daquelas peles de carneiro. Tinha visto com esses olhos que a terra há de comer as empregadas domésticas e as prostitutas da rua Socratous gritarem "Governo do povo!" e "Abaixo a virgindade!". Quando estourou depois disso a rebelião comunista e começaram a fazer reféns como tinham feito antes os alemães, massacrando a ralé com o latão das latas de conserva abertas, me armava toda contra o Petros, apesar de saber que ele próprio seria incapaz de matar uma mosca, e lhe dizia na cara, toda vez em que ele vinha justificar o movimento: "E se você ainda achar que sou uma reacionária, pode ir me denunciar para os seus companheiros de armas, entre os quais aquelas putinhas todas! Na minha opinião vocês são capazes de tudo. O Lenin ensinou vocês a não respeitar nada e a não poupar nem a própria mãe!...".

O Petros sorria, quando me via toda sobreexcitada desse jeito: me achava engraçada e não ficava com rancor. Logo nós voltávamos a fazer as pazes. Até havia momentos em que eu lhe dava em parte razão quando dizia que tinha muita coisa errada na Grécia. E ele, de sua parte, apesar de não o dizer por palavras, também reconhecia que eu tinha razão quando dizia que nada se resolve com massacre e que sangue só atrai mais sangue.

Entretanto, o Petros, que era homem, esperto e com conhecimento de causa, ainda se mostrava tolerante, mas a monstruosidade da minha filha, capaz de se aliar ao próprio diabo só para me ser do contra, tinha a pachorra de se meter na discussão e tomar partido do E.L.A.S. Vinha me dizer em alto e bom tom: "Deixe que eles massacrem uma dúzia de tratantes por aí!". Eu ficava louca da vida: me dava um saracoteio que eu começava a tremer todinha, que nem peixe. Certa vez ela me deu tanto nos nervos que a agarrei pelo pescoço e quase a estrangulei. "Sua animal!", lhe digo. "Como é que você se atreve a opinar, mentecapta? Se eles massacrassem só uns monstros da sua espécie, eu até lhes acenderia uma vela, mas infelizmente estão massacrando é a arraia-miúda inocente". "Você apoiava a E.A.M.". "Não apoiava". "Sei!..." Se eu fosse membro do E.L.A.S. e tivesse algum rancor pessoal contra você, bastava eu por o seu nome na lista negra da organização, que você evaporaria que nem fumaça. Mal demos graças a Deus de termos nos livrado dos membros da Gestapo, que logo começamos a tremer de medo dos assassinos nacionais, que eram três vezes piores que os primeiros. O ditado não diz: "Quem foi que conseguiu arrancar o seu olho tão bem arrancado? O meu próprio irmão..."?

"Quer dizer que só por eles serem marionetes dos capitalistas", dizia ao Petros, "têm que pagar o preço com a vida?". E, quando ele vinha com as suas explicações sofistas, eu ficava toda exasperada e gritava: "E não venha para cima de mim com essa história de Revolução Francesa e o diabo-a-quatro! Eu também tive aula de história na escola. Durante a Revolução Francesa, eram os nobres que eles mandavam para a guilhotina. Não cortavam o pescoço da ralé com latas de conserva, e guarde as minhas palavras: com esses horrores que vocês têm feito, só vão conseguir afastar o povo do movimento, fracassando a revolução. E, aí, só vai lhes restar lamentar o desperdício de sangue que vocês verteram". E ia além: "E você, seu infeliz, não se exponha demais, porque se as coisas mudarem e você cair nas mãos dos opositores da E.A.M., pode ir dizendo 'tchau' à sua preciosa vidinha!...". "Mas que diabo de prima eu fui ter!", respondia ele, rindo. "Nesse caso eu vou pedir socorro é para você". Falava em tom de brincadeira. O que ele não podia imaginar é que realmente chegaria o dia, o que não demoraria muito, em que eu literalmente iria salvá-lo.

Certa tarde, estava vindo até em casa para tomar banho e trocar de roupa. Já fazia uma semana em que não dava as caras, e nós já nem mais sabíamos se ele estava vivo ou morto. Nessa época os conflitos de rua eram fato corriqueiro. Atenas estava dividida em duas zonas. Uma era dos partidários do E.L.A.S. e a outra dos ingleses e dos milicianos da Guarda Nacional. Nós estávamos exatamente entre uma e outra. Em alguns prédios estavam entricheirados os guerrilheiros do E.L.A.S. Em outros, grupos de milicianos, os chamados "chauvinistas". Dia e noite "gorjeavam" as metralhadoras. E o Petros, correndo de porta em porta para se proteger dos disparos, eis que de repente, perto de casa, sentiu uma dor aguda atrás do joelho. Perdeu o equilíbrio e caiu no chão. Foi se arrastando até a porta de entrada de uma casa e, assim que o tiroteio acabou, foi encontrado ali pelos proprietários da casa, que por coincidência conheciam o tio Estêvão. O que eles fizeram então foi botá-lo numa carroça que estava parada na frente de uma mercearia, levando o coitado para a clínica do Geroulanos e vindo depois em casa nos avisar.

A tia Katingo estava nessa época de cama com pneumonia. Quanto ao tio Estêvão, os dois ou três anos anteriores tinham minado muito a sua saúde. Era com muito custo que ele agora se arrastava de um lado para o outro. Ao Takis já fazia umas três semanas que nós não víamos. Telefonou aos De Jong, mandando avisar que estava hospedado no hotel Grã-Bretanha e que tudo estava bem. Tinha sido destacado para assistir pessoalmente ao general Skombie por conta dos seus conhecimentos de inglês. "Não diga nada nem à sua mãe nem ao seu pai", digo à Irene, que estava sem saber o que fazer. "Ponha o seu casaco que a gente vai até a clínica saber o que realmente aconteceu...".

Graças a Deus não era nada de grave, ao contrário do que imaginávamos. Já haviam extraído a bala do joelho, a qual, infelizmente, perfurou-lhe o osso de uma extremidade à outra. O pior de tudo é que o gesso que havia na clínica não cabia nem numa mão cheia, por assim dizer. "Pelo amor de Deus!", digo à enfermeira. "Mas será possível que não exista em toda Atenas um quilo de gesso?". Mas ela só balançou a cabeça. "Claro que existe", me diz então, "mas, enquanto as coisas permanecerem assim, nós não temos como fazer nada. Temos aqui sete pacientes com fraturas que estão só com tala..." Por um momento eu pensei em voltar correndo para casa e ir procurar o Kallínikos, que vendia materiais de construção. Tinha sido amigo do falecido Adônis. Mas logo fui desencorajada pela enfermeira, que me explicou que o gesso necessário era de um tipo especial. Na hora em que ela estava prestes a se retirar, me veio uma súbita inspiração: "Por acaso não serve o gesso que se usa para fazer estátuas?", pergunto. "Serve, sim", responde ela, "mas onde é que a senhora vai encontrá-lo?...".

Pego a Irene pelo braço, e saímos. Num piscar de olhos já estávamos subindo para o Kolonaki. Chegando à rua Asklipiou, fomos paradas pelos milicianos. "Alto lá!", dizem. Inspecionaram a minha bolsa e se puseram a nos apalpar à procura de armas. Dizem então: "Aonde vão as senhoritas?". Costumavam deixar o povo passar por ali para ir fazer compras no Kolonaki. Só lá havia mantimentos. Mas, despois que escurecia, não permitiam a passagem de mais ninguém. E no meio-tempo já estava escuro. "Ô, meus rapazes!", digo. "Não façam a gente voltar! Por acaso nós parecemos guerrilheiros da Resistência?", e lhes expliquei do que se tratava. Um deles riu. Achou engraçado. "Está bem, podem ir! Mas que nem o padre fique sabendo!...".

Chegamos à casa da Athiná e batemos à porta. Ela morava na rua Spefsipou. Eu a tinha conhecido na casa da Cleô. Era uma daquelas jogadoras inveteradas como poucas. Ao marido eu não conhecia, mas sabia que ele era escultor e professor na Escola de Belas Artes. "Mas você é doida mesmo!", me diz, depois de ter nos feito passar para a sala e ouvido do que se tratava. Ela era encantadora, daquele tipo de gente sempre animada e bem-disposta. Em seus olhos se lia o quanto ela tinha aproveitado e continuava aproveitando a vida. Não era uma pamonha que nem eu. "Meu amor", me diz, afastando dos lábios o bocal comprido do cigarro, "o Télis é um doce de pessoa, mas ai de mim se me meto no trabalho dele! Nem me deixa entrar no ateliê e, quando mando a moça ir lá tirar pó, ele fica em cima dela que nem um cérbero para que ela não encoste em nada". E eu: "Mas então deixe que entre eu, você fica de fora!". "Sim", continua, "mas ele pode precisar do gesso que tem lá. Ontem mesmo ele me disse que começou um baixo-relevo novo". "Mas, ô mulher de Deus, e por acaso a gente está agora para baixos-relevos e o diabo-a-quatro? Você, sendo mulher, deixe a lógica um pouco de lado! Dadas as circunstâncias, o importante agora é vivermos. Os baixos-relevos vêm em segundo lugar. O mundo está pegando fogo!", digo-lhe ainda. "Não saio daqui sem o gesso. Vou ficar sentada no chão até você se cansar de mim". Fechou um pouco a cara, mas não pôde me recusar o favor. Levou a gente até o ateliê do marido, achamos uma sacola grandinha, a qual, punhado por punhado, fui enchendo de gesso. Apesar do astracã negro que vestia, acabei ficando branca dos pés à cabeça, que nem mulher de moleiro.

Botamos a sacola dentro de uma bolsa dessas de fazer feira e nos pusemos de novo a caminho da clínica, ladeira abaixo. Mas, chegando à rua Sina, começamos a ouvir explosões de granadas de mão. "Melhor a gente deixar para amanhã", digo à Irene. Pegamos a ladeira que sobe para a Academia Francesa, cortando caminho pelos pinheiros de São Nicolau, e chegamos em casa.

No dia seguinte, de manhã, deixei a Irene cuidando da mãe, peguei a sacola de gesso e me pus a caminho de Harilau Trikoupi. A clínica ficava justamente na zona neutra. Da Zoodohou Piyis para baixo ficava a zona dos guerrilheiros do E.L.A.S., e da Mavromihali para cima, a dos milicianos. A área do Himio[49] estava cheia de ingleses. Dei com a porta da clínica fechada. Bato até ver que a porta se abre muito cuidadosamente. Do vão da porta aparece um revólver, apontando na minha direção. "Entre!", ouço uma voz dizer. "Aja como se não estivesse acontecendo nada!... Se você fugir, eu disparo...". Quase tive um treco. Entro e me deparo com uma dezena de guerrilheiros do E.L.A.S., brutalizados que nem salteadores do campo, com umas barbonas até a altura do peito. A maior parte deles vestia uniforme militar pintado de preto. Como fiquei sabendo na seqüência, duas ou três horas depois de termos ido embora dali para buscar o gesso, eles conseguiram entrar por um bueiro seco que desembocava no pátio e ocuparam a clínica de assalto, mas às ocultas, para os ingleses do Himio não se darem conta e iniciarem uma chuva de disparos. No meio deles havia duas mulheres, de calças cor cáqui, levando duas cintas de cartuchos atravessadas nos ombros que se cruzavam na altura do peito.

[49] Prédio do Laboratório Químico. (N.T.)

Não existe nada mais deselegante no mundo que mulheres de bumbum flácido vestindo calças. Uma delas pegou a sacola com o gesso e abriu para ver o que tinha dentro. Inspecionou ainda a minha bolsa e me apalpou por baixo do casaco, cuidando até de verificar se não havia nada escondido nas bainhas. "Sua vagabunda!", pensava eu, olhando para o seu permanente barato que cintilava por causa da brilhantina que nem rato emplastrado de óleo. E que cheiro de sovaco! "Sua vaca! Como é que você ousa botar as suas mãos sobre mim? Você, minha filha, nem para empregada!...", disse eu com os meus botões.

Mas não deixei transparecer a minha ojeriza, mantendo sangue-frio e ainda abrindo um sorrisinho. Estava claro para mim que teria de participar daquela comédia toda. "Quem foi que você veio ver?", me diz um dos guerrilheiros. Pelo jeito que os outros olhavam para ele, percebi que era o cabo ali. Pregou os seus olhos nos meus, como que me desafiando a não abaixar primeiro o olhar. "O Petros Emanuel..." Fez sinal para um dos "companheiros" para que lhe desse um bloco de notas que estava segurando, o abriu, fechou, e depois cravou de novo aquele olhar de animosidade em mim, dizendo-me de repente: "Vou mandar você para o pelotão de fuzilamento. Você foi é mandada pelos ingleses como espiã..." Falava devagar, contido, mas foi justamente por isso que me fez sentir como se eu estivesse na frente de um tribunal. "Mas que insanidade!", grito para ele. "Que besteira é essa de eu ter sido mandada pelos ingleses? Tenho nojo deles não menos do que você, meu caro. Se não fosse por causa deles, as coisas na Grécia não estariam hoje nesse desande!". "Abaixe o tom de voz!". "Se não acredita que estou do lado de vocês, pode perguntar ao meu primo!". "E ele é o que?". "Não pergunte a mim!", digo. "Telefone para os seus quartéis de Gyzi para se informar quem e o que é o Emanuel!..." Pregou os olhos no meu casaco. Eu: "Não fique olhando para o meu casaco, que não se pode julgar ninguém por um casaco horroroso desses!". O meu casaco, diga-se de passagem, não era em absoluto um horror: era o meu astracã mais caro. "Por sinal", digo, "não se deixe enganar, que na Rússia eles também usam casaco de pele!..." Até que, finalmente, apareceu um sorriso nos lábios do homem, como se dissesse: "Essa aí sabe das coisas!". Comecei a ganhar confiança. "Será que posso ver por um minuto a enfermeira para lhe dar o gesso?", pergunto. "Sim, você pode vê-la não só hoje, como amanhã, depois de amanhã e depois, o quanto quiser..." Fez sinal aos "companheiros" e "companheiras" para me deixarem passar e me deu as costas. "Para onde você está indo?", lhe pergunto. "E o que você quer dizer com hoje, amanhã, depois de amanhã e depois? Está pretendendo me manter aqui dentro? Saiba que tenho casa e que os meus parentes podem ficar preocupados!". Então ele se virou e me olhou atentamente. "Suponhamos que eu deixe você ir embora. Quem é que me garante que não vai dedar aos ingleses que nos viu aqui?". "Ai! A mesma ladainha de sempre!", lhe digo. "Quer que eu jure por quem? Estou dando a minha palavra. Mande um dos rapazes ir lá dentro, ou vá você mesmo perguntar ao meu primo quem eu sou. Ele está no quarto número quatro, à direita. Para ser bem sincera com você, não me ocupo muito de política. Para mim basta que o interesse nacional e do proletariado venha em primeiro lugar". Olhou novamente para mim demoradamente, medindo-me dos pés à cabeça. "De acordo", diz. "Dê cá o gesso e vá embora!". Mas antes mesmo de eu respirar aliviada, acrescentou: "Mas, se os ingleses nos atacarem, será considerada culpada, e o seu primo executado na própria cama!". "Mas ele é comunista!". "Nem que fosse o próprio Stalin!...", e virou-me as costas de novo.

Congelei. Depois, comecei a refletir. Eu estava entre a cruz e a caldeirinha. Não queria cair na mão deles, mas também não podia deixar o Petros como refém e me mandar. Os ingleses poderiam muito bem ficar sabendo por outras vias, indo então atacá-los, e pela expressão no rosto dele percebi que não estava brincando. Não faria a menor diferença se o Petros era ou não comunista: seria executado sem a menor hesitação. Para aquela malta de gente, o sucesso da causa era mais importante que qualquer intelectual comunista militante de perna quebrada. E com que cara eu olharia para a tia Katingo? Ela me responsabilizaria pelo resto da vida. Peguei a sacola de gesso e me dirigi para o quarto do Petros, contendo as lágrimas com muito custo. Eu estava quase berrando de ódio. Eu, Nina, caindo nas mãos daquele arruaceiro e me vendo forçada a jurar que estava do lado deles!...

Fiquei uma semana na clínica. Comi da comida dos doentes, aquela sopa horrorosa sem nada para acompanhar, e dormi sobre duas poltronas sem outro cobertor que o meu casaco. É um milagre que eu não tenha pego uma pneumonia naqueles dias passados ali. Antes mesmo de eu ter que me encerrar lá dentro, eles próprios no hospital já haviam queimado tudo o que dava para se queimar para se esquentarem. Arrancaram até pedaços das venezianas. Como se não bastasse, eu estava com uma hemorragia desgraçada: aparentemente por causa da agitação, a minha menstruação tinha descido antes da hora e não queria saber de estancar. O médico me receitou algumas gotas que só pioraram a coisa em vez de ajudar.

No oitavo dia, acordando de manhãzinha, de mau-jeito por causa do frio e do péssimo sono, percebo algo de diferente no ar: levanto-me de um salto e vou correndo até o corredor, trombando com um miliciano da Guarda Nacional. "Os nossos voltaram!", começo a gritar, louca de alegria. "Os nossos voltaram!..." Abracei e beijei o homem, chorando, num arrebatamento de histeria. Saio correndo para o quarto do Petros, mas, cadê o Petros? Todo o meu entusiasmo me abandonou então, e eu fiquei que nem bola de ar murcha. "Onde foi parar o meu primo?", pergunto à enfermeira, já pensando no pior. "Não se preocupe!", me diz, sorrindo. "Eu o deixei ir sozinho até o banheiro..." Respirei fundo. Mas, mal se passaram dez segundos, me entra no quarto um membro da Organização X[50] com um quepe ridículo na cabeça e a unha do mindinho enorme de comprida – não tem coisa mais nojenta no mundo que a unha que esses pés-rapados que querem se fazer passar por chiques deixam crescer. "Você é que é a prima do Emanuel?", pergunta. Pela cara e pela voz dele, você logo acharia que o sujeito era um drogado. "Um delinqüente atrás do outro!", pensei. "Os membros do E.L.A.S. pelo menos fazem o que fazem porque acham que podem mudar um pouquinho a nossa Grécia para melhor, mas o que é que um tratante, um patife daqueles, espera obter, no que é que acredita?". "Não", digo, suspeitando que ele não estava ali com boas intenções. O meu sexto sentido nunca me enganou. "Vim para ver o meu irmão. Longos. Dimitris Longos..." Foi o primeiro nome que me ocorreu. Só de lembrar eu me arrepio toda. Ele me olhou então todo desconfiado. Nessa mesma hora apareceu o

[50] Organização e partido fundado por Jorge Grivas com inclinação monárquica e anticomunista durante a Ocupação, cujo alvo principal eram os membros do E.A.M. (N.T.)

Petros na porta. Gelei. "Dimitris!", grito para ele, fixando o olhar incisavamente no dele para que entendesse a jogada. "Diga para este senhor aqui como você se chama. Ele não está acreditando que o seu nome é Dimitris Longos..." O Petros primeiro ficou atrapalhado, mas bobo ele não era. Entendeu do que se tratava. "É isso mesmo, Longos", diz para o sujeito, dando mostras de um tédio genuíno e indo cair na cama. "Suba para ver nos outros andares!", lhe digo. "Pelo que me parece, há um Emanuel no mesmo quarto, mas um ou dois andares acima deste...".

O sujeito da Organização X saiu então e começou a subir as escadas de dois em dois degraus. "Rapidinho!", digo ao Petros. "Trate de se levantar daí porque nós não temos nem um minuto a perder. Já que você consegue ir agora sozinho ao banheiro, vai conseguir também ir para casa..." O quarto dele ficava no térreo. Foi se apoiando no meu ombro e em pouco tempo estávamos na saída do hospital. O miliciano que eu havia beijado no meu arrebatamento de alegria estava parado do lado de fora, conversando com um inglês. Quando me viu, sorriu, fazendo um sinal de continência. "Obrigada!", lhe digo. "Muito obrigada!", rindo para ele com a maior naturalidade do mundo. Mas, por dentro, estava numa agonia só, tremendo de medo que o sujeito da Organização X descesse e viesse nos parar. Tudo em mim me dizia: "Pé na brasa!". Mas, apesar de ter de andar devagar, sincronizando o meu passo com o do Petros, os meus nervos tinham chegado no limite da tensão. Quando chegamos em casa e eu me senti finalmente em segurança, despenquei na cama e desatei a soluçar histericamente. Fazia um tempão que não chorava assim.

Cinco dias depois, ou talvez tenham sido seis, voltou o Teodoro do Oriente Médio.

capítulo oito

O Sotiris foi dos primeiros a serem apanhados pelo E.L.A.S. Antes até de a dona Hécabe – que Deus a guarde – voltar de Kalamata, ele foi requisitado como oficial da Polícia Nacional, uma casa no Halandri. No dia de Santa Bárbara, a Polixene o deixou com gripe em casa, indo fazer compras na feira. Voltando, encontrou a casa vazia. "A coisa aconteceu assim e assado", disse uma das vizinhas. "É bom você sair daqui correndo, porque eu os ouvi dizendo que voltariam. Saiu então apressada, ensandecida, passando por Tourkovounia, cortando caminho pelo Galatsi, chegando por fim à casa da mãe, para ficar lá até que as coisas se ajeitassem. A casa estava totalmente deserta naqueles dias: os comunistas haviam pego o senhorio com a mulher e os dois filhos, porque parece que ele tinha colaborado com a Gestapo, que o nomeou prefeito de Halkida. A Polixene veio umas duas ou três vezes tomar um café comigo. Eu tentava consolá-la, pois definhava de preocupação. Por mais estóico que seja alguém, por mais sangue-frio que tenha, chega um dia em que a coisa estoura. Não tinha sido brincadeira a moça perder o primeiro marido – mal tendo eles cumprido um mês de casados – o irmão e a mãe num intervalo de três meses, para agora lhe seqüestrarem o segundo marido, sem saber se voltaria a vê-lo... Mas, pelo menos, quando o Teodoro voltou, encontrou alguém em casa. Tinha ficado sabendo do Dimitris e da dona Hécabe por colegas jornalistas que tinham ido ao Egito depois da libertação.

Nesses dias a minha casa também se esvaziou. Meu inquilino, que trabalhava no mercado negro, ficou escondido durante todo o tempo em que durou o movimento comunista, reaparecendo só depois que os comunistas deixaram Atenas.

Mas, mesmo então, apesar de não haver mais perigo, achou mais seguro mudar de casa. Na verdade, eu deveria era ter ido procurar imediatamente outro inquilino para a casa, pois nós dependíamos do aluguel para viver. Mas eu tinha me estressado tanto com a tia Katingo e as manias dela durante todo aquele tempo, que disse a mim mesma: "Dane-se tudo! Já está na hora de eu voltar para a minha casinha, nem que eu tenha que morrer de fome!...".

Nos primeiros dois ou três dias me veio uma sensação estranhíssima, como se a casa não fosse mais minha. Aquele cheiro particular que exalam todas as casas não era mais o mesmo da minha própria. Precisei de vários dias para botar tudo no lugar certo e pelo menos criar a ilusão de que as coisas eram como antes. Não estávamos ainda com a sensação de que a guerra havia acabado. Antes de podermos nos alegrar um pouco de que os alemães tinham se despachado, começou a insurreição comunista. Só agora, pela primeira vez, foi que percebemos que a guerra havia finalmente acabado. Os bens perecíveis recomeçaram então a aparecer nas pratelerias dos supermercados e, assim que começamos a encher de novo o bucho, foi como se voltássemos a viver. O povo todo começou a abrir as portas de casa para receber de braços abertos os vitoriosos que vinham do Oriente Médio,[51] sem parar para pensar de onde vinham e quem eram. Se entre os que voltavam estava um filho, um irmão, um primo ou um conhecido qualquer, pode ter certeza que ele traria para casa uma penca de colegas e, com as latas de conserva e a cerveja que traziam mais a ração que nós buscávamos com o boleto, até que conseguíamos fazer

[51] Onde o governo tinha se exilado. (N.T.)

uma certa folia para passar o tempo. O Teodoro nessa época andava muito com um oficial da Marinha e um sargento da Brigada de Rimini. Eu convidava a ele, à Polixene, à Cleô e ao Willy com a Berta, ao Takis com a Irene, e nós comíamos, botávamos o gramofone e dançávamos. Quando o Sotiris saiu do cativeiro, judiado mas pelo menos vivo, aí então foi que fizemos a maior festa.

O Teodoro tinha começado a me lançar uns olhares de viés, mas eu me fazia de boba. "Vamos ver como ele vai agir em seguida", pensava eu com os meus botões. Ficava tentando me puxar de lado, mas eu o evitava. Para ser bem sincera, ele não tinha me deixado com a melhor das impressões, porque não tinha se preocupado em me pedir detalhes nem sobre o irmão nem sobre a mãe. Não se referia jamais a eles, como se nunca tivessem existido. Apesar, é claro, de que eu também não lhe teria dito nada do que sabia, mesmo se ele tivesse me perguntado. Contrariando a promessa que eu tinha feito à dona Hécabe, estava decidida a não abrir a boca. "Deixe o passado de lado!", dizia a mim mesma. Não estava certo eu fazer com que ele brigasse com o Sotiris. De qualquer maneira, pelo que tinha constatado, as relações entre eles não eram das mais calorosas. Não tinham nada em comum. Toda vez que o Sotiris se metia a fazer alguma daquelas piadas toscas e infames, o Teodoro fazia aquele beiço. A Polixene não me disse nada, mas eu já tinha percebido que, mais cedo ou mais tarde, eles entrariam em atrito. O Sotiris não tinha a menor intenção de dividir a mulher com o cunhado, e a Polixene não podia ficar eternamente lavando e passando as roupas do irmão. Eles estavam de qualquer maneira apenas provisoriamente na casa da dona Hécabe. Cedo ou tarde teriam de voltar para a casa do Halandri.

Como já era de se esperar, começaram a achar que a melhor solução para todos seria que o Teodoro se casasse. Percebi de repente como a atitude deles em relação a mim mudou: a Polixene ficou mais simpática, o Sotiris começou a me tratar como se eu fosse da família e o Teodoro a se aproximar mais de mim do que antes. Por mais estranho que possa parecer, quem me fez a proposta foi a Helene. Assim que as coisas sossegaram um pouco, veio de Kalamata ver a família. Quando eu a vi na minha frente, senti a mesma coisa que senti quando conheci, mais tarde, a tia dela, a Afrodite. "Veja só você!", pensei. "Será possível que essa moça tão simpática possa ser o monstro que a mãe desenhava?". Certa vez eu a segurei em casa para passar a noite e me fazer companhia. A condessa estava agora de quarto próprio, como antes. Várias vezes eu subia nas paredes por não ter com quem conversar. Fomos então nos deitar e desligamos a lâmpada de cabeceira, mas nem ela nem eu estávamos com sono. Puxamos conversa. Comecei a lhe perguntar coisas das mais diversas em relação à dona Hécabe. A Helene tinha aceitado com a maior boa-vontade ficar para me fazer companhia, mas não totalmente sem segundas intenções. Eu já havia entendido que ela estava com um objetivo secreto, e não tive por um segundo sequer dúvidas sobre qual era esse objetivo. Mas só de pensar no que ela me diria, meu coração começava a acelerar como se eu fosse uma moçoila dos seus 18 anos. Toda vez em que ela estava por vir com a pergunta fatal, eu fazia correndo outra pergunta. "Mas o que foi que aconteceu em Kalamata, menina?", pergunto. "Por que foi que a falecida fez as trouxas e voltou? Vocês brigaram?". A Helene suspira fundo em meio à escuridão. "Eu até já imagino o que foi que ela lhe falou", me diz. "Que Deus a perdoe, mas ela não me suportava. Até mesmo para o meu próprio filho ela me desenhava como a pior mulher do mundo. No dia em que ela foi embora, passou pela nossa rua um vendedor ambulante vendendo figos frescos. Estávamos em agosto. Fui e comprei um quilo e, no que a gente foi se sentar no quintal, dou para ela e para as crianças uns dois ou três figos. Mas, no entendimento dela, eu tinha dado mais à Ana do que ao Akis, porque, dizia, eu amava mais à menina que ao menino. Começamos a brigar. Mas, como de costume, não teria acontecido nada de mais se o próprio não tivesse lhe dito: 'Não se preocupe comigo, ô vó, porque se eu quiser mais eu pego, é só esticar o braço!...' E ficou toda ofendida que nem o neto queridinho dela tomava o seu partido. Tão ofendida que tentou cometer suicídio. Como você bem sabe, ela havia ido a Kalamata intencionando levar o neto com ela de volta...".

"E aquele pingente? É verdade que foi o seu falecido irmão que o pegou?". "Meu Deus: até isso ela lhe contou!", responde. "Claro que pegou. Os policiais o acharam nas mãos de um interceptor, para quem ele o tinha vendido por uma migalha de pão. Que Deus o perdoe!...".

Apesar de estar escuro e eu não ver o seu rosto, pela maneira de ela falar percebi que dizia a verdade. "Enfim", me diz, "vamos deixar os mortos em paz. Falemos do presente e do futuro. Tenho uma coisa para lhe dizer...". "Ai, meu Deus! Chegou a hora", pensei. E me diz então: "Eu não tenho a mesma lábia da minha mãe, sou meio tosca para essas coisas. Não cresci em Atenas e o que eu tenho a dizer, digo na cara. Eu, o Teodoro e a Polixene já discutimos a questão e adoraríamos que você viesse a fazer parte da nossa família!... Não precisa responder já. Dê uma pensada e me responda amanhã de manhã!".

Dei graças a Deus por estarmos no escuro e ela não me ver vermelha que nem pimentão, de tão agitada que eu fiquei. Mas eu não precisava mais de tempo para pensar. Nos dias anteriores eu havia pensado no assunto não uma, mas centenas de vezes, pesando os prós e os contras. Eu sabia muito bem que a minha filha não deixaria de me vaiar, censurando veementemente a minha atitude, assim como o fariam a tia Katingo e muitos dos meus conhecidos, mas eu não tinha a menor intenção de deixar terceiros opiniarem sobre como eu deveria viver a minha própria vida. Quanto à minha filha, eu já não tinha mesmo nenhuma esperança. A dona Hécabe é que tinha razão: ai de mim se eu caísse nas mãos dela depois de velha! Além do mais, as libras estavam no fim, gastávamos naquele mês as últimas que tinham sobrado. Já havia vendido metade da madeireira. A outra metade foi roubada pelos comunistas. A única coisa que restava era a casa, mas das duas uma: ou eu a alugava para viver que nem refugiada no quarto de uma casa alheia, ou a vendia para devorar em seguida o dinheiro obtido na venda. Mas isso, por mais que a monstrinha buzinasse na minha orelha, eu não queria fazer: não tanto por mim, mas sim por ela, para ela ter algum bem depois que eu me for. Mas se ela ficasse sozinha, mosca morta do jeito que era, sem nem ao menos a casa, acabaria mendigando pelas ruas. E ainda pensava que, se o Teodoro não era nenhum príncipe no cavalo alado – e agora ainda que eu o tinha conhecido melhor, via como a falecida tinha razão quando dizia que ele era auto-referenciado e um pouco cabeça-dura –, eu também não era mais nem uma mocinha de vinte anos nem uma fada dos bosques. “Bom, você espera que eu diga o que?”, lhe digo. “O que eu lhe diria amanhã de manhã eu já posso dizer agora: o único obstáculo é que ele vai querer ter filhos, mas eu já passei da idade para isso..." Havia descoberto que a hemorragia que eu tive na clínica foi também a última. "Crianças, até parece!", me diz. "Quanto menos rebentos os Longos deixarem, tanto melhor para o mundo!...".

Um mês após o nosso casamento, fomos eu, ele e a Polixene até a casa da falecida para fazermos a partilha dos bens. De móveis nós não precisávamos. Acertei com o Teodoro de que daríamos tudo à Polixene. Pegamos só algumas molduras, uma com a fotografia da dona Hécabe, outra com a fotografia do meu sogro – aquela em que ele aparece com o uniforme da Brigada de Libertação da Macedônia – e uma pintura a óleo do rei Konstantino, a mesma que, ao lado da fotografia do Metaxás, fazia com que o falecido irmão da dona Hécabe, o Miltíades, cuspisse no chão. Pegamos também uma coberta felpuda vermelha, o par daquela que o Dimitris tinha roubado, uma toalha de mesa bordada e um cinzeiro feito de concha, com a imagem da Acrópole pintada ao fundo. "Levem também os obuses do tio Miltíades!", me diz a Polixene, que considerava que eles pertenciam ao Teodoro por direito adquirido. "Obuses! Ora, faça-me o favor!", digo-lhe aos sussurros para não ouvir o Teodoro, que entrava e saía dos quartos. "Já tenho tralha demais. Mande para a Helene!...".

Subi numa cadeira e fui dando as imagens dos santos, uma a uma, à Polixene: a do São Dimitris, aquela que a dona Hécabe dizia ter lascado no dia em que o Dimitris nasceu, a do São Fanourios com a data de nascimento da Polixene alterada, e a da Santa Anastácia, a protetora dos intoxicados. Agora, depois de tantos e tantos anos de esfregação com palha de aço e soda, até o nome "Hécabe" tinha começado a se apagar... Eu me lembrei da história do milagre: "Minha Santa Anastácia, a senhora que previu a catástrofe, não podia fazer nada para impedir que as coisas terminassem assim? Mas o que é que a pobre da santa podia fazer? Nem mesmo o próprio Deus. Eu fui avisada e a questão estava nas minhas mãos. Eu tinha era que ter aberto os olhos e tomado medidas..." Pobre dona Hécabe! Não era boba, não! Conhecia as próprias imperfeições. Mas tinha os nervos fracos, o que eu sempre lhe dizia: "Você tem os nervos fracos. Devia ir ver um médico para ele lhe aplicar aquelas injeções de cálcio. E se mantenha com os pés no chão, mulher de Deus!". Mas ela não queria saber de me ouvir. Algumas pessoas trazem em si o sêmen da autodestruição. Apesar da esperteza toda dela, era incapaz de enfrentar a realidade com lucidez e sangue-frio, e acabava sempre quebrando a cara.

Mas nesse dia eu não estava com a menor intenção de parar para pensar no passado e nos mortos. Sua morte, aliás, ainda era bem recente. Eu tinha às vezes a impressão de que ela não havia morrido, que estava só viajando. E eu não só ainda nem tinha chorado pela morte dela, como várias vezes – do mesmo jeito que pensei nas libras quando da morte do Adônis – me apanhei em meio a divagações das mais cínicas e egoísticas. "Ufa!", pensava. "Ainda bem que ela morreu. Caso contrário eu não me casaria com o Teodoro. Apesar dos pesares, não sei o que faríamos sem ele!". Todos esses anos tiveram que se passar para que eu começasse a sentir e chorar a morte dela. E a entender que havia perdido a única pessoa nesse mundo, com exceção talvez do papai – que Deus o tenha! –, que entendia um pouco o que se passava dentro do meu coração e me ensinou algumas poucas coisas da vida. É por isso que perco as estribeiras quando ouço esse monstro antropomórfico falar dela em termos injuriosos.

Na hora em que eu descia da cadeira, segurando a última das imagens e a pantalha vermelha que se punha à frente delas, ouvi um choro soluçante vindo da cozinha. Troquei com a Polixene um olhar de entendimento. "Não vá lá para dentro, não!", lhe digo aos sussurros. "Deixe o coitado chorar sozinho!". Era a primeira – e também a última – indicação que ele dava de que tinha entendido que a mãe e o irmão já não estavam nesse mundo! Êita caráter fechado e esquisito o dele! Quando voltou para a sala, por sinal, já nem se via mais em seu rosto que tinha chorado. E, voltando para casa, estava de um bom humor como eu raramente voltei a ver desde então. "Ai, ai, ai!", pensava eu com os meus botões. "Coitada de você, dona Hécabe! E você que ainda dizia que quando morresse é que eles se dariam conta do que tinham perdido, que iriam se arrastando até o seu túmulo! Mais uma das suas ilusões. A verdade é que os vivos se esquecem. Azar de quem morreu".

Assim que entramos na cozinha de casa, começou a inspirar profundamente, franzindo as sobrancelhas de uma maneira cômica, para tentar advinhar o que eu estava assando no forno. "Qual o prato de que você mais gosta, carequinha do meu coração?", lhe pergunto. É assim que eu o chamo, carinhosamente. Eu, que desde sempre zombei dos carecas, estou pagando a boca agora. Esfregou as mãos, contente que nem criança. Esse aí é outro guloso e comilão como o Adônis. Fiz para ele um pratão de mussaca, que ele devorou que nem leão faminto.

Passaram-se seis anos desde então – quase sete. Estaria mentindo se dissesse que estou feliz e satisfeita com a vida que levo. O Teodoro, apesar de ser reclamão e todo cheio de manias, é um bom homem. Mas quem é que consegue sobreviver com um mísero salário de funcionário público? A minha filha superou as piores expectativas. Não deixa passar uma única ocasião para me azucrinar e me azedar a vida. Sinto às vezes à minha volta aquele mesmo vazio horrível que sentia na época em que os alemães estavam para marchar sobre Atenas. E penso: "Foi por isso que nós lutamos? Por isso que se verteu tanto sangue?". Às vezes eu paro para pensar e chego à conclusão de que o Petros é que estava com a razão. Apesar dos pesares, pode ser que tivesse sido melhor se os comunistas houvessem vencido em 1944. Vá lá saber! Talvez a nossa vida tivesse mudado um pouco para melhor, ao passo que agora as coisas continuam na mesma porcaria de antes. O pobre continua com fome, e a única coisa que lhe é permitido fazer – e olhe lá! – é chorar o próprio destino, cantando aquelas canções *rembetika* que ninguém mais agüenta ouvir:

Mundo cruel! Vida cruel! Sociedade cruel!...

... e chora o seu destino. O que mais poderia fazer, já que não consegue mudá-lo? E em volta dele se agrupam os americanos (e atualmente até alguns alemães), de boca aberta como se estivessem no jardim zoológico.

Enfim... Quando é que o homem se dá por contente? O mais importante é estar vivo e com saúde. E eu, graças ao bom Deus, e para grande infelicidade da minha filha, sinto-me mais cheia de vida e em forma do que nunca. Comprei até tinta para tingir os cabelos. Se o meu próprio marido não acha ruim, eu lá vou me preocupar com o que pensam a minha filha e o mundo lá fora?

Recebi outro dia mesmo uma carta da Cleô. Coitada da Cleô! Nunca me esquece. Saíram de Altrincham e agora vivem em Londres. A Berta se casou com um piloto de avião e tem até um filhinho. O Willy se aposentou e, pelo que a Cleô contou, passa o dia inteiro jogando golfe. Ah, quem me dera ser um passarinho para ir voando vê-los, para jogarmos uma bela partida de pôquer, que me faz tanta falta, e para ver como é o mundo fora da Grécia! Eu fico me perguntando se é tão diferente como dizem ou se tudo é igual por toda a parte.

Mas é melhor deixar de sonhar esses sonhos de uma noite de verão! Mesmo agora que acabou finalmente essa maldita guerra civil e qualquer um pode viajar para o estrangeiro sem maiores dificuldades, enquanto eu tiver a parasita da medusa sugando o meu sangue não há a menor esperança de economizarmos um centavo sequer. Não só não podemos ir para Londres e Paris, como nem ao menos passar duas semaninhas no Korthi, só para citar um exemplo. Isso sem dizer que o Teodoro não é das pessoas mais animadas para viajar que eu conheço. Nem nisso se parece com a mãe. Sendo membro da Associação dos Jornalistas, pode viajar praticamente de graça por toda a Europa. Mas não tem a menor intenção de se mexer da velha e emporcalhada Atenas. É um tipo bem chato. E fica pior a cada dia que passa. Logo quando eu achava que fosse conhecer gente que valesse a pena, me vai o sujeito e pede demissão do jornal. Cortou relações com o mundo jornalístico. Diz que pegou ojeriza. Agora ele trabalha só de manhã na mesma empresa de antes, para se enfiar à tarde no mesmo boteco que freqüentava o Adônis – que Deus o tenha! – e jogar uíste com os aposentados. Ou então vai jogar gamão com o marido da Irene. Em vez de nós freqüentarmos os amigos dele, prefere os meus parentes. A tal ponto que às vezes eu lhe digo: "Você me diga uma coisa, homem de Deus, será que você alguma vez teve amigos seus?".

Até para ir ao Halandri eu sou obrigada a puxá-lo pelo pescoço. Se bem que isso, cá para nós, menos por causa da distância do que pelo Sotiris, que lhe dá nos nervos.

Da última vez em que estivemos lá, ele sem mais nem menos se levanta, veste o chapéu e vai embora – só porque viu o Sotiris vestir o pijama por cima da cueca.

"E o que é que lhe interessa", digo-lhe ao chegarmos em casa, "o que o Sotiris faz ou deixa de fazer? Nem que ele queira dormir com o quepe! Você não está indo ver o Sotiris, mas a sua irmã".

Está certo que todos nós estamos cansados de saber que o Sotiris é um abrutalhado e que, às vezes, chega ao limite da infâmia. Agora me diga se isso é razão para o Teodoro ir visitar a irmã e acabar fazendo a coitada chorar! Eu, sabe, sou bem mais tolerante nessas questões. Mantenho a política da boa vizinhança com todo mundo. Quando me batem os cinco minutos, pego o ônibus e me despacho para lá, que assim eu aproveito para respirar um pouco de ar e descanso de ver o carão da minha filha. Não dou a mínima para o que diz o Teodoro. O que sei é que o Sotiris, abrutalhado ou não, é um ótimo marido para a Polixene: o que ele promete, cumpre. Ela deu mais sorte que todas nós juntas. O único desgosto do Sotiris é eles não terem filhos, e diz a ela: "Se eu tivesse sabido que ocê era estéril, pode crê que num tinha casado c'ocê! Tinha é me mandado p'a a minha terra p'a casar c'ua moça de bem!..." Quando a Polixene me contou, deu-me uma piscadela maliciosa. Não pode lhe dizer: "Eu tenho como provar que não sou estéril, o estéril aqui é você!".

Diz é o seguinte: "E por acaso é culpa minha? Quem mandou você não me experimentar antes de se casar comigo?...".

A Helene está agora vivendo em Atenas. Sua filha, antes mesmo de concluir o ginásio, conheceu um engenheiro civil, de uma ótima família, que se apaixonou por ela e a aceitou pelo que era: sem dote, sem nada. Vivem todos juntos em Plaka, numa casa antiga linda perto da igreja da Santa Redentora, e têm um filhinho. Mas eu os vejo muito raramente. O comportamento da Helene comigo é sempre frio. Ficou ressentida por nós não termos lhe mandado nada das coisas da dona Hécabe, como se eu pudesse ter opinado na época e como se fosse também o tesouro do Ali Babá! Eu disse duas vezes à Polixene que nós deveríamos lhe mandar alguns objetos, nem que fosse só para ela ter alguma lembrança da mãe. Não entendo por que foi que ela se voltou justo contra mim.

Mas ao Akis eu vejo bastante. Vem comer conosco pelo menos duas vezes por semana.

"Até se você não tivesse se casado com o titio", me diz, "pode ter certeza de que viria do mesmo jeito! Nós dois somos velhos amigos...".

Às vezes eu fico olhando para ele e não consigo acreditar que esse homenzarrão é o mesmo menino mirradinho que tricotava gorros e cachecóis conosco para os soldados. Não preciso nem dizer que, sendo um Longos que se preza, tinha que ter também um parafuso solto: em vez de escolher uma profissão séria, tornando-se engenheiro ou médico para ganhar rios de dinheiro, quer virar pintor! Entrou no ano retrasado na Escola de Belas Artes e, no ano passado, recebeu o segundo prêmio de melhor aluno da turma. Está bem, não nego que tenha talento.

Pelo menos as coisas que ele pinta na escola – casas atenienses antigas, paisagens e naturezas-mortas – são agradáveis de se ver, querem dizer alguma coisa. Mas, quando vem mostrar aquelas nojeiras que ele pinta em casa, é briga na certa.

Não sou nenhuma especialista, mas entendo um pouco do assunto. Quando eu era moça, costumava ir às exposições de pintura do Grêmio Cultural Parnassos. O papai era amigo do peito da pintora Thália Flora-Karavia. Ela nunca deixava de nos convidar para as suas vernissages e, até depois da morte do papai, continuou por dois ou três anos a nos mandar convites. Aquilo sim era pintura! Não essas invenções rídiculas dos modernistas. "Mas, ô meu filho", digo-lhe, "você por algum acaso enlouqueceu de vez? Será possível que o nariz vá parar debaixo do queixo?". "É assim que eu vejo você", me diz. Ou: "É assim que você vai ficar quando morrer". Na maior parte das vezes nem se digna a me responder. Balança a cabeça de um lado para o outro, sorrindo, com a complacência de quem diz: "Vá você tentar explicar à terceira idade!...".

A um desses quadros, cheio de nódoas pretas, amarelas e azuis, que ele teve a coragem de expor no Zápio, deu ainda o título: "Adormecida: minha avó"! O Teodoro, mais por causa da língua venenosa da Maria, proibiu que se fale até no nome da falecida. Você já viu que fera ele virou quando ficou sabendo. Dois meses sem falar com o sobrinho. Eu, claro, entendo os sentimentos do Akis. Ele se lembra dela mais do que todos nós. Afinal, foi ela quem o criou, e acabou sendo mais que uma mãe para ele. E como ela o amava! "Filho de filho meu", dizia, "é duplamente filho". Certa vez em que ela nos contou sobre como tinha impedido a Helene de fazer aborto, vira então, bem me lembro, e diz ao neto: "Se não fosse por mim, o senhor não estaria vivendo agora". "Você se lembra, Akis?", perguntei-lhe outro dia mesmo. Ele se lembrava. Está todo melancólico com saudades da avó. Não me disse nada, mas eu sei muito bem o que se passa naquela cabecinha. Tem remorsos de tê-la deixado sozinha em Atenas na época, para ir ficar com a mãe. Se ele também não a houvesse abandonado, ela teria alguém de quem cuidar e para quem cozinhar, e pode ser que tivesse comido direito, que não morresse de uremia, ou que nem tivesse morrido...

Antes de ontem, li um artigo numa revista que falava de hipnose e me lembrei da história do seu Niko, que tinha sido a última gota para que ela expulsasse o irmão de casa. "Meu bem, me diga agora uma coisa", pergunto-lhe, "é verdade mesmo que você foi hipnotizado pelo seu Niko?". "Você só pode estar brincando!", responde. "Eu fingi que estava sob hipnose". "E o que foi que ele lhe perguntou?". "Bom, ele me pediu para subir ao céu para saber se o tio Dimitris seria inocentado. E me pergunta: 'Você o está vendo?'. 'Sim'. 'O que ele está vestindo?'. 'Uma túnica vermelha. Está sentando num trono dourado, e o trono está sobre umas nuvens brancas que nem algodão...'. 'Está sozinho?'. 'Sim, sozinho...'. 'Pergunte para ele se o seu tio Dimitris vai ser inocentado!'. Aí eu fiquei sem saber o que dizer. Digo então: 'Ele não está falando'. Mas o bode velho insistiu. 'Pergunte de novo!'. E: 'O que foi que ele disse: vai ou não vai ser inocentado?'. 'É... bom... vai ser inocentado'. Começou então a rezar. Concluindo a prece, diz: 'Agora eu vou contar até três e, assim que eu fizer pfff!, você acordará sem se lembrar de nada do que viu!..."

No dia de São Teodoro, enterramos também a tia Katingo. Quando voltei do cemitério, subi até o terraço de casa para ficar um pouco sozinha. Não chorei pela morte dela. Apesar de ser oito anos mais velha que o papai – que Deus o tenha! –, viveu uns bons dezesseis anos após a morte dele. Se eu jamais tive dó dela por alguma coisa, foi por ela não ter vivido a vida como eu entendo que ela deva ser vivida. Nunca teve grandes preocupações nem dúvidas a respeito de nada. A dona Hécabe podia ter sofrido que nem Jó, podia ser neurastênica como só ela, mas irradiava vida. Era daquelas pessoas que deixam algo atrás de si, de quem não se consegue esquecer facilmente, ao passo que a tia Katingo viveu e morreu que nem vegetal. O único dissabor que teve, o que também não foi nenhuma tragédia para ela, foi não ter conseguido rever o Petros antes de fechar os olhos para todo o sempre. Tentou o Takis através do estado-maior, tentou o Teodoro através de conhecidos do Ministério do Interior, mas ninguém conseguiu permissão para que ele, ainda que com uma escolta, saísse da prisão de comunistas da ilha Makroneso para vir ver a mãe por pelo menos algumas horinhas.

Eu me debrucei sobre o parapeito e me pus a olhar, distraída, para os pés de madressilva na casa da frente, da Nota. Começavam a florir. O choupo no quintal da casa do vizinho, que em 1940 estava da altura do nosso terraço, tinha dado outro bom salto e crescido mais uns dois metros, tirando-nos toda a vista do Licabeto. Atentei para as folhas da árvore e, pela primeira vez, me dei conta de como são estranhas: como tecido *double-face*! "Ê, árvores desgramadas!", pensei. A falecida tinha razão até nisso: morrem e renascem, morrem e renascem. Só nós morremos para sempre...

"Qualquer hora dessas você vai dar com as dez!", vem me dizer hoje a sangue-ruim do Fotis. "Vai morrer como morreu a lavadeira da sua sogra! Ao passo que a Helene vive, linda e maravilhosa!". "A minha sogra", digo-lhe, "pode ter dado com as dez, e sozinha, mas não pelas razões que a sua cabecinha-de-minhoca imagina. Todos os seres humanos morrem sozinhos. E no que diz respeito à Helene, pode até ser que viva, mas, hum!, se linda e maravilhosa como você diz, só Deus sabe. Mesmo se nós supormos que sim, não venha você se projetando nela", e digo mais: "E nem vá achando, por ela ter levado a vida que levou, que eu considere você melhor que ela! Muito pelo contrário. Quem me dera que você se parecesse um mínimo com a Helene! Até mais nova do que você, ela já tinha se casado, tido filhos e largado o marido. E muito bem fez, com aquele patife do marido que teve. E ainda saiu para batalhar na vida com a cara e a coragem, sem ajuda de ninguém. Não admitiria viver às custas da mãe e do padrasto, como faz você! Se você tiver um mínimo de amor-próprio, siga o exemplo! Não exatamente como fez a Helene, claro, porque com essa fuça horrorosa que Deus lhe deu você não vai muito longe. Trate de encontrar um trabalho honesto, numa loja ou numa fábrica, para contribuir com um mínimo dentro desta casa. Já chega eu ter lhe dado comida e roupa lavada tantos e tantos anos!". E digo ainda: "E não precisa ir se preparando para me enterrar tão cedo! Se bobear, eu é que vou acabar enterrando você! Panela velha não quebra tão fácil, não senhora! Posso chegar até os cem anos... O que eu espero é que o meu marido viva tanto quanto eu para envelhecermos juntos e irmos de mãozinhas dadas passear no parque como fazem os idosos". Infelizmente, apresentou ultimamente sintomas de diabetes e, guloso como é, não tenho as melhores das expectativas. Espero que Deus não me dê outro cálice amargo do qual beber. Mas – e deixe-me virar a boca para lá – se acontecer alguma coisa com ele e os padres permitirem um quarto casamento, como andei ouvindo por aí, sou capaz de me casar até por uma quarta vez. E digo à Maria: “Por nada, não. Só para calar essa sua boca!...”

Esta obra foi impressa nas oficinas da gráfica Palas Atena, com miolo em papel pólen soft, capa em papel supremo, tipologia Garamond, para a editora Odysseus em março de 2005.